鲁迅研究新视野

血性文章

——鲁迅研究序跋集

陈漱渝 著

南開大學出版社
天 津

图书在版编目(CIP)数据

血性文章：鲁迅研究序跋集 / 陈漱渝著. —天津：南开大学出版社，2017.7
(鲁迅研究新视野)
ISBN 978-7-310-05412-1

Ⅰ. ①血… Ⅱ. ①陈… Ⅲ. ①鲁迅著作—序跋—研究 Ⅳ. ①I210.97

中国版本图书馆 CIP 数据核字(2017)第 134672 号

南开大学出版社出版发行
出版人:刘立松
地址:天津市南开区卫津路 94 号 邮政编码:300071
营销部电话:(022)23508339 23500755
营销部传真:(022)23508542 邮购部电话:(022)60266518
*
三河市同力彩印有限公司印刷
全国各地新华书店经销
*
2017 年 7 月第 1 版 2017 年 7 月第 1 次印刷
230×155 毫米 16 开本 21 印张 2 插页 290 千字
定价:66.00 元

如遇图书印装质量问题,请与本社营销部联系调换,电话:(022)23507125

目　录

一、自著序跋

1.《鲁迅与女师大学生运动》后记

《鲁迅与女师大学生运动》，是一本资料性的读物，书中叙述的事件均以史实为依据。凡属较重要的地方，都注明了出处，以便读者查对。因为研究这一专题的资料极为零散，当时文章中使用的语言又经常文白夹杂，为了节省篇幅以及尽可能减少阅读的障碍，写作时一般采用的是综述的方式。由于水平和时间的限制，本书从内容到写法，必然存在着很多缺陷，殷切期待着同志们批评指正。

本书编撰过程中，北京人民出版社的同志一直给予了热情支持和鼓励。北京鲁迅博物馆资料组、首都图书馆内参室、北京图书馆报库的同志们，也给予了大力协助。鲁迅研究室顾问林辰同志审阅了全文，并提出了书面和口头意见。还有一些同志，或在百忙中对本书提出批评建议，或帮助校对原文，誊抄稿件。今当本书出版之际，谨向上面提到的单位和同志们表示由衷的感谢。

1978 年 1 月

2.《鲁迅与女师大学生运动》附记

这是我今生出版的第一本书，也是我在鲁迅研究界的亮相之作。之所以选取这个题目完全是命运的安排，似乎冥冥中早有定数。

本书完稿于1974年，正值“文化大革命”后期。首先肯定这一选题的是北京人民出版社编辑邓清佑先生。他给我的印象是一个严肃、古板而博学的知识分子，正在编辑一套《鲁迅杂文选讲》，因为当时伟大领袖正在提倡“读点鲁迅”。我任教的中学与他任职的出版社毗邻，他便请我来参加座谈，对这套杂文选讲提提意见。主持这套“选讲”的是北京大学袁良骏先生，参与编注工作的有大名鼎鼎的王瑶教授。我当年初生牛犊不怕虎，指出了王先生关于新月社注文中的一点史实差错；王先生虚怀若谷，当场欣然接受，令我非常感动。这件事大约也给邓清佑留下了一点印象。因为我这本小册子中涉及“文化大革命”中受到批判的李大钊烈士、受到冲击的陈毅元帅、被定位为“叛徒”的瞿秋白烈士，所以不能公开出版。但邓先生肯定了这本书的史料价值，要我再耐心等待。后来姜德明先生编辑《人民日报》副刊《大地》，因无稿酬，想内部印点书赠送作者，也有意印行我这本小册子。不久粉碎了“四人帮”，有望恢复稿酬制度，姜先生为了成全我，放弃了他的想法，因为内部发行是没有酬金的。1978年初，这本小册子终于由北京人民出版社出版。当时出版物的品种稀少，所以印数肯定要比当下的学术著作要多得多。很快，我就收到了出版社寄来的稿酬，似乎有五六百元。钱数是记不确了，但妻子当时一遍遍点钞票的神态仍历历在目。她的双手有一点抖，眼角也噙着热泪。自结婚以来，我们从未见过这么多钱。稿费到手，长年拖欠的外债就可以还清了。从此，我就成了一个既无外债也无内债的人，直到如今。

这些话当然不能写进当时的“后记”里，因为正在拨乱反正过程中，学术环境远没有当下宽松，但这些琐碎的记忆，在我个人的生命史上意义并不一般，所以作为“补记”收进这本序跋集中。此书出版之后跟邓先生再无联系，只听说他在主持《红楼梦学刊》的编务，他本人也是一位红学家。邓先生在学界人脉甚广，多半已经忘记了我这位当年 30 多岁的作者。但我一直把他记得牢牢的，包括在我学术生涯中曾经提携扶持过我的所有师友。

2016 年 10 月 8 日

3.《鲁迅在北京》后记

从 1912 年 5 月至 1926 年 8 月，伟大的革命家、思想家、文学家鲁迅在北京生活和战斗了 14 年。这一时期，是鲁迅由革命民主主义向共产主义转化的过渡时期，是鲁迅的世界观发生根本转变的酝酿时期。在这 14 年的峥嵘岁月里，鲁迅迎着十月革命的曙光，以新的装束和新的武器投入战斗，忠实执行了党在新民主主义革命时期规定的反帝反封建的政治任务，成为文化新军的最伟大和最英勇的旗手。鲁迅不仅在思想文化战线建树了丰功伟绩，而且直接投身于党领导下的大规模的群众斗争，从中受到教育，汲取力量，在思想上和政治上跨出了新的步伐。与此同时，鲁迅还为发展中国的社会教育事业、培养和造就革命青年，付出了艰辛的劳动，取得了卓越的成就。正因为这一时期在鲁迅光辉的一生中占有十分重要而独特的地位，因此鲁迅直至逝世前还无限深情地说，他“很喜欢北平。现在是走开了十年了，也想去看看”（《鲁迅书信集》下卷，第 975 页，人民文学出版社 1976 年 8 月初版）。

为了帮助读者了解鲁迅北京时期的革命实践和生活情况，更好地理解鲁迅的作品，学习鲁迅的革命精神，笔者在 1975 年利用有限的业余时间零星写成了收入本书的这几篇文章。当时，王张江姚“四人帮”反党集团为了达到篡党夺权的罪恶目的，假宣传鲁迅之名，行歪曲鲁迅之实，在鲁迅研究领域造成了严重混乱。在这方面，被“四人帮”控制利用的石一歌蹦跳得最为起劲。列宁指出：“为了真正弄清楚常常被人故意混淆起来的复杂而困难的问题，事实却正是十分必要的。”（《列宁全集》第 23 卷，第 279 页）这样就更激发了笔者写好这种资料性文章的愿望。虽然笔者在写作过程中力求不蹈虚取巧，凭心逞臆，但是，由于思想水平不高，见闻又带有很大局限性，文章观点与史实的错误仍在所难免。因此，希望读者能提出宝贵的意见，以进一步修改订正。

在本书结集出版之际，谨向支持我在做好本职工作前提下坚持业余自修的北京一五八中党支部，向为撰写本书提供了大量资料的鲁迅博物馆资料室、北京图书馆报库、首都图书馆内参室，向协助誊抄稿件的同志们，一并表示真挚的谢意！

1977 年 11 月 16 日夜

于北京鲁迅研究室

4.《鲁迅在北京》补记

这是一本让我最初在鲁迅研究界赢得赞誉的书，也是重读起来令我汗颜的书。所收的八篇文章均发表于1976年至1977年的《南开学报》，组稿人和编辑是今天在古典文论研究领域大名鼎鼎的罗宗强教授。那是一个中国当代史上天翻地覆的年代，也是一个乍暖还寒的年代。宗强兄不愿让《南开学报》完全沦为“批判邓小平，反击右倾翻案风”的阵地，就想在学报开辟两个学术性的专栏：一个是王梓坤先生撰写的《科学发展纵横谈》，另一个就是以我为主笔的“鲁迅研究资料”专栏。这两个专栏在当时都产生了很大的反响，正如鲁迅所言，夜间百鸟归巢，就单显得蝙蝠能干了。今天重读之所以感到无地自容，正反映了鲁迅研究40年来所取得的长足进步。当今的中青年学者在新时期都受过系统的学术训练，在信息爆炸时代，获取资料的途径既多又便捷，这是我们当年所无法想象的。

本书责编是我的学弟杨钟贤，后来听说担任过天津古籍出版社的社长。此公博学、认真，但似乎有点迂。书第一次印刷便出现了页码倒错，只好拆开重印，多切了一次边，所以印出来天地头狭窄，看起来很不舒服，因无重印价值，只能一直模样寒伧地躺在我的案头，不觉间又38年了。

给我惹了一点小麻烦的还有这篇“后记”。我是一个常怀感恩之心的人，为此书写后记时自然忘不了感谢约稿的宗强和编书的钟贤。但钟贤谦虚，先把感谢他的那些话删了，接着又把感谢宗强的所有的话也通通都删了，理由是此书系严肃读物，天津人民出版社规定，不能谈跟内容无直接关系的事情。后来，我把样书寄赠宗强，他似乎有些误会。我诚惶诚恐，要求钟贤亲自解释，因为“解铃还须系铃人”。于是钟贤便用毛笔给宗强写了一封长信，详细说明了事情的原委，证明我绝不是一个过河拆桥的小人。现在宗强仍是古典文学研究界的领军人物，但钟贤则渺无音讯，不知他近况如何。惦念他，为他祈福！

2016 年 10 月 9 日

5.《鲁迅史实新探》后记

收入本书的文章，大多是近年来在完成繁重的集体科研任务之余仓促草就的，本来没有结集出版的勇气。两年前，一位在某出版社担任编辑的校友驰书索稿，盛情难却，只能从存稿中勉强择出20余篇，聊以应命。因为所选诸文大多与鲁迅生平史实有关，又自以为或多或少提供了一些新的资料或从某些新的角度进行了一些探求，故名之曰《鲁迅史实新探》。其实，就本书诸篇的实际水平而言，与“新探”二字是有相当差距的；但为了用以自勉，姑且采用了这两个字。

我们原以为，这本书的出版是不至于遇到很大阻力的。因为进行任何学科的研究——包括鲁迅研究，首先总是需要尽可能充分地积累可靠的材料，然后才能在正确观点的指引下进入清晰的理论分析。打倒“四人帮”之后，出版界薰梅染柳，群芳斗妍，在繁花似锦的社会主义文苑中，给写作态度比较严肃的资料性著作提供一点园地，又有何不可呢？然而，今年年初，情况发生了出乎预料的变化。这家出版社在确定出版计划时，不少与会者竟强烈反对出版我这本小书。他们之所以反对，主要是因为根据他们了解的“行情”，出这种书要冒赔钱的风险，不能像印行某些流行读物之类那样获得利润。于是，拙稿就邮退到了我的面前。

我是一个性格执拗、颇为“不识时务”的人。我认为社会主义的出版工作固然要讲经济核算，但又不应以赚钱为第一原则。拙稿被退，反倒更加激励了我：今后要努力写出一些对“四化”有益而又不致使出版社赔钱的书。我分别给湖南人民出版社和天津的李霁野老师写信，诉说了我的上述遭遇。同样出乎预料，湖南人民出版社很快就决定将拙著列入他们的发稿计划，李霁野老师也立即决定将拙著收入他主编的“未名小集”。一个人在遭到困难、受到挫折的时候，最需要真诚的情谊和有力的支援，同时，这种时候也最能衡量出此种情谊的价值和分量。我由衷地感谢湖南人民出版社和李霁野老师，同时体会到，他们的支持决非单纯出自对我的私谊，而是主要出自一种原则和信念。现在，个别地方出版工作中一度出现的偏向已经得到了正确的引导和及时的纠正。这是十分令人鼓舞的。

在拙著行将付梓的时候，我还要感谢92岁的周建人同志。他在几乎失去视力的情况下为拙著题写了书名，留下了十分珍贵的纪念。我要感谢鲁迅博物馆的孙瑛同志，他为本书提供了珍贵的插图，使拙著增色不少。在严格的意义上说，这本书确是我们共同劳动的成果。

记得在一则圣经故事中，耶稣曾对一位撒玛利亚的妇人说：“人若喝我所赐的水，就永远不渴。”（《约翰福音》第四章）但是，在永不枯竭的知识之泉面前，人们的渴求是永无解除之时的。科学的永恒性和从事科学研究的乐趣，就在坚持不懈的寻求之中。我清醒地看到，在从事鲁迅研究的长途中，我只是起了一些铺路小砂石的作用。五代的欧阳炯在调寄“春光好”的词中写道：“天初暖，日初长。好春光。万汇此时皆得意，竞芬芳。”流光如矢，我人生的春天早已虚度了，鬓角的白发宣告我已进入了严峻的中年。然而，我们时代的春光是永驻的。为了不辜负这个春色无边的时代，我应该以亡羊补牢的精神，更加勤奋地工作，补偿一些虚抛浪掷的光阴，切切实实为读者多做一点有益的事情。

1980年5月11日

6.《鲁迅史实新探》增订版后记

《鲁迅史实新探》出版之后，虽然销行颇为寥落，但也引起了国内外一些鲁迅研究者的重视。由于湖南人民出版社的大力支持，本书不仅第一版得以重印，而且居然能有增订再版的机会。这是我十分感激并引为荣幸的。

《鲁迅史实新探》的增订版，从第一版中抽下了内容比较单薄或有时过境迁之感的 5 篇文章，又补充了 11 篇新作。保留的诸篇，笔者也从文字到内容作了不同程度的修订。从史料的准确和翔实角度来看，增订版无疑比原版有所提高，但失实或欠妥之处恐仍难避免。我切望得到读者进一步的批评指正，使今后继续得到修订的机会。白乐天诗云："试玉要烧三日满，辨材须待七年期。"（《放言五首》之三）增订后的此书学术价值及学术寿命如何，那就有待于读者和时间来检验了。

在新增补的文章中，《鲁迅广州时期研究状况述评》是我和南开大学张铁荣同志合写的，曾联名发表于《南开大学学报》。现征得铁荣同意，收入此集，作为我们友谊的纪念。我还要特别提到总题为《鲁迅与湖南作家》的一组文章。这是在《湖南日报》文艺部张兆汪主任的热情鼓励下写成的，鲁迅诞辰 100 周年前夕连载于《湖南日报》文艺版。笔者愿借这组考证未备的文章聊表对故乡的眷眷之心，并希望今后能以新的科研成果不断报答故乡的哺育之情。

1981 年 12 月 8 日夜于北京阜外新楼

7.《许广平的一生》初版后记

今年七八月间，我利用业余时间写成了这本《许广平传》。后来根据陈翰笙同志的意见，又易名为《许广平的一生》。

早在公元前 1 世纪，汉代的司马迁就开创了中国传记文学的优良传统。他在撰写人物传记时所表现出来的“秉直笔”的求实精神和倾注于人物身上的鲜明爱憎感情，增强了作品的思想意义和艺术力量，感染了广大读者，影响了历代进步史家和传记文学作家。令人遗憾的是，到了现代，国外传记文学日益繁荣，相形之下，我国的传记文学反倒显得贫乏了。对于这种现象产生的原因，我不想在这篇后记中进行详尽的分析，但这种现象的存在，恐怕不少人都会有同感的。从去年以来，我曾先后参加《鲁迅年谱》和《鲁迅日记》（上卷）的注释定稿工作，尝到了中国现代人物传记和人名辞典缺少的苦头。有时仅仅为了注释一个人物的生卒年月，就需要进行大量调访工作，甚至求助于公安部门和国外的有关工具书。这就激发了我撰写现代人物传记的愿望，而为许广平作传则是我实践这一心愿的初步尝试。毋庸讳言，在“四人帮”横行的岁月里，传记文学曾经被他们用来作为制造现代迷信、影射比附时事的工具，产生了极为恶劣的政治影响。这种流毒，至今仍然亟待肃清。但是，正如泼掉脏水不能将婴儿同时泼掉一样，荡涤“四人帮”在传记文学领域的污秽正是为了使这一文学样式能够得以健康发展，而不是取消传记文学本身。这个道理是显而易见的。

传记文学的力量和价值首先来源于严格的真实。居里夫人的次女艾芙·居里在《居里夫人传》的《导言》中曾说：“我所叙述的事迹，都是我确实知道的，我不曾改换一句重要的言词，也不曾捏造一件衣服的颜色，事情都确曾发生，引用的词句也都的确说过。”美国诗人惠特曼也对准备为他作传的特罗贝说:“有一天你会替我做传记。你要说老实话。无论你怎样写，可是不要替我打扮……我恨许多的传记，因为它们是不真实的。我国许多伟人，都被他们写坏了。上帝造人，但是传记家偏要替上帝修改，这里添一点，那里补一点，再添再补，一直等到大家不知道他是什么人了。”我以为这些意见都是极为中肯的。在写作过程中，我也力求体现这种实事求是的精神。我跟许广平同志并无一面之缘，对她毫无感性认识，这就决定了我无力将她的一生描写得更富有文学色彩。撰写这本小书时，我主要依据的是有关文献资料，只有少量素材得之于许广平生前友好的回忆。所以严格说来，这本书更接近于所谓“实录”。这种写法固然缺乏文学传记所特有的艺术魅力，但由于所采用的基本史实均有案可稽，就连生活细节的描写也没有虚构的成分，所以有可能更接近于真实。这就是所谓“有利有弊”吧。对于笔下的人物，我当然持有我个人的认识，在素材的取舍剪裁上，也不能不反映出我自己的倾向性。我觉得，在评价历史人物的问题上，应该允许有不同的看法，即使对于同一历史人物，也可以有各种风格迥异的传记。史实不容篡改。读者并非“愚氓”。历史是一位严峻的裁判员，它将对一切分歧做出公正的结论。

许广平同志曾经谈到，鲁迅的可取之处是在于他的平凡。她认为鲁迅“道道地地是一个普通人”，不要“当他是神，是偶像，是化石，对他抱着‘生意眼’的态度”(参阅《琐谈》《胡今虚〈鲁迅作品及其他〉读后感》，见《许广平文集》第二卷第182页，第一卷第503页)。我想，对于许广平同志本人更应该作如是观。当然，许广平同志身上也另有为其他普通人所不及的地方。人们忆念她，是因为她曾经跟鲁迅共同经历了充满风暴和坎坷、流亡和劳苦、诽谤和打击的艰难岁月，人们忆念她，还由于她继承了鲁迅的遗志，赓续了鲁迅的事业，不仅为宣传鲁迅、研究鲁迅、保卫鲁迅进行了不懈的努力，而且积极参加了党领导下的革命斗争，在开展妇女运动，发展革命统一战线和促进世界人民的文化交流及友好往来等方面都做出了自己的贡献。正因为如此，记叙许广平的一生，就不是单纯为了介绍她个人的经历，同时还能以波澜壮阔的现代历史进程为经，以许广平跟她的同时代人在党的领导下共同参加的革命斗争为纬，在中国现代史的长卷上织出不可或缺的一角。至于我在写作实践中是否体现了上述意图，那还有待本书的读者来做出评价。

正当我撰写这篇后记时，收到了山西社会科学研究所《晋阳学刊》编辑部的来信，希望我为他们提供一份《传略》，并在其中写出自己在科研过程中碰到的各种问题，以供他人借鉴。这不禁使我为之汗颜。在社会科学战线上，我只是一名刚刚出阵的新兵，并没有什么成功的治学经验。如果一定要谈谈自己的体会，那我倒很愿意将郭沫若同志的一句话转赠给有志于在学术园地上永不疲惫地进行笔耕的人们，并以此自勉，这就是："一个人总要有些拂逆的遭遇才好，不然是会不知不觉地消沉下去的。"在"四人帮"肆虐的十年浩劫中，学术被亵渎，人才遭蹂躏，哪个正直的知识分子心灵上没有留下累累的瘢痕？但是，在残酷的现实面前，也有不少愿为人民、为人类奋斗终生的学者并没有屈服于环境。他们在昏沉的暗夜里执著地追寻真理的光和热，把燃烧着的写作激情奉献给黎明，为我们树立了楷范。今天，云开雾散，枯木逢春，向四个现代化进军的东风鼓起了亿万人民生命之舟的风帆。人生能有几回搏？现在的确是将全部聪明才智贡献给祖国和人民的时候了。但是，前进的道路并非一马平川。清除多年来流行的轻视知识和轻视知识分子的"左"倾流毒，还要经过艰巨的斗争。所以，在困难时刻用郭老的教导警策自己，也还是会有获益的，否则就很容易在拂逆之境中垂头丧气，甚至在生活的波涛中没顶。这种前车之鉴也是不少的。

当本书出版之际，我应该感谢宋庆龄先生和陈翰笙先生。由于他们的引荐，我得以请到廖梦醒先生为本书题签。廖梦醒先生是廖仲恺先烈的长女、李少石烈士的夫人，又是许广平的生前友好。她的题签，是对许广平的很好的纪念。我应该感谢唐弢先生。他确实是在百忙之中和身体不适的情况下为本书赶写序言的。唐弢先生对我奖掖提携之处甚多，我将永志不忘。还应该特别提到海婴先生。他不仅亲自为本书作序，而且提供了作为插图的这些珍贵照片。本书附录的《著译年表》是在马蹄疾、高信所编《许广平著译年表》的基础上，新增加了100余篇，又做了较大修改而后写成的。为该《年表》提供篇目的，有马新云、陈子善、颜雄诸先生。在写作过程中，还曾得到胡耐秋、常瑞麟老人的指导帮助。在此，一并表示深切的谢意。

1980年9月14日

8.《许广平传》再版后记

时隔 30 年，旧作《许广平的一生》又有了再版的机会，作为作者，我当然是感到欣慰的。巧合的是，本书初版是为了纪念鲁迅诞生 100 周年；本书再版又赶上了鲁迅诞生 130 周年纪念。

作为鲁迅夫人，许广平跟鲁迅的一生是有机结合在一起的。虽然她跟其他历史人物一样，也具有不可避免的时代局限性，但这并不影响我对她应有的崇敬。1995 年，在这本书的基础上，我跟传记作家丁言昭又合作编写了一本《许广平的故事》，作为向第四次世界妇女大会的献礼。1998 年，是许广平诞生 100 周年。我联系全国妇联、民进中央等单位，在北京鲁迅博物馆多功能厅合办了隆重的纪念大会，全国人大常委会副委员长雷洁琼、许嘉璐，全国政协副主席朱光亚，全国妇联原党组书记罗琼及鲁迅亲友等 120 余位嘉宾出席。我还跟同仁刘丽华合编了一本《许广平纪念集》作为纪念。2008 年，我又应民进中央宣传部之约，为民进的机关刊物《民主》撰写了纪念文章《那火焰般燃烧的木棉——纪念许广平诞生一百一十周年》。30 余年我坚持这样做，既是为了纪念许广平，也是为了纪念鲁迅。

在《许广平的一生》写作过程中，曾经得到了鲁迅亲属的支持，对此我在本书的《初版后记》中已经表示感谢。后来海婴先生跟我在某些问题的看法上产生了分歧，由于别有用心的人推波助澜，友谊出现了裂痕。海婴先生来信，希望我重新回到撰写这本书的立场。现在本书的再版，用事实证明几十年来我的基本立场并没有发生任何变化。我没有修正本书中的任何重要观点和史实，仅仅对个别提法进行了润饰，如将“国民党反动派”修订为“国民党当局”或“国民党政府”，以与《鲁迅全集》注释的文风保持一致。对于本书初版之后出现的一些新见解或新史料，在修订过程中采用加注的方式进行说明。

再版本删去了初版本中唐弢和周海婴先生的两篇序言和王永昌先生的一篇回忆，仅仅是因为尚未取得原作者或原作者著作权继承人的授权。又增添了三篇新作：《爱的思索》《都是〈魔祟〉惹的祸》《我读〈鲁迅回忆录〉（手稿本）》，以有助于读者了解许广平研究资料的新开掘以及由此引发的争议。新增补的文章史料性和可读性都很强，是对原作的充实和提高。

我撰写这篇《再版后记》的时候，正值农历辛卯年春分之际。往年的此时，南国已经草长莺飞，北国也蓓蕾初绽了。不幸的是，在这个美好的季节，邻国日本却发生了历史上罕见的地震海啸核泄漏，距今整整10天。友人发来短信，说在生死转换的顷刻间，会泯灭是非功过，成败得失，爱恨情仇……回想近10年来因为鲁迅研究观点分歧而导致的恩恩怨怨，以及某些人士力图将我排拒于鲁迅研究、许广平研究大门之外的所作所为，不禁感慨系之。记得唐代诗人杜牧在七绝《题乌江亭》中，追忆项羽兵败乌江的遭遇，发出了“包羞忍耻是男儿”的感叹。如果参透了上述短信中传达出的禅机顿悟，那还有什么事情是放不下的呢？那还有什么必要发出“包羞忍辱”一类的人生感慨呢？

此次修订再版，书名更改为《许广平传》。

是为跋。

2011年3月21日

9.《民族魂》跋

我利用业余时间自学鲁迅，大约是从 1971 年开始的，兴趣偏重在搜集和考证鲁迅生平史实方面，但却从来没有闪过为鲁迅立传的念头，因为这远非我的学力所能胜任。1981 年 7 月 7 日下午，《中国青年报》编辑部顾志成同志冒雨来访，约我为该报撰写一篇供连载用的鲁迅传记，作为该报纪念鲁迅 100 周年诞辰的重点文章之一。报社的要求很明确：一、文学性要尽可能强一点，以切合青年的特点；二、每章必须控制在 3000 字以内，以适应连载的需要。顾志成同志还说，向青年普及鲁迅是一项十分有意义的工作，现在编辑部计划已定，另外找人有所不便，要求我不要推诿。向青年普及鲁迅的意义，我是懂得的；报社对我的期望与信任，尤其使我深受感动。在这种情况下，我一时找不到推辞的充分理由，便自不量力地回答说："那就试试吧。"

任务接受之后，从 7 月中旬到 8 月上旬，北京出现了 40 年来未见的奇热，《北京日报》在一则"短评"中称之为"一场历史上少见、持续时间长的高温闷热天气"。由于正值鲁迅诞辰 100 周年前夕，白天坐班后有各式各样的事务亟待处理。晚上回家，蒸笼似的房间里简直待不住，我只好把缝纫机推到略有几丝凉风的狭窄过道上，用缝纫机的机面当书桌，光着脊梁，开始了《民族魂》的写作。每章的篇幅虽然都不长，但我每写一章至少要用三个晚上，每次都像是经历一场搏斗。8 月 27 日，《民族魂》开始在报纸上连载，至 9 月 24 日载完。我在报上看完最后一章的最后一行时，才如释重负地喘了一口气。坦白地说，假如动笔之初就能预见到写作这篇仅 5 万字的普及性文字竟要花费这样大的气力，我是会千方百计逃避这项"官差”的。

那么，撰写这种普及性的人物传记究竟难在何处呢？就我的感受而言，难就难在文学性与真实性的统一这点上。但凡人物传记，总的来说，都属于历史学的范畴，因此必须把真实性作为最根本的原则。但是，真实性与文学性又不是截然对立的。要求人物传记“传信”，并不排斥必要的艺术加工。我国古代的文艺理论家刘彦和在《文心雕龙》一书中说过：“言以文远，诚哉斯验。”意思是语言靠文采才能流传久远，这话是确实而应验的。刘彦和还打了两个比方：虎皮和豹皮如果没有毛色纹采，就会跟狗皮和羊皮一样。雄犀牛和雌犀牛的皮革虽然有用，但还要靠朱红的油漆来显示色彩。可见文学性的作用也不可低估。不过，写作人物传记时运用文学手段，与进行艺术创作有很大不同。单纯的文艺作品虽然也要求真实，但那是艺术上的真实，并非历史事实的真实。文艺创作有驰骋想象以进行虚构的广阔天地。它不仅允许想象、夸张、渲染、缀合，而且在一定的意义上讲，没有虚构就没有艺术。人物传记则不然。它在主要事实、主要人物、主要情节上都必须绝对真实，符合历史学的严格性，不容许掺杂半点虚构的成分。即使是撰写传记体的小说（如马烽的《刘胡兰传》），也只能根据人物性格和情节需要在生活细节、风俗习惯、场景、对话等方面做些必要的艺术加工，而不能任意篡改基本事实。至于《庄子》里的《盗跖篇》、韩愈的《毛颖传》、柳宗元的《种树郭橐驼传》等，虽然也都写了人物，但那只能算做“寓言”，而不能归入传记文学的范畴。由此可见，赋予人物传记以恰当的文学色彩，使它既是历史的，又是文学的，既忠实可靠，又有血有肉，远非一件轻而易举的事情。

《民族魂》不是一本传记体的小说。我的首要追求目标不是文学价值，而是用真人真事来塑造人物。为了照顾青年的特点，我只是在选材和语言两个方面下了一点功夫。在选材方面，我力求择取那些既能顾及鲁迅一生战斗业绩的各个方面而本身又比较生动亲切的史料加以提炼；在语言方面，则力求在准确再现形象的前提下讲究一点文采。除了《海外知音》一节中罗曼·罗兰评《阿Q正传》的那番话是根据罗曼·罗兰在不同场合谈论鲁迅的言论归纳缀合写成的之外，其余各章的全部材料均以严格的历史事实为据。即使有些章节现在读起来并不那么引人入胜，但为了忠于史实，我宁可让它枯燥一点，也不用虚构来弥补史实本身的局限性。以上这些尝试的成败得失，只有留待本书的读者，特别是青年读者来裁决了。

在行将结束这篇后记的时候，我不禁想起了跟一位美籍华人学者座谈的情景。这位学者说，在美国，搞普及工作是很能赚钱的，而撰写学术性的专著则往往要赔钱。他作为一个洁身自好的学者，宁可写赔钱书，也决不降低身份去写那些普及性的小册子。这位长期生活在“金元帝国”的学者，为了学术，不肯把自己变成一架赚钱的机器，这种精神是令人肃然起敬的。但他鄙薄普及作品的观点却不免失之偏颇。即以鲁迅为例，他就不仅以身作则地做了不少普及性的工作，而且还呼呼专家学者“放低手眼”，多写些通俗性的文章。可见只要不是出于“唯利是图”的动机，使深入浅出堕落为粗制滥造，写点普及性的文字也不一定就会自堕人格。我不是学者，既毋须顾忌自己的身份，又不曾奢望凭借几篇普及性的文章上跻于学者之林。而且，根据我的体会，要在选材上做到“博学约取，厚积薄发”，在语言上做到“文华而不失实”，似乎也多少要有些功力。因此，我不但不懊悔写了《民族魂》这类普及性的传记作品，而且对报载的16章做了加工，又扩写了14章，交浙江文艺出版社出版。

临末，我除了再次感谢催促我写作《民族魂》最为着力的《中国青年报》的有关编辑之外，还要感谢北京广播电台文艺部的董兴文同志和浙江文艺出版社的铁流同志。在《民族魂》连播和出版的过程中，他们提出了不少中肯的修改意见，各自付出了许多默默无闻的劳动。尤其需要感激的是，被闻一多先生誉为“时代的鼓手”的老诗人田间同志将他的《献给民族魂》一诗作为拙作的序诗。中国第一部《鲁迅传》的作者王士菁同志在百忙之中专为拙作撰写了《小引》。封面题签借用了沈钧儒先生在1936年10月上海民众敬献给鲁迅的锦旗上题写的“民族魂”三个字。沈先生的女儿沈谱同志还加盖了她父亲的印章，使封面更加增辉。先后为《民族魂》一书插图的有聂昌硕同志和顾盼同志。借此机会，谨向这些在事业上给我以提携的前辈和给我以支持的同辈友人致以由衷的敬意。

1982年5月16日于北京

10. 漓江版《民族魂》新跋

本书原由浙江文艺出版社 1983 年 1 月初版，成书过程可参看本书的附录（一）：《原跋》。后抽掉了原书的第二十八章《一份珍贵的情报》，又增写了《阿 Q 的诞生》《东有启明，西有长庚》《景云深处是吾家》《妻子·秘书·学生》《两人世界到三口之家》共五章——其中后三章选自我跟丁言昭合著的《许广平的故事》，形成了现在的规模。估计是图书市场对此类普及性的人物传记有所需求，所以在《民族魂》初版之后，中国华侨出版社出版的《名家简传书系》、中国社会出版社出版的《中国现代名家传记丛书》“评传”系列、江苏文艺出版社出版的中国作家“正传”（按：即反对戏说之意）丛书均予收录，又均已售罄。现漓江出版社慨然允诺重版此书，笔者又在文字上进行了润饰，订正了若干错讹，以著名诗人田间的《献给民族魂》作为“序诗”，以拙文《忘不了的人是你》作为“代序”。在附录部分，又增收了许寿裳先生主撰的《鲁迅先生年谱》和笔者撰写的“新跋”。现在有人重提“鲁迅是谁”的问题，本书就是笔者提交的一份答卷。我想，应该是允许不同人心目中都有一个不尽相同的鲁迅。即使政治家或与鲁迅有血缘关系的人都不能拥有垄断学术话语的特权。至于谁人心目中的鲁迅更逼近实际生活中的鲁迅，那就只能留待广大读者和时光老人来判定了。

2012 年 1 月

11.《鲁迅评传》新跋

这本书的前身是浙江文艺出版社 1983 年 1 月出版的《民族魂——鲁迅的一生》，成书过程可参看本书的附录（一）：《原跋》。后抽掉了原书的第二十八章《一份珍贵的情报》，又增写了《阿 Q 的诞生》《东有启明，西有长庚》《景云深处是吾家》《妻子·秘书·学生》《两人世界到三口之家》共五章——其中后三章选自我跟丁言昭合著的《许广平的故事》，成为现在的规模。中国社会出版社愿意出版这部书，我自然是高兴的。它又唤起了我 23 年之前的许多珍贵记忆。鲁迅在《集外集·序言》中表示，他对自己的“少作”愧则有之，悔却从来没有过。然而由于我 20 多年来并无长进，所以对自己的“少作”不仅不“悔”，而且不“愧”。我很庆幸自己在商品大潮的冲击之下仍能坚守学术阵地，在各种思潮纷至沓来的时代仍能保持观点的一贯性，没有让自己的看法像土耳其鸡的鸡冠似的变换色彩，没有用昨日之手使劲地批今日之颊。我承认自己的浅薄，深以不能给读者更多的启迪为憾；但“浅薄”跟“深不可测”相比，我又以为后者往往更令人感到可怖。

人物传记属于史料的范畴，就跟谱牒、铭文、函札和口述历史一样。从 20 世纪 80 年代至今，鲁迅生平研究有什么进展呢？最近，有著名学者在《鲁迅研究月刊》第 6 期发表权威评论——《鲁迅生平研究二十年》，除了高度评价胡风等人的回忆录和林贤治等人的专著之外，还谈到了由《鲁迅与我七十年》一书而引发的四方面的争议：一、毛泽东与罗稷南的一句对话；二、鲁迅棺木是否由宋庆龄出资购买；三、鲁迅何时跟许广平第一次亲密接触；四、鲁迅之死跟须藤医生的责任。

对于所谓毛泽东 1957 年跟罗稷南对话的问题，我不愿意再多说什么。原因之一是我在《文艺争鸣》2003 年第 1 期就此发表过一篇短文，至今并没有更新的看法；原因之二是，这实际上是研究毛泽东生平过程中引发的争议，在我看来跟鲁迅生平并无关连。关于鲁迅棺木是否由宋庆龄出资购买以及鲁迅与许广平何时同居这两个问题，我大体上同意《鲁迅生平研究二十年》的结论，也不想在此进行补充陈述，以免引起新的争端。至于围绕鲁迅死因发生的争议，因为直接涉及我，故有必要进一步提供一些情况，以供读者参考。

1984 年围绕鲁迅死因掀起的那场风波，应该说是由南京纪维周先生当年 5 月 5 日发表的一篇短文引起的。这篇文章给读者的印象是，鲁迅既不是死于不治之症，也不是死于庸医误诊，而是被一个“侵略团体的负责人”须藤医生害死的，正如同电视剧《霍元甲》中的主人公“被日本医生用毒药谋害”一样。由于纪先生的文章在表述上有些耸人听闻，又涉及一位世界级文豪的命案，自然会引起国内外媒体的关注。同年 7 月 21 日，又有一位以“蔡琼”为笔名的业余作者在《团结报》发表《鲁迅先生并非死于肺病》一文，其中也提出了跟纪先生类似的观点，同样引起了争议。当时我的一位同乡在《团结报》编辑“文史长廊”，建议我写一篇“综述”介绍这场争议，这就是我写《日本读者对于鲁迅死因的看法》一文的内幕。这篇文章除开在当年 8 月 25 日的《团结报》上可以查阅之外，又全文收进了我的《鲁迅史实求真录》一书。我在这篇短文中没有发表一字一句的个人意见；从那时到 2001 年秋，也从来没有从任何方面听到任何异议。前不久有人在文中说：纪维周的文章发表之后，“日本外交部为此向我国提交了外交照会，认为这是我国在给复苏中的中日友好设置障碍”。我请教这位作者，问他是否看过这份照会，这个消息从何而来。答复是他也是听人讲的。我想，若干年后，外交部公开 1984 年的历史档案，这个情况将会水落石出。只不过凭良心说，我当时完全不可能知道有没有这种大背景。又有人据此推断，收到日本外交部（按：日本似乎只有相当于外交部的外务省）的照会之后，“中国方面”采取了两个措施：一是责成纪维周和蔡琼做出深刻检讨，二是请我发表文章“以正视听”。前年“蔡琼”先生从江苏张家港来京看我，只字未提“中国方面”要他做出检查一事。至于我为《团结报》写的那篇短文，如前所述，完全是一种个人行为。我当时只是一个 43 岁的副研究员，完全没有资格代表“中国方面”，“中国方面”也不会启用我这个小人物来解决国际大争端。

对于关心鲁迅死因的读者，我建议他们重读一下鲁迅临终前写的那篇著名杂文：《死》。文章说：“直到今年的大病，这才分明的引起关于死的豫想来。原先是仍如每次的生病一样，一任着日本的 S 医师（按：即指须藤五百三）的诊治的。他虽不是肺病专家，然而年纪大，经验多，从习医的时期说，是我的前辈，又极熟识，肯说话。自然，医生对于病人，纵使怎样熟识，说话是还是很有限度的，但是他至少已经给了我两三回警告，不过我仍然不以为意，也没有转告别人。大约实在是日子太久，病象太险了的缘故罢，几个朋友暗自协商定局，请了美国的 D 医师（按：指托马斯·邓恩）来诊察了。他是在上海的唯一的欧洲的肺病专家，经过打诊，听诊之后，虽然誉我为最能抵抗疾病的典型的中国人，然而也宣告了我的就要灭亡；并且说，倘是欧洲人，则在五年前已经死掉。”这篇文章历来被视为鲁迅的遗嘱，从中我们可以知道：一、无论是须藤医生，还是邓医生，都对鲁迅发出过死亡预警，并没有隐瞒他病情的严重性。二、以当时的医疗条件，即使像邓医生这种“在上海的唯一的欧洲的肺病专家”，在对鲁迅进行了“极准确”的诊断之后，也没有挽救鲁迅宝贵生命的回天之力。三、鲁迅明知须藤“不是肺病专家”，仍然多年任其诊治，至少是对他怀着一种尊重和信任。我们无须也无法讳言须藤在医疗过程中的某些失误；特别是以今天的医学水平审视 70 年前的诊断，更容易指出这方面或那方面的问题，但如果一定要把这种失误跟特定的政治背景和政治身份联系起来，把诊断上的失误跟“霍元甲之死”式的蓄意谋害联系起来，则必须出示更为充分更为确凿的证据。任何人对这种命案发表意见，恐怕都需要采取一种更为审慎的态度。对鲁迅死因有不同看法是一种正常现象，正如同对任何问题都会有不同看法一样；更应该允许死者家属质疑——家属的心情是完全可以理解的。但这种分歧跟爱国或卖国、挑衅日本或迎合日本并没有必然联系，不能把不同意见的双方视为两国政府的发言人或代言人。

借写《新跋》的机会，我还想说一件与本书无关但跟本书作者有关的事情：去年在2005年版《鲁迅全集》发行式上，有人突然离开正题，指责有一位鲁迅研究专家在某国际会议上美化江青（他所说的情况据说是得之于某人的汇报）。在今年5月的一次视察活动中，一位十分爱护我的老领导又关切地询问："听说你最近写了一篇文章美化江青？"听后我感到惊诧莫名。我想，上述传言所造成的后果和给我造成的严重伤害，总不会是传话者事前就想看到的吧？

这件事的真相是：去年9月28日，我刚出差回京，就参加了鲁迅博物馆跟日本仙台东北大学等单位联合召开的一个学术研讨会。与会的目的也极为单纯，只是想见见远道而来的两位老朋友——阿部营野教授和渡边襄先生。下午闭幕式之前，主持人出于礼貌，要我这个退职的"原副馆长"也讲几句；盛情难却，我便作了九分钟的即兴发言。事前从未想过要公开发表，事后也根本没有公开发表，甚至连内容都快淡忘了。直到以讹传讹，娄子捅大了之后，我才开始回想自己当时到底说了一些什么。真要感谢现代科技手段，鲁迅博物馆资料部保存有这次会议全程的音像资料。我提取了我发言的那一段录音录像，请我馆社教部一位尚未涉足鲁研界的小青年整理成文——整理的前提，是完全保持原意。如有人对整理稿存疑，可到鲁博资料部去进行核实。我讲话的全文是：

各位学者：

我们今天研讨的对象——鲁迅，是一位举世公认的文化名人。他一方面从他的祖国、从他留学的日本，吸收了文化养料，另一方面，又用他的智慧之光，把他生活的地球照亮。这也就是说，真正的文化名人，他不仅属于他生活的时代和国度，而且属于所有的国度，属于所有的世纪，是一种人类应该共享的精神财富。

通过这两天的学术研讨会，中国文化再次以鲁迅的名义走出国界，在更广阔的空间得到了传播。对于鲁迅这种文化名人的研究和阐释，往往能够揭示一个民族的精神基因，一个国家的兴衰史，一个时代的风云史。因此，如何对待鲁迅这样的文化名人，如何珍惜他，呵护他，如何对他进行新的探索，让他在当今和未来的岁月中焕发出新的光彩，这是摆在各位研究者面前的一个共同的任务。

我今天听了一天的会，有两个很深的感受。

一是我们进行的研究是一种把历史还原作为阐释目的的研究。无论是研究鲁迅的解剖学笔记，还是研究鲁迅在仙台看过的幻灯片中有没有中国人被杀的那个场面，目的都是在逼近历史的真实。大家刚才听了高远东教授谈“竹内鲁迅”的精彩发言，我认为他进行的也是一种逼近历史的研究，我跟他确实有同感。60年前，竹内好先生还在我故乡湖南的岳阳市，他在那个地方听到了日本战败的消息，感到巨大的震撼。从那个时候开始，他为日本的历史，为日本知识分子的命运、前途进行反思，鲁迅就成为他一个借题发挥的载体。我觉得我们这几天的发言是一种追求客观性的阐释学，表明研究者坚信历史是可以认识的一个直观对象。虽然对历史的描述要经过描述者的折光，对于客观事物可能有扩大，可能有缩小，也可能有变形，但历史是可以逼近的，不是不可以逼近的。然而历史又非常复杂。过去常说戚本禹偷盗鲁迅手稿，意在破坏。我这次出差回来，打开9月23日的《文汇读书周报》，第16版从《党史博览》转载了一篇文章:《鲁迅手稿遗失真相》。作者担任过一年的江青秘书。这篇文章说，旧文化部原来怕基层单位打派仗，出于保护文物的目的，才把鲁迅手稿调到部里。“中央文革”鉴于当时文化部也在打派仗，要保护手稿，又把这批手稿调到“中央文革”，四只樟木大箱子，都用铁锁封闭着，丝毫没动。戚本禹调鲁迅手稿时写了收据，又在文化部大门口对群众发表了讲话，那怎么能叫“盗窃”呢？“盗窃”是暗箱操作，是隐形行为。这是当事人的一种说法。看到这样的文章，我不禁反思我几十年前写的那本书《许广平的一生》[①]对

① 《许广平的一生》不在我手头，有人说书中没有提及戚本禹偷盗鲁迅书信一事。这种说法存疑。但我的《“携手共艰危”——纪念鲁迅的亲密战友许广平同志》和《关于〈鲁迅书信集〉》两文都有这种说法（见《鲁迅史实新探》192页、221页，1980年9月湖南人民出版社出版）。因此，我的反思并不是虚伪的。

戚本禹的指责是不是完全符合历史真实？我觉得我们现在的政治环境越来越宽松，很多的疑案都处在解密的过程当中，各种各样的人都可以发表自己真实的看法。所以，历史的真相，或迟或早都是会浮出水面的。历史是可知的，不是不可知的，所以我们进行历史还原性的研究是正确的。现在中国有些学者对西方的新历史主义有片面的理解，把历史名人作为可以任意主观阐释的对象，我是不同意这种做法的。尽管你发表的观点可能非常深刻，可能非常的精彩，但是跟你借以发挥的那个载体并没有关系。你完全可以另行发表你自己的见解。

另外我觉得我们进行的研究同时也是对鲁迅当代意义的一种研究。我觉得今天上午孙郁馆长讲的《日本经验与民族意识》，下午日本学者讲的《仙台的中国留学生与鲁迅》，都关注了鲁迅研究的当代性。今年是我国一个著名的历史学家蔡尚思先生诞辰100周年。为了纪念他，出版了八卷本的《蔡尚思全集》，一共400万字，其中有一本书叫做《中国历史研究》。这位蔡教授就讲到，选择材料的原则一共有12条，这12条中的第一条，他认为最重要的一条，就是为今后活人而选择，不做过去死鬼的奴隶，即要在旧书籍当中选择新思想，以备后人的需要。所以我们从有300万字的鲁迅文化遗产中选择材料，也应该关注其当代意义。我们进行历史还原性的研究，可以保持鲁迅学的客观性；我们关注鲁迅研究的当代意义，可以在研究当中寻求到很多新的生长点，使鲁迅本身的价值得到增值。我觉得坚持从这两个方向来研究鲁迅，是鲁迅研究的一条广阔的道路。

重读上述发言，我仍然认为自己的上述看法并无大错，至少从中得不出美化“四人帮”的结论。“十年浩劫”期间，我跟我们的民族一起受难，九死一生，属于受迫害比较严重的那一类，于公于私，我都没有美化江青的理由和动机。“四人帮”的罪行现已被牢牢钉在历史的耻辱柱上。今年是粉碎“四人帮”30周年，我还清晰记得30年前我们在长安街欢庆胜利、嗓子几乎喊哑的那个历史时刻。我想，在当代中国，凡神智尚未昏乱的人，大概都不会冒天下之大不韪去公开美化江青吧？更何况，我讲话中提及的《鲁迅手稿遗失问题真相》一文，正是一篇批判江青的文章，一开始就揭露“江青利用鲁迅手稿遗失问题制造大案、冤狱”。由于时间关系，我没有介绍全文的内容，也没有强调文中的一段话：“看来，在震撼全国的鲁迅手稿遗失问题上，必须分清两件事：一件是事情本身即鲁迅手稿遗失本身，一件是江青心怀鬼胎即怀着不可告人的目的制造这样或那样的事端。这是两件事，或者说两个问题，显然是不同的。”不过这些跟我当时发言的主旨都没有什么关系。因为我并不是在评论江青，而主要是在谈戚本禹；也不是谈戚本禹在“文化大革命”前后的所有表现，而仅仅是谈他奉命从文化部调走鲁迅手稿属不属于“盗窃”这一具体问题。谈这件事的目的，也只是为了反思我个人的学术研究，并阐明我的一个论点：对历史进行描述时可能出现扭曲或变形，但历史的原貌作为一种客观存在毕竟是可以逼近的；也就是说，历史的原生态虽然复杂，毕竟可知。

《鲁迅手稿遗失问题真相》一文有一个章节，大段引用了许广平1968年3月2日写给周恩来的信件，反映了她当时因戚本禹“将这部分手稿全部拿走”而不知道“究竟落在何处”而引起的担心和焦虑。许广平因受这件事刺激突发心脏病，不幸去世，我在自己的书和文章中曾多次写过。在现代文学界，我是研究许广平较早、较多的一个。除了写过现在唯一的许广平传记——《许广平的一生》之外，还跟朋友在世界妇女大会前夕合写过《许广平的故事》。为了纪念许广平诞生100周年，我还主编了文史资料《许广平》，筹备主持了高规格的纪念大会和学术研讨会。迄今为止，我对许广平这位伟大女性的基本评价并无改变。

我在那个即席讲话的结尾，谈到从考证鲁迅的历史原貌和阐释鲁迅的当代意义这两个方面来研究鲁迅，是鲁迅研究的一条广阔道路，现在看来是谈得过于轻巧了。比较全面的表述应该是：这条道路既广阔而又坎坷，既鲜花盛开而又荆棘丛生。虽说研究历史的过程就是寻找真相的过程，但原生态的历史跟不同人的关系各不相同，因而从不同人的记忆中折射出来的历史当然也各不相同。在戚本禹及其相关者还活着的情况下，还原鲁迅手稿遗失的真相还如此之艰难，如果要还原半个世纪之前的历史，乃至更为久远的历史，那更是谈何容易？至于阐释鲁迅的当代意义，则比研究历史的原生态更容易招惹是非。因为置身于当今文化多元化的环境之中，不同人的知识结构不同，价值观念不同，切身利益不同，看法就很难趋于一致。面对这种新局面，知识界需要的是多一些兼容精神，少一些上纲上线或个人攻讦——因为这些都是和谐社会不应出现的不和谐之音。周海婴先生在最近的一次讲演中强调："人不应该为自己的独立思考受到损害，这是一种普世的价值理念。"我希望这种"普世的价值理念"也能普及到自己的身上。

不觉间，这篇《后记》到了必须煞尾的时候。记得鲁迅编完《伪自由书》《准风月谈》《且介亭杂文》《且介亭杂文二集》，都写了很长的《后记》或《附记》，以致有人认为鲁迅印行这些书完全是为了文末拖的这一条长"尾巴"。鲁迅对此作过解释，说他剪贴一些相关资料，发表一些对文坛事件的看法，其实并非专为他自己，而是为后来人保存一点历史的记录。我对鲁迅的做法十分理解，深感共鸣。只不过我又有些为自己的这篇《后记》感到很不好意思。如果从最早评介鲁迅文学活动的报道和文章算起，鲁迅研究的历史已近 100 年了。然而时至今日，鲁迅故国的鲁研界并没有就学术研究中的一些重大理论问题进行深入探讨，而主要纠缠于这篇《后记》提及的这件事情，我内心的确觉得十分悲凉。看看案头摆着的十八卷本《鲁迅全集》，再看看这篇《后记》中涉及的这些纷争，真是印证了陆机《吊魏武帝文》中的那两句话："览遗籍以慷慨，献兹文而凄伤。"不要再写下去了吧！

2006 年 1 月

12. 北方文艺版《民族魂》新跋

据国家图书馆庋藏资料统计，迄今为止，我撰写、选编和参与编注的图书有110余种。如果有人问我："在这些出版物当中，有没有你特别偏爱或看重的呢？"回答是："有！"让我举出10种，其中就有这本《民族魂》；只让我列举5种，也会有这本《民族魂》。一般成熟的作家大多悔其少作，因为这些作品中有太多的稚气。我虽然已向80高龄迈进，但并不认为自己已臻于成熟，不仅不悔自己的少作，而且觉得如果今天我重写这一题材，可能只会在行文上更拘谨一些，在立论上更圆滑一些，但却未必会有当年的那种激情与文采。严格说起来，我撰写《民族魂》时已届"不惑之年"，并不年少，但当时的中国人都经历过"十年浩劫"那梦魇般的岁月；如果把那荒废的十年抛除，也只相当于正常岁月中人们的"而立之年"。更何况我从中学教师的岗位转换到鲁迅研究岗位，还仅有三四年的光景。从这个意义上说，《民族魂》的确是我在学术道路上的起步之作，也可说是名副其实的"少作"。不过如今重读一过，仍觉得并无大谬。作为一部普及性的青少年读物再版，也还不至于误人子弟。

《民族魂》究竟再版过多少次，我也说不太准，估计总会有五六次吧。每次再版，都会在篇幅上有小调整，在文字上有小润饰。其目的无非是想史实更准确，语言更精练。比如在《木瓜之役》一章中，我将鲁迅"编写"的生理学讲义修订为"编译"的讲义，是因为根据新发现的史料，这部讲义主要是译自日本医学士宫岛满治的《解剖生理及卫生》，极少原创成分。在《长安行》一章中，现添加了以下一句："总的来说，这次'暑期学校'的教学活动未能达到预期目的，因为有的讲题脱离教学需求，不少学员中途辍学。"这是依据1924年7月30日和8月8日《新秦日报》刊登的两篇报道。当年听众为陕西各县的小学教师，而请去的大学者讲的却是什么《行为论》《中国兵工问题》《人生地理概要》……所以原报名的700余名学员因听不懂大多辍学。在《如此香港》一章中，我将黄新彦博士邀请鲁迅讲演改为“有人热忱邀请鲁迅赴港讲演”。因为根据现存资料，有黄新彦邀请、叶少泉邀请和赵今声邀请这三种说法，各执一词，令人莫衷一是。特别需要说明的是，为了使这本普及读物能让更多的读者接受，我有意回避了一些现存争议的问题，如对太平天国农民运动的评价、对十月革命的评价，这也许就是所谓争取一个最大公约数吧。在初版本中，我还曾提及鲁迅列名于庆贺红军东渡黄河抗日讨逆的那封信件。我至今仍然相信鲁迅同意列名这一史实。现予删除，仅仅是因为对于起草者的身份以及文风问题上观点分歧，而并非像倪墨炎先生指责的那样，是出尔反尔，改变了什么原则立场。

弹指一挥间，从《民族魂》在《中国青年报》连载至今，不觉已有36年。岁月真像一把锋利无比的砍刀，在我的脸上砍出了无数条沟沟壑壑。人虽苍老，但学问长进甚微，令我自惭。但也不是没长一点本事，引以为傲的是，我居然在76岁时初步学会了玩微信。每天打开手机，各种信息就会潮水般涌来，让我清浊莫辨，目不暇接。出于职业关系，我首先关心的自然是鲁迅研究领域的信息。扫兴的是，这方面的亮点真还不多，垃圾微信反倒不少。有一句流行语：“比守身如玉更重要的，是在漫天流言中守脑如玉。”但在一个意识形态撕裂的社会，要“守脑如玉”又谈何容易？

在有关鲁迅的博文微信中，我以为值得警觉的有以下三种情况：

一、污名化。即恣意往鲁迅身上泼脏水，如说鲁迅弃医从文是因为成绩不好，说鲁迅“在物价昂贵的东京过悠闲自在的生活，出入歌舞场所”，说鲁迅紧跟袁世凯在丧权辱国的《二十一条》上签字；更为下流的是，说鲁迅之所以在“女师大风潮”中支持进步学生，主要是因为女师大校长杨荫榆“反对教授玩弄女性”。

二、世俗化。论者引用汉奸文人胡兰成的观点，说鲁迅是“百年来第一个好玩的人”，是段子手、撩妹高手；生活过得很精致，爱看好莱坞大片，如此等等，不一而足。总之，是用所谓人性来淡化鲁迅鲜明的政治倾向性，掩盖其本质属性。

第三种情况比前两种更为隐蔽，姑且称之为“反体制化”。即把鲁迅置身于现行体制的对立面，说什么鲁迅是一个“个人主义者”“人道主义者”，主张“全盘西化”，对国民性一直持批判态度。因为“鲁迅的精神遗产不符合新时代文化建设的需求”，所以当局要重塑再造鲁迅的形象。其实，鲁迅既张扬个性，又有集团意识。他肯定“助善抗恶”的人道主义，又揭露“助恶抗善”的人道主义。鲁迅主张多读外国书，是为了容纳新潮，反对闭关锁国、故步自封，并非像胡适那样提倡全盘移植西方的政治体制。鲁迅批判国民性中的消极因素，是为了发扬民魂，这是民族复兴的关键。可见，鲁迅的精神遗产中有很多符合新时代文化建设需求的内容，应该予以弘扬。历史上客观存在的鲁迅曾多次托冯雪峰购买火腿赠送陕北中共中央的领导人，这有 1936 年 9 月 12 日冯雪峰给中央的工作报告作证。这份历史文献至今仍珍藏在中央档案馆，并非当局出于一党之私伪造的材料，可供研究，但无法否认。至于说《鲁迅全集》曾被人改写，不是出于无知则是有意造谣。在《鲁迅全集》出版史上，只发生过注释之争，绝对没有发生过“改写”的情况。

鉴于目前在鲁迅研究领域出现的以上混乱，《民族魂》这种史实比较可靠的普及性著作能够得以再版，也许能够击浊扬清、去伪存真，多少产生一些积极效应吧。

是为跋。

2017 年 3 月 15 日“打假日”

13.《鲁迅史实求真录》后记

前些年，有不少科普文章宣传吃杏干能长寿，理由是杏干中含有的苦杏仁甙（即所谓“VB_{17}”）具有抗癌作用。但美国食品药物管理局 1977 年 11 月向全美医生发出的通告却说：“苦杏仁甙或‘VB_{17}’对癌症的预防和治疗毫无价值。由于它含氰化物多，口服有中毒的危险，至今已有 17 例死亡。此药从未向我局申请检验……不宜临床应用。”一种在国外已被宣判“死刑”的有害药物，我国一些人为什么还把它当成使人长生不老的灵丹妙药广为宣传呢？原因是这些文章的作者参考的是“VB_{17}”的广告说明书；还有些作者，连这份卖假药的广告也未看到，就充当了“转播站”和“传声筒”的角色。试想，如果我们轻信了那种不科学的科普文章，为长寿而服用使人短寿的药物，那会给身体健康带来多么严重的危害呵！

在社会科学领域中，以假乱真和以讹传讹的现象也不乏其例。公元 8 世纪的时候，罗马教皇斯蒂芬二世为维护他的势力范围，抛出了一份公元 4 世纪的文件——《君士坦丁的赠礼》。公元 18 世纪，苏格兰人詹姆斯·麦克弗林整理出版了据说是 3 世纪时的史诗《芬戈尔》（共六卷）。公元 19 世纪，法国人丹尼斯·卢卡斯声称他藏有 27000 多份阿基米德、犹大、恺撒等著名人物的手稿。20 世纪初期，俄国某些人士发表了一份暴露犹太教最高领导密谋独霸世界的材料——《基督教长老会谈备忘录》。直到前不久，西方还哄传希特勒 1932 年至 1945 年的日记在德意志民主共和国境内的一个马厩中被发现。不过，上述耸人听闻的材料一一都被揭穿：《君士坦丁的赠礼》这一“文件”措辞跟 4 世纪通用的拉丁术语根本不符，《芬戈尔》被证实是模仿《圣经》的风格写成的，反犹太人的假《备忘录》照抄了 1864 年法国出版的讽刺作品《孟德斯鸠与马雅弗利在地狱的对话》，而所谓《希特勒日记》内容则大部取自纳粹时代的档案专家铎马努士所著《希特勒之演讲与宣言》。

在我国，史书内容失实或存心制造赝品的情况也是屡见不鲜。因此，有些学风严谨、淡于名利的学者倾毕生精力从事史实的考订工作，如乾嘉时代的学者钱大昕、王鸣盛、赵翼等，就是其中的佼佼者。他们撰写的《二十二史考异》《十七史商榷》《二十二史札记》，至今仍被列入中国史学名著之林，得到有识者的赞赏。“十年浩劫”期间，林彪、“四人帮”反革命集团为了达到篡党夺权的罪恶目的，更是对历史滥施刀斧。比如 1938 年 3 月，林彪在山西西南大宁县午城镇附近察看地形，被阎锡山所辖晋军王靖国部误伤。但林彪的死党为了替他们的主子树碑立传，硬说林彪是同年 9 月在山西北部的平型关负伤的。这种做法充分证明了这个反革命集团是历史科学的死敌，同时也表明了“史实服从政治”一类提法是何等荒唐可笑。

“四人帮”在政治、历史领域制造的混乱，对鲁迅研究领域也有所波及：1927 年初鲁迅与林语堂等在厦门的合影，到“文化大革命”时期，其中林语堂的影像被换成了一块石头；1933 年 2 月鲁迅与萧伯纳等七人在宋庆龄宅的合影，林语堂与伊罗生也不翼而飞，变成了一张五人照；鲁迅在上海溧阳路的藏书室，渲染成了神秘莫测的“秘密读书室”，鲁迅在《辱骂和恐吓决不是战斗》一文中批评的宁波人邱九如，竟被人洋洋洒洒地“考证”成瞿秋白烈士……依据这样的“史料”进行鲁迅研究，足踏在地上的鲁迅就变得愈来愈没有人间烟火味，跟人民血肉相连的鲁迅也就变得虽仰视而不可见了。

早在 1924 年，中国革命的先驱者李大钊就在《史学要论》一书中肯定了记述、观察和验证个别史实的必要性，认为这乃是“史学家的要务”，因为“个别事实的考证，实为一般理论研究的必要准备”。当然，李大钊同志同时也强调应该在考察个别史实的基础上“进一探寻一般规律”；因为“史学的目的，不仅在考证特殊史实，同时更宜为一般的理论研究”。

呈献给读者的这本《鲁迅史实求真录》，是《鲁迅史实新探》一书的姊妹篇，也是一部“史考类”的著作。所收诸文粗略分为以下四类：

一、求真篇。这一组收入五篇文章，有论文，有书评，有后记。文体不同，但有一个“一以贯之”的思想，就是要以真实可靠的史料为基础，再现真实可靠的鲁迅形象。

二、一得篇。“得”，照甲骨文的写法，左上方是张开的两扇贝壳，右下部是一只手，手拿贝壳，就表示“得到”“获得”的意思。后来，“得”字的含意还引申为“正确”（如“得失”中的“得”）和“得意”（如“扬扬自得”中的“得”）。我用“一得录”作为这组文章的总题，主要是取“得”字的本义，即这组文章虽长短不一，但自认为多少提供了一些跟鲁迅研究有关的新资料——或生平史料，或背景资料，或作品资料。从这个意义上讲，“一得录”的名称自然也包含有敝帚自珍的意思。

三、考异篇。这一组所收的六篇文章中，有四篇是论辩性的。毛泽东是否会见过鲁迅，这件事本身不一定有多大的研究价值；在不少人看来，其中的是非曲直泾渭分明。但我认为，这场论争反映了鲁迅研究领域中两种学风的交锋；而且，我的文章也提供了一些辩伪识赝的方法，因此它的意义已经超出了争论问题的本身。从保存资料和提供方法的角度，我决定将这几篇文章收入此书。《偶感两则》一文，是被有关报纸有意压下不发的文章，这次编入自己的文集，算是自己给自己走个“后门”。严格地说，《日本读者对于鲁迅死因的看法》一文算不上是一篇文章，但因为涉及的问题曾在国际上惹出一场小风波，所以保留有关文章，作为今后研究工作的“前车之鉴”。

四、信息篇。信息，作为现代科学技术普遍使用的一个概念，目前似乎没有统一的定义。作为日常用语，就是指“音信”“消息”。在当今的信息社会，学术情报被公认为是“第二资源”。加快鲁迅研究领域学术信息的传递速度，成为提高鲁迅研究水平的关键之一。这一组所收的三篇文章，多少反映了国内外鲁迅研究工作的一些情况。在鲁研界的行家看来，这些文章提供的有些情况已经是旧闻而不是新闻了，但对于另一些身居僻地的鲁迅研究者来说，这些文章介绍的情况他们还不一定熟悉。所以，我仍然把这组文章作为信息“贮存”在这本书里。

最后，对为本书作序的丁景唐先生、对为本书题签的启功先生和多年来在学术上给我以大力支持的黄仁沛兄表示诚挚的谢意。当然，还应该感谢湖南文艺出版社的领导和同志们——在竞相出版赢利书籍的时候，他们以出版家的胆识，为这本有着寂寞命运的学术著作开了“绿灯”。

乙丑（1985）年，农历六月初二，时年四十有五

14. 五四文学星空三颗星

——《胡适与周氏兄弟》序

在中国的五四新文化运动中，周氏兄弟和胡适都是同开风气的人物，各自做出了为对方无法取代的历史贡献。从这个意义上说，不了解周氏兄弟与胡适，就不了解一部色彩纷呈的中国现代文化史、中国现代文学史。但是，由于鲁迅 20 世纪 30 年代被拥戴为中国左翼文坛的盟主，周作人于 1947 年底被“国民政府”的南京高等法院以“通谋敌国”罪判刑，胡适则于 1949 年初被中国共产党增补为“战犯”，在以政治斗争为中心任务的漫长岁月里，人们自然难于心平气和地对他们进行学术研究。但时至今日，对他们的研究成为纯粹“历史命题”和“学术命题”的条件日趋成熟。全面客观评估他们的是非功过，应该成为中国现代文学研究者面临的一项刻不容缓的任务。这不仅是恢复这三位大师历史本来面貌的需要，而且也是正确总结新文化运动经验教训，继续探寻中国现代文化发展和中国现代知识分子前进道路的需要。我只想着重谈几个问题。

五四星空：三颗相互辉映的金星

在五四新文化运动史上，胡适的名字是跟白话文联系在一起的。胡适并非用白话文写作的创始者。在近代中国，胡适也并不是以白话文作大众传播媒介的第一人。然而，正式把白话文作为一种新文体大力提倡并以之取代文言文的却是胡适。因为他的首倡，历史悠久的中国文学才开创了一个以白话文为主体的新时代。

但是，胡适的文学改良观有着倾向于形式方面的偏颇。他以“历史的文学进化观念”考察文章现象，把历史上的“文学革命”仅仅视为文学工具的更替。然而单有文学语言的革新是不够的，“因为腐败思想，能用古文做，也能用白话做”（鲁迅：《无声的中国》，《而已集》）。弥补胡适理论这一缺陷的是周氏兄弟。1918 年 11 月 4 日，鲁迅在《渡河与引路》一文中强调“改良思想，是第一事”，倘若仅有形式的改良而思想照旧，“便仍然换牌不换货”（《新青年》五卷五号）。紧接着周作人在《新青年》五卷六号发表了《人的文学》一文。所谓“人的文学”，就是以人道主义为思想基础、以普通人为描写对象、以写实主义为表现方法。这一主张反映了人性解放在文学领域的目标，明确了“文学革命”的主要任务就是要用“民主文学”革“封建文学”的命，而不只是以白话文代替文言文，因而被胡适誉为“当时关于改革文学内容的一篇最重要的宣言”（《中国新文学大系·理论建设集导言》）。

五四文学革命要取得真正胜利，必须在进行理论建设的同时创造出足够数量和应有质量的作品，以能够经受时间考验的创作实绩对理论的正误及正确的程度进行检验，令人信服地体现这场革命的丰硕成果。对此，胡适有十分清醒的认识。他号召提倡“文学革命”的人赶紧操起白话这个工具，从建设一方面用力，创造出一派新中国的活文学。周氏兄弟是这一号召的身体力行者。他们不但表现出了比胡适更为旺盛的创造力，而且对于在中国创造出成功的新文学作品持有比胡适更坚强的信念。

五四时期的新诗问题，是五四新文学运动中对抗最尖锐而意义最典型的问题。周氏兄弟与胡适在新文学创作领域的配合，主要表现在进行新诗创作时“开风气的尝试”。由于他们跟其他五四前驱者们的共同努力，人们才认识到白话文不仅是普及教育和社会启蒙的工具，而且可以成为优美高雅的文学语言，毫无愧色地进入诗歌这个文学中最辉煌神圣的殿堂。白话文的社会地位因而得到了前所未有的提高。

对于创造新文学，胡适承认自己是“提倡有心”而“创造无力”。他常说，哲学是他的“职业”，历史是他的“训练”，文学是他的“娱乐”（hobby，或译为“兴趣，业余嗜好”）。他的《尝试集》虽然被誉为中国诗史第一部白话新诗集，但胡适承认，所收的近70首作品中，可称为“真白话的新诗”还不到总数的百分之十八。胡适由于片面追求语言的浅显而未在锤炼“诗的语言”方面下功夫，使得他的诗作具有清顺达意的风格，但缺少幽深的意境与奔放的激情。清新而欠朦胧，轻巧而失厚重，工整而少变化。所以，《尝试集》的意义并不在于建立新诗的规范，而在于构筑了中国旧体诗向新旧体过渡的桥梁。对此，胡适颇有自知之明，所以他从来不劝他人创作“胡适之体”的诗，也不强求别人喜欢他的诗。

胡适是在寂寞和幽暗中进行诗探索的，1916年7月至1917年9月，也就是胡适从事白话诗创作的第一阶段，进行这种试验的，神州仅他一人，只有嘲笑者而乏同情者。

胡适在只身鏖战的困境中，得到了周氏兄弟真诚而有力的支持。鲁迅其实是不喜欢作新诗的，更无意于摘取诗人桂冠，但为了攻克旧体诗词这个封建文学卫道之士盘踞的顽固堡垒，他也勉力创作了六首白话新诗，算是“打打边鼓，凑些热闹”。鲁迅这六首初期白话诗不仅体现了当时的时代精神，而且摆脱了“作诗如作文”的风气影响，独辟蹊径地把抽象的哲理化作新奇别致的意境，在形式上也彻底挣脱了旧体诗词的镣铐，得到了胡适等人的首肯。当然，鲁迅的新诗也有晦涩的缺点，其艺术造诣远不及他的旧体诗词。周作人自知他“无论如何总不是个诗人”，也披挂上阵，勉力创作了30余首新诗。这些诗作冲淡自然，能够从极平淡的事实中表现出极清新委婉的情致。胡适对周作人的诗作给予了高度评价。他在《谈新诗》一文中曾说：“我所知道的‘新诗人’，除了会稽周氏兄弟之外，大都是从旧式诗词里脱胎出来的。”他还进一步将周作人的《小河》誉为“新诗中的第一首杰作”。同时代的其他评论家也认为周作人的新诗取得了不易超越的成就，是中国现代新诗史上继《尝试集》之后的第二块里程碑。

胡适之所以极力推荐《小河》，不仅因为这首诗语言质朴清新，意境优美隽永，节奏自然委婉，更主要是因为它完全打破了“诗之文学”与“文之文学”，“诗之文法”与“文之文法”的界限，实现了他提倡的“诗体大解放”的目标。但也有论者觉得胡适对《小河》的评价有溢美之嫌。持这种观点的人认为《小河》的语言已劣变为散文化的语言，并非诗体的解放而是诗体的丧失。正是胡适理论的错误导向，才产生了新诗 70 余年的历史上时起时伏的散文化倾向。周作人也自认为自己的白话诗并不算是新诗，虽然打破了诗词歌赋的规律，但实际上与语体散文没有什么不同（参阅《苦茶庵打油诗前言》）。

在五四时期，小说（主要是短篇小说）创作是整体新文学创作中收获至为丰饶的领域。鲁迅是中国现代小说的奠基者，他的《呐喊》《彷徨》把积极的社会功利性和内容的真实性、形象的完美性有机地融为一体，呼唤了中国新文学黎明时期小说创作蓓蕾怒放的春天。胡适对鲁迅的小说推崇备至。在《五十年来的中国文学》一文中，胡适谈到五四时期小说创作的情况。他说：“成绩最大的却是一位托名‘鲁迅’的。他的短篇小说从四年前的《狂人日记》到最新的《阿 Q 正传》虽然不多，差不多没有不好的。”直至晚年，胡适仍坚持这一看法。

在催促中国现代白话小说诞生的过程中，胡适和周作人也做出了不可磨灭的历史贡献，但他们的功绩并不是表现在创作实践方面：胡适仅写过几篇文言小说，半部章回小说——《真如岛》，以及一篇平铺直叙，连自己后来也感到脸红的白话小说——《一个问题》；周作人出版过一部“半做半偷”的文言小说《孤儿记》，写过三篇未能引起回响的文言小说《女猎人》《好花枝》《江村夜话》——其中被称为“社会小说”的《江村夜话》是松冈俊裕先生在《中华小说界》一卷七期中发现的。胡适和周作人的成就，主要是译介外国小说和引进现代小说观念。

在中国文坛，周作人最早是以翻译家现身的。在参加新文学运动之前，他就已经译出了 34 篇外国短篇小说、7 部中篇小说。他跟鲁迅以谨严的态度、直译的方法和取材于富有民族主义和民主主义思想的弱小民族文学作品，在中国近代的文学翻译史上别开了新生面。在日本文学和希腊文学的译介方面，周作人更是独树一帜。胡适的翻译活动晚于周作人七年。从1912年开始，胡适陆续翻译了莫泊桑、契诃夫、史特林堡、高尔基的短篇小说，辑成《短篇小说》一书于1919年10月出版。其中的《最后一课》（《割地》）等名篇，长期被选入中国语文课本，激发了中国广大青少年的爱国热情。1917年11月，胡适和周作人还一起参加了北京大学国文研究所小说科的研究活动。胡适于1918年3月15日讲《论短篇小说》，周作人于同年4月讲《日本近三十年小说之发达》。这两篇讲稿，为中国现代小说美学奠定了最初的基石，使一向受到压抑的小说获得了科学的尊严，一向贫乏的小说理论充满了盎然生气。

在中国新文学的宝库中，白话散文占有极其醒目的位置。胡适在白话散文的创作上无疑也是先行者。翻开五四时期的报刊，可以读到胡适用本名和笔名撰写的大量杂感、随笔和短评。他推出的"什么话"题目，丰富了杂文的形式和技法。在传记散文领域，胡适也是最早的倡导者和耕耘者。周作人指出，胡适之的散文"清新明白，长于说理讲学"（《志摩纪念》），但"味道不甚深厚，好像一个水晶球一样，虽是晶莹好看，但仔细看多时就觉得没有多少意思了"（《中国新文学的源流》）。周作人的上述评价大体上是正确的，所谓"味道不甚深厚"，也就是不够含蓄朦胧，虽具有散文必要的朴实美但缺乏使读者获得高层次审美愉悦的深邃美。简而言之，胡适的散文具一种"娓语风"。

促使具有独立品格的艺术性散文诞生的是周作人。论者多以周作人1919年3月在《每周评论》上发表的《祖先崇拜》为真正的白话散文，但周作人自认为这篇文章说得"理圆"而"余情"。1921年6月18日，周作人在《晨报副刊》发表《美文》，公开提倡艺术性较强的散文小品。这种"美文"可偏重抒情或偏重叙事，也可抒情与叙事相夹杂，但无论属哪一种类型，都要以深刻的思想作灵魂，以真实简明为美学标准。周作人还指出，要给新文学开辟出这块新的土地来，既要借鉴外国的美文（如英国的散文随笔），又要继承古典文学的优良传统。

周作人不仅提出了精辟的现代白话散文理论，而且可以说是用全副心灵从事散文小品创作。他一生约创作了3000余篇散文，其中的一些篇什——如《人的文学》《平民的文学》《地方与文艺》《古文学》《读〈京华碧血录〉》等还被选入教材，产生了深广的社会影响。胡适高度评价了周作人在中国现代散文史上的创始者地位。1922年3月，他在《五十年来的中国文学》中指出："这几年来，散文方面最可注意的发展乃是周作人等所提倡的'小品散文'。这一类的小品，用平淡的谈话，包藏着深刻的意味；有时很像拙笔，其实却是滑稽。这一类作品的成功，就在彻底打破那'美文不能用白话'的迷信了。"这一评价，得到鲁迅的首肯。他写信给胡适，认为这篇文章"精辟之至，大快人心"。

胡适是着重从艺术形式的角度评价周作人散文的。他所谓"用平淡的谈话，包藏着深刻的意味"，系指周作人的散文喜简略而隐约其词，著平淡之裳而蕴隽永之义，语言纯净淡雅，不事雕琢，平平写来，如行云流水，但字里行间却能参悟人情事理，给人以知识的陶冶和理性的启迪。"有时很像拙笔，其实却是滑稽"，系指周作人的散文寓诙谐于朴讷之中，具有诙谐出于平淡、机警出于自然、寓庄于谐、寓谐于庄的特点，达到了寓思想性、知识性、趣味性于一炉的艺术境界。不过，胡适的上述评价似乎只能概括周作人早期散文的艺术特点。自《谈虎集》《谈龙集》之后，周作人逐渐脱去了五四时期"为人生"的衣衫，收敛起"浮躁凌厉之气"，从提倡人道主义的文学转而提倡"独抒性灵"的"言志派"文学。随着生活的闲适化（闲游，闲卧，闲谈……），他在散文创作上也着意追求一种闲适的雅趣。虽然后期的有些散文仍不失其道德的意义，但有芒角者究不甚多，呈现出一种"隐士风"。

在中国现代散文文体建设方面，鲁迅也付出了创造性的劳动。他的叙事记人的散文集《朝花夕拾》、抒情述怀的散文诗集《野草》，是中国现代正宗散文的典范。更为重要的是，鲁迅又融合了诗和政论的特质，创造出一种新型的散文样式——杂文。这一文学形式萌芽于五四文学革命与思想革命。它一方面吸收了外来的essays（随笔）和feuilleton（小品）的特点，另一方面又和中国古代散文（如魏晋文章）的深厚基础关联。杂文在鲁迅创作中占有极大的比重。鲁迅在他一生中，特别是后期思想最成熟的年月里，将大部分心血倾注到杂文创作中——他除了写过八篇历史小说之外，创作的几乎都是杂文。无论对于鲁迅本人，还是对于中国社会、中国文化，鲁迅杂文的重要性都超过了他的小说和其他著作。如果离开了这些杂文，鲁迅作为文学家的分量就会减轻，甚至就不会有现在这样伟大的鲁迅。

与胡适和周作人散文的风格不同，鲁迅的杂文具有一种与“隐士风”迥然不同的“斗士风”。这种风格的形式，是由于把历史批评与社会批评引进了艺术创作的领域，亦即把艺术带进了思想斗争的领域。鲁迅杂文的这种思想特征，使得它为社会上一部分人喜闻乐见的同时，也必然为社会上的另一部分人反感和忌恨。只要社会上还存在不同利益的集团，它就不可能受到不同政治立场，不同思想倾向的人们的普遍赞赏。所以，鲁迅杂文不能受到普遍认同，完全是一种正常的现象，丝毫也不值得奇怪。

三条道路：中国现代知识分子的不同抉择

“大江东去，浪淘尽，千古风流人物”。在五四时期新旧思想的大激战中，周氏兄弟和胡适不仅对封建复古主义进行过抵制和斗争，而且也都不同程度地接受过新思潮的影响。

在著名的“问题与主义”之争中，胡适一再强调要多研究些问题，少谈些“主义”。需要澄清的是，胡适并不是劝人不研究一切学说和一切“主义”。相反，他认为一切学理，一切“主义”，都是细心考察社会和研究问题的必不可少的工具，他担心的是“主义”成为一种抽象的名词，而世间并没有一个抽象名词能把某人某派的具体主张都包括在里面。他尤其反对出于畏难求易的心理，高谈“主义”而不去切实解决实际上的困难。胡适终生服膺杜威的实用主义，主张通过一点一滴的渐进改良解决中国社会面临的问题。青年毛泽东一度接受胡适的影响，草拟了《问题研究会章程》，一口气提出了71个面临的迫切问题准备着手研究。胡适还试图探寻一条“自由的社会主义”的道路。早在1917年俄国“二月革命”爆发时，胡适就填词欢呼“新俄万岁”。1925年，胡适的许多友人要他加入“反赤化”的讨论，但为他拒绝，因为他的实验主义不容他否认这种政治试验的正当。1926年6月，他撰写了《我们对于西洋近代文明的态度》一文，指出了19世纪以来个人主义趋势的流弊和资本主义统治下的苦痛，认为向“资本家手里要求公道的待遇，等于‘与虎谋皮’”。他肯定“十九世纪中叶以后的新宗教信条是社会主义”，赞扬“俄国的劳农阶级竟做了全国的专政阶级。这个社会主义的大运动现在还在进行时期，但他的成绩已很可观了”。这篇文章不仅编进《胡适文存三集》，而且长期被选入了大学的国文教材。1926年7月，胡适接受李大钊的建议，取消从苏联赴英国出席中英庚款委员会全体会议，在莫斯科逗留了三天，并跟共产党人蔡和森进行了“纵谈甚快”的会晤。通过实地考察，他肯定苏联人民正在进行的是一个“空前的伟大政治新试验”，苏联人民是“有理想，有计划，有绝对的信心”的人民。虽然当时苏联的经济实力还赶不上发达的资本主义国家，但胡适认为“不能单靠我们的成见就武断社会主义制度之下不能有伟大的生产力”。通过跟蔡和森的交谈，胡适还想筹组一个以改革内政为主旨的“自由党”，党纲中就包括实行“社会主义的社会政策”。不过，胡适在20世纪30年代后期改变了上述态度，50年代又对他曾经发表肯定社会主义的言论表示公开忏悔。

五四时期，周作人是日本新村运动的热情宣传者。1919年3月，他首次在《新青年》六卷三号发表了《日本的新村》一文。1919年7月下旬，他专程赴日本日向新村考察，并留下了“子曰：仁”的题字。同年11月8日，他又在天津学术讲演会上发表题为《新村的精神》的讲演。武者小路实笃把周作人当成“新村的弟兄”。他回忆说：“周作人很赞成搞新村，他成为我们的一个会员，答应在北京设立支部……他还时时汇集会费给我们寄来。”（《周作人和我》）

周作人对新村运动的宣传在当时中国思想界一度引起广泛的共鸣，影响了一批因不满现实而急于寻求新路的仁人志士。比如1920年周作人在《人道》月刊第二期发表《新村的理想与实际》时，李大钊、瞿秋白、郑振铎等也同期发表了宣传介绍新村的文章。毛泽东、恽代英、蔡和森等也是新村运动的响应者。毛泽东甚至登门向周作人求教，并拟定了在湖南长沙岳麓山建设新村的计划。

在宣传新村主义的热潮中，胡适保持了比较冷静、清醒的头脑。1920 年 1 月，他先后在天津和唐山发表题为《非个人主义的新生活》的讲演（讲词刊于 1 月 15 日《时事新报》），对周作人大力提倡的新村运动提出了批评。胡适认为，新村运动的思想基础是“独善的个人主义”，其性质是“不满意于社会，却又无可奈何，只想跳出这个社会去寻一种超出现社会的理想生活”。这种运动是避世的；其根本性质与山林隐逸的生活相同。新村要求人人都尽“制造衣食住的原料”的义务，也与社会分工趋于细密的进步趋势相背离。对于周作人“改造社会，还要从改造个人做起”的观念，胡适指出其根本错误“在于把个人看作一个可以提到社会外去改造的东西”。他针锋相对地指出：个人是社会上无数势力造成的。改造社会的下手方法在于改良那些造成社会的种种势力——制度、习惯、思想等等，改造社会即是改造个人。尽管胡适所说的“改造社会”是他一贯主张的“零碎的改造——一点一滴地改造，一尺一步的改造”，但毕竟比周作人的主张减少了一些乌托邦色彩。

周作人当时没有采纳胡适批评中的合理意见。他在 1920 年 1 月 24 日《晨报》和 1 月 26 日《时事新报》先后发表《新村运动的解说——对胡适先生的演说》。他反驳说：“改造社会原只是笼统的一句话，社会里面的实质还是各个人，所以改造社会还须从改造个人做起。”直到 1924 年春，周作人这种乌托邦的“蔷薇之梦”才宣告破灭。但是他的思想又趋于另一极端。他在同年 2 月 6 日的《晨报副镌》发表《教训之无用》一文，援引蔼理斯和斯宾塞的观点，得出群众不可教化的消极结论。他说，无论是被尊为“圣人”的人，抑或被斥为“不道德的文人”，他们的“教训”在群众中没有人听；期待他们教训的实现，有如枕边摸索的梦，不免近于痴人。1926 年 8 月 10 日，周作人在《雨天的书·自序》中正式宣布：“我以前是梦想过乌托邦的，对于新村有极大的憧憬，在文学上也就有些相当的主张。我至今还是尊敬日本新村的朋友，但觉得这种生活在满足自己的趣味之外恐怕没有多大的觉世的效力。”就这样，周作人在新村理想破灭的同时，也在实际上放弃了思想革命的主张。

跟胡适、周作人的态度有所不同，鲁迅历来重视事实的教训。他不迷信教条，不盲从一切。据周作人回忆，早在 1906 年初，鲁迅就通过宫崎寅藏先生结识了日本早期社会主义者堺利彦，并购买了《平民新闻》社出版的理论杂志《社会主义研究》共五册，其中包括《共产党宣言》的日译全文。五四时期鲁迅又曾欢呼过“新世纪的曙光”。但鲁迅是一个脚踏实地的革命家，他习惯于用客观事实和实践效果来对任何一种“主义”进行检验。事实，是鲁迅思维的起点，又是他思想发展变化的依据。当各种思潮都披上新装纷至沓来的时候，他一时无法判断这“新的”该是什么，而且也不知道“新的”起来后，是否一定就好，因此他对任何一种“主义”都不肯轻从，更不轻易在寻路的青年面前以导师自居。1918 年 1 月 4 日，鲁迅在致挚友许寿裳信中谈到疗治同胞疾苦的两个难处：“未知下药，一也；牙齿紧闭，二也。” 1925 年初，许广平写信请求鲁迅给以“真切的明白的指引”。鲁迅坦率承认，他连自己也没有指南针，到现在还是乱闯。

周氏兄弟与胡适政治上的离合分化发生在 1924 年形成的第一次国共合作分裂之后。1927 年 4 月，蒋介石发动了“清党运动”。鲁迅在被称为“革命策源地”的广州目睹了这场“血的游戏”，进化论的思路为之轰毁。他抛弃了北伐战争高潮中对国民党寄予的希望，旗帜鲜明地站到了潜入地下的被虐杀者一边。第一次世界大战之后资本主义世界出现的经济危机和十月革命后苏联小麦、煤油出口的事实，促使鲁迅相信无阶级社会一定要出现，新兴的无产者将拥有未来。民族矛盾上升时期国民党政府奉行的“攘外必先安内”的政策，更使他置身于对现政权取批判态度的立场，决心用那支“金不换”毛笔对付“蓝衣社”特务的手枪。从 1930 年开始，鲁迅先后参加了在中国共产党领导或影响之下筹建的自由运动大同盟、民权保障同盟、左翼作家联盟，因而享有了“中国的高尔基”的声誉。

在国共两党你死我活的斗争中，周作人原想保持中立的态度，但越来越多的关于滥杀和虐杀的新闻报道，以及不少友人和学生的鲜血，又使周作人难于保持缄默。此时，正值胡适从美国经日本归国抵达上海后发表演说，谈到中国仍容忍人力车，所以不能算是文明国。周作人针对这种言论发表了《人力车与斩决》一文，揭露“清党”过程中不仅有枪杀，而且使用了清末即已废除的斩决。作为“当世明哲”的胡适不能容忍人力车，却宽容不文明的斩首，是一件十分奇怪的事情。周作人曾在《谈虎集·后记》中公开宣称：“我自己是不信仰群众的，与共产党无政府党不能做同道。”他也不想对要不要“清党”的问题发表政见。但他不能宽容“那种割鸡似的杀人的残虐手段”，不能宽容南方“清党”过程中出现的“无辜被害”的情况。

1928年11月，周作人作《闭户读书论》，宣布从此以苟全性命于乱世为第一要义，在这不可思议的时代装聋作哑，自我麻醉，多磕头，少说话，既可省事省力，又可养生得道。一年前，周作人在《日本人的好意》一文中曾痛斥《顺天时报》教唆中国人“苟全性命”是想“趁早养成上等奴才高级顺民”，而今他却躬行他先前所激烈反对的人生哲学，收敛起“叛徒”的言行而以“隐士”现身。在他看来，装哑巴毕竟胜于当奴才。想醉生梦死而仍未能忘情于世事的人内心自然是苦涩的。对于周作人这种“不得已而为之”的处世态度，我们应联系特定的历史条件予以充分理解，正如周作人所说，外国的隐逸多是宗教的，中国的隐逸却是政治的（参阅周作人：《重刊〈袁中郎集〉序》）。但另一方面也需要从他的人生哲学和文化择取方面探寻原因。五四时期，周氏兄弟和胡适都提倡过“自利利他主义”的道德观。胡适宣传的“健全的个人主义的人生观”中，包含着不计个人利害的牺牲精神。鲁迅更以“损己利人”为道德的最高层次，希望长者以“无我的爱”牺牲于后起新人。但在“利己”与“利他”的天平上，周作人的砝码却倾斜在“利己”的一端。他明确宣称：“无我的爱，纯粹的利他是不可能的，是一种超人间的道德。”在文化择取上，周作人由早期主张“摈儒者于门外”转变为宣传以儒家人文主义为大东亚文化的中心思想。他从儒家学说中提炼出了满足于饮食男女需求的“人生主义”，讲求实际的“现世主义”，安于忍辱、以忍为上的“混世主义”。这些思想又跟道家的超脱观念、无为主张，希腊文化中尊崇中庸之德精神，以及蔼理斯的调和“纵欲”与“禁欲”的思想等因素相掺和，使他变得更加冷漠、保守。他没有听从鲁迅关于在救国大事上不可过于退让的忠告，也辜负了胡适敦促他在北平沦陷后携眷南下的好意，终于由“隐居”而“出仕”，在20世纪40年代初穿上了日本式军装，戴上了日本式战斗帽，坐上了日本入侵者为他安置的华北政务委员会常委兼教育总署督办的交椅，在自己的生命史册上涂抹了无法洗尽的污点。周作人的下场正是中国现代自由主义知识分子在剧烈的阶级矛盾和民族矛盾中寻求中间道路而不可得的悲剧。

跟周作人对传统文化的态度有一个转变过程一样，胡适晚年也声明他在本质上并未反儒。但跟周作人的文化择取方向有所不同，胡适从儒家思想中汲取的主要是“知其不可为而为之”的入世精神和“杀身成仁，舍生取义”的民族气节。特别是“积极入世”的立场，可以说是贯穿了胡适的一生。由于胡适信奉跟马克思主义相对立的实用主义，主张用和平渐进的手段而不是采用群众运动、暴力革命的手段改造社会，这就决定了他必然置身于跟中国共产党相敌对的营垒。对于1927年以后建立的国民党政权，胡适则有一个由“从旁观望”到“充当诤友”再到“大失所望”的过程。他虽然没有像周氏兄弟那样及时发表谴责“清党运动”的文章，但基于人道主义的立场，他不满于国民党当局“以暴止暴”的政策，希望当局者用“釜底抽薪”而不是“斩草除根”的办法来防止革命的发生。作为留美派知识分子的代表人物，胡适始终想把他神往的美国式的民主制度移植到中国。他深信思想信仰的自由与言论出版的自由是社会改革与文化进步的基本条件，而民主政治则是实现上述自由的基本保证。鉴于当时的国民党政府崇尚法西斯独裁，胡适于20世纪20年代末期在《新月》杂志发表了一系列政论，呼吁当局切实保障人权，迅速制定约法，结果被视为“肆行反动”而受警告。当时，自以为将成明哲的周作人多次写信规劝胡适“别说闲话”，不在不相干的事情上耗费精神，以求在教书、著书上充分发挥才能，免生“忠而获咎”的闲气。他还将《永日集》寄赠胡适，希望他特别读其中的《闭户读书论》这篇文章。胡适真诚感激周作人的多次劝告，他十分动情地在复信中说：“生平对于君家昆弟，只有最诚意的敬爱，种种疏隔和人事变迁，此意始终不减分毫。相去虽远，相期至深。”他坦率向周作人表明无法改变“好事”的性情，无法舍弃他信奉的“多事总比少事好，有为总比无为好”的个人的宗教，这就婉转而坚决地表明了他执意要以“无偏无党之身”做“诤臣诤友”的政治态度。

1931 年九一八事变发生之后，胡适跟国民党最高当局建立了直接联系，成了蒋介石麾下的“庙廊军师”。他跟友人创办了立场并不“独立”的《独立评论》，颂扬蒋介石“超越异常”的魄力与才能，肯定他“在今日确有做一个领袖的资格”。他激烈反对民族危亡时刻的学生运动，主张依靠美国操纵下的“国联”来解决中日争端。1937 年 7 月，抗日战争全面爆发，长期以为中国无抗日准备而主张妥协让步、作最大和平努力的胡适改变了观点，意识到消极避战的结果只能使“敌氛日深，受逼日甚”。他接受了秘密使命，以非官方人士的身份走访英、美等国，了解情况，争取同情。他往往每天看十种报纸，白天到处奔走，晚上睡得很迟。他谢绝了美国好几家大学的聘请，不肯在国家危急人民遭劫的严峻时刻自己在海外过太舒服的日子。1938 年 7 月，胡适离美赴欧洲活动，又接受了出任驻美大使的使命，继违背了“不谈政治”的诺言之后，又放弃了“不入政界”的想法。他在美国忙碌奔波，四处演说，说明中国抗战的世界意义，以及中国抗战的极度艰苦和准备坚持抗战的决心，因而改变了美国在中日之间完全保持中立的态度，达成两次借款 4500 万美元的协议，在武汉、广州失守和汪伪政权即将出台的险峻时刻用财力支持中国的神圣抗战。

1945 年抗日战争胜利之后，胡适致电毛泽东，要求中共放弃武力，“准备为中国建立一个不靠武装的第二大政党”。但他的幻想迅速被中国内战的枪声粉碎。在解放战争时期，胡适自觉地以“在野”

的身份帮政府的忙，“支持他，替他说公平话，给他做面子”（1947年2月6日致傅斯年信）。他以“社会贤达”的身份参加了1946年底在南京召开的“制宪国民大会”，被选为大会主席，为蒋介石担任合法大总统提供了法律依据。1948年3月，他又参加了“行宪国大”，代表“民众”把“总统当选证书”呈送到蒋介石手中。

1949年3月，胡适接受蒋介石的委派去美国争取“精神与道义之声援”。他一方面在国外进行劝阻西方国家承认中华人民共和国的活动，另一方面通过《自由中国》杂志奉劝蒋介石节制自我，遵法守宪，更有效地保障言论自由。他支持在台湾筹建在野党以期对执政党发挥监督制衡作用，促使政治发生新陈代谢。但是，胡适的谏言深为蒋家父子所忌讳。国民党的御用报刊攻击《自由中国》幕后有“匪谍”，是“为共产党的统战工作铺路”。蒋经国控制的“国防部总政治部”还发出极机密的特字第九九号“特种指示”，攻击胡适的言论“荒谬绝伦”，是“毒素思想”。1958年4月，胡适从美国回台湾就任“中央研究院”院长之职，不久，他因规劝蒋介石根据宪法不做第三任总统而大触霉头。曾经被他视为“不是自私的，也不是为一党一派人谋利益的”蒋介石并不愿意做“合法的，和平的”转移政权的榜样，而是要通过“修宪”的手段担任“终身总统”。胡适支持的《自由中国》被冠以“涉嫌叛乱”的罪名而遭查禁，杂志负责人、胡适的朋友雷震被判处10年有期徒刑。胡适民主政治的理想在台湾再次受挫。他怀着极度悲愤的心情向记者发表了六个字的感想：“大失望，大失望。”1962年2月24日，71岁的胡适因心脏病突发去世。有一副挽联描绘了他被左右夹击的尴尬处境：“共党既骂之，国人又骂之，空身无片土，天乎痛哉！”

结语

综观胡适跟周氏兄弟的交往史，可知他们在狂飙突进的五四时代的确是思想界、文学界并峙的三座奇峰，随着物换星移，他们各自踏上了不同的人生道路。鲁迅在左翼文坛内部的“围剿”声中逝世；胡适在台湾文化界一部分人的“围剿”声中倒下；应验了“寿则多辱”这句话的周作人则死于红卫兵的棍棒。他们生于忧患，死于忧患，用自己的言行在不同的历史上涂抹了不同色彩。1918年底，胡适在奔母丧时构思了《不朽》一文，文中写道：“‘小我’是会消灭的，‘大我’是永远不灭的。‘小我’是会死的，‘大我’是永远不死，永远不朽的。‘小我’虽然会死，但是每一个‘小我’的一切作为，一切功德罪恶，一切语言行事，无论善恶，一一都永远留存在那个‘大我’之中。那个‘大我’便是古往今来一切‘小我’的纪功碑，彰善祠，罪状判决书……”胡适和周氏兄弟如今均已作古，他们一生的是非功过，也已长存在那个不朽的“大我”之中。

原作于1993年4月，2003年末润饰。

15. 风雨中，这点痛算什么

——《假如鲁迅活到今天》后记

由于友人房向东穿针引线，这部讲演集得以公开出版，为我留下了又一道人生轨迹。对于房君的深情厚谊，我表示真诚的感激！

记得入小学不久，母亲就让我参加讲演比赛。我清晰地记得讲题是《国父的精神》，说孙中山先生从海外归来，拎着一只大皮箱，革命党人关切地询问他从华侨那里募集了多少经费。中山先生笑答，他一分钱也没募到，带回的只有革命精神。这个故事当时感动了我，也感动了全场听众。后来读鲁迅的书，才知道孙先生因为缺乏经费，没有党军，所以奔波一世，被军阀赶来赶去。物质和精神原本是不能分割、缺一不可的呵！

说起鲁迅，不禁使我想起自己研读鲁迅的起步阶段，这个阶段又是跟讲演紧密相连。那是"文化大革命"后期，中小学都在"复课闹革命"，但实际上"革命"在延续，比如"学黄帅，反潮流""反击右倾翻案风"等，"读书"却远远没有进入状态，学生的革命热情主要用于砸玻璃、撬地板、给老师写大字报，哪里还有认真听课的兴趣？于是学校想出了一个对策，叫"走出去，请进来"——让学生走到社会大课堂去接受教育，把工农兵请到小课堂来占领阵地。可惜并没有那么多工农兵有本事来占领讲台，社会上也没有那么大的空间能容纳一群政治上被误导的毛孩子来胡闹。于是学校又想出了一个变通办法，就是校与校之间互派老师讲大课。我当时所在的鲁迅中学先把红卫兵拉到北京西城师范，请该校老师讲述共青团史。作为对等条件，是该校要求把他们的红卫兵拉到鲁迅中学，由我校教师讲"鲁迅与女师大学生运动"——因为鲁迅中学所在地是鲁迅曾经任教的女师大原址，鲁迅曾在这里教过三年书。出乎预料，这个光荣任务最终落到了我这个语文教师身上；更出乎意外，这次讲座竟受到了学生超乎寻常的欢迎。

回想起来，这个讲座之所以受到欢迎也不奇怪，因为其内容不但有一定的知识性，而且有一定的趣味性，在当时那种强制灌输政治教条的岁月中就成了一种近乎另类的声音。听众是热情的义务广告员，一传十，十传百，于是请我讲演的学校越来越多，听众从一年级小学生到清华大学的工农兵学员，再到很多工厂的青工。一些著名文化人也闻讯到鲁迅中学参观，如袁鹰、李希凡、姜德明、林辰、徐刚、戈宝权、薛绥之。当时没有《百家讲坛》，我不可能取得今天“名嘴”所获得的双重效应，但我后来将这次讲演整理成文，由北京人民出版社公开出版，成为我的第一本鲁研著作，也成为我踏入鲁研界的第一块敲门砖。

到鲁迅研究室工作之后就靠笔耕谋生了，动嘴的时候微乎其微。循“用进废退”规律，口头表达能力自然越来越笨拙，再加上脑神经时出障碍，经常发生思维中断，于是更怯于讲演。然而的确是出于工作需要，或者是难却邀请方面的盛情，这四分之一世纪当中我还是耍了不少嘴皮子。只不过大多数讲演随风而逝，未留痕迹。现将侥幸留下的部分讲词整理出来，按其内容分为三个部分。

第一部分。其中包括我对鲁迅其人的认识，也包括我对鲁迅思想和创作的理解，作为鲁研界一名老兵的一家之言，不敢自以为是。讲演内容常涉及鲁研界历年来的论争。对这些论争发表看法，原本是鲁迅研究室成立之初上级规定的任务之一。如果我处于另一个工作环境，也许会少一些介入的机会和热情。俗话说，一言既出，驷马难追。我既然发表过这方面的言论，如今也无法收回，只能记录在案，接受读者和时间的检验。

第二部分。这是一组在法国、韩国、日本等地的讲演。

第三部分。这一部分收录的主要是我主持鲁迅研究室工作和担任中国鲁迅研究会副会长兼秘书长期间的发言。自以为有一些学术性和针对性，并不是空话、套话，故敝帚自珍，一并收入此书，作为我学术活动的记录，相信对读者也多少有一些参考价值。

在这本集子中，需要特别提及的有两篇：一篇题为《假如鲁迅活到今天》，另一篇题为《鲁迅研究的两条路径》。前一篇是我在中国现代文学馆的讲演，后来在境内外遭到了一场长达两年的“围剿”，我因此也被有些人定位为说大话，说空话，除了“三个代表学得好”之外一无可取的御用文人。现在我没有为自己辩诬的平台，只能一字不易地将原文刊出，听凭今天和今后的读者继续裁决。后一篇是在鲁迅博物馆一次学术研讨会上的即兴发言，后来也被某人在人民大会堂浙江厅宣布为美化“四人帮”的言论。跟前篇一样，这次发言也有全程录音录像。我特请一位与论争毫不相干的年轻人据实整理，也听凭今天跟今后的读者裁决。

在这两场风波中，我受到的伤害是局外人所难以体会的。可以如实地说，迄今为止，我一生中所受到的最大打击有两次：一次是“文化大革命”中遭到的政治迫害，另一次就是近年来所受到的“围剿”。在精神难以支撑的境遇中，常在我耳边响起的就是《水手》这首歌中老水手的励志格言：“他说风雨中，这点痛算什么？”这其实也就是鲁迅对柔石的告诫：“人应该学一只象。第一，皮要厚，流点血，刺激一下，也不要紧。第二，我们强韧地慢慢地走去。”（《鲁迅研究资料》第七辑，天津人民出版社 1980 年 12 月出版）

我在写这篇后记的时候，无意中瞥见案头有一本《蒲宁回忆录》。蒲宁是 20 世纪俄罗斯一位著名的现实主义作家，写诗，写散文，主要写小说。他的作品不仅描绘了俄罗斯没落的贵族生活和腐朽的宗法社会，而且批判了西方社会，表现出反殖民主义思想。因为他的创作成就，于 1933 年获诺贝尔文学奖。但他评价作家时却只用单一的政治尺度：凡赞成或不明确反对十月革命的作家他都视为敌人，即使对方艺术上有其成就，包括对他的创作产生过起死回生作用的友人——如高尔基。这不禁使我想起我之所以受到批判的一句关键性的话：“假如鲁迅活着，看到今天建设有中国特色社会主义所取得的辉煌业绩，一定会为之欢欣鼓舞。”能不能不顾全文，单凭掐头去尾的这一句话，就说我说的不是人话，是在对现实进行无节制的歌颂呢？是不是肯定了中国改革开放的成就就应该被羞辱、被鸣鼓而攻之呢？蒲宁的传记作者阿·巴博列科说："作家的观点不是政治活动家的观点，这里应有另一种尺度。"我感到，这位传记作家的胸襟，似乎比和谐社会中的一些酷评家要宽阔得多。须知，政治风云和个人恩怨并不容易永存，而将来能够较为长远留存的毕竟是学术、艺术和人性。

最后还想说明的是，本书收录的讲演词风格有两类：一是近乎原汁原味的讲演，如《鲁迅其人及其人学思想》《新时期关于鲁迅的若干论争》；另一类是近乎照本宣科的讲演。第一类讲词即兴发挥较多，比较活泼，有现场气氛，但在遣词造句方面难免有失严谨；第二类接近文字稿，不过跟一般的学术论文相比，毕竟还是要通俗一点。我想，其他人的讲演，大体也可分为这样两种类型。由于所收诸篇内容偶有重复，故编辑此书时作了少量删节，但观点未作任何改动，没有以今天的水平来提升当年的水平；尤其是引发争议的两篇，一字一句都未敢变动，以尊重历史原貌。

2007 年 7 月 25 日

于北京西城与海淀的边界线

16.《本色鲁迅》后记

鲁迅研究曾经给我带来短暂的风光，也曾给我带来难愈的伤痛。自2008年退休之后，我长期不愿重新迈进原单位的大门，原因之一就是要跟已经逝去的一切说一声再见，重新开拓自己的人生之路。这些年来，我涉足了不少新的学术领域，结交了不少新的朋友，得到了不少新的乐趣。这当然不是说我取得了什么新的成果，可以炫耀于世人；而只是在用有限的文字显示自己的存活，并大声告诉那些曾经给我设下陷阱，希望我从此在学术界蒸发掉的人：我虽然已经能够看到生命的尽头，但仍然在步履蹒跚地朝前走着……

估计是因为我毕竟从事过30余年鲁迅研究的专职工作，所以仍然有些报刊约我写这方面的文章。这些编辑只是单纯出于一种弘扬鲁迅业绩的动机，并不了解学海中会有潜伏的鲨鱼噬人，学林中会有蒙面的强人剪径。我无法拒绝他们的赤忱，所以竟忘了往昔的伤痛，又勉力写下了收入本书的这些文字，说出了一些内心想说的真话；至于因此又将酿成什么苦果，那就只好在所不惜了。

当今是一个崇尚学术专著的年代。我佩服那些博学覃思、气魄宏大的学者。但我是一个经历过非常岁月，学术上又先天不足的人，退休之后更没有良好的治学环境，因而对那种峨冠博带的鸿篇巨制，只能望洋兴叹而已。但在当今这个崇尚包容的社会，是不是也应该给专著之外的其他文体留一点狭小的生存空间呢？更何况学术的含量并不取决于篇幅的长短。鲁迅一生创作的杂文900多篇，篇幅都不长，又有谁能说它的学术寿命会比当今一些洋洋洒洒的学位论文短暂？必须郑重声明：我绝没有将拙文跟鲁迅杂文相比之意。这是没有可比性的；我即使再狂妄，也不会如此不知天高地厚。“一朝被蛇咬，十年怕井绳”，所以特意画蛇添足般地补充了以上这句话，作为在自己的赤膊上披一片盔甲。

2012年
日本投降67周年之日
于山西长治鹏宇大酒店

17.《搏击暗夜——鲁迅传》后记

何时正式提出为鲁迅立传的问题？我以为是 1936 年 5 月 5 日。根据是当天未名社李霁野先生致函鲁迅，建议鲁迅写一部自传或协助许广平写一部《鲁迅传》。鲁迅 5 月 8 日复信说：“我是不写自传也不热心于别人给我作传的，因为一生太平凡，倘使这样的也可做传，那么，中国一下子可以有四万万部传记，真将塞破图书馆。我有许多小小的想头和言语，时时随风而逝，固然似乎可惜，但其实，亦不过小事情而已。”[①]字里行间流露的是鲁迅的谦逊。因为此时的鲁迅誉满文坛，业绩超凡，决不会淹没在 4 亿中国人当中。许广平倒是很重视李霁野的意见，所以从当天起就开始把鲁迅的“小小的想头和言语”记录下来，但只坚持了三天，因鲁迅重病，只好搁置。直到鲁迅去世之后，才将这三天的笔录整理出来，以《片段的记录》为题，发表于 1936 年 11 月 5 日出版的《中流》第一卷第五期。后来，许广平并没有写成《鲁迅传》，只是给我们留下了三部有关回忆录《欣慰的纪念》《关于鲁迅的生活》《鲁迅回忆录》，以及其他一些零星文字。许广平国文系毕业，既是作家又是鲁迅夫人，在一般人眼中是撰写《鲁迅传》的最佳人选。但其实未必。记者跟采访对象初次见面，也许就能写出一篇出色的印象记，而十年“相濡以沫”的爱人也许彼此了解太多、了解太深，下笔时反倒颇多踌躇。即使对于许广平的回忆录，也有一些研究者质疑正误。

据许广平说，国人写的第一部《鲁迅传》，是 1947 年出版的王士菁著《鲁迅传》。这本传记 1959 年修订再版，1981 年重印。蒙王先生函告，仅 1981 年版就发行了 2 万册，可见印数相当可观。许广

---

① 引自《鲁迅全集》，第 14 卷，第 95 页，人民文学出版社 2005 年出版。

平认为这本传记比较客观，能把中国近现代的重要事件跟鲁迅生平有机联系在一起，只是征引鲁迅原著过多。然而，香港曹聚仁先生却认为王士菁的《鲁迅传》“那简直是一团草，不成东西”，所以他奋笔写了一部《鲁迅评传》，自认为主要特色是反对神化鲁迅，把鲁迅还原为一个“人之子”。那么，作为“人”的鲁迅又具有什么特点呢？经曹聚仁概括，鲁迅原来是一个“同路人”，虚无主义者、自由主义者、个人主义者……这种看法得到了周作人的激赏，认为是一种“特见”，然而这种“特见”在“文化大革命”期间当然会被视为对鲁迅的歪曲和诬蔑，所以曹著《鲁迅评传》不但也成了“一团草”，而且当时被视为是一团“毒草”。直到新时期这部书才由上海东方出版中心公开出版，我为这个版本写了一篇前言：《“毋求备于一夫”》，对此书做出了比较全面的评价。

曹聚仁在贬低王士菁的同时，又认为《鲁迅事迹考》的作者林辰是撰写《鲁迅传》的最佳人选，孙伏园先生持同样看法，认为未来《鲁迅传》的作者应该是林辰先生。林辰先生是我的恩师，他学识渊深，博闻强记，治学细密谨严，尤长于考证。他的《鲁迅事迹考》就是构建鲁迅传记的优质建材。林辰先生也的确着手撰写《鲁迅传》，但只写了八章，从鲁迅出生至离开广州赴上海为止。而这八章又仅在成都出版的《民讯》月刊发表过两章半，因此影响甚微。直至林先生去世之后，八章中留存的七章未完稿才被收入《林辰文集》（四卷本）第一卷，由山东教育出版社出版。林先生写作《鲁迅传》是在抗日战争时期，他辗转流离，心境芜杂，资料匮乏，就连《鲁迅日记》这样的必读书都搜寻不得。他只好从鲁迅著作中钩稽史料，搜集排比，但得出的考证结果几乎无懈可击。新中国成立之后，林辰先生倾全力从事《鲁迅全集》的编注工作，无暇旁骛，加上政治风云多变幻，撰写《鲁迅传》更成为一项风险工程。所以林辰先生壮志未酬，只留下了半部《鲁迅传》，让读者景仰而又抱憾。

把林辰先生从贵州高校调到北京从事《鲁迅全集》编注工作的是冯雪峰。早在 1942 年，苏联塔斯社分社社长罗果夫就研究鲁迅文学遗产问题书面采访许广平，询问：“在现代中国作家中，谁是被认为先生文学遗产及其手稿最优秀的通人？”许广平回答：“自到上海以后的十年间，以冯雪峰比较可以算是他的通人。”[①]谁都知道，如果撰写《鲁迅传》，最难把握的就是上海时期，因为政治情势复杂多变，各类矛盾纵横交织。遗憾的是，冯雪峰只为我们留下了一部《回忆鲁迅》，从1929年写到1936年，概述鲁迅“从封建社会的‘叛臣逆子’到无产阶级的坚强战士”的生命历程。书中虽不乏珍贵的第一手资料，特别是“左联”时期鲁迅心路历程的研究资料，但由于写作环境的局限，也有吞吞吐吐、遮遮掩掩之处。比如书中提到1936年他从陕北到上海时，鲁迅跟他见面的第一句话是：“这两年来的事情，慢慢告诉你罢。”这就与事实不符。直至“文化大革命”期间冯雪峰才承认，鲁迅的原话是：“这两年来，我被他们（指周扬等）摆布得可以！”冯雪峰也并非没有撰写《鲁迅传》的想法。在冯雪峰的遗物中，有一份《鲁迅传》的遗稿，从童年写到五四，只有24500字，写作时间不明，我也没有看出什么特色。

粉碎“四人帮”之后，出版界面临的第一位大事就是重新编注《鲁迅全集》，出版鲁迅手稿。撰写一部具有权威性的《鲁迅传》也摆上了议事日程，并作为新成立的鲁迅研究室的一项任务。然而《鲁迅传》跟《鲁迅年谱》不同，不宜集体写作，于是人们把期待的目光投向了鲁迅研究室的一位顾问，他就是中国社科院文学研究所的研究员唐弢。

在《重展遗简忆恩师》一文中，我曾这样描写这位中国现代文学学科的奠基人：“唐先生身材不高，体型微胖，有着作为智者的外貌特征——巴尔扎克式的硕大头颅，苏格拉底式的闪光前额。我常常呆想，在他的大脑里，究竟贮藏着多少智慧的燃料？他的智商究竟会超出常人多少倍？”人们期待唐弢写出一部高水平的《鲁迅传》，因为他是一位通才：既对中国文学有精湛的研究，又有丰富的外国文学知识；既有很高的理论水平，又写得一手漂亮的散文。更为难得的还有两点，一、他是当时为数不多的亲炙过鲁迅教导的同时代

① 参见1945年9月29日上海《周报》。

人之一；二、他是收藏中国现代文学书刊最丰的藏书家。可以说，凡撰写鲁迅传记的必备条件唐先生全都具备。唐弢也确有撰写大型《鲁迅传》的志愿。他向中国社科院申报了这一项目，得到了支持，一度还为他配备了助手。结果他的《鲁迅传——一个伟大的悲剧的灵魂》仅写到了第二编第十一章，即从鲁迅出生写到杭州执教时期，就赍志而殁。究其原因，我分析了三点：一、唐先生研究面太广，八方约稿，应接不暇；二、身体状况日差；三、对自己要求太高。现在，唐著《鲁迅传》的未完稿已收入《唐弢文集》第六卷，由社会科学出版社在 1995 年出版，关心此事的读者可以参看。

这样一来，最具资格为鲁迅立传的前辈作家、研究家如许广平、冯雪峰、林辰、唐弢等都未能完成这一夙愿，这项崇高的文化使命就历史性地落到了他们的后辈身上。据研究鲁迅传记的学者说，迄今为止，国内学者撰写的《鲁迅传》（包括画传、合传等），共有 40 余部，加上外国研究者撰写的鲁迅传记，大约有 50 部。说老实话，这些《鲁迅传》我一部也没有细读，大多是未曾寓目，个别为之撰写过前言导读的《鲁迅传》也只是大体翻翻。我这样做丝毫不含有“文人相轻”的意思，只是为了保持自己研究的独立性，有关鲁迅生平的史料考证文章我倒是读了不少，从中获益良多。

我自己撰写《鲁迅传》的最初实践是 1981 年应《中国青年报》之约，为该报赶写一组连载的文章，以纪念鲁迅诞辰一百周年。这就是后来结集出版的《民族魂——鲁迅传》。这个任务接受得突然，写作时间是当年七八两个月的工作之余，时间仓促带来的种种不足在所难免。但出乎意料的是，这本书却受到了读者的欢迎，30 年来一版再版，连书名都被不同出版社改动了四次。这就是普及性读物的效应。当然，普及绝不等于肤浅，凡是从事过普及工作的专家学者都会有这方面的深刻体会。鲁迅呼吁专家学者“放低手眼”，多写些通俗性文章，实际上是提出了一项文化发展的重要战略。

2012 年 3 月 16 日，我在《文艺报》上看到一则消息，说是中国作协启动了创作出版“中国历史文化名人传”大型丛书的工程，于是毛遂自荐报了一本《鲁迅传》，目的是给自己留下一部能够较长远留存的著作，以弥补 30 年前撰写《民族魂》留下的种种遗憾。两个月后，我交出了一份创作提纲，获得通过，于是这项创作活动就摆上了我退休之后的工作日程。按说退休成了社会闲杂人员，我的创作时间应有充分保证，然而不料又老病丛生，最恼火的是腰椎间盘突出加腰部骨刺，医嘱平卧。试想平卧之人如何看书？又如何写作？于是这部 25 万字的《鲁迅传》断断续续写了三年，直到 2015 年金秋才完成初稿。

我敢断言，在这套百位历史文化名人传记当中，只有《鲁迅传》最能让读者评头品足、争论不休。那原因之一是“画鬼易，画人不易”。“鬼”是虚无的存在，没有品评的现实依据；那些年代久远、专业性又强的名人与此相类。鲁迅则不然，凡中学生乃至小学生都知道他的名字，多少读过他的几篇文章，因此人人都有发言权。在价值失范的当下，人人心目之中都有一个具有排他性的鲁迅。更何况鲁迅文本的内涵的确具有多重性和模糊性，提供了一个可以从不同角度进行探索的开放性空间；鲁迅的精神世界又是一个由多种因子构建的生命整体，其中有绝望和希望、阴暗与光明的交织，也有求索和彷徨、退避与挑争的撕扭。取舍抑扬稍有不当，即可能偏离鲁迅的“本色”“本相”。我明确表示：我即使拼出老命也写不出一本人人首肯的鲁迅传记，我也不会为调众口而放弃我的学术追求。

那么，我究竟想把这部鲁迅传记写成什么样子呢？简而言之，我只是想把它定位为一部能够取信于读者而又能让他们看得明白的普及性读物。因此，我最高的学术追求就是“真实”二字，即展现一个在中国近现代文坛曾经存活过的文豪鲁迅。书中对他的一言一行的描写尽管难免有取舍失当之处，但都是言之有据，无一语自造，即使史料不足，也不用想象和虚构来填充。我以为，所谓“真实性与文学性”的统一，其实只能是相对的。史传应属于历史学的范畴，因此必须把“传信”作为最根本的原则，既不徇情回护，也不恶意构陷。为了增强传记的可读性，我尽可能丰富了一些历史细节，在语言上作了一些修饰，在叙述方式上也考虑到能让读者想要读下去。我承认自己缺知少识，对于现代派和后现代派的传记理论尤为隔膜。

据说现代派传记可以借鉴现代派手法，打破生平叙述的连贯性，对传主的一生进行变形处理，也容许在一定范围内进行想象和虚构，后现代派传记中虚构的成分更加夸张。我尊重其他传记作家进行的实验性写作，但我坚持采用中规中矩的老套路。读者希望后出版的鲁迅传记能够更多地出新，对于这种期待我既理解而又感激。但我也多次讲过，不能单纯以新旧断是非，比如过去认为鲁迅是革命家、思想家和文学家，我至今仍然认同这种说法，只是在书中写到了鲁迅对“革命”的独特理解和配合“革命”的独特方式，而并不去颠覆这种说法。至于存在主义、解构主义、心理分析乃至星象学等等新潮理论，因为我不懂，因此也不会以之观照鲁迅。我的求新，主要是在史料上求新，当然也吸收了一些我认为正确的新观点，力求避免片面和僵化。我从来没有期待我写出的《鲁迅传》会给读者耳目一新的感觉。我甚至想，如果真有那种让人“耳目一新”的《鲁迅传》，那这部传记多半出了什么问题，就像一个孩子长得既不像爹、也不像妈一样。人类繁衍有变异也有承传，学术发展的规律同样如此。

作家出版社之所以同意我来承担《鲁迅传》的写作任务，恐怕是他们认为我是一位“资深鲁研专家”。其实说我资深也不假，因为我第一篇研读鲁迅旧体诗的文章发表于 1962 年 9 月 20 日的《天津晚报》，距今已有 53 年。1976 年调到鲁迅博物馆鲁迅研究室专门从事鲁迅研究工作，直至 2008 年退休，也有 32 年。鲁迅研究给我带来了一些荣誉，也让我尝到了其中的酸甜苦辣。因为“资深”，在鲁研界见到的种种都比“资浅”的多，所以下笔难免瞻前顾后，磨光了“资浅”时代的锐气。古代有一句俚语：“成也萧何，败也萧何。”我的《鲁迅传》中的成败得失，大概都与“资深”相关，亦可谓“成也资深，败也资深”。

据传记学理论，传记作者应该具备德、才、学、识四个条件，这是不错的。但鲁迅也说过：“倘要完全的书，天下可读的书怕要绝无，倘要完全的人，天下配活的人也就有限。”[①]所以我的结论是：传记作者各有优长，不同的《鲁迅传》可以互补。至于哪一本最具影响力，最权威的评论者是读者和时间。1930 年 11 月 25 日，鲁迅为改订版的《中国小说史略》写了一篇《题记》，结末一句是：“大器晚成，瓦釜以久，虽延年命，亦悲荒凉，校讫黯然，诚望杰构于来哲也。”[②]这句话正切合笔者此时此刻的心境和想法，故照抄作为这篇后记的结语。

2015 年 11 月

① 引自《〈思想・山水・人物〉题记》。

② 引自《鲁迅全集》第 9 卷，第 3 页，人民文学出版社 2005 年版。

二、自编序跋

1. 沿着鲁迅开辟的路

——《当代作家谈鲁迅》编后

人类文学艺术的发展有如奔腾不息的长河。它的发轫地也许原不过是一泓清溪，然而经过千回百折，河床愈来愈深广，波涛一浪高一浪，而后以万瀑悬空、砰然万里的磅礴气势汇入浩瀚无边的大海……

从19世纪30年代英国宪章运动发生到20世纪初俄国十月社会主义革命胜利的 80 年间，人类文艺史的长河中掀起了一股滚滚滔滔、不可阻遏的新潮流，向全世界预示了文学艺术的新方向。这就是新兴的无产阶级文学的强大潮流，其代表作有以埃内斯特·琼斯为代表的英国宪章派文学，有以格奥尔格·维尔特为代表的德国工人诗歌，有巴黎公社文学的杰出代表欧仁·鲍狄埃的《革命歌曲集》，有拉法格、梅林、普列汉诺夫的精湛的文艺批评，还有被列宁誉为“伟大的艺术天才”的高尔基的杰出作品……

在俄国十月革命的号召下，在马克思列宁主义的影响下，从几千年的沉睡中苏醒过来的中国大地上卷起了五四新文化运动的狂飙。在这场声势浩大、威力猛烈的新文化运动中，高擎战旗冲锋陷阵的是伟大的革命家、思想家、文学家鲁迅。他那内容深刻、形式多样的不朽之作，像一颗颗永远闪烁的明星，透过旧中国浓烟般漆黑的长夜，报告了即将破晓的新世纪的黎明。在中国悠久的历史上，曾经出现过不计其数的杰出作家，为我们留下了灿烂辉煌的文学遗产；而鲁迅在不知疲倦的战斗中所创造的丰富的文化思想遗产，是超越于前代的民族文化遗产之上的。鲁迅既是他所生活的那个时代的灵魂，同时又不专属于一个时代而属于所有的世纪。鲁迅所代表的方向，成为中华民族新文化的方向。

我国当代文学不是无根无蒂，突然发生的。它是我国历代文学的伟大革新和发展，特别是根植于以鲁迅为主将的五四新文化运动的沃土。在粉碎了祸国殃民的“四人帮”之后，我国当代文学更取得了前所未有的成就：首先是短篇小说的突破，接着是中篇小说的崛起，近几年长篇小说的创作又呈现出历史上从来没有过的繁荣景象。尽管开创中国社会主义文艺复兴新局面的当代作家大多没有亲炙鲁迅教诲的机会，甚至无缘跟鲁迅呼吸同一空间的空气，但他们却从鲁迅博大精深的著作中认识了这位中国左翼文学的旗手。他们尊鲁迅为精神上的导师、创作上的楷模，愿集合在鲁迅的大纛下做一名奋发有为的战士。他们那些才华横溢、出手不凡的作品，无不承受着壮丽而强烈的鲁迅精神的折光。从主流上看，完全可以断言，当代作家忠实继承并发扬光大了由鲁迅奠定第一块基石的革命现实主义的优良传统。

众所周知，鲁迅作品的艺术性是难以企及的，无论在杂文创作方面，抑或在短篇小说、散文、散文诗、旧体诗的创作方面，鲁迅的作品都堪称典范。不少当代作家谈到，他们从事创作是以鲁迅的写作经验和艺术理论作为不可须臾离开的准绳：写作科学幻想小说要“经以科学，纬以人情”；写作儿童文学作品要以赤诚的童心展现变化不停的新世界；写作新诗要有节调，押大致相近的韵，使读者易记、易懂、易唱；写作短篇小说可采用“白描”手法，要学会“画眼睛”，尤其要“借一斑略知全豹，以一目尽传精神”；写作杂文要“言之有物”，做到“论时事不留面子，砭痼弊常取类型”……

高尔基曾经说过：“对待古典文学的问题，归结到一个技巧问题。”（《工人阶级应该培养自己的文化大师》）但像鲁迅这样的作家之所以引起后世人的敬仰，不仅是由于艺术，更主要的是由于思想和品格。为本书撰文的当代作家几乎都谈到，鲁迅对祖国、对人民那种呕出血来的永恒的挚爱，正直刚强、疾恶如仇、顽强对敌、久战不疲的战斗作风，严于“解剖”自己的进取精神和磊落襟怀，直面人生、改良人生的豪迈气魄，都给他们的灵魂深处以强烈的感染。

在宝塔山下、延河之滨，鲁迅艺术文学院的作家们高唱校歌：“我们是艺术工作者，我们是抗日战士。踏着鲁迅开辟的道路奋勇前进！”在战火纷飞的岁月，在挺进大别山的征途中，有的作家默诵着鲁迅的杂文《生命的路》，“在死的面前笑着跳着，跨过了灭亡的人们向前进”。在真理屈从于强权的“十年浩劫”中，有更多的当代作家以鲁迅作品为精神支柱，执著地追寻真理的光和热，把燃烧着的写作激情奉献给黎明。有位作家正确指出：“只要有中国人，有中国人在呼吸，在咀嚼，在劳作，在思索，在欺蒙与觉醒，在压迫与反抗，在失败与胜利，在制造着黑暗与创建着光明，就一定有鲁迅精神。”

正因为鲁迅作品对当代作家思想上的启迪往往要大于他作品艺术性的陶冶，所以广大当代作家不只是把阅读鲁迅作品作为文学的学步，而首先作为人生的学步，努力按照鲁迅的风骨品格塑造自己。他们牢记着鲁迅的名言，文艺家固然须有精熟的技巧，“但尤须有进步的思想与高尚的人格”；文艺家的创作，“其实是他的思想与人格的表现”（《热风·随感录四十三》）。有位作家说得好：“很难说我的哪一篇作品受了他什么具体影响，谁也很难这样讲。但是，培养了作者高尚的品德，这不是所以产生许多好作品的原因吗？”

恩格斯在给康拉德·施米特的信中指出：“每一个时代的哲学作为分工的一个特定的领域，都具有由它的先驱者传给它而它便由此出发的特定的思想资料作为前提。”（《马克思恩格斯选集》第四卷，第四八五页）恩格斯的这条著名论断，具有一般方法论的普遍意义。跟哲学领域一样，文艺领域中一切有作为的文艺家也都不可能割断与传统的联系，而总是跟传统相禅相续，有沿有革。比如 13 世纪的意大利艺术，就通过多种方式吸取了罗马的、拜占庭的、哥特式的和古希腊的艺术潮流，并在继承古代文化的基础上产生了被恩格斯誉为“人类从来没有经历过的最伟大的进步的变革”的文艺复兴（《自然辩证法·导言》）。我国唐代的诗歌、绘画、乐舞、书法、雕塑等各种艺术样式，不但创造性地继承了汉民族的优秀遗产，而且以伟大的魄力、恢宏的胸襟与极谨严的抉择，吸取了国内其他民族以及外邦的文化。即使是西方现代派文学的一些有成就的代表人物，也并非与传统“彻底决裂”的“空中飞碟”，而往往自觉或不自觉地从古典作品中吸取了那些具有“永久性”的东西，比如被称为“现代文学之父”的卡夫卡，就是狄更斯、福楼拜、歌德、高尔基的赞赏者和“直接模仿”者；现代派大师福克纳，甚至像宗教徒读《圣经》那样地阅读《堂·吉诃德》。鲁迅在谈到发展木刻艺术时曾经指出：“采用外国的良规，加以发挥，使我们的作品更加丰满是一条路；择取中国的遗产，融合新机，使将来的作品别开生面也是一条路。”（《且介亭杂文·〈木刻纪程〉小引》）近几年来，当代作家进行艺术形式和表现手法上的探索，所走的大体上就是这两条并行不悖的道路。

我们认为，从我国文艺界当前的现状出发，在继承传统和引进、借鉴外国文学问题上有两点是值得注意的：一是要正确处理继承与革新的辩证关系，二是要正确处理吸收外国精华与建立民族风格的关系。

应该坦率地承认，我国当代作家——主要是指粉碎“四人帮”之后涌现的一批青年作家，虽然在短暂的生涯中就经历了曲折坎坷的道路，具有敏锐的思想和求索的精神，但在学识经验的修养方面却具有特定历史条件带来的明显弱点。因此，他们面临着一个储知蓄理、博习中外文化遗产的迫切任务，必须善于广纳百川、博采众家。但是，继承借鉴是为了发展，跟墨守成规、生搬硬套、机械模仿、好奇骛怪毫无共同之处。鲁迅曾指出，“依傍和模仿，决不能产生真艺术”（《且介亭杂文末编·记苏联版画展览会》）。他希望新进的作家争做冲破一切传统思想和手法的闯将，不但成为文艺上的遗产的保护者，而且也是开拓者和建设者。承担着开创社会主义文艺新局面的历史使命的当代作家，在努力使自己知识丰富、经验盈溢的过程中，同时也应该具有创新的勇气；要根据新时期现实生活的新要求进行创造，形成自己独特的创作风格和个性，切不能成为鲁迅嘲笑过的燕国青年，原想学习邯郸人的步法，竟没有学好，但又已经忘却了自己原来的步法，于是只好爬着回去。

一个作家应该有创作的独立特色，一个民族的文学也应该具有自己的特色。这种民族特色，是文学大众化的必要条件，也是衡量一个民族的文学走向成熟的重要标志。为了在艺术形式和表现手法上进行探索与创新，我们应该用一种比较客观、比较全面、比较开放的态度对待外国现代和当代的各种文学流派，吸收其中一切有益的方法和技巧；但是，这种摄取和借鉴必须以坚持文艺的革命性、民族性、群众性为前提，以当代中国人民的实际需要为基础。鲁迅多次谈到，一个国家的文学，民族的特色愈鲜明就愈有国际性，因而也就愈容易“打出世界上去”。他热情赞扬陶元庆的绘画采用了“新的形”“新的色”，“而其中仍有中国向来的魂灵”——即民族性。鲁迅本人开始进行文艺创作，所取法的大抵是外国的作家，所仰仗的大抵是外国作品；但是，他同时又十分注意继承民族形式，表现民族精神，刻画民族性格。他最早接受外来影响，创作了中国现代文学史上的第一篇白话短篇小说；他也最早脱离外来影响，为世界文学贡献了很多民族形式的不可模仿的作品。鲁迅在民族化、大众化方面的理论和实践，同样应该成为我们建设具有中国气派的社会主义文学的指针和楷模。

用辩证唯物主义的观点来看，鲁迅作为一个特定时代的伟大人物，他的成就不是不可以逾越的。令人遗憾的是，限于主客观方面的原因，目前还没有任何一个当代作家在总体上跨越了鲁迅的高度，年轻的中国当代文学还来不及产生可以跟鲁迅比肩的语言艺术巨匠。有位作家形象地比喻说：“鲁迅像巍巍的高山，无论你怎样瞩目，也是难以‘望其项背’的。虽然如此，我们也不该‘望而却步’。只要一步一步坚实地走下去，一定会缩短跟那座‘高山’的距离。”当代作家生活在鲁迅热切盼望而来不及亲眼看到的新的时代，有着用正确世界观指导文艺创作的充分自由和置身于革命斗争漩涡的优越条件，面前有着无数为振兴中华而艰苦奋斗、英勇献身的新人。这些又都是鲁迅那一辈老作家不可能具备的有利因素。我们坚信，只要广大当代作家能够学习鲁迅的光辉榜样，以鲁迅对革命文艺运动的基本要求和主张为圭臬，沿着鲁迅开拓的革命现实主义的道路继续前进，就一定能够不断丰富作品的题材和深化作品的主题，成功地塑造出众多的反映时代、引人深思、感人肺腑的艺术典型，创作出无愧于我们民族、无愧于我们时代并且能够给予世界文艺发展进程以积极影响的优秀作品，使我国社会主义文学取得新的突破，攀登上新的高峰。

1983年岁末

2.《鲁迅序跋》小引

序跋是一种介绍文章或书籍刊行意旨、编次体例和作者情况等的文体，有时还包括对作家作品的评论和对有关问题的研究阐发。我国文人学者自古就有撰写序跋的优良传统，像司马迁的《太史公自序》、王羲之的《〈兰亭集〉序》、欧阳修的《〈梅圣俞诗集〉序》等，至今仍脍炙人口。不过古代多把序（亦作“叙”）置于书末，大约到了宋代则开始列于书前，而将列于书后者称为“跋”，亦谓之“后序”，相当于当今图书中的前言、后记。因为两者体例略同，故统称为序跋文。

现代撰写序跋的高手，莫过于鲁迅。有人统计，在鲁迅的杂文集中，序跋有 25 万字，130 余篇。随着鲁迅译文序跋，特别是古籍序跋的陆续发现，上述估计已被突破。所以仅仅从数量方面来看，鲁迅的序跋已成为他著作中的重要组成部分；如果进一步从内容和形式方面着眼，其艺术价值和战斗意义就更不能低估了。这些序跋，思想深邃，形式灵活，情采并茂，抑扬得体，从中可以看到作家对于自己著译的明晰意见和对他人译著的剀切批评，也可以看到作家前进的屐痕和劳绩的剪影，从而可为研究这位文化巨匠的生平、思想和业绩提供宝贵的资料和指南。

早在鲁迅生前，王冶秋同志就开始收集鲁迅的序跋，准备结集出版。这一工作得到了鲁迅的支持赞助，然而待这些序跋集稿之后，鲁迅却遽然去世了。后来许广平也为出版此书奔走，但几经坎坷，书未出成，连原稿也在太平洋战争爆发后毁于日本宪兵队之手。

为了弥补现代出版史上的这件憾事，兹从鲁迅序跋中择取 49 篇，编为一集。其中第一部分是鲁迅为自己著作撰写的序跋，第二部分是鲁迅为有关译文撰写的序跋，第三部分是鲁迅为其他文艺作品撰写的序跋。编选时力求“以一斑而窥全豹”，借有代表性的序跋展现鲁迅思想发展的脉络和创作活动的轨迹，表现鲁迅多方面的精辟见解和卓越贡献。文末附以题解，扼要介绍这些序跋的发表情况及其要旨，供青年读者参考。有些序跋，比如《〈唐宋传奇集〉序例》《〈伪自由书〉后记》《〈准风月谈〉后记》等，虽属名篇力作，但囿于篇幅，仍不得不割爱。

鲁迅序跋，篇篇金玉，字字珠玑，但由于编者眼光如豆，编选时遗珠弃玉，在所不免。这使我在编完此书之后，惶悚之情超过了劳作之余的欣悦。是为序。

1983 年岁末

3.《鲁迅语录》前言

湖南师范大学出版社决定出版这部语录，作为编者，我们是引以为荣的。语录虽然没有文章那样首尾连贯，表达周全，却可以收到顷刻之间，藉一斑而略知全豹之效。在当前紧张繁忙的生活环境中，语录这类读物在文化园圃中总该有它的一席之地吧。

跟我们古老的民族一样，语录这种文体也有着古老的历史。迄今影响不衰的《论语》一书，就是孔门弟子记载孔子言行和孔子与弟子问答，以及部分弟子言论的语录体著作。不过，古代的“语录”主要指用口语记载的僧徒与禅师间的问答，或理学家的门生所录其师论学之语；而眼下流行的各种语录，其实不过是隽语、警句或文摘、文粹的统称。

国外也有不少语录体著作。柏拉图有《对话集》，尼采有《混杂的意见和格言》。拉罗什福科的《道德箴言录》影响了圣佩韦、司汤达、纪德、哈代等做出过重要贡献的作家、思想家，马克思称赞这本书表达了一些“很出色”的思想，并专门抄录了数段箴言供恩格斯参考。德国的爱克曼更因辑录《歌德谈话录》闻名于世，而他本人的诗作和诗论却反而被人们所淡忘。

至于选辑鲁迅语录的工作，早在鲁迅去世周年之际就开始了。在新中国成立前出版的四种鲁迅语录中，以雷白文先生 1937 年自印的《鲁迅先生语录》出版最早，宋云彬先生 1946 年 6 月选辑的《鲁迅语录》影响最大，尤劲先生于 1946 年 10 月编选的《鲁迅曰——鲁迅名言抄》内容最全（共分 15 类，416 则），舒士心先生于 1941 年 4 月出版的《鲁迅语录》，前冠以鲁迅先生自传，后附以鲁迅先生年谱和著译书目，曾被香坂顺一先生译为日文，成为当今唯一的鲁迅语录外文译本。但限于当时的历史条件，这些编者当然不可能读到目前这种收罗齐备、校勘精确的《鲁迅全集》，在今天显然已经远不能满足读者的需求了。

“十年浩劫”期间，伴随着对某些历史人物的神化，“语录”也应运而生。继《毛主席语录》大量问世之后，被毛泽东大力推崇的鲁迅的语录也开始问世；总共编了多少种、印了多少册，恐怕研究“文化大革命”史的专家们也难以讲清。这些《鲁迅语录》大同小异，内容无非是“论阶级和阶级斗争”“支持新生事物”“批判投降派”之类。需要说明的是，我们反对的并不是对鲁迅的尊崇；鲁迅以其对中国乃至世界文化的卓越贡献而赢得人们的尊崇，是理所当然的事。我们反对的也不是采用选辑语录的形式介绍鲁迅的思想。“语录”这种形式本身也是无可厚非的。我们反对的，只是对鲁迅著作的肢解和对鲁迅观点的曲解，只是把名人的一切言论都放在不容置疑的地位；尤其反对实用主义地把鲁迅著作当作棍棒，去达到某种政治目的。在“文化大革命”那种畸形的政治环境中，不仅鲁迅的著作被污染，语录的名声也被败坏，这实在是一件令人痛心而愤慨的事情。

打倒“四人帮”之后，中国历史进入了一个新时期。这一时期，鲁迅研究论著数量之多、方法之新、水平之高，都为此前的任何历史阶段所无法比拟。遗憾的是，据我们所知，新编鲁迅语录仅出版了一种。又据《新闻出版报》和一篇书评介绍，在这本语录的 120 页正文中，有 84 页出现了原文引错、漏字、漏句和标点符号错误；有一段引文，竟漏掉了 25 个字（包括标点）。

我们很想编出这样一本鲁迅语录：对初读者是学习鲁迅著作的入门书，对研究者又能提供检索资料之便。现在呈献在读者面前的这一本，是以认真、诚实的态度编成的，不但靠剪刀和糨糊，也靠识力和功力。然编者的识力和功力毕竟有限，自觉难以实现初衷，因此期待着读者、专家的批评指教。鲁迅曾经忧心忡忡地说过，“摘句”最能引读者入于迷途。显然，这是针对目光如豆的编者而言的，足以使我们警觉。我们希望这本语录多少能达到兼顾可读性、知识性和学术性的预期目的，使不同社会层面的读者在翻检之余能有不同收益，不至身入宝山而空手回返。

1991 年 10 月写于鲁迅 110 周年诞辰前夕

4. 读鲁迅诗歌随想

——《鲁迅诗作鉴赏》代序

鲁迅喜爱的英国浪漫主义诗人雪莱说过:“一切具有革命主张的作家，必然也有诗人本色。”(《诗之辩护》)在璀璨夺目的鲁迅著作宝库里，诗歌只占有很小的比重；但鲁迅作为战士兼诗人的特质，却体现在他风格不同、体裁各异的全部作品之中。如果鲁迅只是战士，而不是诗人，就不可能成为今天享有伟大的革命家、思想家和文学家盛誉的鲁迅。

早在20世纪初期,在文学征途上刚刚起步的鲁迅就对诗歌的特殊性以及形象思维在创作活动中的重要作用有了深刻认识。他在第一篇诗论《摩罗诗力说》中，就直接谈到了写诗要用形象思维。他说:“古民神思，接天然之宫，冥契万物，与之灵会，道其能道，爰为诗歌。”“神思”，实际上就是形象思维。这句话的大意是：古代人民驰骋他们的想象，沟通大自然的神秘领域，跟宇宙万物暗相契合，心领神会，表达他们所能表达的，于是产生了诗歌。这也是鲁迅对诗歌起源的最初阐释。

形象思维始终伴随着强烈的情感活动。感情冰结的人跟诗歌是绝缘的。只有感情激昂，不能自已，达到非陈诗不足以展其义，非长歌不足以骋其情的地步，才能使思维插上形象的翅膀腾飞，诗歌的管弦才会奏出撼人心灵的乐章。飘逸冲淡是一种情感和境界，热烈悲慨也是一种情感和境界。鲁迅生活在一个“大风卷水，林木为摧”(《二十四诗品·悲慨》)的时代。尖锐的阶级矛盾、深重的民族灾难都不可能使他浑身静穆，超然于世。他在《白莽作〈孩儿塔〉序》中指出:“这是东方的微光，是林中的响箭，是冬末的萌芽，是进军的第一步，是对于前驱者的爱的大纛，也是对于摧残者的憎的丰碑。”（《且介亭杂文末编》）显然，这一段诗一般的诗评决非对白莽个人的孤立评价，而是反映了鲁迅对诗歌创作的一种政治追求和美学追求，甚至也适合于对鲁迅本人诗作的基本评价。

赋比兴是诗歌艺术形式的重要特征，也是诗人进行形象思维的艺术方法。鲁迅说：“赋比兴以体制言：赋者直抒其情，比者借物言志，兴者托物兴辞也。是为《诗》之三纬。”（《汉文学史纲要》）综合运用这些手法，可以使难传之声化为可闻之音，难状之貌化为可见之形，使抽象深刻的哲理化为逼真传神、平易隽永的形象，从而增强诗歌的启迪性与感染力。鲁迅对《诗经》给予了充分肯定。他指出：“自商至周，诗乃圆备，存于今者，三百五篇，称为《诗经》。”（同上）又说：“……然而《诗经》是经，也是伟大的文学作品。”（《且介亭杂文·从帮忙到扯淡》）《诗经》中强烈的现实主义精神，赋、比、兴的艺术表现手法，乃至“风雨如晦”“谁渭荼苦”一类名句佳词，都在鲁迅的诗歌创作中留下了斑驳的艺术投影。不过，作为现实主义大师的鲁迅一直不满于《颂》诗的拍马。对于孔子“《诗》三百，一言以蔽之，曰：思无邪”的说教，鲁迅更是强烈反对。他认为诗人应该抒发至诚的感情，而不应该受到有形或无形的禁锢。

有人在分析鲁迅诗歌的历史渊源时，认为他的作品是“追踪汉魏，托体风骚”。这种观点无疑是很有见地的。不过，跟《诗经》比较起来，《楚辞》对鲁迅诗作的影响更为明显。我们只消读读《送O·E·君携兰归国》《湘灵歌》《无题·洞庭木落楚天高》《无题·一枝清采妥湘灵》等作品，就会毫不怀疑这一结论。《楚辞》中那种“放言无惮”的反抗浑浊现实的精神，为实现理想而上下求索的顽强意志，以及那种离奇瑰丽的浪漫主义的幻想，都为鲁迅提供了思想和艺术的丰富滋养。鲁迅诗作中出现的《楚辞》中的大量词汇，更为我们探讨这种师承关系提供了直接的证据。然而，鲁迅也一针见血地指出屈原的作品是怨而不怒，缺乏他热切呼唤的反抗挑战之声。

鲁迅“追踪汉魏”，我以为主要是追踪汉魏诗人彪炳千秋的“风骨”。鲁迅早年创作的《莲蓬人》中有“扫除腻粉呈风骨”之句，表明他很早就有这种自觉的艺术追求。简而言之，所谓“风”，就是作品思想感情中所显现的一种感化人心的力量；所谓“骨”，就是由端庄正直、精当劲健的文辞体系中显现出来的一种骨力；反之，作品瘠义肥辞，繁杂失统，思维不绵密，感情不充沛，就是缺乏风骨的表征。鲁迅十分欣赏魏晋诗人豪放潇洒的姿态、清峻通脱的文风，尤其尊崇他们反传统反常俗的气质。他诗作中那种爱憎分明的情感，苍凉遒劲的风格，一字难易的铸字功力，尤其是那种“皓皓焉坚贞如白玉，懔懔焉劲烈如秋霜”的人格力量，都显示出鲁迅诗歌的非凡“风骨”。

也有论者指出，鲁迅的旧体诗有唐人风韵。人们产生这种印象并不是偶然的。从少年时期开始，鲁迅对唐诗的艺术成就就非常欣赏。1934 年 12 月 20 日，他在致杨霁云的信中说：“我以为一切好诗，到唐已被做完，此后倘非能翻出如来掌心之‘齐天大圣’，大可不必动手……”在唐代诗人群中，杜甫、李商隐、钱起、崔颢、贾岛、刘禹锡、贺知章等都是鲁迅十分喜爱的人物。这些诗人的作品对鲁迅旧体诗的影响都是一目了然的。不过，比较起来，鲁迅早年对李贺似乎更加偏爱。李贺的诗歌继承了《楚辞》的浪漫主义传统，又借鉴了汉魏六朝乐府及萧梁艳体诗中的某些表现手法，不但具有不满豪门权贵、同情人民疾苦的进步思想，而且词采瑰丽，形象丰富，意境幽奇深邃；常赋予平凡事物以常人意料之外的意义，又选择非凡事物而赋予常人意中的情感色彩。鲁迅的诗作在一定程度上受到了李贺的影响。比如，《湘灵歌》“太平成象盈秋门”一句，显然超脱于李贺《自昌谷到洛后门》一诗中的“苍岑竦秋门”；又如《秋夜有感》中“绮罗幕后送飞光”一句中的“飞光”，显然沿用了李贺《苦昼短》一诗中“飞光飞光，劝尔一杯酒”的典故。但是，李贺诗也有堆砌辞藻的形式主义倾向，导致诗作晦涩难懂，对此鲁迅表示不满。鲁迅写诗，常采用中外典故，尤其敢于采用今典（如《教授杂咏四首》）；但选择审慎，决非贪多炫博，以僻典吓唬读者。

任何存在物都具有一种独立而完整的形态。诗歌作为语言艺术的一种样式，具有它本身的艺术特点、艺术规律和艺术方法，具有切合于诗人进行构思的独特形式。如果诗歌在形式上不具备区别于其他文学样式的特点，也就取消了诗歌本身。古典诗歌中的律诗，发源于南北朝，成熟于唐。这种诗体形式严密，讲究平仄韵律。总的说来，鲁迅写作律诗时遵循了它的定型化格律，从平仄、对仗、韵脚以至起承转合的传统结构，都极其严谨，收到了抑扬顿挫、音调谐美的艺术效果。但由于律诗这种体裁束缚思想，难于充分表现新的时代、新的人物、新的情感，因此鲁迅有时也放宽了用韵限制，融入了自然的口语。他更渴望能够产生一种新体诗歌。五四时期，他曾勉力创作了六首白话诗，为新诗的探索者击鼓助阵。他这些独辟蹊径的白话诗作，在形式上彻底挣脱了旧体诗词的镣铐。在理论方面，鲁迅进一步对新诗提出了形式多样化、内容健康化的要求，希望新诗能表现诗人的进步思想和高尚人格，成为智能最高点的标本。他还希望新诗人发扬民族精神，从刚健清新的民歌中汲取养料，创造出一种有韵、顺口的新格律，以收到易记、易懂、易唱、动听而为群众喜闻乐见的效果。

鲁迅的诗歌创作大体上可以分为青少年时期、五四时期和十年内战时期这三个阶段。他的少作感时愤世，抒情性强，但题材比较狭窄，多为咏物唱酬或抒发兄弟怡怡之情。当然，也有《莲蓬人》《自题小像》这样的托物言志或直抒抱怀的佳作，表达了他青年时代的爱国主义情操和对崇高理想的执著追求。五四前后鲁迅的作品，抒发了在封建重压下开始觉醒的人之子的纯真情感，洋溢着狂飙突进的五四精神，留下了诗人紧随着时代的步伐前进的清晰足迹。十年内战时期，是鲁迅诗作炉火纯青的时期。他这一时期创作的旧体诗是在禁锢得比罐头盒还严的白色恐怖下进行“钻网战”的特殊武器，使国民党的检查官员在这些蕴藉良深的作品面前不免有呆鸟之讥。综观鲁迅的诗作，既是一部反映中国近现代史风云变幻的史诗，也是一部形象记录鲁迅上下求索心路历程的心史。

鲁迅历来重视诗歌的社会功利性，不赞同那种把“和平静穆”视为诗歌最高意境的文艺观，热切盼望革命诗歌能成为本阶级的斗争的一翼。但是，他同时反对抹杀“诗美”，空喊口号，故作激烈的形式主义不良倾向。鲁迅辛辣地讽刺了王独清所作的从上海租界里遥望广州暴动的诗，指出这种诗即使“PONO PONO PONO（按：象声词，“砰！砰！砰！”炮声）的声音震天价响，即使把铅字排得像电影字幕和上海的酱园招牌那么大，从内容到形式也丝毫没有无产气，实际上并非无产文学。

时至今日，鲁迅诗歌已成为一份值得我们很好承受的珍贵文化遗产。但准确理解鲁迅诗歌的思想内涵，深刻分析鲁迅诗歌的艺术技巧，却决非易事。应该坦率承认，虽然目前评析鲁迅诗歌的文章林林总总，研究鲁迅诗歌的专著也多达十余部，但我们还不能理直气壮地说对鲁迅的每一首诗都已读懂。本书是在前人基础上编写的一部重在鉴赏的书。自古以来，诗评家在儒家和道家的不同影响下，就分为“托意言志”的一派和“直观顿悟”的一派。前者在分析诗作时重社会环境、作家生平，但常不免于牵强拘执，后者则纵情直观，摒弃人为而又不免于模糊朦胧。新时期以来，我们引进了国外的各种批评方法，打破了长期形成的僵化死板的研究模式，从而开拓了不少新领域，提供了不少新视角，获得了不少新启迪。由于本书作者的学术积累和学术个性不同，写作时又不拘一格，因而见仁见智之处在所不免。好在文艺鉴赏不同于法官定案，是不必一锤定音的。我们愿以此书作为鲁迅诗歌研究领域中的一块铺路石。希望读者踏上去，攀登永无止境的学术巅峰。

1993 年 10 月

5. 洪钟大吕与流水清音

——《鲁迅的风月闲谈》序

《鲁迅的风月闲谈》？

鲁迅的作品行神如空，行气如虹，是转辗而生活于风沙中的瘢痕，怎会有兴致去吟风弄月？

鲁迅的作品是匕首，是投枪，是感应的神经，攻守的手足，哪会有闲心来谈天说地？

要恰当地回答上述问题，最好的办法是援引鲁迅本人的论述。

鲁迅在《准风月谈·前记》中说："但有趣的是谈风云的人，风月也谈得，谈风月就谈风月罢，虽然仍旧不能正如尊意。"

鲁迅在《华盖集·忽然想到·二》中又说："外国的平易地讲述学术文艺的书，往往夹杂些闲话或笑谈，使文章增添活气，读者感到格外的兴趣，不易于疲倦。但中国的有些译本，却将这些删去，单留下艰难的讲学语，使他复近于教科书。这正如折花者，除尽枝叶，单留花朵，折花固然是折花，然而花枝的活气却灭尽了。人们到了失去余裕心，或不自觉地满抱了不留余地心时，这民族的将来恐怕就可虑。"

鲁迅翻译的《思想·山水·人物》（日本鹤见祐辅的杂文集）中，说得更加明确："没有闲谈的世间，是难住的世间；不知闲谈之可贵的社会，是局促的社会。而不知道尊重闲谈的妙手的国民，是不在文化发达的路上的国民。"

鲁迅是深刻的思想家，也是"闲谈的妙手"。

鲁迅不仅擅长直接谈"风云"，而且也能巧妙地衣"风月"之华衮，绘时代之"风云"。

鲁迅的“风月闲谈”跟那些专门在阔人饱胀的肚皮上搔痒痒的无聊之作有什么不同？跟那些故作“飘逸闲放语”以麻痹读者的“小摆设”有何不同？不同之处当然不在于作品中那些非政治性的表象，而主要在于：一、对现实是持积极介入的态度，还是“入水不濡，入火不热”，持冷静超远的客观态度？二、谈风月、说闲话是作为在乱世的自存之计，还是作为在文网中的挣扎之法？三、取材不避凡俗是为了“以小见大”“以寸龙表现全龙”，还是通篇只见“苍蝇之微”而不见“宇宙之大”？四、作品是简约严明而骨力遒劲，还是仅有闲云野鹤之貌而内无骨力？五、作者是把闲谈作为一种艺术手段，还是把闲适视为衡量文艺创作水准的标志以至文艺发展的条件？

鲁迅“谈风月”，是在重重压迫下采用的“障眼法”，隐而不显，内藏机锋。鲁迅采用“闲话”“闲谈”的表现方式，意到笔随，意竟笔停，是为了跟读者平等地进行心灵的交流，使读者易于接受，乐于接受。鲁迅即使是描神画鬼、谈禽说兽，也不是做清议玄谈，或张鬼神之说。在富有人情味的复仇女神“女吊”身上，在为民众牺牲而不为民众理解的耶稣基督身上，都寄寓着鲁迅的人生追求和人生慨叹。那种专事攻击劫掠而不事劳作的“武士蚁”，那种在鸟类和兽类之间骑墙的蝙蝠，那种专用神奇毒针麻痹青虫神经的细腰蜂，那种脖子上挂着小铃铛以将绵羊引入死地的山羊，其实都提炼了社会上或一类人物的精神特征，是用意象化、象征化、符号化的手段进行理性的思辨。在苍蝇、跳蚤身上居然找到了值得人师法之处，更是鲁迅的独特发现,是对那种连虫豸都不如者的一种恶辣的针砭。总之，“鲁迅的风月闲谈”，都有其微言大义，显示出鲁迅作品风格的另一侧面。

法文 style（风格）原出于拉丁语 stilus（刻字刀）。风格刻画思想，是思想的浮雕。

每一个无愧于作家称号的作家都必然具有独树一帜的风格。严羽《沧浪诗话》说“子美不能为太白之飘逸，太白不能为子美之沉郁”，就是以诗圣杜甫和诗仙李白为例，说明文之不同，类于其人。

翻开不同作家的书卷，不同的个人风格就会迎面扑来。

鲁迅无疑是一位具有独特风格的作家。他观察、理解、思维和判断的独特方式，以及艺术表现的独特方式，决定了他风格的独特性。从总体看来，鲁迅的作品——主要指他的杂文，高屋建瓴，犀利峭拔，冷冽严峻，幽默奇谲，具有鲜明的论战性与毋庸置辩的逻辑力量，通篇充满了愤世之音与阳刚之气。如同莎士比亚既能以自己的独特风格创作悲剧，又能以自己的独特风格创作喜剧一样，鲁迅也能克服自身风格的局限。他不但不同时期的作品呈现出不同的风格，同一时期的作品也回黄转绿，掩映多姿，呈现出风格的多样性。即如他创作杂文，除了强调战斗性、功利性之外，同时也十分重视其愉悦性——能够怡情，给人以愉快和休息。从本质上说，杂文是一种论说文。论说的“说”，右边是个“兑”字，在《易经·说卦》中释为口舌。“说”，就是要说得让人喜悦，让人悦服。从这个意义上讲，鲁迅重视杂文的审美特质，正是继承了中国古典杂文的优良传统。

一个时代有一个时代的文风，个人风格也必然烙上时代精神的印记。马克思在《评普鲁士最近的书报检查令》中写道：“我是一个幽默家，可是法律却命令我用严肃的笔调。我是一个激情的人，可是法律却指定我用谦逊的风格。没有色彩就是这种自由唯一许可的色彩。”鲁迅在《魏晋风度及文章与药及酒之关系》中说，汉末魏初，正值黄巾起义和董卓大乱之后，而且又是党锢的纠纷之后，思想较为解放，于是产生了曹操父子“尚通脱”的文风。

鲁迅《热风》时代的杂文写于五四启蒙运动时期，那时思想较为解放，鲁迅的文风因而也较为质直。到了《华盖集》时代，鲁迅辛亥革命时期的理想已经幻灭。随着北洋军阀政府压迫的日益加剧，鲁迅杂文的措辞变得“时常弯弯曲曲，议论又往往执滞在几件小事情上”（《华盖集·题记》）。鲁迅后期杂文以《二心集》最为锋利，如《中国无产阶级革命文学和前驱的血》《黑暗中国的文艺界的现状》《友邦“惊诧”论》等，都是正面斥敌，不留余地。上述文章大多发表在左联的秘密刊物上或为外国读者而写作，说话较少顾忌，也不会被编辑和检查官抽去“骨头”。到了《准风月谈》时代，当局不仅对进步文坛进行“文力征伐”，而且动用“全武行”进行了“武力征伐”，致使编者不得不“吁请海内文豪，从兹多谈风月”。翻开《准风月谈》的目录，除开《华德保粹优劣论》《华德焚书异同论》外，几乎没有跟政治直接相关的题目，谈的是夜、晨、蝙蝠、野兽、男人、女人、青年、老子、喝茶、吃教、帮闲法、登龙术、二丑艺术、看变戏法……鲁迅巧妙运用了比拟、虚拟等艺术手段，诉诸读者的联想、想象，将自然界的“风月”与大时代的“风云”巧妙联系起来，借非政治性的表象揭示政治性的实质。总之，鲁迅的杂文有的如洪钟大吕，如劈雷闪电，呈现出粗犷易怒的风格；有的如流水清音，如幽林曲涧，呈现出委曲隐含的风格。要全面、准确评价鲁迅，就必须全面、准确把握其风格。

正如同风格有其时代性一样，一个作家采用什么文体表达他的思想也与时代的需求有着不可分割的关系。无怪乎有人说，如果荷马和莎士比亚生在现代，一定会创作小说；反之，如果托尔斯泰和巴尔扎克生活在古希腊或伊丽莎白的时代，也一定会创作史诗或悲剧。

鲁迅驾驭的文体主要是杂文。这种文体虽然吸收了外来的随笔和小品的特点，又跟中国古代散文（特点是由通脱转为愤激之谈的魏晋文章）有着深刻的历史渊源，但它毕竟是中国 20 世纪初期至 30 年代思想文化战线尖锐急遽斗争的产物。鲁迅是一位“活在人间”的作家，跟劳苦大众共着喜怒哀乐。他创作杂文无非是借此释愤抒情，进行文明批评与社会批评，对现实生活中的有害事物立刻给以反响或抗争，而决非以此作为爬上高尚的文学楼台的梯子。只要我们充分考虑亚洲被压迫国家启蒙运动的特点，充分理解中国近代知识分子感时忧国、奔放峻急，高度重视社会功利性的共同心态，充分认识中国现代作家往往承担着既是艺术家同时又是政治斗士的历史重负，而不囿于第一世界的传统文化价值观，对鲁迅杂文的重大意义就会估计得更为充分。

在中国古代，杂文即有广义、狭义之分。刘勰在《文心雕龙》

中，把“典诰誓问”“览略篇章”“曲操弄引”“吟讽谣咏”都归入“杂文之区”。而狭义的杂文则指兼具“议论”和“叙述”两方面内容，并用文学笔调予以表述的文章，即《汉书·艺文志》中所说的杂说一类。鲁迅著作中所说的杂文也有广义与狭义两种用法：广义的杂文指不同文体的杂集，狭义的杂文指杂感或短评——这一类文章，构成了鲁迅杂文集中的骨干。

这部鲁迅作品选集所收诸篇在体裁上大多属狭义的杂文，或称之为正宗杂文，但也有些篇选自鲁迅的散文诗集《野草》和回忆散文集《朝花夕拾》，以及同属于“文明批评”“社会批评”范畴的鲁迅书信。小说、日记、古籍译文序跋和研究论著的文字则不入选。20世纪以来世界文学发展的新趋势，是文学中的理性再度强盛，而文体界限则日益模糊。鲁迅的创作实践也体现了这一新的趋势：一方面是散文、散文诗创作穿插了不少议论，具有浓厚的理性色彩；另一方面是杂文创作日趋散文化，诗化，成为诗体杂感、散文体杂感。所以，把鲁迅的一些散文篇什跟作为散文支流的杂文合编成册，以供读者鉴赏，应该是可行的，不致被有识力的读者视为荒诞之举。

鲁迅说过以下意思的话：“倘要完全的书，天下可读的书怕要绝无，倘要完全的人，天下配活的人也就有限。”原作有原作的局限，选家有选家的局限，所以十全十美的选本也是不存在的。编选是一种再创造。目光如豆的选者可能阉割原著的精华，缩小读者的眼界，而有功底的选家不仅可以提炼原作的精华，而且可以借前人的文章寓自己的意见，使选本比原作流传得更为广远。

我们编辑《鲁迅的风月闲谈》绝无使它产生超越《鲁迅全集》的影响或凌驾于其他鲁迅选集之上的野心和奢望，只不过是为了在层出不穷的鲁迅著作选本之中增添一个新的品种而已。这个选本的书名一看就令人产生趋时媚俗之嫌，但真正的用心无非是为了证实鲁迅的一个论断：“想从一个题目限制了作家，其实是不能够的。”（《准风月谈·前记》）据未来学家预测，面对市场经济的尖锐挑战，今后能够高度普及和广泛流行的，是兼具精英文化和民俗文化优点的大众文化。如果这种说法有一定的道理，我们这部鲁迅选集也可以说是在奔涌而来的商品大潮中普及鲁迅著作中一种尝试吧。

本书选入鲁迅作品凡170篇（若干长文系节录），共分18类。入选标准，主要是考虑其可读性、现实性，以及体现鲁迅作品风格的多样性。这些文章距今至少有半个世纪之遥，但一些事情似乎仍在针砭着当今，一些人物似乎仍在眼前浮现。那种既招摇又抵御的摩登少女，那种靠赞助费将自己的小传塞进作家辞典的捐班文人，那种怀着不可告人的动机请饭而讳言吃饭的食客，那种在洋人面前唯唯诺诺、在同胞面前神气活现的"西崽"，那种收受了金鼠寿礼之后又暗示僚属为其太太敬献金牛的县官，不是仍然不同程度地在现实生活中存在么？鲁迅的不少论断，如"奢侈和淫靡只是一种社会崩溃腐化的现象，决不是原因"，不是仍然有着警世作用么？本书"国粹国学"一类所收的文字，对于那种预言儒家文化将主宰世界的学者，难道不是一帖适时的清醒剂么？"凡对于时弊的攻击，文字须与时弊同时灭亡。"我们期待着用纯文学眼光，完全从审美角度鉴赏鲁迅作品的日子早日到来。

1993年9月

6. 从鲁迅藏书说起

——《鲁迅藏书研究》前言

读书的意义与方法已经成为一个古老的话题。人们公认，书籍是人类奋斗史上的精神硕果，是人类文化学术发展史上的里程碑。它是人们心灵的眼睛、智慧的乳汁、思想的母胎，能把人们带到身外的世界，超越自己的生活，了解他人的生活。对于以生活为创作源泉的作家，读书就显得更为重要。英国思想家培根（Francis Bacon）有一句名言："读书使人渊博，辩论使人机敏，写作使人精细。"（《谈读书》）这三者在作为中国现代文化巨人鲁迅的身上，得到了十分完美的结合。

据统计，现存鲁迅藏书有4000余种，14000余册，其中包括中文线装书、中文平装书、俄文书、西文书、日文书等。鲁迅1936年7月7日致赵家璧信中说："本来，有关本业的东西，是无论怎样节衣缩食也应该购买的，试看绿林强盗，怎样不惜钱财以买盒子炮，就可知道。"鲁迅将他位于北京西三条的工作室戏称为"绿林书屋"。他在购置图书方面，也确实有"绿林好汉"买盒子炮的气魄。他省吃俭用，四处搜寻。例如，1906年鲁迅在日本东京时，为了购买荷兰作家望·蔼覃的长篇童话《小约翰》，先亲往南江堂书店，没有，又跑神田区的丸善书店，也没有。最后通过书店向德国定购，历时三月，才买到该书的德文译本。又过了20年，鲁迅在友人的协助下，终于将这部"象征写实底童话诗"译成中文。1912年岁末，鲁迅整理完5月至12月的书账，感慨万千地写道："凡8月间而购书百六十余元，然无善本。京师视古籍为古董，唯大力者能致之耳。今人处世不必读书，而我辈复无购书之力，尚复月掷二十余金，收拾破书数册以自怡悦，亦可笑叹人也。”鲁迅晚年，仍在为书价的飞涨而困扰。他在文章中说，一种乾隆时代的刻本，售价已与当时宋版书价接近。清代禁书，售价也高达数十元至百余元。在散文诗《死后》中，鲁迅还描写了一个他死后仍向他兜售明版《公羊传》的勃古斋小伙计，表达了他对这类无孔不入地盘削清贫文人的书贾的烦厌憎恶。由此可见，鲁迅的藏书，除赠阅本外，本本都来之不易。中国古代曾有以美婢换善本之类的佳话。但以我之见，真正懂得爱书真谛者，非鲁迅莫属。

在藏书家中，有为藏书而藏书和为读书而藏书之分。鲁迅无疑应划归后一类。中国有些藏书家常以孤本秘籍为惊人之具。外国有些藏书家也往往看重书籍装帧版本。据说巴尔扎克就爱收藏装潢华丽的书籍。鲁迅藏书多着眼于实用。他购买外国书籍，旨在“传播被虐待者的苦痛的呼声和激发国人对于强权者的憎恶和愤怒”，以促进中国社会的进步和国民劣根性的改造。他不仅关注从希腊、罗马、中世纪、文艺复兴、十八九世纪直至当代的文学名著，同时更热心收集和译介弱小国家、被压迫民族的文学作品和新兴文艺理论及创作，完全摆脱了“欧洲文学中心论”的偏见。他尖锐指出，“世界文学史，是用了文学的眼睛看，而不用势利眼睛看的，所以文学无须用金钱和枪炮作掩护”（《且介亭杂文二集·“题未定”草（三）》）。鲁迅购买古籍，旨在对文化遗产中的精华予以承传弘扬，对其糟粕予以剔除扬弃。他感兴趣的不是宋儒的学说和唐宋八大家的古文，而偏爱传统文化中的非正统部分。为了搜集乡邦文献，挖掘古小说史料，以及为编撰《中国文学史》《中国字体变迁史》做必要准备，他孜孜矻矻，付出了大量心血。鲁迅的文化取向，至今对于我们仍有重大的启示意义。

鲁迅读书，十分讲究方法。有些书他认真研读——如对外国社会科学论著；有些书他仅随手翻翻——如对一般报刊。对于书中有用的观点和资料，鲁迅放开度量大胆摄取。比如，厨川白村杂文观、鹤见祐辅幽默观对鲁迅的影响，业已成为鲁迅研究界的共识。《准风月谈·帮闲法发隐》一文篇首，援引了一则剧场失火、丑角上台通报但无人相信的故事，很长时间人们不知其出处。后调阅鲁迅藏书，终于在丹麦哲学家克尔凯郭尔的《忧愁的哲理》一书中找到了这段引文，知道这是1836年2月14日在俄国彼得堡确曾发生过的事情。《准风月谈》中还有篇《双十怀古》。从鲁迅1930年剪报中，我们找到了所列新闻目录的全部“本事”。对于书中的错误观点和资料，鲁迅常予以批驳或公开订正，决不让自己的头脑变成别人的跑马场或书橱。比如奥地利学者华宁该尔在《性和性格》一书中攻击女性“能说谎”“往往是虚伪的”，鲁迅在《花边文学·女人未必多说谎》一文中就进行了驳斥。鲁迅受严复译述的《天演论》的影响是众所周知的。但严复的进化观带有明显的机械性，曾以“既盛不可复衰，既治不可复乱”（《论世变之亟》）的直线进化观批判传统的循环变易观。而鲁迅早在1907年撰写的文言论文《科学史教篇》中，就指出历史是沿着近似螺旋形轨道向前发展——“所谓世界不直进，常曲折如螺旋，大波小波，起伏万状，进退久之而达水裔，盖诚言哉”，表现出对严复思想的超越。鲁迅还收藏了不少宗教书籍，但并非出于宗教的目的，而仅仅将它们作为哲学或文学作品来读。周启明在《鲁迅与中学知识》一文中就提到，鲁迅阅读佛学著作《弘明集》，并未受其宗教意识熏陶，书中引录的一篇《神灭论》（梁朝范缜作），反倒使鲁迅受到很大教益。鲁迅特别善于从比较中学习：通过正史与野史的比较，鲁迅洞察了历史上被正史涂饰的部分。通过明季稗史与明人小品的对照，鲁迅穿透空灵飘逸的氤氲看到了令人毛骨悚然的现实。面对当局者的欺骗宣传，鲁迅还肯定了从大量苦楚经验中总结出来的“正面文章反看法”，以使自己能从字缝里看出字来，不至于把硫化铜当作真金。总之，鲁迅娴熟地把辩证法运用于阅读过程，做到了精读与泛览、记忆与分析、书本知识与实际经验的完美结合；既以读书来充实人生，启发对生命价值的体认，又以经验来充实学问，跨越前人已经达到的高度。刻苦的学习精神、科学的学习方法、崇高的学习目的，使鲁迅藏书的知识蕴涵得到了最充分的开掘，发射出熠熠的真理之光。

正因为鲁迅藏书在鲁迅的创作活动与学术活动中产生了不容低

估的作用，研究鲁迅藏书就理应成为鲁迅研究系统工程中的一个有机组成部分。早在70年代中期，研究鲁迅藏书的想法就已在我的头脑中萌生。当时我正在撰写《鲁迅与女师大学生运动》一书，苦于缺少当时的历史细节。由于鲁迅博物馆资料室的协助，为我提供了鲁迅收藏的《女师大周刊》等罕见的报刊，我才得以掌握第一手资料，使这场发生于半个世纪之前的学潮得以有声有色地再现于读者面前。此后，我利用工作之便，多次翻阅鲁迅藏书，每入书库必有所获，从无空手而返的时候。比如在鲁迅遗物中，我找到了他亲自撰写的广告《三闲书屋印行文艺书籍》——现已收入《鲁迅全集·集外集拾遗补编》。在查阅鲁迅收藏的期刊时，我发现了鲁迅杂文《上海所感》《我要骗人》（原用日文撰写）中文译文的最早刊登处所。在查阅鲁迅藏书时，我还初步确定了《集外集拾遗补编·题记一篇》是《诗的原理》一书的序言。上述发现虽然十分琐屑，不入宏观大师的视野，但却激发了我研究鲁迅藏书的更大兴趣。1992年3月，我终于将《鲁迅藏书研究》作为"哲学社会科学国家重点研究课题"向全国社会科学规划办公室进行了申报，并很快获得了批准。我们原计划将鲁迅藏书分为六大系统进行深入研究：一、西方政治、哲学、美学系列；二、东方政治、哲学、美学系列；三、心理学、社会学系列；四、外国文学家研究系列；五、中国文学流派系列；六、中外艺术系列。最终以出版《鲁迅藏书精选丛书》和《鲁迅藏书研究》《鲁迅的知识结构》两部专著作为成果体现形式。但由于申请经费与获准经费相距甚遥，只得将研究内容压缩，以目前出版的这本集子向同行、同好们做出令人汗颜的汇报。

研究作家个人藏书的工作，在国外似乎已经开始受到重视。比如，美国现代小说家、诺贝尔文学奖获得者欧内斯特·海明威（Ernest Hemingway）酷爱读书，认为作家只有什么书都读，才能知道如何写出超越前人的作品。他经过长期的研读和创作，认为自己跟古典作家相比，已经高于屠格涅夫、莫泊桑甚至塞万提斯等人，只有在莎士比亚的《李尔王》、托尔斯泰的《安娜·卡列尼娜》《战争与和平》面前才肯甘拜下风。为了解开海明威的创作得失之谜，美国北卡罗来纳州立大学密歇尔·雷诺斯教授在他夫人的协助下，经过历时三年的调查访问,编著了一部《海明威阅读收藏书目，1910～1940》，剖析了海明威《永别了，武器》《丧钟为谁鸣》《午后的死》《非洲的青山》等名作的创作过程。

在中国，迄今似乎还没有系统研究作家藏书的专著。只有清末长洲叶昌炽的《藏书纪事诗》，介绍过一些著名藏书家的事迹。因此，我们在研究过程中，十分缺乏可资借鉴的成功经验。加之我们外文水平的局限、学术功底的浅薄，面对收罗广博、内容渊深的鲁迅藏书，研究起来常感捉襟见肘，力不从心。许多内容尚未及列入研究之列。更为惭愧的是，我虽忝列主编之名，但由于工作杂乱，身体日衰，实际工作做得很少。如果不是鲁迅研究室同人的通力合作，要取得现有的成果也是不可能的。对于所有在学术道路上引导、扶持、帮助过我的人，我都会始终怀着深深的铭感之情。

当这一研究鲁迅藏书的初步成果行将问世的时候，我们还不能不对许广平先生产生缅怀感念之情。因为没有许先生的精心保存和及时抢救，这批珍贵的文物必然遭受毁损流失的厄运。特别是 1944 年秋,“鲁迅先生在平家属拟将其藏书出售,且有携带目录向人接洽”（见 1944 年 8 月 25 日《新中国报》）。许先生闻讯，一方面于 8 月 31 日致函周作人，要求“将鲁迅先生遗书停止出售，即一切遗物亦应妥为保存”；另一方面委托律师在 9 月 10 日《申报》上刊登启事，声明鲁迅遗产在未分割前为全体家属公同共有物，“不得单独处分，否则不能生效”。许先生的呼吁得到了鲁迅生前友好郑振铎、唐弢等人的响应，事后又得到了北平地下党成员王冶秋、徐盈等人支持，这场出售鲁迅藏书的风波才得以平息。鲁迅博物馆至今仍保存有三厚本《鲁迅先生藏书目》（分为“中文之部”“日文之部”“西文之部”），就是在汪伪政府担任要职的周作人利用职权迫令北京图书馆馆员编写的，供书商出售鲁迅藏书之用。面对这套书目，环顾保存完好的鲁迅藏书，不禁为这批典籍的“劫后余生”而深感庆幸。

1995 年 1 月

7.《漫画鲁迅小说》序

鲁迅研究虽有半个多世纪的历史，但迄今仍有不少尚存争议的问题。然而，对鲁迅小说深刻的思想内涵和无与伦比的艺术价值，不同国度、不同文化背景的鲁迅研究者却基本上取得了共识。因此，根据鲁迅小说创作连环漫画，其意义也就不言自明。鲁迅早就说过，一幅好的插图，不仅可以装饰书籍，增强阅读的兴趣，而且可以补助文字之所不及，更为生动有力地表现全书的神采。

谈起连环图画的历史，可以说几乎跟人类文明史一样源远流长。古埃及陵墓中表现墓主事迹的“死书”，印度阿旃陀石窟中的壁画，梵蒂冈教皇宫中文艺复兴时期的宗教宣传画，实际上都可视为外国古代的连环图画。中国古代则有敦煌石窟中的佛教故事连环画，有南唐顾闳中的《韩熙载夜宴图》，有曲阜孔庙里的《孔子圣迹图》。以绘画辅助小说，更是中国文艺的一个优良传统。“左图右文”“上图下说”，就是古代连环画的常见形式。鲁迅 1935 年 5 月 22 日致孟十还信中提到，清光绪十二年（1886 年），上海同文书局出版了《绘画聊斋志异图咏》石印本，就吸引了不少读者。然而，令人遗憾的是，“我们的‘新文学家’”往往对连环图画的作用估计不足，甚至有人将连环图画的创作者视为低能之辈，鲁迅对此深为不满。

为了对连环图画的创作加以正确引导，鲁迅不仅撰文为之辩诬，而且自费印行了一批文学作品的插图以资借鉴，如《梅斐尔德木刻〈士敏土〉之图》、亚历克舍夫作《〈母亲〉木刻十四幅》。最为有趣的是，他还为比利时木刻家麦绥莱勒的木刻连环画《一个人的受难》写了 25 条寓意深刻的说明词，这实际上是鲁迅为连环画脚本提供的范文。

在西方，著名画家为文学名著插图不乏其例，如西班牙画家毕加索为巴尔扎克的小说《未完成的杰作》插画，美国画家肯特为《浮士德》《坎特伯雷故事集》《白鲸记》等插画。在俄国，为果戈理《死魂灵》插图的名画家就有三人之多。鲁迅殷切期待着能降低手眼的中国画家为我们自己的文学名著插画，以避免产生苏联画家波查日斯基给清朝以前的中国男人也画上辫子这类笑话（见《鹦哥故事》插图）。考虑到中国一般民众的审美习惯，鲁迅希望中国的连环画作者向传统画学习，多取剪纸、绣像之长，而不可用现在流行之印象画法之类，让画面“人面必歪，脸色多绿”。鲁迅还希望插图能准确把握人物的性格特征和生活环境，不要让打短工的阿Q现出一副凶相，让生活在南方水乡的孔乙己乘坐骡车。“夸大”或“廓大”往往是必要的，但切不可背离了真实，以致成为滑稽画。

呈现在读者面前的这套《漫画鲁迅小说》收入了鲁迅《呐喊》《彷徨》《故事新编》中的全部作品。由于鲁迅是五四以来中国最杰出的文学家，他的语言融古汇今，博采中外，兼取雅俗，熔铸成一种清峻遒劲、言曲旨远、老辣精警的独特风格，达到虽一字不可易的艺术境界，所以我们在编写脚本时一般均采用原文，只是囿于篇幅和一般读者的接受能力，才迫不得已地作了少量的删节和改动。又由于鲁迅每篇小说的艺术格局和创作手法不尽相同，有些篇什有大段的心理刻画、人物对话甚至文言词语，这就更增添了美术创作的难度。我们把本书的出版作为一次艰难的探索，希望能促使今后有更多的不同形式的鲁迅著作改编本问世。

1996年1月

8. 狼的伤吟

——《一个都不宽恕》序

63 年前，瞿秋白在他那篇著名的《〈鲁迅杂感选集〉序言》中，曾把鲁迅比喻为希腊神话中的莱谟斯——一位狼的乳汁喂养大的英雄。

这是一个确当并为鲁迅本人所首肯的比喻；因为鲁迅虽然出身于绅士阶级，却从中国劳苦大众的母体上吮取着精神养分。他涤除了几千年封建专制制度给中国传统知识分子铸就的奴才式的家畜性，而具备了反叛一切邪恶势力的野兽性，最终成为没有丝毫奴颜媚骨、从头到脚都像是用纯钢铸成的民族英雄。

绅士阶级的卫道士对于本阶级的叛逆者是深恶痛绝的。鲁迅清醒地意识到这一点。他说："我其实是知识阶级中最末的一个，而又是最顽强的。我没有照着同阶级的人们的意志去做，反而时常向他们挑战，所以旧的知识份子如此恨我。"

那些对鲁迅作品浅尝辄止的人们常有一种误解，认为鲁迅尖刻、好斗，没有包容慈善的胸怀。其实，鲁迅待人是宽厚的，也很少无缘无故地发脾气。倒是那些反对过鲁迅的人们，对鲁迅采用的手段是无所不用其极。比如，在政治上给鲁迅栽赃，扣帽子：说鲁迅靠日本特务的津贴出书，或被金光灿灿的卢布收买，说鲁迅是"封建余孽""法西斯蒂""二重反革命"……在学术成就上对鲁迅进行贬损：说鲁迅小说只有一两篇可取，鲁迅杂文嘁嘁嚓嚓，挑是拨非，鲁迅的《中国小说史略》是剽窃之作，读鲁迅的译文比读天书还难，鲁迅的文风是"流氓风格"……甚至还用污言秽语对鲁迅进行人身攻击，说他"醉眼蒙眬""南腔北调""满口黄牙"……个别对鲁迅恨之入骨的人，更以撤职、起诉、呈请通缉等方式对鲁迅进行迫害。直至临终前不久，鲁迅还梦见有人埋伏在两旁，准备在暗中对他进行偷袭。在世界文豪当中，像鲁迅这种被攻击得遍体鳞伤者，恐怕是绝无仅有。

面对五花八门的攻击，鲁迅最初采取的态度往往是隐忍退让——尤其是对青年，更默然甘受损失。直到退避到棺材里还有戮尸之虞，他才奋起反击。所以，鲁迅论争文字留存的“纸上声”，其中自然不乏战叫，但的确也夹杂着被咬噬之后的伤吟，恰如他 1933 年 6 月 18 日致曹聚仁信中所言：“历来所身受之事，真是一言难尽，但我是总如野兽一样，受了伤，就回头钻入草莽，舐掉血迹，至多也不过呻吟几声的……”然而，由于鲁迅是一位终生荷戟、寐不卸甲的战士，所以在他全部遗著中，最闪光的也正是他那些“驳难攻讦，至于忿詈”的论争文字。这恰如他对章太炎先生遗著的评价：“战斗的文章，乃是先生一生中最大，最久的业绩。”（《且介亭杂文末编，关于太炎先生二三事》）

众所周知，最早为鲁迅赢得文坛声誉的是他的小说；而鲁迅日后的作品又有力地证明了他具有纯熟驾驭各类文体的卓越才能。但鲁迅终生选择的主要文学样式却是杂文。究其原因，无疑因为杂文是一种战斗的文体，更加适合于鲁迅的战士本色和中国社会的迫切需求。鲁迅将他作为哲人的睿智和作为诗人的激情全部融入到他的近千篇杂文当中。他既吸取了英国随笔形制简短、绵里藏针、微而显著、小而见大的特色，又借鉴了魏晋文章“清峻，通脱，华丽，壮大”的文风，特别是继承了魏晋文章的“骨力”，使杂文这种文体成为开展文明批评和社会批评的利器，给封闭僵滞的旧中国注入了活力和生机。由于五四新文化运动肩负着文学革命和思想革命历史重任，鲁迅这一时期的杂文大多围绕这一时代主题展开，尤其是他对封建礼教和家族制度的批判，更为深刻、犀利，具有内在系统性。第二次国内革命战争时期，中国社会民族矛盾与阶级矛盾空前激烈多变。鲁迅置身于反击国民党政权文力征伐的前哨——上海，面临明明暗暗的敌人，他更加重视发挥杂文这一武器短兵相接的功能，作品的主题也因之具有更为广泛的现实针对性。鲁迅创作小说、散文、散文诗乃至于发表学术讲演（如《魏晋风度与文章及酒与药之关系》），也往往是为了表达他的思想和战斗哲学，决非“为艺术而艺术”或“为学术而学术”。

五四时期中国现实社会中民主主义与封建主义的斗争，反映在文学领域就形成了提倡白话文的激进派与维护文言文的守旧派的斗争。在这场论争中，鲁迅“所对付的不过一小部分”（《热风·题记》），也就是说，鲁迅并没有跟旧文学营垒的所有代表人物都展开正面交锋，而只是集中火力对付那些“学了外国本领，保存中国旧习”的人物，如《学衡》派、《甲寅》派诸公。

《学衡》派以留美学生为骨干，以“昌明国粹，融化新知”为旗帜。与“孔教派”“国粹派”的不同之处是，《学衡》派的学者主张引进西方的自然科学和白璧德的新人文主义；但在维护文言文的正宗地位、维护旧文化中恒定的精神价值等方面，《学衡》派则是文化保守主义的稳定的同盟军，同样的是阻挡五四新文化潮流的顽石。《甲寅》派代表人物章士钊也是“学贯中西”的人物，辛亥革命前主持《苏报》，倡言革命，颇为人们称道，但在北洋军阀统治时期，他却一变而为皖系军阀的高级幕僚，并利用他担任教育总长兼司法总长的大权，镇压爱国运动，明令尊孔读经，其危害更甚于《学衡》派。

在跟《学衡》派、《甲寅》派的论争过程中，鲁迅没有跟对手在一些理论问题上扭打，在一些名词概念上兜圈，而主要凭借自己谙熟中国传统文化的优势，采用“以子之矛，攻子之盾”的战法，戳穿这批自炫渊博的旧文学的卫道者“文且未亨，理将安托”。如他在《估〈学衡〉》一文中，也只不过从该刊中随手拾来若干未通的字句，就“衡”出了他们的铢两，让这些跟国粹谬托知己的人窘态毕现。在《答KS君》《再来一次》等文中，鲁迅以实例证明章士钊乱用成语，错解典故，文字庞杂，陋弱可哂，使他企图从逻辑学、语言学、文化史的角度证明文言文优越的图谋彻底破产。由于《学衡》派的人物尊杜威、罗素而贬马克思，而章士钊当时更是段祺瑞执政府中的核心人物，这就使得鲁迅跟他们论争的意义超出了文学领域而带有思想批判和政治斗争的性质。

如果说，在鲁迅眼中，《学衡》派、《甲寅》派的人物“不足称为敌手，也无所谓战斗”（《答 KS 君》），那么，跟现代评论派的论争则是鲁迅在思想文化战线经历的一次时间最长、鏖战激烈的重大战役。现代评论派跟中国现代的其他文艺社团一样，并不是一个严密的组织；《现代评论》周刊的作者也倾向不一，流品不齐；但就其核心成员而言，则是一群曾沐浴欧风美雨又身着五四衣衫的学者。他们在政治上持自由主义立场，标榜精神独立，平和公正，不尚攻讦，但在女师大风潮、五卅惨案、三·一八惨案等重大政治事件中，他们的舆论客观上却偏袒站在爱国民众对立面的帝国主义和军阀政府。他们在文章中有时也流露出对旧中国社会现状的不满，但那是以西方资本主义国家为参照系，比照中常流露出民族自卑感和媚外崇洋的心态。鲁迅跟现代评论派的矛盾，除了源于他们政治观点和文艺观点的深刻分歧外，还存在着自由主义与反自由主义、中庸与反中庸的分歧。以鲁迅为代表的语丝派跟以胡适、陈西滢、徐志摩等现代评论派成员的论争，标志着五四新文化阵营的分化。这场论争虽然常围绕在一些个别的甚至私人的问题展开，但同样具有不容低估的政治意义。

鲁迅跟后期创造社、太阳社之间围绕革命文学展开的论争，是中国革命文学阵营内部进行的第一次大论争，也是对鲁迅思想发展最具意义的一场论争。创、太两社的年轻作家在大革命失败之后的白色恐怖中奋起，两眼喷发出向屠杀者复仇的怒火，首先在战友的血泊中撑起了革命文学的战旗，其历史功绩自然是不能抹杀的。但这群认为自身就是革命、立志包办工人阶级文艺事务的作家却对中国国情十分隔膜。他们在政治上不可避免地受到“左”倾盲动主义影响，文艺上照搬苏俄拉普学说和日本福本主义的观点乃至词句，因而错误地把长期关心文艺和革命关系问题的鲁迅作为了“革命文学”的祭旗人。论争中涉及的那许多艰深的理论问题迫使鲁迅认真阅读了大量科学的文艺理论著作，纠正了他的“只信进化论的偏颇”。

鲁迅在论争中就文艺与宣传、文艺创作与社会现实、“革命人”与“革命文学”等重大问题发表了言简意赅的意见，为中国左翼文艺运动奠定了理论基石。

革命文学论争的积极结果，是中国左翼作家联盟的成立。“左联”存在的时间虽然只有短短的六年，但却是在血雨腥风、刀光剑影中度过的。鲁迅以“左联”盟主身份参与过三次论争，其中第一次是跟以梁实秋为代表的新月派的论争。

梁实秋是白璧德新人文主义的忠实信徒，新月派的主要批评家。鲁迅跟他的论争主要围绕文学中人性与阶级性的问题进行。需要澄清的是，梁实秋并非简单化地否定阶级性、阶级斗争以及文艺与政治的关系，而只是强调“文学的精髓是人性的描写”（《偏见集·人性与阶级性》）；人性与阶级性有轻重表里之分；文艺与政治虽有关系，但文艺表现的只是政治生活的背景。由于梁实秋肯定现存资产制度的合理性而反对无产阶级革命运动及左翼文艺运动，在文章中过多强调人性中共同的亘古不变的成分而对阶级性时有简单的排斥，因此新兴的左翼文艺阵营跟他的论争就成为不可避免的事情。鲁迅也并非一般地否定人性，而只否定抽象不变的人性。他在论争中将深刻的人生经验及其感情体验用于理论说明，独具慧眼地戳穿了梁实秋杂糅着封建等级的人性论与资产阶级自然人性论的矛盾空虚，使整个论辩过程有声有色，高潮迭起，有力地动摇了新月派文人的理论基础。据冯雪峰回忆，这是鲁迅参加“左联”后以最愉快的心情打的第一仗，表明了鲁迅自我思想斗争的胜利和快乐。

继新月派之后向左翼文艺进攻的是所谓“民族主义文艺”。这是国民党政府为配合军事“围剿”而发动的一场文化“围剿”，其基本队伍中没有几位像样的文人，而以暗探、特务、军官、党棍为其骨干，其宗旨是取缔文艺民主而使文艺统一于国民党的法西斯主义专制。由于“民族主义文艺运动”无理论可言，鲁迅在论争中仅仅揪出他们的几部代表作（如《陇海线上》《黄人之血》）进行示众，证明他们的政治目标是要“日支亲善”，消灭当时第一个无产阶级专政的国家，实质上是在“民族主义”旗帜的掩护下出卖民族利益。由于鲁迅等左翼作家的揭露，“民族主义文艺”运动开场不久即偃旗息鼓。

与所谓“第三种人”苏汶（杜衡）的论争是鲁迅加入“左联”后被卷入的第三次论争。这场论争的焦点是文艺与政治的关系问题和革命文艺家对小资产阶级作家的态度问题。苏汶是作为胡秋原的间接支持者参加论争的。在他看来，胡秋原的理论是一种自由主义的非功利的创作理论，而左翼文坛则持一种目前主义的功利主义的创作理论。他所说的“第三种人”并非指政治上的中间派，而是指那些在两种截然不同而互不让步的文艺观面前一时感到无所适从的作家。他指责左翼文坛只要行动，不要理论；只要革命，不要文学；只要煽动，不要艺术。苏汶的观点虽然在某些程度上触及了“左联”常犯的机械论、简单化、“左倾”关门主义等错误，但他把新文学创作的障碍主要归之于左翼作家的“左而不作”和“第三种人”的欲作而不敢，却放过了摧折进步文艺新芽、奉行文化专制主义的国民党政权，显然是颠倒是非、混淆黑白之谈。鲁迅在论争后期撰写了带总结性的《论“第三种人”》，文章深刻而形象地批驳了超阶级和超政治的文艺观，以及蔑视群众文艺的贵族老爷态度；同时也指出左翼文坛在向文艺神圣之地进军的过程中应着重克服“左”的关门主义的错误——因为“左翼作家并不是从天上掉下来的神兵，或国外杀进来的仇敌，他不但要那同走几步的‘同路人’，还要招致那站在路旁看看的看客也一同前进”。苏汶承认鲁迅的意见是公允的，尤其赞赏鲁迅声明“左联”并不拒绝“同路人”的态度。1934 年以后，随着国民党文化“围剿”的加剧，苏汶的态度日益右转。鲁迅 1934 年 4 月 11 日致日本友人增田涉信揭露苏汶“自称超党派，其实是右派。今年压迫加紧以后，则颇象御用文人了”。证实了在阶级矛盾和民族矛盾的漩涡之中，所谓“第三种人”每时每刻都在分化，不会两脚着地，骑稳一道矮墙，真正做到不偏不倚。

“两个口号论争”是左翼文艺阵营内部的又一次论争，也是使临终前的鲁迅情绪十分愤慨、心情格外苦痛的一场论争。这场论争虽然是由建立新的更为广泛的抗日民族统一战线引发的，但实际上与鲁迅跟“左联”某些领导人长期存在隔膜和分歧密不可分。比如1932年鲁迅批评周扬主编的《文学月报》刊登文风不正的诗歌，被某些“战友”视为“落入了右倾机会主义的陷阱”。1934年，又先后发生了廖沫沙挖苦鲁迅杂文是“花边文学”和田汉指责鲁迅跟叛徒杨村人“调和”的事件。事实上，周扬率先提出“国防文学”口号和鲁迅嗣后提出的“民族革命战争的大众文学”口号都是文学战线抗日救亡的口号，但“国防文学”的倡导者在对这一口号进行阐释的过程中有左的（如排斥非国防题材的作品）或右的（如忽视统一战线内部的斗争与相互批评）错误，而鲁迅对新口号的解释则更明确、更深刻、更有内容，既坚持了无产阶级的领导责任，又抵制了以创作题材划分政治战线的关门主义倾向。但论争中夹杂了人事纠葛与意气成分，以致影响了团结、分散了力量。这在徐懋庸致鲁迅的信中得了集中的反映。鲁迅在《华盖集·杂感》中写道：“死于敌手的锋刃，不足悲苦；死于不知何来的暗器，却是悲苦的。但是最悲苦的是死于慈母或爱人误进的毒药、战友乱发的流弹、病菌的并无恶意的侵入……”我们了解了鲁迅的上述观点，就能真切体会鲁迅在“两个口号”论争过程中抑郁悲愤的心情。

据冯雪峰回忆，鲁迅不愿称自己是一个思想家，却愿意视自己为一个战士——虽然他的思想是富于创造性的，也是有系统的（《回忆鲁迅》）。林语堂说：“德国诗人海涅语人曰，我死时，棺中放一剑，勿放笔，是足以语鲁迅。”（《鲁迅之死》）鲁迅夫人许广平也追忆了鲁迅的名言：“我是要战斗，到死才完了。”（《许广平忆鲁迅》）冯雪峰、林语堂、许广平跟鲁迅的关系不尽相同，林与冯、许的政治倾向也很不相同，但作为鲁迅的同时代人，他们对鲁迅战士本色的观察和认识却是一致的。

作为一个战士，鲁迅最关心的并非人们对他文坛地位的评价和文学观念的认同，而十分重视对他战斗动机与目的的理解。瞿秋白在论文中指出鲁迅攻击的章士钊和陈源并非单纯的个人而是一种标本，一种社会典型，鲁迅对此有知己之感。他自己也强调，他跟章、陈的论争实为公仇，决非私怨。在“两个口号论争”中，他也多次强调，徐懋庸虽然一人出面，但代表的是一群，所以他答复徐懋庸的信也决非针对个人。只有正确评价鲁迅参与论争的动机与目的，我们才能够正确理解鲁迅的战斗历程。

历史是一个相互联系而又相互矛盾的发展过程。任何历史人物的活动也都跟他同时代人的活动有着或直接或间接的关联。鲁迅在历次论争中既批驳了错误论点，也提出了真知灼见。就这样，他在论争中逐步获得了对真理的比较全面的认识，从而也在他所涉及的领域中发展了真理。尤其难能可贵的是，他还在论争中提炼出了一批类型式的典型，如脖子上挂着铃铎专将胡羊引入屠场的山羊，暂时失足落水而随时准备泅上岸来咬人的“落水狗”，见到一切穷人都狂吠见到一切阔人都摇尾的“丧家犬”，当面说好背后鸣鞭的“奴隶总管”，以及“商定文豪”“革命小贩”“才子＋流氓”式的文人……鲁迅对这些人物的个性加以捕捉，共性加以概括，特征加以夸张，使这批典型既形象可感，又具有更普遍的社会意义。

在论争中，鲁迅提出了一系列战斗原则，既是对他战斗经验的总结，也是对后继者的昭示。鲁迅的原则中有重要的一条，就是他在杂文《死》中所说的：“我的怨敌可谓多矣，倘有新式的人问起我来，怎么回答呢？我想了一想，决定的是：让他们怨恨去，我也一个都不宽恕。”

“一个都不宽恕”，对象仅限于“怨敌”，即指那些坚持错误立场、对进步文坛心怀怨恨的人，而不是在思想和行动上都改正了错误的论争对手。所谓“不宽恕”，就是不在原则问题上妥协，不以背弃真理为代价进行个人的情感交易。作家王任叔指出，高尔基的爱是伟大的爱，他的憎也是伟大的憎。鲁迅对此深表赞同。他认为作家应该有热烈的爱憎、分明的是非。真正的爱，就包含了对恶的深恶痛绝。所以，这本书以“一个都不宽恕”作为书名，只是为了突出鲁迅在论争中坚如磐石的原则立场，而不能理解为鲁迅对于跟他进行过笔战的人一律咬住不放。鲁迅自己就说过，他跟郭沫若虽然曾以笔墨相讥，但因为大目标相同，并不日夜记着个人之间的恩怨。“一个都不宽恕”，更不意味着鲁迅以一贯正确者自居。鲁迅无情面地解剖别人，更加无情面地解剖自己。鲁迅在革命文学论争过程中加速了他的世界观转变，就是他勇于正视自己弱点和局限的一个明证。

呈现在读者面前的这本《一个都不宽恕——鲁迅和他的论敌》，为鲁迅参与的历次论争提供了完备而新颖的史料，也为研究中国现代文艺思潮史提供了生动丰富的史料。翻开书页，我们便可以闻到当年文坛浓郁的硝烟味，可以看到以鲁迅为旗手的文化新军跟形形色色、明明暗暗的敌人进行较量的波澜壮阔的历史画面。鲁迅光辉一生就是在文征笔战中度过的。中国新文学走过的历史道路也是前驱者用战斗来开拓的。在鲁迅逝世60周年之际，以这部战斗的记录来纪念这位文坛斗士的光辉的一生，我以为十分恰当，十分厚重。

1996年2月

9.《一个都不宽恕》新版序言

《一个都不宽恕》曾是一本畅销书，1986 年由中国文联出版公司初版。因当时跻身于畅销书排行榜前列，随即遭到盗版（起码有两种盗版本）；又因为盗版书错字超标，遭到了某读书周报的酷评，被讥为“一本买了让人后悔的书”，使我精神物质两败俱伤。不料 23 年之后，本书又有幸得到再版的机缘，作为编者，自然会倍感欣慰。

“一个都不宽恕”这六个字出自鲁迅遗嘱式的杂文《死》。鲁迅在留下七条遗嘱之后接着写道：“此外自然还有，现在忘记了。只还记得在发热时，又曾想到欧洲人临死时，往往有一种仪式，是请别人宽恕，自己也宽恕了别人。我的怨敌可谓多矣，倘有新式的人问起我来，怎么回答呢？我想了一想，决定的是：让他们怨恨去，我也一个都不宽恕。”

鲁迅所说的仪式，系指基督徒临终之前举行的仪式。据鲁迅在《野草・复仇（其二）》中描写，耶稣被钉上十字架之前，兵丁们打他，吓他，戏弄他；“路人都辱骂他，祭司长和文士也戏弄他，和他同钉的两个强盗也讥诮他。”在透入心髓的大痛楚中，耶稣却祈祷上帝宽恕这群迫害他的人们：“父呵，赦免他们！因为他们所作的，他们不晓得。”（《圣经・新约・路加福音》）

显然，鲁迅并不认同基督教这种勿念旧恶的“恕道”，主张“拳来拳对，刀来刀挡”的“直道”。他认为人被压迫，且退让到无可退避之地的时候，反抗和斗争就成为唯一的选择。同样在杂文《死》中，鲁迅谆谆告诫他的读者——“损着别人的牙眼，却反对报复，主张宽容的人，万勿和他接近”。这也就是说，宽容的对象中，不应该包括那种一方面贻害于人一方面又骗以“宽恕”美名的伪善者。

鲁迅的上述主张，一方面受到中国传统文化和吴越地域文化的明显影响，另一方面又受到中国社会现实的深刻启示。宋代理学家朱熹在《中庸》第十三章的注文中提出过“即以其人之道还治其人之身”的见解，就被鲁迅引用到《论“费厄泼赖”应该缓行》这篇著名的战斗檄文当中。明末浙江籍佥事王思任所说“会稽乃报仇雪耻之乡，非藏污纳垢之地”，这句话也使鲁迅十分欣赏，并因身为越人而引以为荣。促使鲁迅反对对敌宽容的主要是中国历史上无数血的教训。在《庆祝沪宁克复的那一边》中鲁迅说：“在中国，历来的胜利者，有谁不苛酷的呢。取近例，则如清初的几个皇帝，民国二年后的袁世凯，对于异己者何尝不赶尽杀绝。只是他嘴上却说着什么大度和宽容，还有什么慈悲和仁厚……”（《集外集拾遗补编》）在《论“费厄泼赖”应该缓行》一文中，他设专章论述不“打落水狗”是误人子弟。例证是：辛亥革命之后，绍兴都督王金发不念旧恶，宽容为怀，释放了杀害秋瑾烈士的谋主章介眉，但等到二次革命失败后，王金发却被袁世凯的走狗枪决了，而谋主仍然是被他宽恕过的章介眉。在给许广平的一封信中鲁迅说得更明确：“我常想：治中国应该有两种方法，对新的用新法，对旧的用旧法。例如‘遗老’有罪，即该用清朝法律：打屁股。因为这是他所佩服的。民元革命时，对于任何人都宽容（那时称为‘文明’），但待到二次革命失败，许多旧党对于革命党却不‘文明’了：杀。假使那时（元年）的新党不‘文明’，则许多东西早已灭亡，那里会来发挥他们的老手段？”（《两地书·三五》）“不打落水狗，反被狗咬了”，这就是鲁迅从许多血的经验教训中总结出的一个朴素真理。面对压迫要反抗，对敌宽容是纵恶，这是鲁迅留给我们的十分宝贵的遗训。在这个意义上可以说，“一个都不宽恕”，既是鲁迅对自己战斗经验的总结，也是他对后继者的一种昭示。

然而需要特别指出的是：“一个都不宽恕”的对象仅限于“怨敌”，即指那些坚持错误立场并心怀怨恨的人，而不是在思想和行动上都改正了错误的论争对手。所谓“不宽恕”，就是不在原则问题上妥协，不以背弃真理为代价进行个人的情感交易。作家王任叔指出，高尔基的爱是伟大的爱，他的憎也是伟大的憎。鲁迅对此深表赞同。他认为作家应该有热烈的爱憎、分明的是非。真正的爱，就包含了对恶的深恶痛绝。所以，这本书以“一个都不宽恕”作为书名，只是为了突出鲁迅在论争中坚如磐石的原则立场，决不能理解为鲁迅对于跟他进行过笔战的人一律咬住不放。鲁迅自己就说过，他跟郭沫若虽然曾以笔墨相讥，但因为大目标相同，并不日夜记着个人之间的恩怨。“一个都不宽恕”，更不意味着鲁迅以一贯正确者自居。鲁迅无情面地解剖别人，更加无情面地解剖自己。鲁迅在革命文学论争过程中加速了他的世界观转变，就是他勇于正视自己弱点和局限的一个明证。

呈现在读者面前的这本《一个都不宽恕——鲁迅和他的论敌》，为鲁迅参与的历次论争提供了比较完备的史料，也为研究中国现代文艺思潮史提供了丰富的史料。翻开书页，我们可以闻到70年前文坛浓郁的硝烟味，可以看到以鲁迅为旗帜的文化新军跟形形色色、明明暗暗的敌人进行较量的波澜壮阔的历史画面。鲁迅光辉一生就是在文征笔伐中度过的。中国新文学走过的历史道路也是前驱者用战斗来开拓的。

如何看待论争？如何看待鲁迅参与的历次论争？重温这段历史有何现实意义？对于上述问题，笔者想借这篇前言略抒己见。

我以为，论争是人类古已有之的传统，能展示人类自身的智慧和风采。在论争过程中，双方的学术视野、知识水平、思维能力和论辩技巧进行着激烈的抗衡，从而使文化、学术得到进一步的提升、传播和推广。在古希腊，学者之间的论争蔚然成风，出现过著名的雄辩家伊萨乌斯（Isaeus）和著名的诡辩家莱什阿斯（Lysias）、伊索克拉特（Isocrates）。他们能说会道，口若悬河。在中国，春秋战国时代也一度呈现过“百家争鸣”的局面。孟子对他的弟子公都子说过一句有名的话：“予岂好辩哉？予不得已也。”（《孟子·滕文公下》）孟子当时论争的主要对象是杨朱和墨翟——他认为这两位思想家的言论属于“邪说淫辞”，批驳他们是为了使夏禹、周公、孔子的学说得到承传和发扬。儒家学说有一个重要的价值观，即“和而不同”。“和”是对和谐有序的重视，“不同”是对人的独立人格和独立思想的不懈追求。《尚书·舜典》曰：“八音克谐，无相夺伦，神人以和。”“八音”指的是金、石、土、革、丝、木、匏、竹这八类乐器。不同音色的乐器有序地演奏，才能奏响感天动地、人神共享的乐章；如果只鸣响一种音色，那宇宙之间会损失多少绚丽斑斓呵！

的确，论争可以为学术文艺的发展注入活力，提供动力。论争犹如铁锤敲打燧石，在撞击的过程中时时迸发出真理的火花。比如，著名的英国诗人雪莱正是在跟他的友人托马斯·皮科克论争的过程中撰写了长篇论文《诗之辩护》，形成了他的最完整的浪漫主义诗歌理论。在中国20世纪30年代曾发生过左翼文坛跟自称“第三种人”的苏汶的辩论。苏汶当时指责“左联”只顾目前需要，不论什么真理不真理。周扬当即反驳说：“只有实践才能辨别真理，只有实践才是真理的决定的规准。”（《到底谁不要真理，不要文艺》，载《现代》1卷3期）显而易见，周扬的上述观点不仅十分正确，而且非常超前。不过，论争不一定每次都能得出泾渭分明的是非结论。常见的情况是：论争的一方能指出对方实质性的错误，而另一方也能指出对方的某些偏颇和欠缺，最终形成了一种相互制衡的合力，推动着学术的车轮在健康的轨道上不断前行。比如五四时期国故派主张“保存国粹”，而钱玄同干脆主张“废止汉字”，有了这种激进的观点和守旧的观点对抗，白话文则乘机得以流行，终于成为文学的正宗。

在鲁迅生活的时代，文艺战线论争频频发生有其历史必然性。在漫长的封建社会中，中国文学一直处于与世隔绝的单元的文化背景之下，呈现出一幅老态龙钟、我行我素的固执形象。直到五四时期，随着外来文化的八面来风，中国文化才真正打破了文化背景的单元性质。多元并存的外来影响，使中国文学在20世纪二三十年代出现了群芳竞艳的喜人景象。仅当时引进的批评方法，就有为人生的现实主义批评、表现论的浪漫主义批评、印象式的批评、心理分析批评、古典主义批评，以及后来成为批评界主流的马克思主义文艺批评。各具不同倾向、不同规模的文学社团和文学报刊也如雨后春笋般涌现。在范泉主编的《中国现代文学社团流派辞典》中，开列的社团条目就多达1035条，流派条目有47条。在这样的文化背景之下，文学论争的产生就成了“势所必至，理有固然”的事情。比如同样留学美国，胡适等新文化运动先驱者所开采的思想资源是欧美启蒙运动和科学主义思潮，手段是理智，目标是个性解放和思想文化上的反叛传统。而梅光迪等“学衡派”骨干则师承新人文主义思想家白璧德，敌视科学理性主义和艺术中的浪漫主义，片面维护古典主义传统，因而走到了新文化运动的对立面。又比如同样留学日本，鲁迅接受了明治时代盛行的写实主义、功利主义影响，具有强烈的政治意识和社会责任感，创作关注人生问题，尤强调揭示灵魂的奥秘，而创造社的批评家成仿吾却接受了大正时代尊个性、崇天才、赞创造、重自我的现代意识，以及重表现（即创造）轻再现（即写实）的批评观。因此，在成仿吾看来，鲁迅小说集《呐喊》中的现实主义作品如《孔乙己》《药》《阿Q正传》都是“浅薄”“庸俗”之作，唯独“描写性的发动和创造，以至衰亡”的《不周山》“最出色”，有资格进入“纯文艺的宫廷”。所以，鲁迅与成仿吾文艺观的冲突，在特定意义上反映了日本明治时代文化观与大正时代文化观的冲突。

不同文化背景、不同文学流派的作家之间固然容易进行论争，就是处于同一思想潮流派、同一思想体系之中的作家往往也会开展论争。因为任何人都是带着与他人的差异性跨入生命长河的，必然具有不尽相同的生命体验、思维方法以及判断文学价值的准则。不同人即使在某些方面存在共识或大同，仍然会在另一方面出现分歧或差异。像法国古典主义内部出现了以布瓦洛为代表的贵族派和以圣·厄佛烈蒙为代表的民主派。在西方浪漫主义内部，出现了积极浪漫主义与消极浪漫主义的对立。在湖畔诗人群中，柯勒律治对华兹华斯的诗论进行了批判。在自然主义阵营，泰纳与左拉各走一途。在五四时期的新青年阵营中，因为政治理念的不同发生了“问题与主义”之争。在20世纪30年代的左翼文坛内部，因为对抗日统一战线的理解不同导致了“两个口号”之争。即使同一作家身上，前后主张发生矛盾的情况也经常出现。所以，我们应该把论争视为文学的灵魂，而不应该谈论争色变。

至于对论争中是非得失的判断，这是一个见仁见智的问题。不同人有不同的价值准则，同一人不同时期价值准则也可能有调整或变化，所以这成为说不尽的话题。编者在本书的导言和附录中表达的观点，绝非定论，而只是作为一孔之见，坦陈于众，就教于大方之家，以期收到抛砖引玉之效。

最后想谈的一点是：在构建和谐社会、和谐世界的当下，在“和”字已成为时代主旋律的当下，重版《一个都不宽恕》这本论争集还有何现实意义？

窃以为，如果睁眼看现实，当今社会是和谐追求和怨怼情绪并存的社会。民主原则和法治理念中的“平等”期待和分配格局中“不平等”的现实，导致了怨怼心理的滋生；而怨怼情绪的弥漫，又引发了“直接利益冲突”和“无直接利益”冲突；成为社会凝聚机制的一种离心力和破坏力。因此，在探索具有中国特色社会主义道路的过程中，恐怕需要更多提倡的是一种比天空更宽阔的胸怀。只有用宽容的清泉浇灭怨怼的火种，才能变冲突为祥和，化干戈为玉帛。如果心胸褊狭，睚眦必报，不给对方留余地，也不给自己留余地，则不利于社会的稳定与人际关系的祥和。

不过，我们编辑出版这本论争集的主要目的，是着眼于总结中国现代文艺思想斗争史上的经验教训，为繁荣今天的文艺提供历史的借鉴。论争双方的不同观念所反映的往往是不同的信仰和追求，所以在论争文字背后隐藏的其实是各不相同的心灵轨迹。从这个角度也可以说，一部论争史也就是一部心灵史，其意义也就超越了文艺的领域。

鲁迅是一个有坚定信仰、执著追求和热烈好恶的作家。他好比是在茫茫人海中夜航的舵手，凭借着理想的星辰为自己引路。“竦听荒鸡偏阒寂，起看星斗正阑干”，正是他战斗英姿的生动写照。所以，编者特别希望读者从鲁迅的论辩文字中，不仅能够感受到他缜密的思考、严谨的逻辑、鲜活的形象、辛辣的讽刺、睿智的幽默、成功的典型、凝练的词语……而且能进一步感受到他那种上下求索、永远进取的精神，那种“不克厥敌，战则不止”的精神，那种挺直脊梁、永不言败的精神。正是这种精神使我们这个饱经忧患、遍体鳞伤的民族能够支撑五千年之久，并在改革开放的新长征中创造出举世瞩目的奇迹。在当今这个物质相对丰腴而理想信仰特别匮乏的时代，重新呼唤这种精神，正是激动真的猛士奋然前行的强大动力。所以，编辑出版这样一部读物，实在具有多方面的意义。

是为序。

2010 年 3 月 10 日于北京

10.《鲁迅年谱》（四卷本）再版后记

观点正确、内容丰富、材料翔实的《鲁迅年谱》是阐发鲁迅精神、研究鲁迅著作、总结鲁迅战斗经验的重要工具书。鲁迅生前，曾反对用“就事论事”的方法评论作家作品，而要求顾及作品的全篇，作者的全人，以及他所处的社会状态。他指出：“分类有益于揣摩文章，编年有利于明白时势，倘要知人论世，是非看编年的文集不可的，现在新作的古人年谱的流行，即证明着已经有许多人省悟了此中的消息。”（《且介亭杂文·序言》）

据统计，目前海内外公开印行的《鲁迅年谱》共有六种①，内部印行的有两种②。许寿裳、许广平、周作人三人共同执笔的《鲁迅年谱》，堪称鲁迅年谱的开山之作，但因其内容过于简略，相当于今天所谓年表，故未计入上述六种年谱之中。鲁迅博物馆鲁迅研究室编撰、人民文学出版社 1981 年出版的《鲁迅年谱》四卷本（以下简称“四卷本”），是这些年谱中规模最大、内容最为完备的一种。

毋庸置疑，作为工具书的年谱，并不苛求编者在理论上做过多的引论发挥。它要求坚持从历史的本来面貌出发，尽可能地客观一些，周到一些，让史实本身说话。但是，这决不意味着年谱是材料的简单堆砌。反之，年谱既然是一种史书，它就必然要求编撰者具有“史识”。事实上，无论对材料的取舍，对人物的褒贬，对事件的

---

① 曹聚仁：《鲁迅年谱》（香港三育图书文具公司，1972）。
王观泉：《鲁迅年谱》（黑龙江人民出版社，1979）。
复旦大学、上海师大、上海师院合编：《鲁迅年谱》（安徽人民出版社，1979）。
鲍昌、邱文治：《鲁迅年谱》（天津人民出版社，1979—1980）。
鲁迅博物馆鲁迅研究室：《鲁迅年谱》（人民文学出版社，1981—1984）。
蒙树宏：《鲁迅年谱稿》（广西师大出版社，1987）。

② 吉林师大中文系编《鲁迅年谱简编》（铅印本），毛注青编《鲁迅年谱》（油印本）。

评价，对作品的分析，乃至对要义警句的摘取，都无不反映出编者的立场、观点和倾向性。我们在编写“四卷本”的过程中，力图以辩证唯物主义和历史唯物主义观点为指导，体现出鲁迅作为“伟大的文学家”的辉煌业绩和作为“伟大的思想家和伟大的革命家”的本质特征，同时也不回避鲁迅思想（特别是早期、前期思想）中的某些局限性。遵循鲁迅关于“战士的日常生活，是并不全都可歌可泣的，然而又无不和可歌可泣之部相关联”（《且介亭杂文末编·“这也是生活”……》）的论述，我们也以一定的篇幅介绍了鲁迅的家世和日常生活，多侧面地展现了他的血肉之躯。

在动笔之前，大家讨论得最多的是体例问题。比较一致的意见，见诸“四卷本”《编写说明》的第二至第七项。简而言之，“四卷本”谱文是由“时代背景”“本事”“注释”三部分构成的。为了收到图文并茂的效果，我们还仿效大百科全书的做法，在谱文中插入了数百帧图片。

所谓“本事”，主要包括谱主的生平事迹和著译提要。为了使“本事”中的生平事迹部分能在可靠的基础上力求新颖，我们在广事搜集上下了相当的功夫，即不仅认真阅读了鲁迅本人的著译、日记、书信等第一手文字资料，还参证了鲁迅保存的聘书、剪报、来函、契约等有关文物，此外，又查阅了大量当时的报刊和鲁迅同时代人的日记、回忆录等。比如“四卷本”介绍鲁迅留日时期的活动时，首次大量采用了日本“鲁迅在仙台的记录调查会”从仙台医专旧存档案中挖掘的有关档案资料；介绍鲁迅从辛亥革命至五四前夕的活动时，查阅了《通俗教育会报告书》《平报》《爱国报》《大自由报》《亚细亚日报》等至今已极为罕见的北京旧报刊，填补了鲁迅生平史实中的若干空白。“四卷本”介绍了鲁迅赴南京求学前夕从《知新报》上看到“列强瓜分中国图”，对祖国“火及衽席”的处境深为忧虑；介绍了鲁迅在教育部期间驳回山西大学堂崇圣公社关于呈请大开文庙、提倡崇圣的呈文，以及他与教育部 15 名科长、主任共同列名的请薪呈文，等等。这些资料，都是我们首次向读者披露的。鲁迅的一些代表作——如小说《风波》，几乎每一种《鲁迅年谱》都要介绍，但由于我们援引了陈独秀致周作人的两封信，说明这篇作品系应陈之约写成，陈读后表示“五体投地的佩服”，因而使这条前人多次写过的“本事”有了新意。《鲁迅日记》的记载原本十分简略，一般读者很难了解其中的内涵，如鲁迅1923年10月28日日记中，有与许钦文等“观戏剧专门学校学生演剧二幕”的记载。由于我们查阅了《晨报》关于这次演出的报道，又参考了许钦文先生的回忆录，因此准确介绍了“戏专”的概况、演出的内容以及鲁迅的态度，使这一容易被人忽视的记载成为一条研究中国现代话剧史的珍贵史料。不少读者阅读“四卷本”（特别是其中的一、二卷）后有耳目一新之感，应归功于编者对史料的锐意穷搜。

“四卷本”的注释也是颇具特色的。概括起来，注释大体可分四种类型。一是评价与鲁迅有关的人物、书刊、社团、事件等。这类注释大多客观、稳妥，即使是对周作人、林语堂一类争议颇大的人物的评价，至今看来仍无偏颇。二是介绍引文出处和提供资料线索。比如关于《热风·为“俄国歌剧团”》一文的注释，就介绍了当时《顺天时报》《晨报》《北京晚报》介绍俄国歌剧团的有关报道，为需要进一步了解本文写作背景和撰写鲁迅传记的人们提供了搜寻资料的门径。三是介绍有关争鸣意见。比如鲁迅《自题小像》一诗的写作时间，目前有四种说法；鲁迅参加光复会的年代，目前有两种意见。鲁迅参与发起的“中国自由运动大同盟”成立的时间、地点，鲁迅与陈赓将军秘密会见的次数，鲁迅1930年与中共中央宣传部部长李立三谈话的内容，鲁迅七绝《偶成》的主题，等等，研究界的看法至今仍有分歧。上述情况，我们都通过注释向读者作了相当充分的介绍。四是订正鲁迅的疏漏。比如《明天》《一件小事》《狭的笼》及《译后附记》等译作，鲁迅本人均注错了写作日期，现根据发表的原刊、鲁迅书信等有充分说服力的材料予以订正，并通过注释说明了情况。

体现“四卷本”另一特色的插图，不仅起了活跃版面的装饰作用，而且向读者展示了不少珍贵文物，与谱文密切呼应，相得益彰。如鲁迅祖父介孚公教导鲁迅兄弟习读《诗韵释音》和《唐宋诗醇》

的手书，仙台医专录取鲁迅的通知书文稿，陈立夫请缉拿鲁迅等左翼团体骨干的密令，捷克普实克教授捐赠的鲁迅书信，都是外间罕见的鲁迅文物。有关日本清国留学生会馆、鲁迅在仙台租赁的宫川信哉寓所的照片，也增添了读者阅读谱文的兴味和实感。至于《答徐懋庸并关于抗日统一战线问题》部分修改文稿的图版，更是一份有力的物证——证明了该文虽由冯雪峰起草，但文中的基本观点完全属于鲁迅。

正如同任何一部著作都不可能完美无缺一样，《鲁迅年谱》四卷本也有许多不足之处。这部年谱出版后，国内外鲁迅研究又有长足进展，新资料源源不断被挖掘出来。比较重要的，有新发现的十余通鲁迅书信，有日本汲古书院于鲁迅逝世50周年之际出版的鲁迅致增田涉书信80封（书名为《鲁迅、增田涉师弟答问集》），还有在新疆发现的鲁迅编著的生理学讲义等。这些史料当时未及采入"四卷本"，令人有遗珠之憾。对一些比较重要的史实，如鲁迅为方志敏烈士转交狱中文稿事，近年来通过走访当事人和调阅中央档案馆收藏的有关档案，也有了进一步的了解，基本查清鲁迅转交的烈士遗稿为《给党中央的信》和《遗信》，并非《清贫》和《可爱的中国》，可以纠正"四卷本"根据冯雪峰回忆提供的说法。"四卷本"的"本事"中也有一些史实性的错误，如把鲁迅写信庆贺红军东渡黄河抗日讨逆误为电贺长征胜利，把鲁迅1935年4月28日致萧军信中提到的《文学月报》误为《文学》月刊。此类问题，已有读者陆续指出。

"四卷本"中的史实性错误，更多是出现在人物注释中。由于鲁迅作品中涉及的人物极多，而有关人物的工具书——特别是介绍现代人物的工具书却极为贫乏，给"四卷本"的编写工作带来了极大困难，不仅有些人物的生卒年当时未能注出，而且事后又陆续发现了一些差错。如舒新城生于1892年，"四卷本"误为1893年。杜谈，原名杜兴顺，笔名窦隐夫，"四卷本"却将本名误为笔名。又如，乔大壮生于1892年，叶永蓁生于1908年，卒于1976年。限于资料，我们在编写"四卷本"时均未注出。

“四卷本”存在的一个较大问题，是“时代背景”部分对中外大事记的取舍问题。笔者认为，鲁迅年谱中设立的背景条目，应该能够表现历史潮流、反映时代脉搏、烘托生活气息，特别应该表现产生鲁迅这一杰出人物的历史条件、社会原因和鲁迅作品的现实针对性。因此事件虽大，如与鲁迅无关，可不入谱；反之，事件虽小，但与鲁迅有关，亦可入谱。如不遵循上述取舍标准，鲁迅年谱的背景部分就会成为中国近现代大事记的简单移植，与其他同时代作家年谱的背景部分也会完全雷同。遗憾的是，“四卷本”的个别背景条目与谱文油水分离，例如：

王尘无编辑的《电影评论》创刊。
汕头私米案发生。
朱自清随学生进城，参加示威游行。
国民党任命张学良为鄂豫皖“剿共”副司令。
苏联加入“国联”。
巴金离沪赴日。
……

上述内容，如果列入其他年谱或年表也许是很有必要的，但列入鲁迅年谱，读者很难找出它们跟鲁迅生平和作品内在的有机联系。还有些背景条目，本来是与鲁迅思想和作品有关的，但谱文却与之缺乏呼应。比如，背景条目中列入的徐悲鸿 1934 年在苏联莫斯科举办画展，《且介亭杂文·拿来主义》中已经提及，但“四卷本”却将这两项内容一置入同年 6 月，一置入同年 8 月，变成了互不搭界的两件事情。又如，1933 年 11 月、12 月和 1934 年 1 月的背景条目中，三次提及“福建事变”，但“本事”中却毫不涉及鲁迅对这一事件的态度和评价。事实上，鲁迅 1933 年 12 月 2 日致增田涉信和同年 12 月 19 日致姚克信中，都以严厉的态度谴责了本应支持、争取的福建人民革命政府，反映出党内“第三次左倾路线”对鲁迅的消极影响和鲁迅后期的局限性。由于有关“福建事变”的背景在谱文中得不到应有的呼应，这一背景条目也就失去了设立的意义和理由。

前面提到，“四卷本”是一部大型工具书，是一项集体科研项目。正是考虑到以上两点，编写者在撰写谱文（主要是作品题解）时力求采用通行观点——即所谓“定论”，而尽可能避免发表个人的独到见解。今天看来，这样处理也有弊端，一是稳妥有余，锋芒不足，缺乏编撰者思想的闪光点；二是当时鲁迅研究领域的一些“定论”由于时过境迁，今天已变成较为陈旧的见解。今后在集体编写年谱的过程中，如何既充分发挥集体智慧，又充分发扬学术个性，是一个值得深入研究、妥善解决的问题。

正是鉴于“四卷本”存在上述不足，又由于“四卷本”发行迄今已有 18 年，早已在图书市场脱销（特别是其中的第一卷，由于印数有限，至今已成罕见的珍本），我们决定将全书修订重版。修订的主要方面是：重新校勘了引文，增补了近十余年来新发现的重要资料，纠正了谱文中一些不适当的称谓和提法，对年谱涉及人物的生卒年进行了订正增补。姚锡佩负责修订 1881 至 1902 年，1909 年 7 月至 1912 年 4 月，1929 至 1930 年的谱文。江小蕙负责修订 1903 至 1909 年 6 月，1927 至 1928 年的谱文。陈漱渝负责修订 1912 年 5 月至 1926 年的谱文。王得后负责修订 1933 年和 1936 年的谱文。赵淑英修改了 1931 至 1932 年的谱文。潘德延除修订了 1934 至 1935 年的谱文外，并负责全书的统稿工作。统稿时，由于考虑到谱文中鲁迅著作的排列、引用是按 1956 至 1958 年版《鲁迅全集》和《鲁迅文集》以及唐弢编《鲁迅全集补遗》《鲁迅全集补遗续编》、1976 年版《鲁迅书信集》等的顺序编写的，时隔几十年，这些书一般读者查阅起来比较困难，为方便读者起见，改用 1981 年版《鲁迅全集》的顺序，因此，对不少鲁迅著作的写作时间、发表报刊、收入何集等做了改动。但“四卷本”是铅字排印的，而目前出版社均已改为电脑排版；如按上述修改，就必须全书重排新版。人民文学出版社考虑到目前时间和人力有限，决定本书按初版重印，暂不重排，只进行“镶嵌式”的挖改，于是又恢复了原来的顺序。这一反复，费去了不少时间和精力（改动约 800 余处）。统稿时虽然对每人修订后的谱文和新增条目改动不多，但几乎对全文特别是对鲁迅著作的原文都逐字逐句地进行了校阅，也费了不少功夫。此外，张杰对增补的4万余字谱文进行了审读和添补，在此一并说明。

同样由于出版社目前采取的是挖改方法，我们的修订成果也就暂时无法全部体现在“四卷本”重印本中。为了不导致错版，甚至某些脱漏的正文或增补的人物卒年也未能补入。这些遗憾，只好留待日后重排新版时再来弥补了。

1999年5月

11.《谁挑战鲁迅——新时期关于鲁迅的论争》序言

长期以来，在鲁迅研究者和广大读者心目中，鲁迅作品的经典地位是确定无疑的。所以，有的学者宽心地说："鲁迅作品已经进入经典，无须任何人来保卫。"

何谓"经典"？据我理解，文学经典应该是历代作家作品中长存在读者记忆中的那一部分；或者说，是作为文化记忆的文学。它垂范后世，但却为数有限；它并非流行，但却比流行更为久远。每次重读，都会感到历久弥新。判断经典学术价值的是批评家，决定经典流传价值的是读者群——在经典与读者之间，也经常进行互动。

毫无疑义，经典的构成有其相对稳定的因素，也就是说，判断是否成为经典有其客观的标准，如内容的真善美、形式的不可重复性、思想的穿透力、对历史进程和文学自身发展的推动作用，等等。但经典又是流动的，随着时代的变迁、观念的更新，长期被人视为经典的作品也会受到质疑挑战和重新审视。在这种再选择的过程中，伪经典将被淘汰出局，而真正的经典却经过冲击和磨砺而放射出更加耀眼的光芒。无论古今中外，经典作品都会面临诸多挑战。

新时期以来，围绕鲁迅问题展开过多次论争。这一时期时间跨度有 25 年，即从 1976 年 10 月至 2001 年。其中，人们又习惯于把开始确立市场经济模式的 1992 年作为后新时期的开端。

在这四分之一世纪中，鲁迅研究是在中国社会历史发生重大转折和变化的条件下，在中外文化和文学思潮空前冲撞交汇的形势下进行的。作为对鲁迅研究发生重大影响的政治事件，首先应该提及发生于 1978 年的"实践是检验真理的唯一标准"大讨论。正是这场讨论，砸碎了现代迷信、教条主义和新蒙昧主义的精神枷锁，使文学从政治的附庸、从属地位中解脱出来。一个凝固的、板结的、一体化的文学秩序由逐渐松动而终于解体。这场思想解放运动重新确立的尊重实践、尊重科学、破除迷信、解放思想的原则使鲁迅研究领域恢复了活力与生机。

一

新时期关于鲁迅的第一次论争，是围绕重评中国左翼文艺运动的历史功过而展开的。众所周知，在“文化大革命”期间，一切与30年代左翼文艺、左翼文化有关的人士都遭到了残酷整肃，《国际歌》问世到革命样板戏出台这中间100多年的中国文艺史，变成了一片白茫茫大地真干净。

1977年5月24日，邓小平发表了《“两个凡是”不符合马克思主义》的重要讲话，同年7月21日又发表了《完整地准确地理解毛泽东思想》的重要讲话，从而拉开了新时期思想政治战线拨乱反正的序幕。在这种历史大背景下，鲁迅研究界根据教学和科研的迫切需要，由北京大学、北京师范大学、北京师范学院三院校的中文系联合发起，于同年底先后召开了30年代文学讨论会，对革命文学论争、左翼作家联盟和“两个口号”论争进行专题研讨。这几次研讨会彻底推倒了“四人帮”对中国左翼文化运动的诬蔑不实之词，充分肯定了这一运动在继承五四文学革命传统，倡导无产阶级革命文学，介绍马克思主义文艺理论，以及培育一支坚强的左翼、进步的文艺队伍等方面的伟大历史功绩。讨论中也出现了不少分歧，其中论争最为激烈的是对“两个口号”论争的评价。“两个口号”论争是中国现代文学史上规模最大的一次论争，当年参与的左翼文化界人士有100多人，发表的论争文字达200余篇，近100万字，直接涉及对鲁迅后期的历史评价。

与会学者一致认为，无论是以周扬为首的“国防文学”口号的倡导者和拥护者，抑或是以鲁迅为首的“民族革命战争的大众文学”口号的倡导者和拥护者，双方都竭诚拥护党的抗日民族统一战线政策，并愿为此而斗争。由于当时正处于党的政策进行重大调整的革命大转折时期，处于地下状态的上海文化界党组织又跟陕北的党中央关山阻隔，因此左翼阵营内部认识产生差异是不可避免的事情。但究竟哪一个口号更符合党的统一战线需要，更能全面地体现党的方针、政策，与会学者的看法却见仁见智。

今天回顾发生在新时期之初的这场论争，感到应该吸取以下三个方面的经验教训：一，必须克服文艺界长期存在的宗派主义残余。开展这场讨论时，“左联”时期的许多老战士尚健在。他们在“十年浩劫”中倍受磨难，劫后余生，因此，对历史上论争双方观点评价的高低，就不仅关系到当事人的历史功过，而且难免影响到他们的现实处境。所以，他们直接参与新时期的这场论争，难免夹杂历史上的恩怨，因而在文字上有情绪化的表现，妨碍以冷静、客观的态度对这些问题做出恰如其分的学术评价。二，既要敢于正视左翼文艺运动历史上曾经产生的缺点、错误，又要善于用科学态度对待和分析这些缺点、错误。在这次讨论中，虽然不同意见的双方都承认“两个口号”论争发生的历史必然性，但涉及具体问题时仍过分纠缠于个人责任，把一些错综复杂的问题简单化地归结于个人品质。比如：冯雪峰在“文化大革命”时期的政治高压之下，撰写了题为《有关 1936 年周扬等人的行动以及鲁迅提出“民族革命战争的大众文学”口号的经过》的交代材料，后在 1979 年 2 月《新文学史料》第二辑公开发表。这份材料涉及 20 世纪 30 年代上海文化界地下党的领导人周扬、夏衍等同志，同时也谈到“当时茅盾以及生活书店等对鲁迅的态度也不好”。冯雪峰在这份材料中郑重声明：“在 1936 年时，我没有发现周扬、夏衍等人同王明有什么组织的联系，现在也想不起可供追查的线索。事后周扬感动地说，冯雪峰没有乘‘四人帮’恶毒诽谤我的时机，对我落井下石，把一切错误和责任都推到我的身上，虽然，他在当时的情况下，也说了一些所谓揭发我的话，其中也有传闻不实之词，但并不是存心诬陷我。我觉得他还是比较公道。”但夏衍的看法跟周扬不同。1980 年初，他在《文学评论》第 1 期发表了《一些早该忘却而未能忘却的往事》，又于 1985

年出版了长达 33 万字的《懒寻旧梦录》，再于 1991 年在《新文学史料》第 4 期发表了《夏衍谈左联后期》的访谈录，多次对鲁迅和冯雪峰进行或委婉或直接的批评，诸如指责冯雪峰有宗派、行帮情绪，偏见和固执，一言堂。他还认为鲁迅究竟不是党员，标新立异提出新口号，不利于统一战线。夏衍的上述看法在鲁迅研究界引发了争论。三，评价左翼文艺运动内部论争的是非曲直，应该就事论事，是什么性质就说是什么性质，宜粗不宜细，不应机械地跟路线斗争和路线错误挂钩。比如：当时有些学者认为国防文学口号的倡导者未能充分强调在统一战线中坚持无产阶级领导权，是犯了右倾投降主义错误，而在党的历史上，直到 1938 年右倾投降主义才成为党内的主要危险，这就使被批评者难以信服。在《对起草〈关于建国以来党的若干历史问题的决议〉的意见》中，邓小平指出："过去常说十次路线斗争，现在应该怎么看？彭德怀同志那一次不能算了。刘少奇同志这一次也不能算了。这就减去了两次。林彪、江青是反革命集团。陈独秀，还有瞿秋白同志，李立三同志，这三个人不是搞阴谋诡计的。罗章龙另立中央，分裂党。张国焘是搞阴谋诡计的。高岗是搞阴谋诡计的。林彪、江青更不用说了。"邓小平进一步指出："我们不提路线错误，是考虑到路线斗争、路线错误这个提法我们用得并不准确，用得很多很乱。过去，我们讲党的历史上多少次路线斗争，现在看，明显地不能成立……"所以，对待左翼文艺阵营内部论争的功过是非，也应该具体分析，实事求是，是什么就是什么，原则上不应再用路线斗争的提法。

二

由于冯雪峰在上述交代材料中提到当时茅盾以及生活书店等对鲁迅的态度也不好，促使茅盾在新时期率先提出了反对神化鲁迅的口号。在 1979 年 10 月 17 日《人民日报》和同年出版的《鲁迅研究年刊》创刊号上，他尖锐指出："鲁迅研究中有不少形而上学，把鲁迅神化了，把真正的鲁迅歪曲了。鲁迅最反对别人神化他。鲁迅也想不到他死了以后，人家把他歪曲成这个样子。"（《答〈鲁迅研究年刊〉记者的访问》）茅盾举出的例证之一，就是有人把鲁迅的旧体诗《湘灵歌》说成是为纪念杨开慧而作。茅盾说“据我所知，鲁迅并不知道杨开慧，我也没有给他谈过杨开慧。”然而，1981 年 8 月出版的《新文学史料》第 12 期，刊登了茅盾回忆录之十二:《左联前期》。文中说，1931 年底的一天，他跟雪峰同志拜访鲁迅。他告诉鲁迅：“毛泽东是共产党里的大学问家，博闻宏论，谈笑风生；他的夫人杨开慧却相反，是个贤淑腼腆之人，整天不声不响，带着两个孩子。”可见他又确实跟鲁迅谈过杨开慧。茅盾还指出：鲁迅研究中也有“两个凡是”的问题，即，凡是鲁迅骂过的人就一定糟糕，凡是鲁迅赏识的人就好到底。在《需要澄清一些事实》一文中，他举例说，在胡风问题上，就表现出鲁迅的“失察”。由于“没有看透胡风的真面目”,“不但冯雪峰为胡风所利用，鲁迅亦为胡风所利用”（1979 年 2 月《新文学史料》第 2 辑）。但 1980 年 9 月，中共中央就颁发了第 76 号文件，做出了为胡风反革命集团案正式平反的决定；同年底，胡风被增补为全国政协委员、中国作协顾问、全国文联委员，并被选为全国政协常委。鲁迅是否在胡风问题上“失察”，也就不言自明。

在反对现代迷信的历史大背景下，提出反对神化历史人物的意见，无论涉及何人，无论所举的例证是否妥当，都具有积极的意义。鲁迅生前就撰文反对神化任何个人，并亲手撕毁了别人强加于他的一顶顶纸糊的假冠。反对神化鲁迅，有利于冲破长期以来教条主义对鲁迅研究的无形束缚，有利于挣脱僵化的单一的政治解读模式，创造出一种自由探讨、平等切磋的宽松的人文环境。

不过当时鲁研界李何林等人也对茅盾的上述提法进行质疑，认为反对神化鲁迅，首先要明确“神化”这一概念的内涵和外延，否则进行论争就像近视眼看匾那样，双方争得面红耳赤，明眼人一看，匾还没有挂出来。你说毛泽东神化了鲁迅，他说毛泽东不但对鲁迅有所批评（比如批评鲁迅对中医、京剧的看法片面；对农民的落后面描写多，斗争性表现少；杂文谈社会现象多，关注经济问题少），也有所保留（比如肯定鲁迅后期杂文没有片面性，就是对他的前期杂文有所保留；说杂文时代已经过去，就是对鲁迅杂文的当下意义有所保留)。其实毛泽东对鲁迅的论断只不过是站在政治家的立场和高度，根据鲁迅其人及其创作的实际，从新民主主义革命的历史使命出发，综合了广大读者对鲁迅的看法，对鲁迅做出了总体性评价和本质性概括，毛泽东对鲁迅的基本评价至今仍具有指导意义。你说“四人帮”神化了鲁迅，他说“四人帮”实际上是在歪曲鲁迅，在政治上利用鲁迅，并不是准确意义上的神化。

不少鲁迅研究者还认为，在反对神化鲁迅的过程中，有两点需要引起我们的注意：一，公允的提法不一定出自公允的目的，概念与事实之间有时会存在很大的差异。在反对神化历史人物的同一旗号下，有人在用放大镜从伟人的相对完美之处寻找疵点，对伟人进行酷评苛责。与此形成对照的是，这些人又为那些大节有亏的人曲意辩解，绞尽脑汁从阴暗处寻觅亮点，极力用人性的普遍弱点来抹杀大是大非。他们对待鲁迅和周作人的不同态度就是明证。二，鲁迅之所以成为鲁迅，并不在于他具有人的普遍性，而恰恰在于他具有区别于一般人和一般作家的独异性。比如，鲁迅的个人阅历极为丰富，具有不可替代性；鲁迅思想具有平民性、深刻性；鲁迅广采博取，气魄恢宏，其作品体现了民族化与现代性的高度融合，等等。正是上述独创性、非凡性，才使鲁迅成为中国近百年历史上独一无二的人物，成为中国 13 亿人当中的这一个。

三

跟反对“神化”鲁迅有关，1980 年初，王蒙在《读书》杂志第 1 期发表了《论“费厄泼赖”应该实行》一文。他认为，鲁迅提出的“费厄泼赖应该缓行”虽然是一个富于革命彻底性的命题，但“缓行”并不是超时间、超空间的真理，“缓行”并不是“永不实行”。在共产党改变了被镇压、被迫害处境而成为执政党之后，已基本上具备了“费厄泼赖”的实际条件；特别是在林彪、“四人帮”肆虐十年之后，提倡“费厄泼赖”更是一剂对症的良药。王蒙对 fair play 这个外来词语内涵的界定是：“‘费厄泼赖’意味着和对手的平等的竞赛，意味着一种文明精神，一种道德节制，一种伦理、政策的和法制的分寸感，一种民主的态度，一种公正、合理、留有余地、宽宏大度的气概，意味着‘三不’主义和‘双百’方针。”王蒙特别强调：处理人民内部矛盾要注意“费厄”，在学术问题上尤其需要“费厄”，对敌人也非绝对地无条件地不实行“费厄”。王蒙的上述看法是在总结了新中国成立后历次政治运动深刻教训的基础上提出的，切中时弊，发人警醒。这篇文章发表之后，得到了一些杂文作家的呼应，但在鲁迅研究界也引发了一些不同意见。对王蒙文章的异议主要在于，他在当前提倡的“费厄泼赖”和鲁迅当年反对的“费厄泼赖”是不是一回事？王蒙说，“对待鲁迅也不能搞句句是真理”，“在‘费厄’问题上不能搞僵化和凡是”。那么，鲁迅提出的“‘费厄泼赖’应该缓行”的原则究竟是不是真理？在新时期要不要当作孩子洗澡后的脏水全部泼掉？

王蒙在这篇文章的“作者附注”中特意说明，“据说‘泼赖’的英文原意是凡事以游戏态度对待，不要过分认真。本文提到的‘费厄泼赖’，是指我们在历次运动中反对的那种‘费厄泼赖’，是指我们所理解的那种平等讨论、留有余地之意”，并不包含提倡游戏态度之意，可知王蒙谈的并非 fair play 的原意，而是在借题发挥。其实，此前半个世纪，鲁迅撰写《论“费厄泼赖”应该缓行》的时候，开篇解题也曾经声明：“我不懂英文，因此也不明这字（按：即 fair play）的函义究竟怎样，如果不‘打落水狗’也即这种精神之一体，则我却很想有所议论。”可见，鲁迅在文中谈的并非英国文化，而是中国国情。鲁迅谆谆告诫中国读者的是：“对于‘落水狗’（即指本性不改的敌人）未始不可打，或者简直应该打而已。”在《写在〈坟〉后面》中，鲁迅再次强调：“最末的论‘费厄泼赖’这一篇，也许可供参考罢，这虽然不是我的血所写，却是见了我的同辈和比我年幼的青年们的血而写的。”显然，鲁迅在这里讲的是被压迫者面对压迫应取的态度，所反对的只是对怙恶不悛的摧残者实行恕道，“即‘费厄’必视对手之如何而施”。这种用鲜血换取的历史经验不仅在当年是真理，在当前仍然是真理。至于在“左”的专横下对人民内部实行的残酷斗争，无情打击，绝不是鲁迅“缓行”论导致的灾难性后果，而恰恰是对封建专制主义残余没有穷追猛打酿成的苦果。

与上述问题相联系的，是所谓鲁迅为专制利用的问题。青年批评家谢泳在《鲁迅研究中无法回避的问题》一文中提出质疑："为什么鲁迅以反专制为基本追求而却总是被专制利用？""为什么新时代愿意用一贯反专制的鲁迅来做为自己的旗帜，却不用一直想做政府诤友的胡适呢？"（1998 年 7 月 20 日《岭南文化时报》）他认为这是鲁迅研究中无法回避的问题，"非得拨开这些迷障不可"。

其实，利用原本是一个中性词。利用的性质各不相同，利用者与被利用者的关系各不同，被利用的对象也有主动与被动之分，有自愿与无奈之别。鲁迅生前多次被利用，有他乐意的，也有他不乐意的。鲁迅也预见到他死后会有人谬托知己，以他的死尸为沽名获利之具。但如果因为"文化大革命"时期鲁迅曾被政治势力利用，就认为鲁迅的思想实质与专制主义相通，则不能成立。因为鲁迅提倡的是以弱势群体为本位的斗争哲学，其实质是反压迫、反专制。专制主义需要的是奴隶哲学，而不是以维护被压迫者利益为前提的斗争哲学。如果要鲁迅对学生打死老师一类历史悲剧承担责任，那显然是不公平的。至于新时代用鲁迅做旗帜，那是因为鲁迅曾经旗帜鲜明地反对过以专制主义为特征的旧时代；而胡适是旧政权的诤友，新时代自然不会高抬一个肝脑涂地为旧政权补台的人。

四

20 世纪 80 年代中期，围绕《杂文报》和《青海湖》杂志发表的两篇文章，又引发了一场声势很大而学理性很差的论争：一篇文章题为《何必言必称鲁迅》，刊登于 1985 年 8 月 6 日《杂文报》；另一篇文章题为《论鲁迅的创作生涯》，发表于同年 8 月《青海湖》文学月刊。《何必言必称鲁迅》用轻薄的口吻把鲁迅的文化遗产（特别是杂文著作）称为"鲁货"，把接受鲁迅的影响称为"鲁化"，并给鲁迅扣了一顶"受王明'左'的路线影响"的大帽子。《论鲁迅的创作生涯》一文把鲁迅的文学创作分为三个时期：准备时期（1906—1918）、创造时期（1918—1925）、衰退时期（1925—1936）。在准备时期，鲁迅“文学活动实质上只是习作”，实际上，这个时期的文学活动是失败的。在创造时期，鲁迅的作品瑕瑜互见，“有泛泛之作与充数之篇”。即使为中国现代白话小说奠基的《狂人日记》，在该文作者看来也只停留在“模仿”的程度，“而不是创新”。享有世界声誉的《阿 Q 正传》，在该文作者看来更是“在中国现代文学史上开创了一个危险的先例，即以所谓的本质代替形象”，把“典型化”变成了“脸谱化”。包含了鲁迅全部人生哲学的散文诗集《野草》，居然被该文判定为“二流作品”。在“衰退时期”，鲁迅“唯一称得上创作的文学作品”是《故事新编》，但是艺术价值不高。

除此之外，该文还提到鲁迅“有两项不能算为创作的工作：杂文与翻译”。文章认为鲁迅的翻译是失败的“佶屈聱牙，不堪卒读”。而鲁迅的杂文，“宗旨是谋生的手段与论战的需要”，“这就从本质上决定杂文缺乏文学价值”，“不过是鲁迅先生创造力衰退的又一例证”。经过作者这样一描绘，鲁迅构筑的辉煌的文学殿堂就成了一片废墟。

《何必言必称鲁迅》一文的作者当时是安徽铜陵财经专科学校二年级学生。他后来认识到：“青年人不了解鲁迅，简直是一场悲剧。鲁迅先生作为中国历史上的一位巨人，他留下的宝贵文化遗产是中国人民永远值得骄傲的财富。如果我稍微多读一点鲁迅的书，也不至于写出如此浅薄的文章。”

《论鲁迅的创作生涯》一文的作者认为，“重新认识鲁迅是历史的必然”，这无疑是正确的。他为撰写这篇文章而花费了六年的业余时间，精神也颇为可嘉。但“重新认识”不等于恣意贬低，全盘否定；要重新认识，至少应该有一个正确的方法论前提和理论前提。该文作者在论文的开首援引了丹纳《艺术哲学》中的一段话：“只消看看艺术家的生平，就发觉通常都分做两个部分。第一个时期是真情实感的时期；第二个时期是墨守成规与衰退的时期。”这就是他把鲁迅中期和后期统统划归为衰退时期的理论依据。其实，对于丹纳的上述观点，不能作机械理解，更不能作为普遍的创作规律看待。因为在中外文艺史上，像“庾信文章老更成”（杜甫：《戏为六绝句》）

一类作家并不乏其人。创造力取决于智力因素、动机因素、个性因素等综合性因素，它可以属于所有年龄段的人。有很多伟大人物寿命很长，晚年一直从事创造活动，直至去世为止。比如：托尔斯泰在他创作活动的晚期（1881—1910）写出了长篇小说《复活》。歌德晚年仍然诗情洋溢，完成了收入《西东合集》里的不少抒情诗和哲理诗；他的代表作《浮士德》写作延续了将近60年，直至逝世前一年才完成。雨果发表小说《九三年》时已经72岁。伏尔泰创作出色的哲理小说《老实人或乐观主义》时已经65岁。萧伯纳完成他的政治讽刺剧《苹果车》时已经73岁。可见该文作者以丹纳的观点为依据，将鲁迅后十年的文学成就一笔抹杀，在理论上是完全站不住脚的。

在听取了多方面意见之后，《青海湖》杂志在1986年第6期刊出了编辑部的自我批评：《我们的教训》。文章总结了该刊编辑思想的两个失误；一，对于创作自由、评论自由和文艺工作者的社会责任感这个极为重要的问题理解片面，强调了前者而忽略了后者；二，刊物在激烈竞争的情况下应该以质量求生存，以质量求发展，而不应该去迎合一种争奇骛怪的社会心态。《青海湖》杂志总结的教训，仍然值得当前的报刊借鉴。

五

在新时期有关鲁迅的论争文字之中，最引人注目也最具代表性的是汪晖跟辛平山之间的论争。

汪晖的《鲁迅研究的历史批判》一文原载1988年《文学评论》第6期，而辛平山的《究竟要塑造出什么样的鲁迅形象》则刊登在1990年《文学评论》第6期。这两篇观点针锋相对的文章在同一家刊物先后揭载，作者都在极力捍卫他们各自的价值观（不仅仅是文学价值观）。两文之间相隔了一年——正是在这一年的6月，发生了众所周知的政治风波，所以这两篇文章所反映的其实是风云激荡的时代思潮的或一侧面。汪晖的论文一开头就把“鲁学”比喻为一座历史辉煌、结构稳固的“古堡”。他自觉承担的使命，就是要对鲁迅研究进行历史性批判，以拆卸这座“古堡”，使“鲁学”与当代生活一系列问题建立起对话关系，“参与当代思想与文化的最重要潮流”。

汪文最重要的论点就是鲁迅研究必须摆脱“作为规范的意识形态体系”的束缚，这种政治意识形态呈现出梦幻性、宗教性和强制性，它扼杀了研究者的思想自由，排斥了研究对象精神世界中“与其不相吻合的独特而复杂的现象”，使鲁迅研究在很大程度上成了“对权威意识形态的既成观念的论证”。

应该承认，汪文剖析了鲁迅研究历史上存在的种种弊端，提出了不少深入剀切的见解。比如，鲁迅研究的基本构架应该以鲁迅自身的精神结构为基准，不能忽略或否定鲁迅精神中具有独特含义的思想范畴（如孤独、寂寞以至悲观、绝望），不应斩断鲁迅顽强执著的批判和否定精神跟当代生活的有机联系，普泛性的意识形态不能取代对丰富复杂的研究本体的学术探讨，等等。对于究竟要塑造什么样的鲁迅形象，辛文提出了跟汪文截然对立的看法，其中涉及对毛泽东的鲁迅观和几十年来在马克思列宁主义指导下所形成的鲁迅研究传统如何科学评价这一重大问题。

汪文指出：“思想解放意味着对旧的意识形态权威的反叛。”在他看来，“意识形态的特点在于，它总是使人自觉自愿地服从于某种至上权威，正如封建时代的人们对于‘礼’的主观自觉地服膺。人的思想自由在意识形态的范畴内是被自觉、自愿、自由地奉献于一个更高的圣坛”。显而易见，在这位论者心目中，意识形态成为错误意识的同义词，是一个跟思想自由水火不容的概念。

什么是意识？什么是意识形态？意识就是人对客观世界的主观映象。意识形态就是跟一定社会的经济和政治直接相联系的观念、观点、概念的总和。在马克思主义学说中，意识形态并不是跟科学认识相对立的贬义词，而是作为跟经济形态相对应的一个历史唯物主义重要范畴。人的意识各有不同，不同社会历史阶段占统治地位的意识形态也各有不同。按其阶级内容和它所反映的生产关系，意识形态可分为奴隶主意识形态、封建主意识形态、资产阶级意识形态、无产阶级意识形态。在同一社会历史阶段，意识形态又可分为占统治地位的主流意识形态，反映旧时代的旧意识形态残余，反映社会发展前进方向的新的意识形态萌芽。总之，意识形态有科学进步与腐朽没落之分，集中体现了不同阶级、阶层和不同社会集团的利益和要求。在现阶段，不属于任何意识形态范畴的观点、观念是没有的。我们长期恪守的马克思主义的意识形态，包含着需要坚持和需要发展的两部分，既不能墨守成规，原封照搬，也不能全盘排拒，一律反叛。

再现或逼近历史上客观存在的鲁迅形象，是鲁迅研究的根本任务。然而，在鲁迅的精神世界中，究竟什么因素最具深刻而独特的心理内涵？不错，鲁迅的情感世界是异常丰富的，其中确有短暂的“孤独”，一时的“绝望”，“独战”的悲哀，“横站”的瞻顾，布不成阵之后的“彷徨”，对本性不改的邪恶势力的“复仇”心态……但是，作为鲁迅毕生战斗的力量源泉，则是对民众、民族的挚爱。如果只取鲁迅精神世界的一个侧面而无视或有意割舍其另一侧面，那自然是不全面、不客观的；但如果不顾鲁迅精神境界的不断升华而夸大其阴暗面，那也同样是不公正、不客观的。1934 年 11 月 7 日，萧军、萧红去函询问鲁迅平时是否有一种孤独和落寞的感觉。鲁迅在 12 日的复信中明确答复：“没有这种感觉。”同年 12 月 10 日，鲁迅在给二萧的信中谈到“左联”的基础不牢，成员质地不纯，“好的也常有，但不是经验少，就是身体不强健”。但结论是：“被压迫的时候，大抵有这现象，我看是不足悲观的。”鲁迅在跟萧军谈及《野草》时，指出这本散文诗集“技术并不算坏，但心情太颓唐了”，因为这是他碰了许多钉子之后写出来的。他希望文学青年“脱离这种颓唐心情的影响”（1934 年 10 月 9 日致萧军函）。如果夸大孤独、寂寞、绝望、复仇这类“与现代文化思潮有着内在联系的精神现象”，以此作为鲁迅身上最具深刻而独特的心理内涵，是否会使九泉之下的鲁迅为之不安？

六

在 20 世纪之末，当历史将翻开新的一页的时候，中国文坛又发生了“断裂”和“哀悼”事件。所谓“断裂”，指《北京文学》1998年第10期刊登的《断裂：一份问卷的五十六份答卷》。参加问答的是一群“体制外的文学写作者”。他们自诩为中国近半个世纪以来最具真正独立的精神立场的一代。他们要实行的“断裂”，是跟“现行体制性写作垄断”断裂，跟传统文学观念断裂，跟我们长期以来信守或追求的道德观、价值观以及信仰、趣味断裂。在他们眼中，传统是垃圾，文学是自生的。被他们局部肯定的中国作家只有张爱玲、沈从文、汪曾祺等个别人。他们要给以毁灭性摧击的对象，已从鲁迅扩展到钱锺书、金庸、余秋雨、王蒙、贾平凹……他们的政治主张，也从知识分子边缘化发展到要对权力采取敌对立场、批判态度。这批新生代自由作家的鲁迅观，是他们文艺观、价值观的一个部分。他们在答卷中狂妄宣称鲁迅已成为“一块老石头”，“反动性不证自明”，“应该到一边歇一歇”。显然，这种断裂主张是前一时期甚嚣尘上的历史虚无主义思潮中的一股泡沫，但由于他们只有命题，没有阐释和论证，因而只能达到情绪宣泄的目的，而缺乏进行学术论辩的理论原创性。

1999年底和2000年初，“断裂”答卷者之一的葛红兵在《芙蓉》文学杂志连续发表了《为二十世纪中国文学写一份悼词》和《为二十世纪中国文艺理论批判写一份悼词》这两篇惊世骇俗的文章。这两篇文章态度之粗暴，学理之匮乏，论断之偏激，文风之恶劣，均为历年文学批评文字中所罕见。在葛红兵笔下，鲁迅在创作上至多不过是一位“半成品的大师”，在文艺论争中“根本不在理上”，在生活中“压迫着他的正室妻子”，就连鲁迅“弃医从文”的崇高人生选择，在葛红兵看来也只不过是“学医失败的结果”。葛红兵认为，“鲁迅对梁实秋的批评几乎是没有什么理论色彩的，是非文艺的、非理论的方式的批评，或者就是谩骂”（《为二十世纪中国文艺理论批评写一份悼词》，《芙蓉》2000年第1期）。事实上，把葛红兵对鲁迅的批评移植到他自己身上倒是恰如其分。近年来，在商品大潮冲击下，文学批评中出现了以个人表现和商业炒作为动机的传媒化倾向；以小题大做、信口雌黄为特征的粗暴化倾向；以及不顾事实学理，故作惊人之语，乃至剽窃、克隆他人成果的学术泡沫化倾向。葛红兵博士的上述文章，可以说是上述不良倾向综合征的病理标本。

2001 年 9 月

12. 颠覆与传承

——《论鲁迅的当代意义》后记

本书是国家文物局批准立项的集体科研项目成果。申报时我主要考虑的是这一选题的原创性和现实意义，而对当前人文环境的复杂和执笔者应具备的学力及心理承受力则估计不足。一旦开题，立即感到力不从心，但势成骑虎，无退路可言，只好“知其不可为而为之”。感谢参与这一课题的老友新朋，没有他们的鼎力支持，我领衔的这个课题是无法结项的。更感谢福建教育出版社的宽容，在趋利忘义成为社会弊端的当下，他们居然甘冒商业风险，出版这种卖点不多的学术著作，这不禁使人肃然起敬。

所谓人文环境的复杂，主要表现为当前意识形态领域的纷繁与易变。自 20 世纪 80 年代以来，我国意识形态领域的多元化取代了此前的一元化和二元对立模式：既有执政党弘扬的主流意识形态，又有西方涌入的意识形态，还有互具短长的不同学术流派。就理论思潮而言，既有中国化的马克思主义思潮，又有现代新儒家思潮，更有来势迅猛的西化思潮。毫不夸张地说，西方 100 多年来产生的各种文艺流派，在中国 20 多年来的思想舞台上都走马灯似地巡演了一番。正因为如此，我们对文化经典（包括鲁迅文化遗产）当代意义的阐释也就必然具有开放性和相对性，而不可能产生一种非此即彼的单一性结论。更何况指导思想、论争立场和意识形态价值观的不同，对经典著作当代意义的理解也必然各有不同。因此，本书提供的只是在当前历史语境中一部分人对鲁迅文化遗产当代意义的认识，不可能包罗无遗，也不奢望得到普遍认同。我只希望以“觉悟派”自诩或相互标榜的学者能在实际行动上做到宽容大度，而不要不合己意就糟蹋他人，在政治上给对方扣上诸如“僵化”“左派”“凡是派”一类帽子。真正彻底的自由主义者哪有不容他人讲话的道理！真正公正的媒体怎能利用拥有的话语权封杀不同的声音！

我发上述感慨绝非无的放矢。记得2003年12月28日，我在中国现代文学馆作了一场讲演，在大量针砭当今时弊的同时，也作了一个文艺性的假设：“假如鲁迅活到今天，会对改革开放的成就感到欢欣鼓舞。”我完全没有料到，就是这样一句在我看来十分普通的话，居然会被某些人从一篇18000字的讲稿中剥离出来，借题发挥，在境内外对我发动了长达数年的攻击，把我丑化为一个只会讲大话、讲空话的御用文人，除了夸我“三个代表”学得好之外，别无其他可取之处。鲁迅对柔石说，人应该学一只象，皮要厚，流点血，刺激一下，也不要紧。不要神经末梢太灵动，像一条金鱼。鲁迅对陈学昭说，要坚韧，能够忍受一切打击，像一个有弹力的橡皮垫子，坐下去会压扁一些，但一放松它又能弹起来，恢复原状。鲁迅对周建人说，不管压力多大，要顶得住；不管冤屈多深，要受得了，千万不要自暴自弃。在这本书的写作过程中，我常常回想起鲁迅的这些教诲。现在这书稿终于完成了，我仍然准备迎接着更为严酷的考验。

在本书行将付梓之际，我执意将这次讲演的全文一字不易地收入附录，尽管这份讲辞跟正文个别章节的个别内容小有重复。它既是用文学和社会学结合的方法研究鲁迅当代意义的一次尝试，也是给自己和读者留下的一份历史记录，是非正误，留待今后的读者去裁决。在围攻我的过程中，还有许多诬蔑不实之词，我保留答辩以及通过其他合法渠道解决的权利。另一篇附录是我修订2005年版《鲁迅全集》“书信卷”的工作总结，而这部全集的问世不仅是鲁迅不失当代意义的生动体现，同时也是对那种以“审父”乃至“弑父”态度对待鲁迅的人们的一种回应。

除引言和结尾之外，这部书稿共分13章。其中第九章的执笔者是李林荣博士，第十章的作者是宋娜硕士，第十一章的作者是著名学者张梦阳研究员，第十二章的作者是李致硕士——他正在北京师范大学攻读博士学位。其他部分全部由我执笔。我虽然对全书进行了规划、审读和润饰，但由于执笔者不同，因此文风和观点也可能不尽一致。这是在集体科研中无法完全避免的事情，尚乞读者谅解。

记得顾炎武有一句诗：“苍龙日暮还行雨，老树春深更着花。”我既非老树，更非苍龙，绝不可能年过古稀还能成就为“大师”，闻名遐迩。但求在淡出人生舞台之前，能以残年余力做一些自以为有益于世道人心的事情，不虚度来去匆匆的一生。写到这里，在欣慰之余，又不禁有几分悲凉。这也许就是最真实的人生。

2006 年 4 月 15 日

13. 播撒鲁迅精神的种子

——《教材中的鲁迅》序

本文所说的教材，主要指中学语文教材。在鲁迅作品的受众中，中学生应该是一个最主要的群体。他们当中的有些人正是因为在中学接受了鲁迅作品的陶冶，在后来的人生阶段一如既往地成为鲁迅忠实的读者，对人格的生成和学养的提高都产生了难以估量的作用。当然，这本书也涉及了小学教材和海外的部分教材。

“语文”课的由来

提到语文教材，首先需要对“语文”这一名词的由来作一番历史回顾。

中国古代，教育机构的形式多样，被称为庠、序、学、校等。自唐代始设书院，多以应举为目的。民间教育机构称为私塾，也称蒙馆、书塾、塾馆，教学年限不定。为给儿童启蒙，教材多择定为《四书》《三字经》《百家姓》《千字文》等。自1901年开始，清政府开始推行“新政”，命令将省城书院改设大学堂，各府及直隶州改设中学堂，各县改设小学堂。1906年废除了延续一千多年的科举制度。1907年以“国文科”取代“读经科”，不过当时的“国文”仍以文言文为“文范”，以《尚书》《国语》《国策》为主要教材。1913年3月，鲁迅、朱希祖、许寿裳、马幼渔等以“读音统一会”会员名义提议采用注音字母，经表决获通过；1918年底，教育部通令在全国范围颁行，在帮助人们识字正音方面发挥了不小的作用。1920年，北洋政府教育部颁布第七号令，将国民学校的“国文”改为“国语”。初小教材不杂文言；高小酌加文言，但仍以白话为主体。“国文”和

“国语”虽然名称只有一字之差，内容都是进行母语教学，但“国文”的概念突出了书面阅读的重要性，而“国语”的概念突出了白话文（语体文）的重要性；强调言文一致，“文学革命”与“国语统一”合流。正是在20世纪20年代，鲁迅作品开始进入了国语读本。

“语文”二字是“国语”和“国文”的统称，内涵可以囊括语文课的诸多功能特征，1950年6月由叶圣陶敲定。根据叶圣陶的理念，口语为“语”，书面为“文”；亦即“说出来的是语言，写出来的是文章”。小学教学应偏重“语”，中学教学应偏重“文”。当然，“语”中有“文”，“文”中也有“语”。语文教学的任务，主要包括听话、说话、阅读、写作这四个方面。

叶圣陶先生是中国现代中小学语文的开山者之一，早在1932年就主编了至今仍备受推崇的《开明国语课本》。1949年4月8日晚，陆定一、周扬等中央负责宣传工作的领导人邀请叶圣陶等学者在北京饭店聚餐。由于当时中央人民政府尚未成立，时任华北人民政府主席的董必武及各副主席出席了这次宴会。席上决定成立“教科书编审委员会”，由叶圣陶任主任委员，鲁迅的三弟周建人和党史研究专家胡绳为副主任委员，宋云彬等为委员。1950年1月25日，教育部与编审局又联合组成中学教科书编审委员会，其时叶圣陶已出任出版总署副署长兼编审局局长，但仍主持并参与教科书的编审工作。1950年秋，出版总署编审局改组为人民出版社和人民教育出版社。叶圣陶任人民教育出版社社长兼总编辑。此后，人教社编选的语文教材成为全国的通用教材，这种局面直到新时期才被打破。

鲁迅作品为什么应进入教材

鲁迅文艺创作的发端应在1898年前后（写有《戛剑生杂记》《莳花杂志》等文言作品）。他最早公开发表译作在1903年，文学活动最早被媒体报道是1909年，以白话短篇小说《狂人日记》为中国新文学奠基是在1918年。这就是说，鲁迅作品的传播史、接受史至今已经跨越了整整一个世纪。传播鲁迅作品的重要途径是教学，鲁迅作品的阐释者主要是教师——他们当中有些人本身就是独立的研究者，当然更多的教师是参考了研究者的学术成果之后，又在课堂上加以发挥。所以，研究教材中的鲁迅，既填补了鲁迅研究领域的一个空白，又深化了对鲁迅作品传播史和接受史的研究。

鲁迅作品进入语文教材不仅是出于编者的慧眼，而且是历史的必然选择。因为鲁迅作品作为中国文学的经典，不仅经受了历史检验，而且也为当今读者所认同。宋代大儒朱熹认为阅读经典要讲求三个方法；一是“少看熟读”；二是“反复体验”；三是“埋头理会”，而教材则是传播经典的有效途径。在课堂上，教师可以帮助学生对经典之作反复诵读，深入思考；也能结合当时的历史情境和当今的社会现状，对经典进行重新解读。

鲁迅作品成为经典首先取决于它的内容。鲁迅是中国现代最接地气的作家，毕生为中国人的生存、温饱和发展而呐喊，希望中国人在国际竞争的大潮中能争得作为人的应有地位，而不致从“世界人”中挤出，最终“失了世界”。他毕生坚守平民立场，以广大底层民众的利益来判断是非，决定取舍，表达爱憎，从而成为穷人和不幸者的忠实代言人。他虽然以近乎残酷的目光逼视现实的真实，但又让读者相信，生活虽然像一条漫长的隧道，有时幽暗到伸手不见五指，但隧道的尽头必然有光明。鲁迅的思想具有锋利的批判性，他的人格具有最可宝贵的斗争性，因此他的作品不仅具有拨动心弦的艺术魅力，而且具有启人心智的思想内涵。不仅教人如何作文，提高读者的文化素质；而且教人如何做人，提高读者的道德情操。既能帮助学生增加文化底气，又能帮助学生打好精神底色。

单纯从语言文字的角度，鲁迅作品也堪称范本。鲁迅是中国现代白话文的奠基者，他作品的语言是经过千锤百炼而成的专属于他自己的语言。他用这种富于个性色彩的语言表达创作个体对历史和现实生活的独特认知——这种体验既是极具个性的发现，又是可以沟通读者心灵的共性体验。总之，鲁迅作品是真正的经典，而真正的经典必然具有恒久的价值，值得一代接一代有精神追求的人们阅读。特别是在垃圾读物泛滥的时代，珍惜经典更具有重大的现实意义。一个精神萎缩的民族，决不能长久支撑一个经济强大的国家，反而会使一时的经济奇迹化为泡沫，使整个社会步入歧途。这方面的历史经验值得认真借鉴。这方面的历史教训必须牢牢记取！

民国时期教材中的鲁迅

根据目前接触的资料，新中国成立前的国文或国语读本近 300 种。最早收入鲁迅作品的应该是民智书局出版的《初中国语读本》，编者仲九、俍工。仲九即沈仲九，他在五四新文化运动中曾关注社会主义与劳动问题，积极为《星期评论》周刊撰稿。编这套教材时他正在上海吴淞中学执教。俍工即孙俍工，当时在上海中国公学中学部执教，是一位教育家、评论家。这套教材是全新的国文教材，书中选取的全部是模范的白话文，在当时产生了很大的影响。

接触新中国成立前的国文教材，有两个令我惊讶的发现：一、所选鲁迅作品在数量上远远超出了新中国成立后的语文教材，其中除开有至今仍作为保留篇目的《一件小事》《社戏》《故乡》《药》《记念刘和珍君》等名篇外，还有战斗力极强的杂文《中国文坛上的鬼魅》，以及一些新中国成立后语文教材中从未选用的书信、日记、序跋和学术论著（如《中国小说史略》中的《神话与传说》《清之谴责小说》《〈北平笺谱〉序》），表现出编者视野的开阔、选材的广泛。二、鲁迅不少译文也进入了国文教材，如《狭的笼》《小鸡的悲剧》《雕的心》《鱼的悲哀》《父亲在亚美利加》《夏季的旅行》（见《思想·山水·人物》，原题为《一　旅行（上）》）、《徒然的笃学》《罗生门》《苦闷的象征》《池边》《鼻子》等，体裁有童话、小说、诗歌、随笔、学术论文。

众所周知，鲁迅的文化活动是从翻译外国文学作品开始的。他一生共翻译了 15 个国家 77 位作家的 225 部（篇）作品，字数接近 300 万字，几乎跟创作的字数相等。鲁迅在留日时期、北京时期和上海时期有不同的翻译取向，被教材选用的多为北京时期的译作。这些译作之所以获得教材编选者的青睐，是因为字里行间不仅表达了对被虐待者苦痛的同情和对强权者的憎恶，而且也表现了鲁迅广博的人类关怀和强烈的生命意识。这些译作中洋溢的赤子之心，更是滋润莘莘学子心田的甘霖雨露。瞿秋白指出："翻译——除出能够介绍原本的内容给中国读者之外——还有一个很重要的作用：就是帮助我们创造出新的中国的现代言语。"鲁迅也强调，他的译文之所以"不完全中国化"，就是"不但在输入新的内容，也在输入新的表现法"，以疗治中国人思维不精密的沉疴（鲁迅：《二心集·关于翻译的通信》）。长期以来，我们对鲁迅译文在中国现代语言建设过程中的历史作用评估得很不充分，通过研究教材中的鲁迅作品，对鲁迅译文社会影响估计过低的偏见将会逐渐得到矫正。

鲁迅作品不仅出现在新中国成立前中小学的国文教材，而且也进入了高等院校的文科讲坛。在 20 世纪二三十年代，约 20 位新文学作家在大学开设了新文学课程，如周作人、朱自清、沈从文、废名、苏雪林等，讲授内容自然会或多或少涉及鲁迅作品。从 1929 年春开始，朱自清在清华大学、燕京大学、北平师范大学讲授《中国新文学研究》，就以鲁迅的《狂人日记》为教材，肯定了作品"冷隽的字句，挺峭的文调""谨严的结构与讽刺的古典的笔调"，同时认为作品流露出"冷酷的感伤主义"。

除开朱自清之外，促使中国现代文学成为高校一门正式学科的首推杨振声。在《〈中国新文学大系〉小说二集序》中，鲁迅曾肯定杨振声的作品"极要描写民间疾苦"，文笔也有长进；但同时批评他太重主观性，因而削弱了人物的生命力，使他笔下的典型成了作家的傀儡。杨振声对鲁迅的小说也十分推崇。抗战时期，他跟朱自清编选的《国立西南联合大学大一国文》中，就选收了鲁迅的《示众》，在该校《大一国文习作参考文选》中增选了鲁迅的《狂人日记》，作为"语体文示范"；在该校大一学生的《散文读物》和《课外读物》中，又都选入了《鲁迅自选集》。新中国成立之后，他率先在北大中文系开设《现代文学名著选》，以鲁迅的两部小说集《呐喊》《彷徨》为教材。

在新中国成立前出版的国文教材和课外阅读文选中，至今仍在图书市场热卖的有 1932 年开明书店出版的《开明国语课本》等"老课本"。除开这本由叶圣陶撰文、丰子恺插图的小学教材外，开明书店还出版了《开明新编国文读本》《开明国文讲义》《开明国文读本参考本》《开明语体文选类编》《开明活页文选》等教材和阅读资料，书中都收录了鲁迅作品和译文。这些教材既是中国现代教育史上的宝贵资源，又成为当今畅销的怀旧纪念品和创意商品。对于民国国文教材中儒雅的语言、从容的节奏、对传统文化的尊崇、对儿童本位的重视，特别是课文中洋溢的爱国主义情怀，无疑应予高度的历史评价，但也不能过分夸大其跨时代的意义。因为不同时代有不同的语文观，也有不同的评价标准与表达方式。"民国范儿"的教材再好，毕竟解决不了当今社会面临的新情况新问题。正如马王堆出土的瓜子，能够展出，却不能直接搁进嘴里去品尝。

谈到民国时期教材中的鲁迅作品，自然还要涉及解放区的教材和沦陷区的教材。由于战争年代的动荡，解放区教材散佚的情况十分严重，但就目前掌握的 11 套教科书来看，都选有鲁迅作品，反映出鲁迅在解放区崇高的文化地位。解放区专门学校教材中也有鲁迅作品。比如，周扬在延安鲁迅艺术学院开设 "新文学运动史"课程时，就讲授了鲁迅的《我们现在怎样做父亲》，认为这篇杂文"合乎科学的，充满真正民主精神的新伦理道德标准，也可以说是一种与共产主义原则相吻合的标准"（《新文学运动史讲义提纲》，《文学评论》1986 年第 2 期）。沦陷区的教材我们掌握得更不充分，只知道有些地方一度沿用过沦陷前的教材，比如 1945 年的北平，一些中学仍沿用中华书局 1937 年出版的《新编初中国文》，书中选收了鲁迅的散文诗《秋夜》《好的故事》《雪》《风筝》，小说《故乡》《鸭的喜剧》，均无删节。

民国时期教材中还有一个特殊门类，叫自编教材。对这类教材进行准确统计是不可能的事情。有人回忆：1921 年春，毛泽东在湖南一师附小高级部创办了一个"成年失学补习班"，国文老师是谢觉哉，教材是自编的，多为白话文。毛泽东曾要求学生熟读并抄写鲁迅的小说《故乡》和杂文《我们现在怎样做父亲》，他认为抄录有助于记忆（许志行：《毛主席教我学语文的一点记忆》，1978 年《语文学习》第 3 期）。不论许志行的回忆是否准确无误，但鉴于鲁迅在中国文坛的特殊地位，自编教材中选用过鲁迅作品应该是毋庸置疑的。

新中国成立后“文化大革命”前教材中的鲁迅

新中国成立之后语文教材的变化情况，应该分为三个阶段——即十七年、“文化大革命”时期和新时期来谈。

在“文化大革命”前的17年中，笔者先是当学生，后来当中学语文教师，对当时语文教学的情况有过切身体验。总的感受是，对于语文教学的任务，一直在强调政治性、文学性和工具性这三个方面摇摆，始终没有找到一个合理的平衡点。

新中国成立初期的语文教材是在陕甘宁边区教育厅编审的《中等国文》基础上发展而来的。教学任务除进行听读写的全面训练之外，还将“思想政治教育”也涵盖其中。50年代中期进行汉语、文学分科教学实验。汉语教学包括标点、文字、修辞、语法、词汇、语音等六项训练，高中文学教学则以中国文学史为线索选择诗文。笔者高中时代使用的就是张毕来等先生主编的《文学》课本。因为教学突出了文学性，教材多为经典之作，因此受用终生，至今不忘。文学和汉语分科教学试验因1958年“大跃进”运动而中断。由于当时强调“兴无灭资”“厚今薄古”“教学为无产阶级政治服务”，语文教学走了一段弯路。1959年6月，报纸上展开了关于语文教学中目的任务的讨论，倾向性的意见是语文教学中“道”和“文”不可分割。1963年5月，人民教育出版社制定的《全日制中学语文教学大纲》由教育部正式颁布实施。以这一大纲为基础编制的教材注重了基础知识教育和基本能力培养，体现了“语文是基本工具”的指导思想。

新中国成立初期的语文教学有不少地方教材。50年代中期，经国家教育行政部门授权，教材由人民教育出版独家编写出版，才成为“国定制教材”。直到20世纪90年代，语文教材才由“一花独放”至“百花齐放”。

“文化大革命”前中学语文教材中选收的鲁迅作品，以数量而言，约占全册课文的三十分之一至十六分之一，涉及的文体包括小说、杂文、散文诗、诗歌、书信，大多为全文，也有节选。此外，配合鲁迅作品教学，还选用了一些相关文章，如毛泽东《在鲁迅逝世周年纪念大会上的演说》、瞿秋白的《鲁迅的精神》（节自《〈鲁迅杂感选集〉序言》）、臧克家的《有的人》、阿累的《一面》、周晔的《我的伯父鲁迅先生》。这些文章，既突出了鲁迅在中国革命史、文学史上的崇高地位，也展现了鲁迅丰富的人性，并非全是金刚怒目、横眉冷对的一面。就笔者的阅读体验而言，入选教材的鲁迅作品中，对学生影响最大的并不是《答北斗杂志社问》这一类指导写作的文字，因为学生的练笔跟作家的创作毕竟距离遥远。而《记念刘和珍君》《为了忘却的记念》这一类充满了作家血性和人间正气的文字，却能使学生受用终生——他们从中感悟到了什么是博大的爱，什么是神圣的憎！小学语文教材中的鲁迅作品不多，有限的篇目中，有的是改写的和节选，或相关文字，如《我的伯父鲁迅先生》，故不赘述。

“文化大革命”时期教材中的鲁迅

“文化大革命”的十年，学校经历了“停课闹革命”和“复课闹革命”两个阶段；在“复课闹革命”期间又开展了“学习黄帅，反击右倾翻案风”等一系列政治运动。学生砸玻璃、撬地板、批老师，没有一天真正恢复了正常的教学秩序。遵循“伟大领袖”关于“教育要改革”“教材要彻底改革”的指示，提出“教材坚持以阶级斗争为纲，贯彻党的基本路线，把转变学生的思想放在首位”，“注意引导学生参加三大革命实践，不断提高分析问题和解决问题的能力”。由于“文化大革命”期间人民教育出版社被撤销，编辑人员下放，各地自编了不少语文教材。因为毛泽东发表了“读点鲁迅”的“最高指示”，周恩来总理也指示“中文系教材，可以先用鲁迅作品，再慢慢扩大”，所以鲁迅作品在语文教材中仍占据了显赫的位置。不过，在为现实政治服务的思想指导下，很多鲁迅作品遭到了实用主义解读。如学习鲁迅《答托洛斯基派的信》，“向一切假马克思主义作坚决斗争”。学习鲁迅的《流氓的变迁》，把《水浒》“做反面教材，使人民都知道投降派”。学习鲁迅的《华德焚书异同论》，“批判林彪和孔孟之道”。学习鲁迅的《庆祝沪宁克服的那一边》，“对资产阶级实行全面专政，发扬永远进击的革命精神，把社会主义革命进行到底”。刚粉碎“四人帮”时，又牵强附会地把《三月的租界》《捣鬼心传》选入教材，似乎鲁迅在40年前就识破了“四人帮”的阴谋诡计。

在以阶级斗争和路线斗争为纲的思想指导下，这种批判的矛头甚至也指向了鲁迅本人。比如鲁迅谈到藤野先生对他的“不倦的教诲，小而言之，是为中国，就是希望中国有新的医学；大而言之，是为学术，就是希望新的医学传到中国去”。有的教学参考资料却认为：“鲁迅当时还没有掌握马列主义，因此沿用了学术为全人类服务这个缺乏阶级观点的提法。”不过，在“文化大革命”后期，也有一些教师和研究者重现鲁迅文本的解读，坚持从原文出发，字斟句酌，释疑解惑，李何林先生和薛绥之先生等就是以这种谨严的治学态度对广大中学教师进行辅导，成为“文化大革命”后期鲁迅作品教学的一个亮点。

新时期教材中的鲁迅

进入新时期以来，语文教学跟全国其他领域一样，也经历了一个拨乱反正的过程。1978年3月，教育部颁布了《全日制十年制中学语文教学大纲》。这份文件是在1963年《全日制中学语文教学大纲》的基础上制定的，重申语文教学的工具性和重视“双基”教育的必要性，强调在“语文教学中，思想政治教育应该和读写训练辩证统一”。这对于“文化大革命”时期语文教学中的泛政治化起到了矫正作用。

从20世纪90年代开始，全国陆续推广了九年义务教育教材，以能力培养为核心，重视语文基础知识、应用能力、表达能力的培养和缜密有序的思维训练，尊重阅读规律，增强了语文学习的有效性和实用性。2003年教育部又制订了“新课标”，把语文课程的基本特点明确界定为“工具性与人文性的统一”。

笔者以为，对语文课“工具性”的理解比较容易取得共识，即培养学生听、说、读、写的能力，表情达意的能力。然而语文课程并非单纯传授某一种知识技能的工具，而是奠定整个文化素质的基础，所以经过了半个世纪的探索，又提出了“人文性”的概念，但对“人文性”的理解容易见仁见智。中国典籍中的“人文”一词来自《周易》。《易经·贲卦·彖辞》：“观乎天义，以察时变；观乎人文，以化成天下。”大意是：观察天上日月星辰的运转，可以明察春夏秋冬时序的变化；观察人间的伦常秩序，可以教化民众，移风易俗。可见古文中的“人文”一词原本包含了教化的意思。而西方的人文主义则是跟中世纪神学相对立的概念，表达了对人类生存目的和意义的世俗关怀，其中同样包含了人性陶冶的内容。语文教学是人文教育的重要途径和核心内容之一，落脚点是人的精神境界的提升。当今语文教学中强调的人文性，自然不能仍旧停留在欧洲文艺复兴时期的水平，而应该赋予它以新的时代精神。人文性的核心，归根结底就是世界观的问题。语文教学中“工具性与人文性的统一”，就是不仅要让学生学会语音语法、遣词造句、布局谋篇、修辞逻辑，而且要帮助学生确立正确的人生追求、奋斗目标、理想信念，真正做到施教于学生的灵魂。从这个意义上来说，鲁迅作品就是“工具性与人文性相统一”的理想文本。

近些年来，有些语文教材根据提高学生语文运用能力和人文素养的目标，选择一些重要的人文性内容概括成主题，用几篇课文组合成单元加以体现。如上海王铁仙教授主编的高中语文教材，就在“为理想而斗争”的单元中选入了鲁迅的《为了忘却的记念》，在“文化的制约与创造”单元中选收了鲁迅的《拿来主义》，在“书话与书评”单元中选收了鲁迅的《白莽作〈孩儿塔〉序》，在“文学作品中的典型”单元中节选了鲁迅的《阿 Q 正传》。笔者认为，这种做法就是体现语文教学人文性与工具性统一的新尝试。

然而在由计划经济向市场经济转型的过程中，商业化、世俗化和意识形态多元化对鲁迅研究和鲁迅作品教学带来了不可避免的影响。在多元化语境中，鲁迅作品中表达的一些信念和原则经常受到质疑。鲁迅峻急刚毅的性格和针砭痼弊不留情面的文风在有些人看来，也似乎显得跟当下的价值取向不相吻合。因此，出现了鲁迅作品是否应该从语文教材中“大撤退”的讨论。

据2009年8月16日《人民日报》一篇署名文章介绍，从2004年开始，许多省的高中语文课本减少了鲁迅作品的入选数量。当时我国已经有六至七套地方性的语文教性。湖北省当年秋天高一年级的语文教材中，删掉了《药》和《为了忘却的记念》这两篇重要作品。一位新版《高中语文》的执行主编说：“由于时代背景的差异，早期白话文与当下汉语的差异以及鲁迅作品本身的深刻性等原因，鲁迅作品教学中确实存在学生难懂，老师难教，教学目标难以实现的现象。”同年8月13日《中国青年报》上有一篇与此相关的文章，陈述了语文教材中大幅度压缩鲁迅作品的四个理由：一、鲁迅已经成为当今中学生的“三怕”（一怕文言文，二怕写作文，三怕周树人）之一。“鲁迅作品再继续在教材中存在下去，对于鲁迅先生倒不啻一种戕害。”二、“鲁迅是当代愤青的重要思想来源，少学点鲁迅，可少制造一批愤青。”三、长期以来，鲁迅被异化和道具化。“绝大多数中学课堂除了主题先行，肢解鲁迅并把他变成一个战斗性符号之外，似乎并没有更多的本事。”四、“当下语文教材视鲁迅为鸡肋，更根本的原因或许在于，这个社会革命激情的消退与宽容精神的增长，语文教材内容的变革，亦成为社会转型的副产品。”

以上看法很快遭到了异议。反对者认为：以难懂作为排斥鲁迅作品进入教材的理由是站不住脚的。“难”与“易”原本是一个相对的概念。受众的年龄不同，文化水平不同，对“难”与“易”的感受也不同。遴选教材要充分考虑学生的年龄特征，由浅入深，这是毫无疑义的，但这并不意味着中小学生就无法跨越鲁迅作品的文字障碍。单从鲁迅作品的字词句而言，其难度难道超过了《诗经》《楚辞》一类文言文作品吗？难道会有什么专家学者因此而主张文言文应该从教材中“大撤退”吗？孔子距今2500多年，《论语》中也有不少阅读障碍，但仍然作为文化经典在教学中进行传承，为什么离我们不到100年的鲁迅作品反而要被剔除呢?所谓“愤青”并不是一个科学的概念，也许是指对现实的某些方面持激烈批判的青年。正确的批判是推动社会前进的车轮，过激的情绪则应该予以正确的疏导，但鲁迅的批判对象与愤青的批判对象有着时代的不同，不能混为一谈。长期以来，在鲁迅作品的教学过程中的确存在神化、肢解等缺点，但教学的缺点不能依靠剔除教材解决。至于鲁迅作品是否与时代需求相悖，这是一个值得认真讨论的问题，反映出不同意见双方对当今时代的不同认识和对当今需求的不同理解。

主张鲁迅作品从教材中“大撤退”的代表人物是以“文坛刀客”自诩的山西作家韩石山。他在 2005 年出版的《文学自由谈》第 5 期上发表了一篇名文，题为《中学课本里的鲁迅作品》。他认为，中学语文课本选鲁迅作品，选上一两篇是可以的，但目前一选就是十几篇，是绝对的多，怎么都说不过去。接着，这位“刀客”对教材中入选的鲁迅作品逐一进行了点评。他认为：《狂人日记》散布了悲观情绪，艺术上也不成熟。《社戏》不是小说，只能说是随笔。《故乡》结尾，无端地发了那么多议论，是小说的败笔。《孔乙己》虽然为鲁迅本人最为欣赏，但过多地交代了过程。《药》的写法十分直露，没有写活一个人物，连场景都没有写出来，笔调压抑而沉闷。《祝福》过多地使用了转折语，过多的“鲁迅调”。节选的《阿 Q 正传》从技巧上无师法之可能，主人公是一个农村的流氓，调戏妇女，偷人财物，既麻木不仁，又冥顽不灵，“说是怎样的深刻，怕都是评论者的附会”。《阿长与〈山海经〉》有段话是对妇女人格的慢侮。《记念刘和珍君》古文句或太多，骂詈语太多。《“友邦惊诧”论》全是激愤之语，时有谩骂的句子，乃文章之大忌。评来点去，被这位“反鲁英雄”肯定的只有《为了忘却的记念》和《从百草园到三味书屋》这两篇文章。

对韩石山的观点批驳得最认真、最有力的是福建作家房向东。他专门写了一本书，叫《著名作家的胡言乱语》，2011 年 1 月由上海书店出版社出版。这本书“虽然笔间富于感情，但却能在血脉贲张、豪情激荡时做到以实为据，以理服人，理性与感性完美相融，论点与论据交相辉映”。囿于篇幅，无法一一介绍房向东的精彩论点。对于鲁迅作品进入教科书的问题，房向东总的看法是“现在中学课文中不是鲁迅作品太多的问题，是选鲁迅哪些作品的问题。鲁迅作品多是经典性的，选这一篇还是那一篇，从作品质量的角度说，问题不会太大”，但“选文一定要切中鲁迅的终极关怀，那就是国民性和立人问题，通过鲁迅作品的阅读，启蒙大众，改造人本身，从而达到再造新人的目的”（《著名作家的胡言乱语》，第 180 页至 181 页）。

但也有专家认为，所谓鲁迅作品从现行教材中“大撤退”是媒体的炒作。担任人民教育出版社新编语文教材执行主编的温儒敏教授说，许多传媒争相报道鲁迅作品在教材中大幅减少是不准确的。在人教社新编的语文教材中，必修课中是减少了鲁迅篇目（高中语文 6 册原选 5 篇，现保留 3 篇，减少 2 篇），原因是课程改革后，必修课只占 1.25 学年，余下 1.75 学年用作选修与复习，而在选修课教材中，不但保留了鲁迅作品，而且还增加了一些篇目（如《铸剑》《范爱农》）。他强调：“无论哪个语文教材版本，鲁迅至今仍然是选收篇目最多的作家。”他又说：“鲁迅是近百年来对中国文化及中国人了解最深的思想者，也是最具独立思考和艺术个性的伟大作家，鲁迅已经积淀为现代最重要的精神资源，所以让中学生接触了解一点鲁迅，是非常必要的，教材编写必须重视鲁迅。但重视不等于选文越多越好……”（《温儒敏论语文教育》，88-90 页，北京大学出版社 2010 年 1 月出版）

新时期不少高校的中文系开设了鲁迅研究课程，当然会选读不少鲁迅作品，但并无统编教材，故不予评介。

教材中鲁迅作品的阐释与接受

由于鲁迅作品语言文字具有的模糊性、多义性、复指性，意义具有的不确定性，又由于讲授这些作品历史情境的差异，教师和学生审美情趣、价值取向的不同，因而对同一文本往往会产生不同或不尽相同的理解。汉儒董仲舒所说的“《诗》无达诂”“《易》无达占”“《春秋》无达辞”（《春秋繁露》卷三《精华》篇），反映的大概就是这种阅读现象。不过，鲁迅作品终归会有其客观价值，鲁迅创作总也会有其主观意图，只是一旦进入教学过程，教师和学生就会有意无意地参与了审美再创造，而不只是对教材进行简单的复制和还原。所以，作为教材的鲁迅作品的接受史，就相当于不同时期不同读者之间进行的一场阅读经验交流。不过有的阐释比较合理，接近作者原意，表现出读者与鲁迅之间心灵的感应；而有的阐释则可能悖谬，是对文本的误读，表现出读者与鲁迅之间心灵的偏离。从鲁迅作品阐释的嬗变性，可以反映出历史风涛的涌动、时代潮汐的起伏，其研究价值会远远超出教学领域。比如鲁迅前期杂文的代表作《灯下漫笔》，对中国封建时代的等级制、“循环”历史和固有文明进行了十分犀利的批判，号召青年扫荡“食人者”，掀掉“人肉的筵宴”，毁灭制作人肉宴席的“厨房”。但在时兴文化保守主义的当下，一些教材的编选者纷纷向这篇作品亮起了红灯和黄牌，致使此文在所有新课标高中语文教材中都被淘汰出局。又如 1927 年 12 月 23 日，鲁迅写了一篇杂文《文学与出汗》，曾被选入人民教育出版社的语文教材，沿袭到 1990 年，后被删削。有专家解释其原因：“这篇杂文属于论辩之作，虽然泼辣而俏皮，但在鲁迅杂文乃至全部现代杂文之中，其思想的深刻性与艺术的独创性恐怕跟经典尚有一定距离。”其实，产生变化的恐怕并不是这篇杂文固有的思想性和艺术性，而是因为时过境迁，一些学者认为这篇杂文鲜明的阶级观点跟强调“和谐”“包容”的当下显得极不协调。

不过，新时期的鲁迅作品教学取得的成绩仍然是有目共睹的，无论在观点和方法上都有很多新的突破。作为传统教材的《祝福》，长期以来都习惯于用封建四权（即政权、神权、族权、夫权）来分析祥林嫂悲剧的根源，但如今不少教师力图摆脱旧说，深入挖掘小说叙事中被遮蔽的主题。他们认为，祥林嫂形象的重要之处，并不在于她所遭受的“四权”压迫，也不在于她周围社会对其不幸遭遇的冷漠和嘲讽，而在于她身遭不幸之后向小说中的叙述者“我”提出的疑惑。祥林嫂对灵魂、地狱的探问，是蕴涵着深奥的“知性”及“智性”难题。这才是小说情节的焦点及意义所在。“文化大革命”之前，鲁迅名著《阿 Q 正传》进入教材时，侧重节选“不准革命”或“生计问题”等章节，意在批判辛亥革命的不彻底性，与毛泽东批评辛亥革命缺少农村大变动的论断相呼应。但就从作品的实际而言，阿Q心目中的“革命”无非是“我要什么就是什么，我喜欢谁就是谁”，这种“革命观”很难谈得上有什么进步意义，而作品启蒙意义（如对国民劣根性的批判）却因为不符合当时的阶级观点而被遮蔽了。在当前的教学中，有老师提出了一种“生命教育”理念，通过《阿Q正传》的教学分清消极避世的“精神胜利法”与现代生活中适当的心理调节的差别，从而贯彻尊重生命尊严，弘扬生命价值，促进生命发展的教育主张。这种教学试验，显示出对鲁迅作品的内涵及意义进行不同阐释的可能性。鲁迅的《社戏》，在长期的教学过程中侧重强调农村少年的矫健英武、勇敢机智，歌颂劳动人民的无私和淳朴。现在有的教师运用这篇教材培养学生健康的审美情趣，包括景物美、人情美、民俗美、语文美、构思美、主题美、细节美……又通过多媒体创造开卷有益的教学情境，更增强了学生的审美体验。

教学方法的创新，更是新时期鲁迅作品教学的一道亮丽风景。有的学校把鲁迅博物馆或纪念馆的展厅作为教学现场，把课堂教学与博物馆的文化资源相结合。有的学校利用特有的文化历史资源进行鲁迅作品教学，像北京鲁迅中学在校园内的刘和珍、杨德群纪念碑前讲授《记念刘和珍君》，北京师大附中在自编教材中介绍鲁迅与师大附中、与琉璃厂文化的关系。更多的教师采用了多媒体教学的方式，在课堂上播放鲁迅作品朗诵录音，播放跟课文内容有所联系的历史图片，引导学生生动、活泼、主动地学习。这些方式都是对传统语文教学的一种创新和超越。

余话：海外教材中的鲁迅

在国外和我国港、澳、台地区，鲁迅作品也不同程度地进入了教材。比如王润华先生曾撰写了《新马华文教科书中的鲁迅作品》一文，系统介绍了新加坡、马来西亚教科书中使用鲁迅作品的情况，反映出鲁迅作品在东南亚地区的影响越来越大。

其实，鲁迅作品在日本和朝鲜的影响更加广泛。早在1927年，鲁迅的小说《故乡》就被译成了日文，1953 年又被教育出版社收入了中学国语教科书，供中学三年级学生学习。1972 年中日邦交实现正常化，日本通行的 6 套国语教科书都收录了《故乡》。在日本读者的心目中，《故乡》跟其他选入教材的日本文学作品几乎同样享有“国民文学”的地位。日本鲁迅研究的活跃期是 20 世纪 40 年代末、50 年代初。在关西的京都和关东的东京，一些进入大学主修中国文学的学生组织学术团体。他们把鲁迅研究与反思日本历史、反对新老殖民主义结合起来，取得了丰硕的研究成果，出现了一批享有盛誉的学术大师，如丸山昇、竹内实、北冈正子等。但 90 年代以后日本的鲁迅传播逐渐走向低谷。

同样是在 20 世纪 20 年代至 30 年代，一些在中国的朝鲜留学生通过课堂教学和社团活动接触了鲁迅作品。比如鲁迅作品的朝鲜文译者柳树人就是在延吉第二中学读书的时候，通过老师读到了《新青年》刊载的《狂人日记》。他认识到“鲁迅先生不仅写了中国的狂人，也写了朝鲜的狂人”。从那时起，鲁迅就成为他崇拜的第一位中国人。朝鲜革命领袖金日成 20 年代在中国东北求学，通过他的中学语文老师、狂飙社成员尚钺读到了鲁迅的《阿 Q 正传》《祝福》，从而更清楚认识了当时社会的腐败状况，更加坚定了革命的决心。从 20 年代到 30 年代，以复旦大学为中心成立了“高丽留学生联合会”，成员多达几百人，其中不少人通过原作了解了鲁迅。

20 世纪 50 年代，朝鲜最高学府金日成综合大学及其他大学的中国语言文学专业开设了“中国文学史”课程，鲁迅作品成为重点教学内容和科研项目。在韩国，从 70 年代到 80 年代，已有数十所大学开设了中文专业，鲁迅作品是重点授课项目。2001 年，韩国新元文化社出版了《初中生看的〈阿 Q 正传〉》，2003 年青色自行车社又出版了《鲁迅——只依靠笔锋唤醒十亿人口的小说家》，都是面向青少年的普及性读物。韩国鲁迅研究家朴宰雨教授说：“中国 20 世纪文学家中，韩国人读得时间最长作品最多的就是鲁迅。这是因为鲁迅的文学可读性强，又有极高的文学表达力，而且跟日本统治时代民族解放的需要和军阀法西斯时期的民主化斗争很自然地产生了共鸣。”

越南成为新生的社会主义国家之后，把鲁迅的《阿 Q 正传》等作品选进了中学使用的《文学选读》课本，又特聘中国专家到河内等地的大学开设鲁迅研究课程。

在台湾地区，进入教材和课外读物的鲁迅作品有《阿 Q 正传》，杨逵译为日文，东华书局 1947 年 1 月出版。《狂人日记》，王禹农译为日文，东方出版社 1947 年 1 月出版。《故乡》，蓝明谷译为日文，现代文学研究会 1947 年 8 月出版。《孔乙己·头发的故事》，王禹农译为日文，东方出版社 1948 年 1 月出版。《药》，王禹农译为日文，东方出版社 1948 年 1 月出版。台湾 1945 年光复之前为日本殖民地，居民很多人不识母语。为了“去日本化”，当时采用了中、日文对照的方式进行国语教育。进入新时期以来，大陆鲁迅研究者陈漱渝在台湾不少高校宣讲鲁迅，并编选出版了《青少年鲁迅读本》。北京大学钱理群教授在台湾清华大学开设了《鲁迅选读课程》。我国香港行政区的中六中国文学课程中，鲁迅的《药》是指定作品。

在横跨欧亚的苏联，艾德林编选的《鲁迅短篇小说集》作为“中学生读物丛书”之一，在莫斯科儿童出版社出版，除译有小说十篇之外，还附录了 8 篇散文诗。

在北欧，瑞典是一个有汉学研究传统的国度。1964 年，瑞典出版了一本《〈阿 Q 正传〉及其他》，译者雷阿德·埃克奈尔，内收鲁迅小说、杂文 21 篇，其中部分译文被选进了中小学教材，产生了较大影响。

在西欧，鲁迅小说和杂文已被编入中学读物，如《80 年代之材料》。1986 年，意大利北部伐勒西地区的一所中学，举行了纪念鲁迅逝世 50 周年的展览会。

20 世纪 70 年代，法国的鲁迅研究比较活跃，主要推动者是米歇尔·露阿教授和马蒂娜·埃梅里教授。她们在巴黎第七大学和第八大学开设鲁迅作品研读课，并将鲁迅作品和文言论文译成法文，还在巴黎第七大学阿卡里翁剧场上演了《阿 Q 正传》，改编者让·儒尔德衣。

1970年，英国学者詹纳在牛津大学出版社出版了名为《现代中国小说》的选本，其中收录了鲁迅的小说《孔乙己》《故乡》《祝福》。

在美国，很多鲁迅作品都是由高等学校出版社出版。哥伦比亚大学早在1941年就出版了华裔学者王际真翻译的《阿Q及其他——鲁迅小说选》，1974年，美国麻省理工学院出版社出版了伊罗生重新编选的中国现代短篇小说选《草鞋脚》，该书收录了鲁迅的《狂人日记》《药》《孔乙己》《风波》《伤逝》。1981年，杨宪益和戴乃迭合译的《鲁迅小说全集》也由美国印第安纳大学出版社印行。笔者不了解这些作品是否进入了美国大学的课堂，但在美国学生中产生了一定影响是可以断言的。1995年，哥伦比亚大学出版社出版了一部《哥伦比亚中国现代文学读本》，其中“小说”部分收入了鲁迅的《〈呐喊〉自序》《狂人日记》《孔乙己》。这是英语世界第一本以20世纪中国文学为对象的阅读文选。1996年，美国斯坦福大学出版社推出了由丹顿主编的《现代中国文学思想读本》。鲁迅的《摩罗诗力说》《论照相之类》《〈呐喊〉自序》《文艺与政治的歧途》《论第三种人》入选，是个人入选文章最多的作家。以上所述，仅涉及海外入选教材的相关鲁迅作品，并非全面介绍鲁迅作品在域外的传播情况，这是需要说明的。

76年前，当鲁迅刚刚去世的时候，不少青年学生自发地来到鲁迅墓前，挥泪宣誓：“先生，没有死；青年，莫彷徨！花谢，种子在，撒播在青年的脑海。”进入教材的鲁迅作品，就是撒播鲁迅精神的种子，必将在一批批学生心灵的沃土上培养出绚丽的文化之花，结出丰硕的生命之果。

2012年9月25日

14.《鲁迅科学论著集》前言

在中国新文学史上，学自然科学出身转而从事文学创作的作家不乏其人，胡适、郭沫若、张资平、郁达夫等均可划入此列，但作为文学家仍有科学著作问世并产生了一定社会影响的人并不多见。众所周知，鲁迅经历了一条由“科学救国”转向“文学救国”的道路，但他早期的科学论著今天的读者却很少涉猎。去年人民文学出版社新版的《鲁迅全集》共 18 卷，其实仅包括他的创作部分。名副其实的《鲁迅全集》还应包括他的译文（共 10 卷）、辑校古籍（共 4 卷）以及科学论著（共 1 卷），总量将达到 33 卷，版面字数大约 1000 万字。

将要印行的《鲁迅科学论著》主要包括《中国矿产志》和《人生象敩》二书。前者为合著，后者为独著。

《中国矿产志》是鲁迅跟友人顾琅合作编撰的，1906 年 5 月由南京启新书局、上海普及书局和日本东京留学生会馆联合出版发行，至 1912 年 10 月共出四版，经清政府农工商部和学部鉴定，被推荐为“国民必读书”和“中学堂参考书”，由此可见本书在当时的学术地位和社会影响。全书共分“导言”与“本言”两大部分：前一部分介绍中国的地质变化和地层结构情况，后一部分介绍中国各地金属矿与非金属矿的分布情况。征引的资料既参考了近代西方勘探者——如德聂诃芬（Richthofen）、匈牙利凯雪尼（Grat Szecheny）、俄国阿布尔乔夫（Obrucheff）、日本神保铃木以及法国里昂商会探险队的调查报告，又查阅了大量古籍、地方志（如《元和志》《浙江通志》《宋史·地理志》《明一统志》《太平寰宇记》）。在“言中国地质及矿产之书，鲜见于世”的历史条件下，本书钩稽群籍，并删节了外国资料中“第近臆说”的部分，在当时实属难能可贵。

《中国矿产志》有别于其他科学论著一个显著特点，就是字里行间洋溢着高昂的爱国主义激情，全书章节之间贯穿着一条鲜明的爱国主义红线。鲁迅推崇科学，甚至认为要救治“几至国亡种灭”的中国要依靠真正的科学，但他又坚决反对“为科学而科学”。鲁迅在1926 年 10 月 20 日致许广平的信中就说过：“现在我最恨什么‘学者只讲学问，不问派别’这些话，假如研究造炮的学者，将不问是蒋介石，是吴佩孚，都为之造么？”他学习矿学和撰写《中国矿产志》有一个十分明确的目的，就是了解中国的资源，捍卫中国的资源。比如该书在介绍湖北大冶蕴藏的磁铁、赤铁和褐铁时，就特意指出日本每年从这里采购 12 万吨矿石，运回本国炼成 4963.3 万余斤纯铁，第一期合同为 10 年，今后还要续签。国人应当注意这一动向，因为这些采自中国的矿石将被制成侵略中国的武器。在谈到聂诃芬的勘探活动时，该书无情揭露了这位德国人是以科学活动为掩护对中国进行经济掠夺乃至军事侵略。聂诃芬在名为《支那》的勘探报告中就露骨地说：“支那大陆，广蕴煤炭，而山西尤多，然矿业盛衰，首视输运。惟扼胶州，则足制山西矿业之死命。故分割支那，以先得胶州为第一首。”德国后来占领山东胶州湾，正是采纳了聂诃芬的谋略。1906 年（光绪丙午）仲春，复旦公学（复旦大学前身）的创始人马良（字相伯）在为《中国矿产志》撰写的序言中就明确指出：“顾（琅）、周（鲁迅）两君学矿多年，颇有心得。慨祖国地大物博之无稽，爰著《中国矿产志》一册，罗列全国矿产之所在，注之以图，陈之以说，使我国民深悉国产之所自有，以为后日开采之计，致富之源，强国之本，不致家藏货宝为他人掠夺。用心至深，积虑至切，决非旦夕之功所能致。”马良知识渊博，11 岁就开始接受西方教育，也是一位爱国者。他对《中国矿产志》的评价，可以说是深谙著者的良苦用心。

毋庸讳言，《中国矿产志》一书也有其历史局限性，对此编撰者有十分清醒的认识。该书《例言》中坦陈了三点。一、“纂者于普通矿学虽略窥门径，然系非其专门”，这就必然影响了本书的深度。二、“此所记载，悉钩稽群籍为之”，缺少实地考察、独立调研的成果。

三、"而当纂辑，又在课余，误谬知不可免"。今天重读，当然不难发现史料的缺失，以及个别地名的讹误（如将枝江印为"技江"，将耒阳印为"来阳"，将永州误为岳州）。但在中国地矿研究史上，本书仍不失为一部开山之作。

鲁迅的合作者顾琅（1879—？），原名芮体乾，字石臣、硕臣，江苏江宁人。是鲁迅在南京矿路学堂的同班学友，又同被派赴日本留学，同入东京弘文学院。两人性格虽然不同，但并未妨碍合作著书。顾琅后来长期从事矿业工作，曾出任奉天本溪湖煤矿公司矿业部长，中国地学会评议员，北京政府农商部第二区矿务监督，国民政府实业部技正等职，著有《中国十大矿厂调查记》（1916 年商务印书馆出版），是我国早期地矿事业的开拓者之一。

《人生象敩》是鲁迅 1909 年在浙江杭州两级师范学堂讲授生理学的讲义，系根据相关日文教材编译，简明扼要，针对性强。全书共分为绪论、总论、本论、结论四大部分，综合运用了生理（功能）、解剖（形态）和保健（摄卫）诸方面的医学知识，反映了当时医学科学的发展水平，今天重读也未发现重大失误。对于存在争议的问题，讲义也能客观列举不同的意见，表现出编撰者治学的严谨态度和对读者高度负责的精神。绪论介绍人体的构造和成分。本论介绍人体的运动系统（包括骨骼、肌肉与运动原理）、皮肤、消化系统、循环系统及淋巴、呼吸系统、泌尿系统、五官、神经、生殖系统。结论部分介绍体温、新陈代谢和卫生保健。

医学专家审读之后，认为《人生象敩》传授的医学知识是准确的，即使当今医学科学发展日新月异，这本书的内容也并不过时。在治病与防病方面，教材更强调预防于前，因为"药之为物，非能除病"，而仅能增进或遏制人体某些器官的生理作用，使其恢复正常，这就是所谓病愈。所以不善于保健，而将生命寄托于药物，根据医学原理，这是一种南辕北辙的做法。讲义的这种观点，对于我们的健康生活仍有重要指导意义。特别难能可贵的是，早在 20 世纪初，这部教材就提出了注重食品安全、治理环境污染和建立流行病（如霍乱、痢病）的防控系统等超前性的观点。他主张对糕点、水果、鱼肉进行售前检测，防止水污染与空气污染，对急性传染病流行区域采取隔离措施，这些主张都是对于人体健康行之有效而为我们所长期忽略的。

也有医学专家认为，《人生象敩》中的生殖系统一节介绍过于拘谨，其突出表现是该节连“生殖”二字都不敢出现，而以德文“Generatio”出现。这种看法显然脱离了鲁迅当年所处的社会环境。且看鲁迅在杭州两级师范学校任教时一位同事在 1936 年写的一篇回忆：“周先生教生理卫生，曾有一次，答应了学生的要求，加讲生殖系统。这事在今日学校里似乎也成问题，何况在三十年以前的前清时代。全校师生们都为惊讶，他却坦然去教了。他只对学生提出一条件，就是在他讲的时候，不许笑。……据说那回教授的情形，果然很好，别班的学生，因为没有听到，纷纷向他来讨油印讲义看。他指着剩余的油印讲义对他们说：‘恐防你们看不懂的，要末，就拿去。’原来他的讲义写得很简，而且还故意用着许多古语，用‘也’字表示女阴，用‘了’字表示男阴，用‘糸’字表示精子，诸如此类，在无文字学素养未曾亲听过讲的人看来，好比一部天书了。这是当时一段珍闻。”（夏丏尊：《鲁迅翁杂忆》）由此可见，鲁迅的这部讲义在当时不仅不保守而且相当超前了。这一部分中还有青春期生理的教学内容，这在当今的学校中也并非能够普遍做到。

《中国矿产志》和《人生象敩》既然是文学家的科学译著，它们与同类著作的一个区分就是语言具有鲜明的文学色彩。且看《中国矿产志》中介绍西藏高原地貌的一段文字：“昆仑与喜马拉雅山间，有西藏之高原。葱岭在其西，东则群峰屹立如屏障，高原居其环中。虽峻逊葱岭，然横览世界，固已无足与伦俪者矣。试南越喜马拉雅，则降印度之低原。北逾昆仑，则践西蒙古地。更越东境，则临四川之野。惟西邻地独秀出，不越境则无以攀世界之梁。故西藏高原者，大陆中之大陆也。”这段文字，通过对西藏高原东西南北环境的描写，不仅准确介绍了高原的方位，而且使高原“横览世界”的壮美景色跃然纸上。《人生象敩》中对人体器官的介绍也极其形象逼真，如介绍大脑：“此为脑之最大分，形略卵圆，其表多见隆起，谓之脑回旋。

诸回旋间，多见陷处，谓之脑沟，深者曰主沟，浅者曰副沟。中央有深沟直走，界脑为二，左右相等，是名大脑纵裂。”这段文字旁还配有插图，更加深了读者对大脑的印象。大脑的形状、主沟、副沟的位置，清晰呈现，使读者如睹实物。

早在留学日本时期，鲁迅就提出了人文科学和自然科学协调发展的主张。他在《科学史教篇》中表达过这样的意思：“人们所需求的不仅是科学家牛顿，也呼唤着莎士比亚这样的诗人和剧作家；不仅要有拉斐尔这样的艺术巨匠，也要有波义耳这样的科学大师。只有这样，人性才能得到全面发展，世界文明才能真正实现。”鲁迅一生的文化实践，为我们树立了一个优秀的榜样。

2006 年 10 月

15.《鲁迅研究新前沿丛书》缘起

在信息科学领域，被称为新前沿的有新型计算机系统、高效信息储存、极限通信传输、超级芯片，等等。在鲁迅研究领域，何谓“新前沿”？

如果从1909年5月出现了第一篇介绍周氏兄弟翻译活动的域外报道算起，鲁迅研究迄今已有一个多世纪的历史，鲁迅生平史料可以说已挖掘殆尽。对鲁迅文本的解读虽然一度有单一化的弊病，但在总体把握上也可以说基本正确。要继续拓展鲁迅研究的学术空间，实可谓难矣！

自20世纪90年代以来，有些学者从个体精神心理、文化诗学、叙事方式、文体演进等不同视角切入鲁迅研究，取得了可喜成果，但同时也出现了把鲁迅世俗化、玄学化等不良倾向。无论在国内，抑或国外，鲁迅研究实际上已呈现低迷的态势。

然而在消费文化和快餐文化甚嚣尘上的当下，仍有一些老、中、青的鲁迅研究者传递着鲁迅经典的精神火炬。他们深知，鲁迅经典不仅在中国新文化构建过程中发生过摧枯拉朽的重要作用，而且至今仍在影响着中国社会现代化的进程。因此，他们站在时代的高度对鲁迅文本进行重读和重释，使其蕴涵的跨越时空的巨大能量充分释放，以回应当今文化建设中面临的迫切问题。这就是策划出版这套丛书的动因。

不过，鲁迅研究领域的“新”与“旧”并不是两个截然对立的概念。“旧”不完全意味着谬误，“新”不完全意味着正确，而是彼此交织，相互递进。从这个意义上说，我们期待的“新”决不是对前贤研究成果的颠覆，而是一种攀援和拓展，实质上是希望“鲁迅学”的科学体系愈益完善。

这套丛书的作者包括了鲁研界老、中、青三代学者，又包括了专业和业余的研究者。他们的成果是对新世纪以来鲁迅研究新进展的一次检阅。丛书中对鲁迅科学思维方式的系统研究，对鲁迅小说、杂文文体形态和文化渊源的深入研究，以及运用医学、民俗学、书法鉴赏、文物收藏等多方面的知识对鲁迅丰厚文化遗产进行的交叉学科研究，无疑是鲁迅研究领域的新突破。丛书中还有不少扎实的考证文章，对澄清历史事实，恢复鲁迅的本真面貌大有裨益，为提升“鲁迅学”的学科水准铺垫了雄厚的基石。

2013 年 12 月

三、为他人作序

1.《中学鲁迅作品助读》前言

鲁迅博物馆的同志们历一年艰辛，编成了这部《中学鲁迅作品助读》，约我在书前写几句话。我是鲁迅博物馆的一名工作人员，又在中学待过14年，对此义不容辞。

鲁迅作品被选入中小学《国文》《国语》课本，大约从20世纪20年代就开始了。新中国成立后，鲁迅的一些代表作更成为语文课本中的传统教材。随着鲁迅国际声誉的日益提高，他的作品又先后被选入了国外的中小学读物；在日本、朝鲜、苏联、意大利、瑞典等国中小学文学课本或参考读物中，都选入了若干鲁迅的小说、杂文、诗歌。鲁迅生前很重视文艺的普及工作。他曾预言，从连环图画中可以产生出密开郎该罗、达文希那样的画手，从唱本说书里可以产生托尔斯泰、弗罗培尔。中学语文教学也是一种文化普及工作，它十分平凡，但极有意义。教师通过讲授鲁迅作品，不仅可以提高学生遣词造句的能力，帮助学生了解我们民族饱含屈辱和辛酸的漫长历史，而且还可以使他们具有容纳新潮流的精神，增强他们“能在世界新潮流中游泳，不被淹没的力量”（《坟·我们现在怎样做父亲》）。总之，要培养出一批批既能继承鲁迅优良传统，又能把中国新文化运动继续推向前进的开拓型人才，就不能脱离中学教育这个普及阶段，就离不开鲁迅作品的启蒙和陶冶。

《礼记·学记》中有一句脍炙人口的话：“学然后知不足，教然后知困。”“困”由何生？很大程度上来自对教材的理解。鲁迅说过，一切事物，在转变中，是总有多少中间物的。鲁迅的作品也可视为中国旧文学向新文学转换期的一个“中间物”。他作品所反映的那个光怪陆离的时代，他使用的不免流露出古文字句、体格的白话文，尤其是他在禁锢得比罐头盒还严的白色恐怖下被迫采用的隐晦曲折的表达方式，都难免使今天的师生在教学和阅读中产生种种隔膜和困惑。因此，为广大语文教师排难解惑，就成为一件功德无量的事情。

据粗略统计，新中国成立以后，各具特色的鲁迅作品教学参考读物正式出版了 27 种。中国是一个幅员辽阔的大国，30 余年才正式出版了不到 30 种鲁迅作品教学参考读物，实在并不为多；更何况知识不断更新，教学参考书也有不断更新的迫切需要。跟以前的同类读物比较起来，这本《中学鲁迅作品助读》体例较新，顾及了背景资料、疑难词句、写作特点、内容分析、教学方法等诸多侧面，读者可以各取所需，对一般语文教师颇有实用价值。如果说有什么不足之处，我以为是文章大多并非出自名家手笔，因而见解未必都很精到稳妥。当然，产生这一缺憾的责任并不全在编者。鲁迅生前曾热切呼吁专家学者“放低手眼”，多写些普及性的文章。我希望鲁迅研究界的专家学者们今后也应该多关心一下中小学教育，多做一点普及鲁迅著作的工作，而不要让这一光荣而艰巨的职责都落在工作常处于超负荷状态的中小学教师肩上。

提高鲁迅作品的教学水平，从根本上说当然要加深对鲁迅原著的理解。教师的学识既深且广，课堂讲授才能达到“约而达”“微而臧”的境界；教学方法固然重要，但跟领会教材相比毕竟是第二位的。此外，根据我在教学实践中的切身体会，还想补充两点意见：一是在讲课中要灌注感情，二是讲课时不要“删除枝叶”。

在鲁迅作品教学过程中，为什么要旗帜鲜明地提出感情灌注问题呢？因为任何作家都有他自己的感情倾向，任何一篇作品都是一个完整的情感载体。鲁迅是一个感情极为丰富的人，他有着旧中国民族性格中最缺少的诚与爱。即便他那些喷发着神圣怒火和充满着冷峻分析的作品里，也无不跃动着一颗对人民和对一切真善美事物的爱心——借用鲁迅评价陀思妥耶夫斯基艺术风格的话来说，就叫做“热到发冷的热情”。教师只有努力发掘鲁迅作品中所蕴含的这种情感因素，并且用富有情感的语言表达出来，才能引发学生的情感体验，在情感的流程中完成知识的输出和接纳。中学生正处于感情丰富、一触即发的年龄阶段，在鲁迅作品教学中充分调动他们的情感因素，不仅能加深他们对作品的理解，而且还会使这种情感化为动力，促使他们在语文学习中保持积极的态度，发扬主动的精神。反之，如果教师和学生都对鲁迅作品持一种冷漠的态度，要教好和学好鲁迅的作品，恐怕是一件不可思议的事情。这个道理，我以为是极易理解的。

在《“这也是生活”……》一文中，鲁迅有一句名言：“删夷枝叶的人，决定得不到花果。”我想，这句话完全可以移用于鲁迅作品教学。如果把鲁迅作品博大精深的思想内容和圆熟精湛的艺术手法比喻为花果，那么，教师生动的语言、恰当的举例、必要的引证发挥等有利于增强课程生动性的手段，就相当于这株树上的枝叶。加强讲授的文学性，活跃课堂气氛，不仅跟“以纲（教学大纲的要求）为纲，以本（统编课本）为本”的原则没有矛盾，而且可以更有效地达到教学大纲规定的目标。教育心理学告诉我们：学生对所学知识的兴趣虽然是一种非智力因素，但却能对智力因素产生调节、制约、推动、促进作用，直接影响其学习动机的稳固性与深刻性。教师若机械呆板地把鲁迅作品碎割成若干字、词、句、段，仅仅从语言学的角度进行枯燥烦琐的讲解，而忽略了作品的整体意义，学生就会对学习产生腻烦甚至抵触的情绪，教学也就只能收到事倍功半的效果，这也是为语文教学实践反复证明过的一条真理。

半个世纪以前，当鲁迅刚刚去世的时候，不少青年学生自发地来到鲁迅墓前，挥泪宣誓：“先生，没有死；青年，莫彷徨！花谢，种子在，撒播在青年的脑海。”长年战斗在中学语文教学岗位上的教师，就是撒播鲁迅精神种子的园丁。我坚信，他们辛勤的劳作，定能在一批批学生心灵的沃土上培育出绚丽的文化之花，结出丰硕的革命之果。

1989 年 10 月 19 日

2. 点石成金的手指

——邱存平著《智者的思考——鲁迅的思维方法》序

去年年末在羊城举行的“鲁迅研究的新路向”学术研讨会上，批评家董大中有一个即席发言。他说，以往分析创作力时，一般强调的是思想、生活、技巧三个要素；而实际上，构成创作力的诸要素中，还应包括知识和思维。生活和知识是创作的原料，而思想、技巧、思维是创作的手段。因此，他呼吁加强对鲁迅思维方法的研究，以深化和拓展鲁迅研究领域。返回北京之后，我就听到邱存平同志即将出版《鲁迅的思维方法》的消息，并读到了这部理论专著的部分章节。这使我感到惊喜，更感到鼓舞。具有 80 多年悠久历史的鲁迅研究事业就是靠无数像存平同志这样淡泊于名利，执著于学术的人一步步推向前进的。

人类对思维奥秘的探讨，大约在古老的年代就已经开始。无论是中国的《易经》《道德经》，抑或亚里士多德的《工具论》、德谟克利特的《论逻辑》，都涉及思维的某些特征和规律。公元五六世纪中国著名的文学批评家刘勰，更在他的不朽之作《文心雕龙》中用专章论述了作为艺术思维的想象活动，用“神与物游”这四个字概括了思维活动与具体物象相结合这一形象思维的普遍规律。但直到恩格斯发表了他的著名论文《〈反杜林论〉旧序·论辩证法》，“思维科学”这一名词才被正式提出。所以，研究人的思维的历史发展，可以说是一门古老而新型的学科。把现代思维科学运用于鲁迅研究领域，更是一种新的尝试。

研究鲁迅思维方法，首先要准确把握其思维独特性。尽管对思维的概念还见仁见智，但总的说来，思维是主体心灵与客观世界的契合，是客观信息移入人的头脑并在人的头脑中加工改造的特殊物质。由于人的头脑千差万别，人的思维无疑也千差万别。英语把个性称作 Personality，俄语称为 ЛИЧНОСТВ，强调的都是个人所以别于他人之处，亦即个人独特性。这种独特性具有相对稳定的特点，但也随着现实生活的变化而或多或少地变化，在不同的社会历史阶段呈现出不尽相同的形式和内容。存平同志把鲁迅作为一个智者进行研究，作为文艺创作的主体进行研究，从崇实思维、求新思维、开放思维、辩证思维、形象思维五个方面概括鲁迅思维方法的基本特点。这种表述是否准确概括了鲁迅思维的特殊性及其变化轨迹，就有待于本书的读者来判断了。

还应该指出的是，鲁迅的思维是东西方思维方式融合的产物，既蕴含了古代哲人的睿智，又闪耀着现代科学的光芒。鲁迅的作品之所以具有深刻性和穿透力，很大程度上就是因为他继承了前人的思维方法而又加以创新。郭沫若有《庄子与鲁迅》一文，许寿裳有《屈原与鲁迅》一文，多以词汇及语法的实例说明这些古典作家对鲁迅的影响。其实，这些先哲对鲁迅的潜在影响还表现在思维方面。鲁迅在《汉文学史纲要》中，以《齐物论》《大宗师》《应帝王》为例，说明庄子的作品“汪洋捭阖，仪态万方”。鲁迅的作品跟《庄子》一样，想象丰富，结构灵活，放得开，收得住，千变万化，散而有结。这些都体现了创造性思维中发散与辐合的衔接和交替，体现了逻辑思维与形象思维这两种思维方式的渗透和转化。鲁迅在《摩罗诗力说》中肯定屈原“怀疑自遂古之初，直至百物之琐末，放言无惮，为前人所不敢言”，这就是为鲁迅继承和发展了的求异思维，也就是作为思维独立性前提的思维的批判性。正因为鲁迅“每不肯相信表面上的事情”，有时甚至“从反面来推测未来的情形”，因此才能从“仁义道德”的字缝里看出“吃人”二字，才能透过国粹家道德家“前台的架子”看到他们“后台的面目”，才能从教徒“信教”的现象中看到他们“吃教”的本质，也才有发现“王道”与“霸道”、“登仕”与“归隐”形异实同的奥秘。在题为《魏晋风度及文章与药及酒之关系》的著名讲词中，鲁迅又肯定了嵇康“思想新颖，往往与古时旧说反对”，同样也是在倡导一种对旧事物、旧传统合理性的逆向思维。

恩格斯在《〈反杜林论〉旧序·论辩证法》中谈到，辩证法对今天的自然科学来说是最重要的思维形式。显然，对社会科学来说，辩证思维的重要意义也是不言而喻的。鲁迅的作品之所以能够有张有弛、层层剥笋、揭发伏藏、显其弊恶，决不是单纯地得益于写作技巧，更主要地是因为他从不循呆板的逻辑，孤立、静止地思考问题，而是惯于从多方面的联系中思索复杂纷纭的社会问题，并从它的发展状态中去洞察其未来，从而显示出辩证思维的特色。早在青年时代，鲁迅就比较系统地学习过西方的现代自然科学，并以进化论为世界观的科学基础，形成了与形而上学相对立的思维方法。作为一个伟大的启蒙思想家，鲁迅在他早期的几篇文言论文中就能够回溯历史，检视当前，瞻望未来，并深刻把握了斗争的绝对性这一辩证法的核心。“平和之名，等于无有”“外状若宁，暗流仍伏”——这是对中国封建社会中庸主义发展观的尖锐挑战，在中国近代辩证法思想的发展史上书写了光辉的一笔。20年代后期，鲁迅接触了更多的唯物辩证法读物，形成了唯物辩证的思维方式，许多暧昧难解的问题都迎刃而解，他的作品也因此表现出了更为明确，更为肯定，更为雄辩，革命理想主义色彩更为鲜明的逻辑力量。

任何人的思维都必然伴随着情感活动。《文心雕龙·神思》中所说的“登山则情满于山，观海则意溢于海”大约也包含这个意思。情感是外在的，它反应迅速而热烈；思维是内向的，它反应缓慢而深刻。但现代思维科学把情感活动也视为一种广义的思维活动，因为在情感过程中会产生转换和处理情感信息。文艺创作本身就是一种情感活动，它包含着体验情感，唤起感情经验，然后表达这种情感的三级过程。鲁迅说得好：“能憎才能爱，能生与爱，才能文。”（《七论“文人相轻”——两伤》）他还说过：“因为是文人，他的是非就愈分明，爱憎也愈热烈。”（《再论“文人相轻”》）所以，我们学习鲁迅的思维方法，就必须跟鲁迅那样有明确的是非、热烈的好恶，像希腊神话中的巨人安泰乌斯（Antaeus）一样，永远把生命的根牢牢扎进人民的土壤。只有跟最广大的民众保持情感倾向的一致性，作家的思维方法才能纳入科学轨道，创作之火才能燃烧得至旺至美。

金圣叹在批《西厢记》时，转述过一则笑话：有一人赤贫，笃信吕祖。吕祖感其诚，忽降其家，以一指指其庭中磐石，灿然变为黄金。吕祖问："你想要这块黄金吗？"其人答道："不想，我想要你这根点石成金的指头。"作为创作手段的思维方法，就相当于吕祖的神指，其价值比创作成果本身更为宝贵。研究作为智者的鲁迅的思维方法，并加以吸收和变通，不仅能将鲁迅研究推向前进，而且还能使读者举一反三，进一步认识客观世界的规律，在不同领域创造新成果，做出新贡献。

我对思维科学素无研究，蒙存平同志错爱，嘱写序言。盛情难却，权且以上面这些隔靴搔痒的话，聊以塞责。

1994 年 8 月

3. 辉煌的曙色

——马蹄疾著《鲁迅生活中的女性》序

大约是十六七年前，国家文物局召开了一次党委扩大会，研究鲁迅与许广平 1929 年和 1932 年间若干封书信是否编入《鲁迅手稿全集》的问题。在这些书信中，许广平称鲁迅为“哥”“姑哥”“嫩棣棣”“小白象”，鲁迅称许广平为“姑”“乖姑”“小刺猬”“小莲蓬”。他们两人还将爱子海婴戏称为“小乖姑”“狗屁”。最使我感兴趣的是，鲁迅信末具名落款的地方画的是一个昂首翘鼻、前腿高抬的小象图案。会上有两种针锋相对的意见：有的专家认为，这些书信是夫妻逗趣之作，鲁迅生前又从未公开发表，原样影印出来会损害这位伟大的文学家、思想家、革命家的光辉形象。另一些人则认为，鲁迅既然是人不是神，就必定具有普通人的七情六欲，有他自己的情感生活及情感的独特表达方式。我们不能苛求一个战斗者在跟爱人进行心灵沟通时也摆出一副战斗的姿态，不能要求鲁迅写情书时也剑拔弩张，直呼爱人为战友。我们编辑出版鲁迅文稿的原则是有文必收，不加增删润饰。将这些书简公之于世，不仅无损于鲁迅的日月之明，反而有利于展现有血有肉的“活的鲁迅”形象。经过一番辩论，后一种意见终于占了上风。所以我们现在读到的《鲁迅全集》是名副其实的“全集”，《鲁迅手稿全集》的书信部分编入的是当时已经发现的全部鲁迅书信手稿。

回想起来，当年进行的这番辩论，就跟辩论地球是方是圆一样的是非分明，但在刚刚粉碎“四人帮”的那个拨乱反正时期，产生这样的交锋却是再自然不过的事情。如今，随着社会的不断发展，各方面都发生了许多的变化：男孩子衣服花了，女孩子鞋跟粗了；

卡拉 OK 的生意火了，迪斯科舞厅的客人满了……人们的观念也在不知不觉之中逐步更新。作为当代显学之一的鲁迅研究，同样发生了极为深刻的变化。学者们不仅继续研究鲁迅的革命活动和思想发展，研究鲁迅杂文的思想内涵和艺术特质，而且也敢于研究鲁迅的孤独感、性心理、婚恋经历、生命意识……继《两地书》原稿出版之后，《鲁迅的婚姻和家庭》《鲁迅与许广平》《三人行》《鲁迅个性心理研究》等史料性、理论性、文学性的读物也相继问世，开拓和深化了鲁迅研究领域。马蹄疾的《鲁迅生活中的女性》就是这方面的新成果之一。不难设想，如果在若干年前，这样的著作是难以问世的；即或出版，书名大约会改成《鲁迅与妇女解放》之类。

马蹄疾的这部著作无疑会涉及鲁迅的爱情生活。对于鲁迅，爱情不是一种转瞬即逝的欲求，而是一种意志行为，一种深思熟虑的人生抉择。这种情感不仅弥合了他心灵的创伤，而且如同寒冽环境中的一股热风，鼓起了他生命的风帆，吹散了他因包办婚姻而带来的孤独抑郁。他跟许广平共同生活的十年，是跋涉中手与手相搀扶的十年，是艰难中心与心相映照的十年。他们以沫相濡，在无爱的旧社会奏响了一曲爱情的凯歌。当然，马蹄疾的这部著作还涉及了鲁迅生活中的其他女性，如母亲、学生、文学青年……在欧洲的启蒙运动中，“女性的发现”“儿童的发现”要晚于“人的发现”，而在中国的启蒙运动中，这三种发现几乎是同步的。鲁迅曾经自谦地说过：“我没有研究过妇女问题。”（《南腔北调集·关于妇女解放》）但在事实上，鲁迅不仅全力支持过进步的妇女的运动，在作品中成功地塑造了一系列成功的女性形象，并且对妇女问题进行过多方面的深刻论述，严词批驳了对女性的诬蔑诽谤之词。他用诗一般的文字预言：“中国女性，并不如厌世家所说那样的无计可施，在不远的将来，便要看见辉煌的曙色的。”（《彷徨·伤逝》）在马蹄疾的著作中，我们可以闻到鲁迅生活中女性的温馨气息，可以感受到鲁迅对中国女性的真诚挚爱，还可以听到鲁迅为迎接中国妇女解放的辉煌曙色而发出的战斗呐喊。可以断言，读者从这部著作中的获益将是多方面的。

马蹄疾兄是我的学长，又是我为数不多的友人之一。他除了有多部鲁迅研究著作问世之外，还是一位《水浒》研究专家，一位颇有潜力的书法家。他以自学成才，靠勤勉登上了学术殿堂。他过去的生活道路并不像他的笔名这样“春风得意”，但种种的困境他都挺过来了，今后展现在他眼前的肯定会是“春风得意”的境界。我只是希望他不要像鲁迅笔下的那种疲牛，光耕地、拉磨、挤奶，而不吃草料。为了自己，为了亲友，为了共同的事业，他都不应该太苛待自己。

蒙马蹄疾兄不弃，命我为他的新作写序，应之有愧，却之不恭，只好拉拉杂杂写几句无关痛痒的话，是以为序。

1995 年 11 月

4.“我用我法，卿用卿法”

——刘玉凯著《鲁迅钱锺书平行论》序

浙江文艺出版社出版的《钱锺书散文》中，选收了钱老给我的一封复信，有人因此误认为我跟他老人家多有接触。事实上，寒舍跟钱老的寓所虽然只横隔了一条马路，但我始终未敢造访。钱老是宁静淡泊、闭门自守之人，我怎敢以一些琐事贸然相扰！钱老说得妙：“假如你吃了一个鸡蛋觉得不错，又何必要认识那下蛋的母鸡呢？”

但有一次机会，我得以瞻仰钱老的风采。那是 1986 年 10 月 19 日在北京召开的“鲁迅与中外文化国际学术讨论会”上。钱老以中国社会科学院副院长的身份坐在台上致开幕词，我以与会代表的身份在台下洗耳恭听。他讲的是：“鲁迅是个伟人，人物愈伟大，可供观察的方面就愈多，‘中外文化’是个大题目，题目愈大，可发生问题的范围就愈宽广。中外一堂，各个角度、各种观点的意见都可以畅言无忌，不必曲意求同。”讲话结束时，他操英、法、德等多种外语对与会的外国学者表示欢迎，给我留下了深刻的印象。的确，鲁迅和钱锺书都是充分吮吸了“中外文化”养分的学者型作家，或曰作家型学者。据统计，鲁迅翻译了 14 国近 100 位作家的 200 多种作品。他本人的创作中，涉及了 25 个国家的 380 多位外国人士。鲁迅藏书中也有大量中国文化典籍，仅各类拓片就有近 5000 张。鲁迅在他早期的文言论文中，提出过“取今复古，别立新宗”的宏伟纲领。他为人类留下的瑰丽的文化遗产，就是中西文化撞击、融合、提升的精神结晶。

如果要寻找钱锺书跟鲁迅的主要共同点，那就是他跟鲁迅一样，博采中外，熔铸古今，是东方文化跟西方文化的“牵线人”。他的《谈艺录》援引的中外文学资料多达1100多种，其中征引历代各家诗话达130种，中国诗话史上的代表作无一遗漏。他的《管锥编》征引了4000位作者的上万种著作，其中涉及的西方作家和学者在千人以上，西方著作约1800种。学识之渊博，令人望洋兴叹。

刘玉凯兄的新著《鲁迅钱锺书平行论》，运用比较研究的方法让这两位大师跨越时空障碍进行精神对话：既用钱的材料“解”鲁迅，也用鲁的材料“证”钱锺书。他认为这样做不仅可以帮助我们理解鲁，也可以帮我们认识钱，更可以从对比中领会若干诗规艺律。所谓“读钱解鲁”，在我看来其实就是把鲁迅置于中西文化的大背景中进行观照。经过玉凯兄历时四五年的努力，本书不仅考证出鲁迅作品中的一些词源，破解了鲁迅作品中的一些典故，而且比较了钱鲁二人思维方式和美学追求的异同，并对鲁迅作品中一些令人困惑、长期争议不休的问题提出了新颖独到的见解。

坦白地说，我至今并未通览玉凯兄的这部新著；但作为《鲁迅研究月刊》的主编，我有幸先睹了其中的一些章节，的确有耳目一新之感。比如通过“读钱”，玉凯兄领悟到鲁迅作品中“无物之阵”中的“无物”反映出战斗者的倨傲之态，领悟到九斤老太的“退婴论”其实就是一种“荣古虐今”的病态心理。通过“读钱”，玉凯兄提出《阿Q正传》揭示的精神胜利法跟《管锥编》揭示的“慰情退步”一脉相承；鲁迅杂文中多次批判把外来事物无不说成“古已有之”的妄自尊大的态度，其实就是钱锺书否定的“用夏变夷”的文化现象。通过“读钱”，玉凯兄还指出鲁迅式的“偏激”其实是一种针对性极强的立论方式，恰如钱锺书所云：“好比打靶的瞄准，用一只眼来看。但是，也有人以为这倒是瞄中事物红心的看法。”书中最见功力的似乎是《〈故事新编〉艺术新论》一章。玉凯兄通过“读钱”提出了以下看法：《故事新编》中的“油滑”是包含了鲁迅的社会意识、幽默性情和游戏笔墨的叙事语式，是一种从讲唱文学发展而来的既跳进又跳出的“间离叙事法”。这种“戏笔”收到了古今杂糅、妙趣横生的艺术效果，又仍然使读者感到今是今，古是古，鬼是鬼，人是人，不会混沌一片。鲁迅在《故事新编》中的这种“破体”创造，证实了钱锺书在《管锥编》中的论断：“名章名篇，往往破体，而文体亦因以恢弘焉。”这种看法，显然在王瑶等前辈学者奠定的基础之上，又把对《故事新编》的研究向前推进了一步，用事实表明作为当今显学的鲁迅研究还远远没有臻于止境。

跟那些故弄玄虚、大量堆砌让读者莫名其妙其实作者本人也一知半解的新名词的皇皇巨制比较起来，玉凯兄的这部专著是朴素的，又是厚实的，恰如他这位不矫情、不张狂、粗胳膊粗腿的燕赵大汉。当然，跟任何一部学术专著一样，《鲁迅钱锺书平行论》论及的具体问题也是有限的，但玉凯兄在研究方法上的求新，对读者的启示却是深远的。研究方法是一种思维技巧，一种科学手段，一种观察角度。它能帮助研究者发现新现象，提出新理论，找到观念世界与现实世界之间的内在联系。一部人类科技发明史充分证明，任何学科的每一次突破，每一步进展，都是伴随着研究方法的更新。越是研究得深入，就越需要更新研究方法。方法运用得当，就会如英国培根所言，“跛足而不迷路的人能赶上虽健步如飞但误入迷途的人”；方法不当，则会像恩格斯形容的那样，“往往当真理碰到鼻尖上的时候还是没有得到真理”。所以，我认为玉凯兄在研究方法上的创新，其价值要超过这部专著学术成就的本身。

当然，究竟采用什么研究方法，一要考虑研究对象的特点，一要考虑研究者自身的学术条件。不能东施效颦，不能亦步亦趋。钱锺书先生说：“我用我法，卿用卿法。”玉凯兄也说他是“自说自话”，讲的是同一道理。玉凯兄长期从事中国现代文学教学，对鲁迅作品研究较深，他在中国古典文学、民俗学、语言学等方面又有广泛的爱好和深厚的根底。有一段时间，他还承担了钱锺书研究的新课题。正是具备了上述条件和机缘，他才可能选择和运用“读钱解鲁”的研究方法。如果更换另外一个研究者，也许就不一定具有这方面的学术兴趣和驾驭这种研究方法的能力。这是显而易见的。

记不清哪本书上说过，有位古代商人偶然发现阿拉伯地区没有大蒜，于是不顾路途艰辛，用骆驼运去一批大蒜。当地人感激不尽，便用一袋黄金作为回赠。另一位商人得知这一生财之道，便又历尽艰辛运去一批大葱。当地人觉得大葱的味道比大蒜更好，用黄金已无法表达他们的感激之情，便回赠了这位商人一袋大蒜，使这位看风头、追时髦的商人黄金梦彻底幻灭。我想，今后有志于在鲁迅研究园地上继续开拓的人，当然会记取这位卖大葱的商人的教训。

1997 年 12 月

5.“她在丛中笑”

——徐钜著《鲁迅杂文读赏导引》序

一封挂号信，发自江苏无锡。寄信人是一位资深教师。他穷数年之力，写成了一部《鲁迅杂文读赏导引》，力争在退休之前公开出版，以了却他多年“师鲁高扬民族魂”的心愿。这封文辞朴实的信使我深受感动，以至无法谢绝他嘱我写序的要求。

在一次名为“世界文学中的鲁迅”国际学术研讨会上，我曾经谈到，鲁迅对世界文学的特殊贡献主要表现在两个方面：一是他塑造了阿Q这样一个跨越时空的精神典型，二是他创造了杂文这样一种新型的战斗文体。对于第一点，中外鲁迅研究者（包括在政治上敌视鲁迅的人们）已经取得了共识，而对于第二点，无论在鲁迅生前抑或死后，论者的看法却大相径庭：肯定者认为杂文是诗与政论的结合，否定者则将杂文排斥出文学范畴。早在1934年，对文学一知半解的大学生林希隽就攻击杂文“不三不四”，写作杂文是“投机取巧”“舍本图末”“贪求小成”“充其量只是一种浪费的生产”。时隔60年，足踏中西文化的新儒家余英时教授仍在破口大骂，说鲁迅的杂文“高度的非理性”“乱骂人”“在文体风格上，表现出一种流氓的风格”。

然而，铁铸一般的事实是：鲁迅的杂文终于以它伟岸的身躯迈入了高尚的文学楼台，并赢得了比其他作家更为广泛的读者。就连鲁迅的论争（或曰“骂人”）之作，在一段时间里也成为书市上的“抢手货”。继鲁迅之后，一代又一代自觉运用杂文武器开展社会批评和文明批评的杂文家不断涌现，杂文创作确如鲁迅半个世纪之前预言的那样，“日见其斑斓”。

尽管如此，普及鲁迅杂文仍然是一个十分紧迫的任务。鲁迅杂文是鲁迅文学遗产的主体部分，是鲁迅精神的主要折光镜。完全可以断言，谁不懂得鲁迅杂文，谁就不可能真正懂得鲁迅。然而，由于时代的变迁和知识的局限，当代青少年阅读鲁迅杂文存在着不少具体困难；又由于升平岁月中时兴那些“精致”“温吞”的“小摆设”，不能不对“粗犷”和“锋利”的杂文造成一定的冲击。因此，普及杂文的工作更是刻不容缓。我想，徐钜先生工作的意义也在于此吧。

现在呈现在读者面前的这部《鲁迅杂文读赏导引》，以具有中等文化以上程度的学生、社会青年为对象，致力于引导读赏鲁迅原著，不但介绍了鲁迅杂文的历史背景，而且着力揭示鲁迅杂文的诗学意义，以鉴赏为桥梁沟通了鲁迅与当代青年的心灵。又由于作者执教多年，了解鲁迅杂文的重点、难点与教学要求，所以专门编写了“操练”“示例”等章节，努力做到理论与实践相结合。这也是本书区别于一般《鲁迅杂文选讲》的一大特色。

为出版这部凝聚了多年心血的著作，徐先生曾多番受挫，一度像陆游笔下的冬梅那样，产生“寂寞开无主”的苦闷。但现在终于柳暗花明，作品得以问世，堂堂皇皇地接受读者和社会的检验。对于执著追求事业虽九死而不悔的人来说，这是何等欣慰的事情！当前虽然商品大潮汹涌，但在鲁迅研究界仍有一批像徐先生这样甘于淡泊的人。他们不计名利，默默在青年的心田上撒播着鲁迅精神的种子。这些种子是会发芽、开花、结果的。“待到山花烂漫时，她在丛中笑”——倘能如此，不也就达到了初衷吗！

是为序。

1998 年 10 月

6. “毋求备于一夫”

——曹聚仁著《鲁迅评传》序

据说《尚书》中有一句话，叫做“毋求备于一夫”。其含义是：各人有各人的见识，各人有各人的特长，不能万物皆知，万事皆懂，所以不能对任何人求全责备。曹聚仁先生自幼受这句话影响很深。在撰写《鲁迅评传》时，他就用上述观点来看待和分析鲁迅及其作品。

其实，鲁迅在评人论世的时候，也从来都反对求全责备。他明确指出：“但现在的人，的事，那里会有十分完全，并无缺陷的呢，为万全计，就只好毫不动弹，然而这毫不动弹，却也就是一个大错。”（《二心集·非革命的急进革命论者》）在《思想·山水·人物》一书的《题记》中，鲁迅更明确地指出：“倘要完全的书，天下可读的书怕要绝无，倘要完全的人，天下配活的人也就有限。每一本书，从每一个人看来，有是处，也有错处，在现今的时候是一定难免的。”我想，用鲁迅的上述观点评价曹聚仁及其作品，显然也同样适用。

在中国现代文化史上，曹聚仁是一位以多方面业绩显示自己才华的人物。在中国当代政治史上，曹聚仁又以“海外哨兵”的姿态为祖国统一大业做了很多至今仍然鲜为人知的工作。他极具传奇色彩的经历和极为丰富的论著，为我们留下了许多饶有兴味的逸事，也留下了许多值得深入思索和探讨的话题。

曹聚仁是谁？让我们逐层揭开他的神秘面纱——

他说他“最不爱写文章”，但给我们留下的著作却有 70 余部，积 4000 余万言。

他很以国学自负。1922 年章太炎先生在上海主讲国学，能听懂者寥寥无几，而时年22岁的他却将太炎先生的讲词记录增补，整理成《国学概论》一书，受到读者欢迎，先后印行达32版。富有戏剧性的是，时隔60余年后，他一生研习国学的得意之作《中国学术思想史随笔》恰巧由太炎先生之孙章念驰先生校订推出。

他又常以史人自命，著有《中国史学ABC》《中国近百年史话》《蒋百里评传》等。他的《蒋经国论》对这位传主的复杂性格作了多方面揭示，对其历史功过也作了比较客观的褒贬。1956年10月，毛泽东在中南海居仁堂会见他时曾向他索要此书。

不过，在他的一生中，大部分时间还是在教授生涯和记者生涯中度过的。他虽然只是一个五年制师范的毕业生，却做了20多年大学教授。真正使他名声远播而且成为争议人物的是他的编辑采访活动。早在1931年，他就主编了以乌鸦为图腾的《涛声周刊》。他倡导的“乌鸦主义”，就是反对光报喜不报忧的纯理性的批判主义。由于该刊发表了不少跟当局唱反调的文章，只出了83期便获“袒护左翼，诽谤中央”的罪名而寿终正寝。全面抗战开始之后，他着一身旧军装，腰间束一条皮带，当上了战地记者。他在屯溪会见了新四军军长叶挺将军，后来又在《中国抗战画史》中对八路军的战绩作了正面报道。举国为之欢腾士气为之大振的台儿庄大捷，也是由他抢到了头条新闻。从1956年至1965年，他又从香港六次回内地采访，写成了《北行小语》《北行二语》《北行三语》《人事新语》等著作，“宣传祖国的新气象”，受到了周恩来总理的肯定。

他在总结70余年的生涯时，认为自己长期在社会革命和国家统一这两者之间彷徨苦闷，后来终于为谋国家统一而努力。1956年秋，他致函胡适，动员这位实验主义大师回祖国大陆去作一较长时期的考察，以肯定中共所进行的“政治试验的正当”。他曾建议让蒋经国和陈毅在福州口外的川石岛上直接接触，洽商国共的第三次合作事宜。他还想亲赴台湾说服蒋经国“易帜”，说服蒋介石以江西庐山为“优游山林，终老怡养之地”。然而蒋介石表示，要他生前做李后主，这不可能。由于蒋经国身体不好，陈毅元帅又于1972年被“四人帮”迫害致死，他牵线未成，就含憾以殁。

由于他的复杂经历、复杂思想、复杂性格，人们长期对他褒贬不一。自视甚高的柳亚子先生在1936年2月13日的一封信中，表示舆论界中所佩服之人除鲁迅之外，恐怕只有他。50年代他由上海移居香港之后，因对内地形势的介绍有赞有弹而被一些自命为“左派”的人士迎头痛击。与此同时，亲台湾的右翼人士也认为他“非我族类”。所以他在给女儿曹雷的信中说：“你们应该知道你们的父亲，只是一个不好不坏，可好可坏，有时好有时坏的人。”

总结曹聚仁的文化业绩，不能不论及他的鲁迅研究。他在这方面做了三件事：一，经夫人邓珂云协助整理，于1937年在上海群众图书公司出版了史料汇编《鲁迅手册》。二，1956年在香港世界出版社出版了《鲁迅评传》，约26万字。三，1967年在香港三育图书文具公司出版了《鲁迅年谱》，包括收录的资料，约20万字。这三部著作，在鲁迅研究史上都有一定影响；特别是后两部著作，在海外的影响更为广泛。因此，作为一种重要的学术史料，上海东方出版中心决定重印曹著《鲁迅评传》是很有学术眼光的。

曹聚仁认为他研究鲁迅有以下三个优势：一，他虽然从不说“鲁迅是我的朋友”，但跟鲁迅也并非泛泛之交。而他所知的《鲁迅传》的作者都是没有见过鲁迅、不了解鲁迅的人。二，他有这方面的资料积累。三，他有史学研究的功底，既能鉴别史料，又能组织史料，可以写出比较合理近情的传记。不过，曹聚仁也承认他无法成为一面镜子，并没有十足把握反映出鲁迅真实的形象来；他自以为很公正的批判，也许表达的倒是他的偏见。

曹聚仁与鲁迅确非泛泛之交。虽然他们年龄相差20岁，文化活动的具体方向也并不相同，但30年代在上海有一段时间经常交往：在鲁迅日记中，有关曹聚仁的记载达68次。据曹聚仁回忆，鲁迅致他的书信有44封，现存24封，其中20封在太平洋战争爆发时被毁。虽然曹鲁的直接接触始于1933年，但追溯起来，曹聚仁初识鲁迅却是在1927年冬天。当年12月21日，鲁迅应邀赴暨南大学发表题为《文艺与政治的歧途》的讲演，记录者就是以“刘率真”为笔名的曹聚仁。这篇重要的记录稿，后经鲁迅校订，由杨霁云编入了《集外集》一书。1932 年至 1935 年，曹聚仁曾主编《涛声》半月刊，协助陈望道编辑《太白》半月刊，与徐懋庸合编《芒种》半月刊，都得到了鲁迅的支持。仅在《涛声》杂志鲁迅就发表过《论“赴难”和“逃难”》《蜜蜂与“蜜”》《关于连环画》《祝〈涛声〉》《论翻印木刻》《悼丁君》等诗文。鲁迅说他是常看、爱看《涛声》的，读后常常叫“快哉”。同时也指出该刊发表的文章中有些是“赤膊打仗，拼死拼活”，跟他的斗争策略很相反；而有的文章又喜欢引古证今，带些学究气，影响了刊物的销路。1933 年 5 月，曹聚仁受上海群众图书出版公司之约，请鲁迅为李乐光（即李大钊之侄李兆瑞）编辑的《守常全集》作序，鲁迅欣然应命，于同月 20 日撰写了《〈守常全集〉题记》一文，后收入《南腔北调集》。

在曹聚仁与鲁迅交往期间也有过短暂的不快。1935 年底，鲁迅支持胡风、萧军、萧红、周文、聂绀弩等文学青年编辑《海燕》杂志。经聂绀弩征得曹聚仁同意，在刊物上印上了“发行人曹聚仁”字样。后迫于巡捕房的压力，曹聚仁又在 1936 年 2 月 22 日《申报》上登出了《曹聚仁否认〈海燕〉发行人启事》。事前曹聚仁将自己的苦衷函告鲁迅，以消除鲁迅的误会。鲁迅在 2 月 21 日的复信中表示“这不过是一点小事情”。鲁迅既委婉批评了“青年的不顾前后，激烈的热情”，又对曹聚仁“不能不有所顾虑的苦心孤诣”表示理解①。

正因为曹聚仁是鲁迅的同时代友人，本人也是文化名人，50 年代初即只身移居到可以对中国内地政治弊病持批评态度的香港，所以他多次对当时神化、圣化鲁迅的文化现象公开表示强烈的反感。曹聚仁对法国作家法朗士的一句话感到强烈共鸣：“人生而为伟大的人物，实为不幸事；他们生前备受痛苦，及其死后，又硬被人作弄，变成与其自身毫不相关的方式。”他自己在撰写史传文学作品时，力求做到对人物分析具体，褒贬得当。比如他笔下的陈望道，既老成

① 关于《海燕》出版一事，曹雷同志认为，“我父亲是受冤的，据先父说当初聂走过他家找他谈出版《海燕》杂志之事，他表示支持，但并未商定由他当发行人。后来见杂志上刊出“发行人曹聚仁”觉得多少有点强加于人的意思，他登报申明却又被记恨，还一直背着罪名”——编者注。

持重，又优柔寡断；黏滞使陈望道减低了写作速度，坚韧又使得陈望道在学术研究中精益求精。他笔下的章太炎，对弟子平易谦和，对论敌却唐·吉诃德似的舞矛。即使描写父亲梦岐先生，曹聚仁也没有一意美化，而是既写出了他疾恶如仇、以身作则的一面，又写出了儒家思想和宗法观念束缚他的另一面。

反对神化鲁迅，是曹著《鲁迅评传》的一大特色，也是全书写作过程一以贯之的指导思想。《评传》一开头就回忆了1933年冬天他跟鲁迅的一段对话。鲁问:“曹先生，你是不是准备材料替我写传记？”曹答:“我知道我并不是一个适当的人，但是，我也有我的写法。我想与其把你写成一个‘神’，不如写成一个‘人’的好。”接着，曹聚仁推崇路特微喜（Emil Ludwig）撰写的耶稣传记。在路特微喜笔下，耶稣是一个常人，但并不失其伟大。曹聚仁表示要以这部传记作为楷范，正视鲁迅思想上的矛盾，而不是把这些矛盾掩盖起来，或加以曲解。

反对神化鲁迅在原则上无疑是正确的，因为将任何历史人物宗教化、偶像化都必将导致对人物的绝对肯定，盲目信赖，致使崇拜者情感失控，背离事实，丧失正常的独立自主精神。鲁迅生前也一贯坚持对历史人物“有好说好，有坏说坏”的评价原则，经常亲手撕毁别人强加于他的一顶顶纸糊的假冠，如“前辈”“导师”“战士”“主将”之类。所以，如果神化鲁迅，也就从根本上背离了鲁迅的思想和意愿。曹聚仁撰写《鲁迅评传》的时候，国际共产主义运动中的个人崇拜思潮刚刚开始被清除，而国内的个人崇拜、英雄崇拜的现象却愈演愈烈。曹聚仁在当时再三强调应将鲁迅“人”化，而不应将其“神”化，其意义和影响无疑超越了鲁迅研究的专业范围，而成为一种警世之音。

不过，在反对神化鲁迅的过程中，我认为至少有两点是必须引起注意的；第一，必须正确区分宗教的崇拜心理和科学的崇拜心理的界限。第二，必须准确区分历史人物的是非功过、成败得失。

崇拜的准确含义是尊敬钦佩。科学的崇拜心理是以客观事实为内在根据的。它反映了人们对于在不同领域将人类历史推向前行的杰出人物的仰慕、赞美、向往之情，反映了崇拜者渴望建功立业和追求高尚完美的一种健康心态。比如半个多世纪以来广大中外读者对鲁迅的尊崇，就是因为他是名副其实的中国新文化运动的前驱，中国30年代左翼文坛公认的盟主。他之所以能够做出众所周知的多方面贡献，除开因为他具有超凡的禀赋和付出了超常的劳动之外，还由于他能够准确而深刻地洞察旧中国的沉疴积弊，能够相信人民群众（在鲁迅的作品中被称为“老百姓”“无名氏”“傻子”“愚人”）的伟大创造力，并能够在作品中反映广大民众的根本利益。鲁迅去世之后，上海民众代表敬献了一面写有“民族魂”三个大字的锦旗，这就是人民大众对他们在文学战线上的忠实代言人的崇高标价。完全可以说，对鲁迅的尊敬、钦佩也就是爱国主义和民族自尊心、自信心的一种具体表现。

提出反对神化的原则是一回事，将这一原则运用于历史人物评价的具体过程是另一回事。前者相对简单，后者相当复杂。传记作者的功力也主要体现在后一方面。

那么，在曹聚仁的眼中，作为“人”的鲁迅到底是什么形象？他有哪些成就和局限性？在曹聚仁笔下，鲁迅是一个认真的人，一个有趣的人，一个廉介方正的人，一个值得尊敬的人。他受过现代思想洗礼，头脑最冷静，能独立思考，不随声附和。他观察力强，对世态看得透彻，对人性理解深刻，擅长心理分析，对黑暗势力解剖细密。鲁迅的最大的贡献，在于解剖中国社会。他是一位冷静暴露中国社会黑暗的思想家。鲁迅的风格，一方面可以说是纯东方的，有着“绍兴师爷”的冷隽精密；另一方面又可以说是纯西方的，有着安特列夫、斯微夫脱的辛辣讽刺气息，再加上尼采的深邃。不过，鲁迅也有局限的一面，表现在他的接触范围大体上限于文艺圈，这样就影响了鲁迅的视野和对中国社会的了解。上述看法，是一个同时代文化人对鲁迅的认识，比较客观公道，能成为一家之言。

读完《鲁迅评传》，还有一些论述给我留下了较深的印象。那就是曹聚仁重视吴越地域文化对鲁迅的濡染，强调鲁迅前后期对中国社会问题评价的一贯性。他还指出了王充的唯物史观和吴敬梓“戚而能谐，婉而多讽”的风格对鲁迅的影响，又指出不能把鲁迅批驳过的若干文化界人士等同于“坏蛋”。这些看法，在五六十年代的鲁研界都可以称得上是独到见解，对今天的研究者也仍然不失其启迪作用。

在体例、结构和文风上，曹著《鲁迅评传》同样极具特色。该书第一节至第十七节基本上按鲁迅生平活动的阶段为主线，展示传主的心路历程和创作业绩。十八节至二十九节，从社会观、政治观、文艺观、人生观诸方面介绍传主的思想、性格、社会关系乃至生活细节，做到了脉络清晰，纵横交织，主次分明，重点突出，能多侧面、立体化地使传主的形象跃然纸上。在每节中，作者又将时代背景，传主自述，有关回忆、研究资料和作者的切身观察感受融为一体，做到了理论性、史料性与可读性的统一。文风也亲切自然，活泼生动，的确是以平等的态度跟读者进行文化对谈，丝毫也没有摆出学问家的架子和教师爷的面孔。

曹聚仁深知，他撰写的这部《鲁迅评传》只是“一本通俗的鲁迅传记，而不是一部专家的著述”。因此，如果要求这部书对鲁迅作品进行全面系统的解读，对鲁迅思想的一贯性和阶段性进行深刻剀切的理论阐述，对鲁迅文化遗产的特色及其与中西文化的关系进行纵横比较，等等，那是并不恰当的，因为这种要求超过了这部著作应有的学术负荷。

在阅读曹著《鲁迅评传》时，我认为有一点应该引起读者充分注意，那就是曹聚仁运用了一些传统概念来对鲁迅的思想特征、政治态度、道德取向等方面进行概括，如强调鲁迅是“同路人”，是虚无主义者，是自由主义者，是个人主义者……这些提法虽然并不是曹聚仁对鲁迅的有意贬损，在特定意义上只不过是他本人的一种“夫子自道”；但这些提法在笔者看来并不尽妥，采用这种简单化的提法对鲁迅研究弊多利少。因为概念是人们对事物本质的认识，它具有抽象性和概括性，而客观事物却具有具体性、丰富性、可变性，所以概念总会随着人的实践和认识的发展而处于运动、变化和发展的过程之中。这种发展的过程或是原有概念的内容逐步递加和累进，或是新旧概念的更替和变革。鲁迅是一个有着复杂人生经历的历史人物，他的思想是一种十分复杂的精神现象。如果不准确厘清曹聚仁所使用的概念的内涵和外延，读者就无法对他观点的含义进行正确理解，也无法对他文章的正误进行应有的评断。

曹聚仁认为他对鲁迅的独特理解之一，就是得承认鲁迅自始至终是“同路人”——不仅指鲁迅后期是中国共产党的“同路人”，而是说鲁迅的一生,“无论对辛亥革命、五四运动以及后来的解放运动，都只是革命的‘同路人’”。

“同路人”是20年代苏联文学界流行的一个名词，主要指那些政治上同情并拥护苏维埃政权但对革命的性质和意义认识不清的作家。但这个名称在实际运用时却相当混乱。岗位派和“拉普”派的批评家对“同路人”作家基本采取否定态度，他们认为“同路人”作家在作品中对革命进行歪曲和中伤,“同路人”文学在根本上是一种旨在反对无产阶级革命的文学。“拉普”后期甚至提出“没有‘同路人’，不是同盟者就是敌人”的极端口号。另一方面是托洛茨基等人的态度。他们则过高估计“同路人”作家的作用，否定无产阶级文学的存在，认为社会主义过渡时期苏联文学主要依靠“同路人”作家。俄共（布）中央的态度比较折衷，一方面承认“同路人”作家群中有许多文学技巧纯熟的“专家”，另一方面又认为必须注意他们的动摇和分化。1934 年苏联作家协会成立之后,“同路人”作家这个名称便随之消失。

在《竖琴·前记》中，鲁迅曾给“同路人”下了一个定义：“同路人者，谓因革命中所含有的英雄主义而接受革命，一同前行，但并无彻底为革命而斗争，虽死不惜的信念，仅是一时同道的伴侣罢了。”(《南腔北调集》) 鲁迅又概括了“同路人”文学的特色和变化：反倾向性，没有明确的观念形态的徽帜，奉行“纯粹”的文学主义，持一种没有立场的立场。这类作品对革命和建设持旁观态度，显示出冷淡模样,“革命”在“同路人”作家眼中充其量不过是一种艺术的题材罢了。但在“同路人”作家群中，确有不少技术卓拔的出色的作家，如理定、毕力涅克、绥甫林娜等。在 1927 年前后,“同路人”作家中的不少人因受现实的熏陶，了解了革命，终于与其他倾向的作家合流。依据“同路人”作家的原义以及鲁迅对“同路人”作家的理解和分析，我认为把鲁迅径称为“同路人”、把鲁迅作品等同于“同路人”文学是不符合事实的。

对于曹著《鲁迅评传》的标新立异之处，周作人作了以下评价：“鲁迅评传，现在重读一过，觉得很有兴味，与一般的单调书不同，其中特见尤为不少，以谈文艺观及政治观为尤佳，云其意见根本是‘虚无主义’的，正是十分正确。因为尊著不当他是‘神’看待，所以能够如此。”（转引自曹聚仁：《〈鲁迅年谱〉再版跋》）所以，我们必须接着讨论鲁迅与虚无主义的关系问题。

要判断把“虚无主义”视为鲁迅思想的根本究竟是否正确，首先必须对“虚无主义”这个概念进行准确的界定。如果光纠缠于名词本身而不介绍其含义，就会发生鲁迅杂文中那种近视眼看匾的争论：“在文艺批评上比眼力，也总得先有那块扁额挂起来才行。空空洞洞的争，实在只有两面自己心里明白。”（《三闲集·扁》）

据查考，虚无主义中的“虚无”源于拉丁文“nihil”，为德国唯心主义哲学家雅科比（1743—1819）首先使用，因俄国作家屠格涅夫著名小说《父与子》中的巴扎罗夫形象而得到广泛传播。在19世纪60和70年代，虚无主义者成为那些反叛传统和社会秩序、反对任何形式的专横和虚伪的民主派知识分子的代名词。后来这个名词的内涵和外延有不同的变化。为避免误会，列宁曾把合理否定旧世界称为“革命的虚无主义”，把盲目崇尚恐怖和破坏活动称为“机会主义的虚无主义”。但作为一种怀疑主义的哲学，它是在“虚无主义”一词运用之前即已产生。比如中国先秦时代的《老子》一书就提出了“绝圣弃智”“绝学无忧”的主张。在当前，虚无主义又演化成了贬义词，专指全盘否定人类文化遗产的思想倾向，或没落阶级悲观厌世的颓废思想。

鲁迅最早接触虚无主义大约是在1907年。当时他在日本读到了克鲁泡特金撰写的《一个革命家的自叙传》，就认识到巴扎罗夫的虚无主义跟当时采用恐怖手段的“虚无党”的区别。在以“独应”为笔名发表的《论俄国革命与虚无主义之别》一文中，周氏兄弟强调“虚无主义，纯为求诚之学，根于唯物论宗，为哲学之一支，去伪振敝，其效至溥”。周氏兄弟特别赞赏虚无主义者“不服权威”“行贵率真，最嫉文明习惯之虚伪”（原载1907年11月30日《天义报》第11、12期合刊）。

由此可见，周氏兄弟当时肯定的“虚无主义”，与西方流行的虚无主义很少有共同之处，它是一种根植于俄罗斯黑土之上的精神现象，是俄罗斯启蒙运动的一种激进形式。俄罗斯的虚无主义者是唯物主义者，不是文化怀疑论者。他们酷爱真理，崇拜科学。他们揭露高尚道德和理念原则掩盖之下的虚伪是为了善。俄罗斯的虚无主义者重反抗。在他们看来，反抗是一种历史现象；没有反抗，俄罗斯人就不能实现自己的历史命运。简而言之，鲁迅留日时期尊崇的虚无主义者，其实就是19世纪六七十年代俄国民主主义革命家的代名词。直到1926年7月2日，鲁迅再次在《马上支日记》中重申：“虚无主义者”或“虚无思想者”是屠格涅夫创立出来的名目，“指不信神，不信宗教，否定一切传统和权威，要复归那出于自由意志的生活的人物而言”。鲁迅肯定了俄国虚无主义者的真诚信仰，同时揭露了中国那种善于变化，毫无特操，什么也不信从的人物——他们“虽然这么想，却是那么说，在后台这么做，到前台又那么做”。鲁迅指出这种人应该称之为“做戏的虚无党”或“体面的虚无党”，他们跟俄国的虚无主义者决不能混为一谈。

我们承认俄国虚无主义对鲁迅早期思想的影响，也承认鲁迅反因袭、反独断的一贯性，但我们更应该看到鲁迅对虚无主义的超越。早在留日时期，鲁迅就对“唯以喋血为快”的主张和做法进行了批评和抵制。他也早就划清了怀疑一切、否定一切与“虚无主义”的区别。在1921年撰写的《智识即罪恶》一文中，鲁迅辛辣嘲讽了朱谦之宣扬的虚无哲学。在1926年发表的《记谈话》中，鲁迅彻底否定了绥惠略夫的可怕的思想。绥惠略夫是俄国作家阿尔志跋绥夫创作的《工人绥惠略夫》一书的主人公。“他先是为社会做事，社会倒迫害他，甚至于要杀害他，他于是一变而为向社会复仇了，一切是仇仇，一切都破坏。"鲁迅不希望中国出现绥惠略夫式的人物。对于悲观厌世意义上的"虚无"，鲁迅也给予了排斥和抗争。1925 年 3 月 18 日，鲁迅在致许广平信中真诚袒露了自己的心迹："你好像常在看我的作品，但我的作品，太黑暗了，因为我常觉得惟'黑暗与虚无'乃是'实有'，却偏要向这些作绝望的抗战，所以很多着偏激的声音。其实这或者是年龄和经历的关系，也许未必一定的确的，因为我终于不能证实：惟黑暗与虚无乃是实有。所以我想，在青年，须是有不平而不悲观，常抗战而亦自卫……"在《野草·墓碣文》中，他曲折表达了摆脱消极悲观思想阴影的决心。对于阿尔志跋绥夫《沙宁》一书中沙宁的厌世颓唐，鲁迅多次给予过否定。他指出巴扎罗夫是相信科学的，而沙宁之徒是"以一无所信为名，无所不为为实"(《且介亭杂文二集·〈中国新文学大系〉小说二集序》)。

对于鲁迅思想的上述发展和变化，曹聚仁是有一定认识的。他在《文思·鲁迅的性格》中承认："说到鲁迅先生的对一切事都很悲观，也只说了一半。他的幼年时代的经历，以及壮年以后对于政治改革社会改革的幻灭，无疑地使他变成虚无主义者……鲁迅先生在近十年间（按：指 1927～1936 年），努力克制个人主义的气氛，要和为社会舍身的战士们的步骤相一致，或者应该这样说罢。他是渐渐远离了虚无主义投入社会主义中去，对于革命事业的完成，并不如先前那样悲观了。"

在《鲁迅评传》的《文艺观》一章中，曹聚仁又提出鲁迅"只能说是自由主义者，正义感很强烈，不一定是社会主义的前驱战士"。这一判断是否正确，同样需要厘清"自由主义"这个概念。

作为资本主义反对封建制度的有力武器，自由主义在 18、19 世纪发生过积极的历史作用。19 世纪末 20 世纪初，随着经济、社会的发展，自由主义由传统向现代过渡，日渐丧失其鲜明面目与严格内容。跟传统自由主义比较起来，现代自由主义理论上更不定型，成为一种名副其实的多元主义。在自由主义的标签下，自由主义者们各说各的语言，其混乱程度，是其他任何政治意识形态都无法比拟的。基于这种状况，要断定什么不是自由主义，谁不是自由主义者，就成为一件十分困难的事情。

事实表明，对自由主义（liberalism）做出简易的理论界定是不恰当的。因为这种观念有从古典向现代演化的历史轨迹；由于国情的千差万别，自由主义在不同国度的影响和命运也各不相同。不过，从广义上说，自由主义思潮也有其共性和基本特征，这就是重视人的个性发展，要求把人从对集体的完全屈从中解放出来，尤其是从极权主义的束缚中挣脱出来。由于自由主义是市场经济的产物，所以自由主义者只是想改造和控制利润制度，而丝毫无意于改变乃至消灭私有制。

源于西方的自由主义被胡适等留学英美的知识分子移植到中国之后，逐渐形成了它的理论体系和基本原则。其标志是：在价值取向上尊重个人选择的自由，反对传统的束缚和外力的压迫。在政治理念上，不顾中国国情，力图全盘移植西方的民主制度，将这种制度视为个人基本自由的保障。在行为方式上，强调对异己和少数的容忍，认为容忍是自由的根本和自由主义的基石。在社会改革上，主张改良渐进，和平转移政权，点滴谋求进步，反对暴力革命以及由此引起的暴力专制。如果用以上理论观照鲁迅，我们就可以发现，鲁迅除开在崇尚个性，主张独立思考、独立判断等方面跟自由主义的精神相通之外，在其他方面跟自由主义是格格不入甚至背道而驰的。鲁迅生前，瞿秋白撰写了《〈鲁迅杂感选集〉序言》。这篇论文根据鲁迅的著名的“打落水狗”的主张，反虚伪反中庸的立场，指出鲁迅的精神“真正是反自由主义”。这种意见为鲁迅本人所首肯。如果根据对本国文化历史传统的看法，对近世欧美文明的选择，以及对中国文化历史进程的设想，将中国近代文化流派划分为保守主义、自由主义、激进主义三大营垒，那鲁迅明明白白是属于激进主义阵营而不是属于自由主义集团。

曹聚仁在《鲁迅评传》中，还将鲁迅称之为“坚强的个人主义者”。笔者认为这一概括同样不妥。作为一种政治和社会哲学，个人主义跟追求个人正当利益性质上截然不同。它是以个人作为价值的基础和评价社会的唯一标准，特别重视自我支配、自我控制、不受外来约束的个人或自我。直白地说，就是以个人为万物的尺度。在近代资产阶级革命的进程中，个人主义曾经是反对封建禁欲主义的思想武器。但个人主义把个人跟集体、跟社会对立起来，一切以个人为中心，一切从个人需要和个人幸福出发，其消极作用又是不言而喻的。

鲁迅的人生哲学跟西方个人主义是有原则区别的。他的“人生计划”是为民族，为大众，为社会，即使牺牲自我也在所不惜：“在生活的路上，将血一滴一滴地滴过去，以饲别人，虽自觉渐渐瘦弱，以为快活。”我们承认西方个性主义思潮对鲁迅早期思想的影响，也承认鲁迅前期思想中存在人道主义与个人主义这两种思想的消长起伏，但鲁迅即使在他生平活动的早期和前期，也从来没有苟同一切以个人为中心的个人主义。曹聚仁为了说明鲁迅是一个坚强的个人主义者，特别引用了易卜生致勃兰兑斯信中的一段话：“我所最期望于你的是一种真正纯粹的为我主义。要使你有时觉得天下只有关于我底事最要紧，其余的都算不得什么。你要想有益于社会，最好的法子，莫如把你自己这块材料铸造成器，有的时候，我真觉得全世界都像海上撞沉了船，最要紧的，还是救出自己。”对于易卜生敢于攻击旧社会，敢于独战多数的精神，鲁迅是十分敬仰的，但并不同意他的个人主义主张。在《坟·从胡须说到牙齿》中，鲁迅说得很清楚，他“并非遵了胡适教授的指示在研究室里用功”，“更不是依着易卜生博士的遗训正在‘救出自己’”。

在行将结束这篇序言的时候，我们不得不坦率指出，曹著《鲁迅评传》中还有一些错误的史实、不妥的论断，以及跟鲁迅本人意见相背离的提法。书中说许钦文之妹许羡苏是鲁迅的“爱人”“恋人”“几乎成为他的夫人”，是没有根据的，至少是一种讹传。他又认为在中国现代作家之中，真能继承“鲁迅风”的只有周作人一人。事实上，周作人是中国现代散文史上提倡个人主义和趣味主义的“言志派”的代表人物，是中国自由主义思潮在文学领域内的传播者、实践者和推动者。40 年代又丧失民族气节，在汪伪政府担任要职。他的散文呈现的是“隐士风”，而鲁迅散文呈现的是“斗士风”。显而易见，在中国现代文化史上跟鲁迅处于两极的周作人完全不可能成为“鲁迅风”的唯一继承人。曹著《鲁迅评传》断言：“我以为鲁迅的观察深刻与眼光远大，并不是由于接受了唯物史观的论据，而由于他的科学头脑以及尼采超人哲学的思想。我们不必阿附时论，替他戴上一顶不必有的帽子的。”其实，说唯物史观为鲁迅提供了观察问题的望远镜与显微镜，这并非什么“时论”，而是鲁迅本人的深切感受。鲁迅在 1928 年 7 月 22 日致韦素园信中明确表示：“以史底惟物论批评文艺的书，我也曾看了一点，以为那是极直捷爽快的，有许多昧暧难解的问题，都可说明。”再如曹聚仁认为张定璜在《现代评论》杂志第 1 卷 7-8 期连载的《鲁迅先生》一文“是一切批评鲁迅文字中最好的一篇”，但鲁迅本人对这篇文章是有保留意见的。鲁迅 1925 年 4 月 22 日致许广平信中，就认为自己并不像张定璜所说“第一个，冷静，第二个，还是冷静，第三个，还是冷静”。李霁野在《在北京时的鲁迅先生》一文中也回忆道：“鲁迅先生有时也谈到别人对他的批评。他不欢喜不中肯的赞誉，也不重视不相干的指责。真能了解他的作品的文章，使他感到喜悦，仿佛是遇到了知己。误解了他的精神的评语，往往使他叹息。我记得他说孙福熙关于《示众》的短文，写得是中肯的。张定璜说他的特色‘第一个是冷静，第二个是冷静，第三个还是冷静’，他提起来就摇头。”（《鲁迅先生与未名社》，1984 年 7 月人民文学出版社出版）所以，读者对曹聚仁在《鲁迅评传》中的观点应该持一种科学分析的态度，不能粗暴否定，也不应曲意盲从。

作为一个后辈，一个后学，我对曹聚仁先生的《鲁迅评传》坦陈了以上意见，感到有些僭妄，也感到十分心虚，好在我的看法只是一个普通鲁迅研究者的一己之见，发表出来，只是为了引起同行和本书读者的进一步思考而已。如果能通过集思广益把鲁迅研究向前推进哪怕是一小步，那也就达到了笔者的初衷。"毋求备于一夫"——曹聚仁先生推崇的这一评人衡文的原则，当然也会适合于对我这篇小文的批评。

1999 年 1 月

7. 做一个有根的人

——郝永勃著《鲁迅写照》序

大约是今年春末的一个下午，有位素昧平生的青年来访。他操一口纯正的山东口音，但面孔清癯，丝毫也没有山东大汉的彪悍气。他从书包中捧出一厚叠电脑打印的书稿，书名叫做《鲁迅写照》。我随手翻了一下目录，了解到他的意图是想从 14 个方面勾勒出鲁迅文化业绩的轮廓，为这位中国现代的文化巨人传神写照。他递过一张名片，原来他的职业是一家晚报的编辑，这部书稿全是他业余时间呕心沥血写成的。他说，他写这部著作时，始终激情澎湃，人跟着了魔一样，不能自已。他似乎讷于言，在不知道选择什么语句才能充分表达他对鲁迅的崇仰之情时，炯炯有神的双眼常噙着泪花。透过他的泪眼，我似乎看到了一颗青年人的赤诚的心——这是对文化事业的赤诚，对滋润哺育他的大地的赤诚。于是，在我的手中，这部书稿显得更加厚重。

临别时，他叫我对这部书稿提提意见，并撰写一篇序言。老实说，审稿、作序之类的事情，确非我之所长，也确非我目前的精力所能承受。但是，作为一个专业鲁迅研究者，面对这样一位赤诚的业余鲁迅研究者，我实在无法说出婉拒的话来。

后来又了解到他是一位作家，发表过小说、散文、报告文学，尤擅长写诗，著有诗集《彼岸》，颇受评论界赞扬。他本名郝永勃，笔名安泰。记得贺拉斯说过，诗人是一支容易激动的氏族。郝永勃跟我初见的表情，原来是他诗人本色的自然流露。他的诗中有这样的句子："我要做一个有根的人。"（《彼岸》）"我活着象一棵树 / 让根须深深地 / 扎入黄土。"（《冬天过后》）他选用安泰为笔名，据我猜想，也是取希腊神话中安泰乌斯（Antaeus）的典故。安泰是地神盖娅的儿子，他只要脚踏实地，就力大无比；而一旦离开土地，就被敌人折断了肋骨。

做一个有根的人，这是一个有希望的当代青年作家明智的人生抉择。所谓根，不仅要扎在“生命出发和终将皈依的故乡”，而且还应扎入民族文化的黄土，尤其是鲁迅为之拓荒的五四新文化的沃土。因为我国当代文学是我国现代文学合乎历史逻辑的承传和发展。鲁迅不仅是当代作家创作上的楷模，而且更是人格上的楷范。鲁迅对中华民族那种以血相荐的挚爱，对敌人疾恶如仇、荷戟独战、宁折不弯、“一个都不宽恕”的斗士风格，严于解剖自己的进取精神和磊落襟怀，直面人生、改良人生的豪迈气魄，都将给当代作家以无尽的精神滋养。从这个意义上来说，郝永勃对鲁迅的研究跟他的创作事业是相辅相成的，必将使他的作品更趋成熟，更加厚重，而不致成为纸花蜡果、过眼烟云。

当然，郝永勃的鲁迅研究不是学院式的研究，而只是为了去接近一个伟大的灵魂，只是为了通过鲁迅去了解一个活的中国。虽然他受过正规的大学教育，也在史料的钩稽梳理上下了一番功夫，但他的很多论点是感悟式的，是以诗人的灵感捕捉到的，没有峨冠博带的学术论文那种广征博引和严密推理。我十分赞赏他对鲁迅作品所做出的许多精警透辟的评价，但也对书中的某些提法持保留态度。比如，他认为论战消耗了鲁迅太多的精力，否则他可以写出更多更有意义的文字——这似乎并非郝永勃的创见，半个世纪前郑学稼就说过，倘使鲁迅不写杂感，从事创作，可成为中国的福楼拜。但在我看来，对于鲁迅来说，论争是一种宿命，这不仅是由当时中国社会政治状况及思想文化战线的状况决定的，也是由鲁迅本人的性格、气质和人生追求决定的。据冯雪峰回忆，鲁迅不愿称自己是一个思想家，却愿意视自己为一个战士——虽然他的思想是富于创造性的，也是有系统的。林语堂说：“德国诗人海涅语人曰，我死时，棺中放一剑，勿放笔，是足以语鲁迅。”（《鲁迅之死》）鲁迅夫人许广平也追忆了鲁迅的名言：“我是要战斗，到死才完了。”（《许广平忆鲁迅》）

冯雪峰、林语堂、许广平跟鲁迅的关系不尽相同，林与冯、许的政治倾向也很不相同，但作为鲁迅的同时代人，他们对鲁迅战士本色的观察和认识却是一致的。我同时认为，在鲁迅的全部遗著中，最闪光的也正是他那些“驳难攻讦，至于忿詈”的论争文字。这恰如他对章太炎先生遗著的评价：“战斗的文章，乃是先生一生中最大，最久的业绩。”（《且介亭杂文末编·关于太炎先生二三事》）当然，在不同人的心目中，鲁迅呈现的面影也不尽相同。这是很正常的事情，完全不必强求一致。也唯其如此，鲁迅才成为说不尽的鲁迅；鲁迅研究的长河也才会奔腾不息，而不致枯竭干涸。

郝永勃恳切地希望我给他的专著写序，因为疾病缠身，拖延了一两个月，对他始终怀有种沉重的负债感。今天从医院回来，草成这些随感式的文字，虽然感到十分肤浅，同时也感到了一阵轻松——因为我毕竟以自己的真诚回报了他的真诚。

1999 年 3 月

8. 鲁迅书信导言

书信不仅是作者的心声，也是时代的折光、历史的缩影；涉猎广博、文采斐然的书信，更是知识的宝库、文学的瑰宝。在中国历史上，有广为传诵的尺牍名作《司马迁报任安书》《乐毅报燕王书》。在西方，不少名作家同时也是书信高手，比如英国作家兰姆（1775—1834）、济慈（1795—1821）的书信就跟他们的作品一样受到读者的珍爱。

在特定意义上，人类历史的发展过程是由思维的“外向化”、看重“外在世界”逐渐朝着思维的“私向化”、看重“内在世界”的转化过程。用个人历史心理学的观点来衡量，书信这种文体跟传记、自传几乎具有同样重要的价值；但就展现个体心理和内心体验的作用而言，书信的涵容量甚至能超过传记和自传。如果说，私人日记是自我暴露和自我交流的手段，那么私人书信就是写信人与受信人之间的一种信息交流和情感交流。它能反映出个人日趋复杂的生命世界，以及由此引发的各种矛盾交错的情感状态和现实问题。

鲁迅书信当然也不例外——它是透视鲁迅心灵的一扇窗口。

鲁迅的一生，经历了旧民主主义革命和新民主主义革命这两个历史阶段。他的书信，展现出20世纪初期到20世纪30年代中国革命的历史横断面，介绍了自己的生活状况、社会关系和思想历程，反映了他对社会、政治、历史、文艺等方面的广泛而精辟的意见。因此，鲁迅书信的意义，又远远超出了私人通信联络的范畴，而成为历史经验的教科书，成了中国现代革命史、思想史、文化史上的重要文献；同时也是编写鲁迅传记、年谱及研究鲁迅作品的第一手的珍贵资料。对于鲁迅的很多书信，我们完全可以作为杂文来阅读。又由于从作家的尺牍上，往往能看到比他的作品更其明晰的意见，所以鲁迅的书信在他的整个作品中又占有十分独特的地位。

鲁迅一生中留下了大量的书简。他自己就说过:“每天至少写四、五封信。”(1934 年 6 月 24 致王志之)在近二百位中外受信者(包括单位、部门)中，绝大部分是初初上阵的文学青年。1981 年人民文学出版社出版的《鲁迅全集》收录了鲁迅书信 1333 封，另致外国人士 112 封，附录 12 件。已见鲁迅自编文集的书信不收。本书所收书信，全部据现存鲁迅书信手稿重新校勘，按受信人的姓氏笔画重新编排，又增补了 1981 年之后新发现的重要书信八封。所收《两地书》亦据原稿发排，以区别于 1981 年版《鲁迅全集》所收的《两地书》修订本。此外，还增收了《鲁迅增田涉师弟答问集》。因此，可以说，本书是目前收录最为齐备的鲁迅书信集。

作为能够驾驭各种文体的享有世界声誉的文学家，鲁迅书信中有对文艺创作的一系列真知灼见，其深刻性与广泛性不逊于任何一部峨冠博带的文艺理论专著。比如他在书信中将文学反映社会而又影响社会的互动关系，比喻为从芝麻中榨油而油又能浸润芝麻一样(1933 年 12 月 20 日致徐懋庸)。他希望战斗的作者能置身于斗争的漩涡中；倘不能，也可以表现自己熟悉的平常的社会状态。不过选材要严，开掘要深，不可将一点琐屑的没有意思的事故便填成一篇，以创作丰富自乐(用现在的名词，大约就叫“玩文学”)。在内容与形式的关系上，鲁迅明确反对徒然玩弄技巧，但他又历来重视技巧修养，要求内容的充实与技巧并进(1935 年 2 月 4 日致李桦)。在谈到木刻创作时，鲁迅强调指出:“木刻是一种做某用的工具，是不错的，但万不要忘记它是艺术。它之所以是工具，就因为它是艺术的缘故。”(1935 年 6 月 16 日致李桦)这一段书信，对于我们辩证地理解文艺的社会教化功能和艺术审美功能是有普遍指导意义的。

鲁迅书信中涉及了很多中外作家作品。从中国古代的孔子、扬雄到近代的章太炎、现代的瞿秋白；从俄国的果戈理到美国的赛珍珠……鲁迅都对其人其文做出了看似随意实则经过深思熟虑的评价。比如他肯定李商隐的作品“清词丽句”，但同时批评他“用典太多”(1934 年 12 月 20 日致杨霁云)；他批评周作人“颇昏”，但又肯定他的五十自寿诗“诚有讽世之意”（1934 年 4 月 30 日致曹聚仁）。这些评价都是剀切公允，一语破的。

在鲁迅书信中，我们还可以读到鲁迅对他作品的自评。我们自然毋须对鲁迅的自评全部认同；从接受美学的理论来看，作品在流传中所产生的社会效应又决非作者创作时所能够预料。但毫无疑义，这些自评往往正是我们打开鲁迅作品思想艺术宝库的钥匙。比如鲁迅在书信中谈到阅读《资治通鉴》对创作《狂人日记》的深刻启示（1918 年 8 月 20 日致许寿裳），谈到创作《阿 Q 正传》“实不以滑稽或哀怜为目的”（1930 年 10 月 13 日致王乔南），谈到小说《伤逝》并非自叙（1926 年 12 月 29 日致韦素园），谈到散文诗《野草》的“技术并不算坏，但心情太颓唐了”（1934 年 10 月 9 日致萧军），谈到他的杂文集中以《二心集》“比较锋利”（1935 年 4 月 23 日致萧军、萧红），谈到《华盖集》以及其续编“虽大抵和个人斗争，但实为公仇，决非私怨”（1933 年 5 月 22 日致杨霁云），谈到《野草·过客》的主题是“反抗绝望”（1925 年 4 月 11 日致赵其文）……对于任何忠实的读者和坚实的批评家来说，鲁迅的上述自评无论如何都是必须高度重视、深刻领会的。

鲁迅为人处世之道中有很重要的一条，就是要首先区分敌友。他说：“装假固然不好，处处坦白，也不成，这要看是什么时候。和朋友谈心，不必留心，但和敌人对面，却必须刻刻防备。我们和朋友在一起，可以脱掉衣服，但上阵要穿甲。”（1935 年 3 月 13 日致萧军、萧红）鲁迅书信，就鲜明体现了上述原则。对于论敌，鲁迅采取了高度警戒和决不调和的态度，为仇为友，了了分明。1936 年初，有人多次致函鲁迅为《越风》半月刊约稿。鲁迅对此做出斩钉截铁的答复：“三蒙惠书，谨悉种种。但仆为六七年前以自由大同盟关系，由浙江党部率先呈请通缉之人，‘会稽乃报仇雪耻之乡’，身为越人，未忘斯义，肯在此辈治下，腾其口说哉。”（1936 年 2 月 10 日致黄萍荪）而对于文学青年，鲁迅采取的是热情坦诚的态度，推心置腹，率意而谈，内容从大事要闻到治学心得、人生体验，乃至恋爱、婚姻、避孕、节育，使受信人仿佛面对的不是前辈、长者，而是蔼然可亲的密友。

鲁迅对文学青年的关怀是细致入微，十分全面的。在书信中他毫无保留地向青年人传授创作经验、学习方法以及斗争艺术。他谆谆告诫文艺青年要坚忍、认真、韧长（1933 年 10 月 7 日致胡今虚），既不可“自负”，又不应“自卑”（1935 年 4 月 12 日致萧军）。他希望青年作家博采众家，取其所长，而后形成独具个性的创作风格（1933 年 8 月 13 日致董永舒）。在跟旧社会的斗争过程中，他希望青年作家进行“散兵战，堑壕战，持久战”（1935 年 10 月 4 日致萧军），而不能赤膊上阵，专一冲锋。这些教导，对于培养和保存文学战线的新生力量无疑具有十分重要的作用。

从广义上说，每一封书信都是作者的自传。鲁迅书信亦如此。其中不仅有对家世和往事的忆叙，而且还提供了大量日常生活的细节，是最生动、最真实的鲁迅生活片断。更为珍贵的是，这些书信还提供了一个个心灵的窗口，我们可以从中瞻仰鲁迅崇高的内心世界。在 1927 年 9 月 25 日致台静农信中，鲁迅谢绝提名充当诺贝尔文学奖的候选人。在 1934 年 5 月 25 日致陶亢德信中，他谢绝记者访问及提供书斋、夫人、公子的照片。在 1936 年 5 月 8 日致李霁野信中，他以自己一生太平凡为理由拒写自传，也不热心于别人为他立传。在 1936 年 9 月 28 日致捷克汉学家普实克信中，他拒收自己所有作品外文译本的稿酬。在 1935 年 12 月 14 日致周剑英信中，鲁迅宣布自己的“人生计划”就是“随时为大家想想，谋点利益”。在 1935 年 4 月 23 日致萧军、萧红信中，鲁迅将那种一心谋私的人物比喻为“白蚁”：“凡有被他遇见的，都用做生活的材料，一路吃过去，象白蚁一样，而遗留下来的，却只是一条排泄的粪。”读着这些感人至深的书信，我们的灵魂同时得到了净化和升华。

凡对鲁迅著作版本有所了解的人都知道，1958 年 11 月人民文学出版社在出版《鲁迅书信》时有一段说明文字：“本书系将 1946 年排印本所收书信 855 封和到现在为止陆续征集到的 310 封，加以挑选，即择取较有意义的，一般来往书信都不编入。”但事实上，被这本书砍掉的 831 封鲁迅书信并非“较无意义”，而只是因为涉及了

20 年代末至 30 年代左翼文坛的内部论争，而被鲁迅在信中批评的一些人又正是当时思想文化战线的实权人物，所以才被打入了禁宫。今天读来，这些书信正是总结左翼文艺运动历史经验的极为重要的史料；凡是身处类似境遇的人，必然会跟鲁迅产生强烈的共鸣。不过，鲁迅在这些私人信札中自然也有因一时一事生发的愤激之词，不无偏颇之处；有些怀疑和推断事后也被证明不很准确。鲁迅在书信中对有关人物的评议，自然不可能概括他们的全部历史和全部工作，因而也不能一概视为对他们的政治结论和盖棺定论。这是我们在阅读鲁迅这批书信时所必须注意的。

收入《两地书》原信是本书的一大特色。记得尼采说过："婚姻中一切其他事情都是时过境迁的，但是交往的大部分时间是属于谈话。"（《人情的东西，最为人情的东西》）另一位忘其名的作家也说过类似的话："在爱情中可以没有性，但不可以没有交谈。"我理解，所谓"谈话"或"交谈"，指的是心灵的沟通和撞击。这正是爱情中最重要最根本的部分。鲁迅跟许广平之间的通信，就是他们婚前和婚后的书面交谈，好比是铁和石撞击，迸发出耀眼的火花；又好比是急流与岩石撞击，飞沫溅起，在阳光下映出的彩虹。这批书信中有时代苦闷的互诉，也有斗争经验的交流，在对社会、人生诸多问题进行广泛探讨和深刻评论的字里行间，流淌着前行者和追随者之间情感的暖流……

鲁许之间的通信，始于 1925 年 3 月 11 日，终于 1932 年 10 月 26 日，七年间共存 160 余封。1932 年下半年，他们将这批信增删修改，选取其中的 135 封编为《两地书》交上海青光书局出版，受到了读者的喜爱。此后又收入鲁迅先生纪念委员会编印的《鲁迅全集》和《鲁迅三十年集》。新中国成立后，人民文学出版社多次发行了《两地书》的重印本和注释本。1984 年，湖南人民出版社出版《鲁迅景宋通信集——〈两地书〉的原信》，首次披露了《两地书》原信 164 封。这个版本既区别了加工后的《两地书》，又比河北人民出版社出版的《鲁迅致许广平书简》增加了许广平的书信部分。跟《两地书》修订本比较起来，《两地书》原信（主要是许广平书简）个别文字有些芜杂，或欠准确；还有些文字直接涉及时人或时政，在当时易招忌讳。然而今天读来，《两地书》原信则显得更真实，细节更丰富，心理活动的展示也更加细腻。周海婴在该书《书后说明》中指出："这些书信，深刻地反映了在中国新民主主义革命的重要历史年代里鲁迅和景宋两人的思想发展和相互影响，记录了他们对于怎样改造中国社会和人的共同探索；它不但是鲁迅研究工作的思想资料，也是有益于广大鲁迅爱好者的珍贵篇什。"现征得海婴先生同意，本书采用了《两地书》的原信，又据手迹校正了湖南版中的一百余处错字，使之成为《两地书》原稿铅印本中校勘比较精确的版本。

众所周知，鲁迅跟许广平的结合不仅是基于思想的共鸣、理想的一致，而且也是由于气质的相近、性格的契合。正是这样一种坚不可摧的一致性，使得他们消弭了年龄的差异，冲破了流言蜚语的包围，战胜了旧礼教、旧传统的威逼，英勇地捍卫了同自己心爱的人结合的神圣权利。从表面看来，鲁迅的性格冷静、坚忍，趋于内向，而许广平的性格炽烈，豪爽，趋于外向。其实，在鲁迅的性格里面，别有一种潜在的踊腾奔突的激流；而在许广平的性格里面，也蕴含着另一种深沉细腻的特色。这一点，在《两地书》原信中体现得最为充分。比如鲁迅将许广平称为"小刺猬"，明确向她表示："看现在的情形，我们的前途似乎毫无障碍，但即使有，我也决计要同小刺猬跨过它而前进的，绝不畏缩。"（1929 年 5 月 19 日致许广平）而在另一封信中，正怀着海婴的许广平（自称"乖姑"）告诉鲁迅："你的乖姑甚乖，这是敢担保的，他的乖处就在听话，小心体谅小白象（按：指鲁迅）的心，自己好好保养，也肯花些钱买东西吃，也并不整天在外面飞来飞去，也不叫身体过劳，好好地，好好地保养自己，养得壮壮的，等小白象回来高兴，而且更有精神陪他。他一定也要好好保养自己，平心和气，渡过预定的时光，切不可越加瘦损，已经来往跋涉，路途辛苦，再劳心苦虑，病起来怎样得了！"（1929 年 5 月 20 日致鲁迅）阅读原信中这些披肝沥胆、披露心迹的温馨文字，我们可以更深入地把握鲁迅和许广平的性格，更全面地透视他的丰富多彩的情感世界。

在阅读鲁迅书信的时候，人们自然会对历尽艰辛，以生命保存这宗文化遗产的许广平油然而生感念之情。早在 1936 年 12 月，许广平同志就登报呼吁远近友好帮助，把鲁迅的书信借来拍照留底。她在《为征集鲁迅先生书信启事》中写道："敬启者：鲁迅先生给认识的和不认识的各方面人士所写的回信，数量甚大，用去了先生的一部分生命。其中或抒写心情，或评论事象，或报告生活事故，不但热忱不苟的精神和多方面的人事关系，将为制作先生传记时之必要材料，而且，不囿于形式地随想随写的思想讨论和世态描画，亦将为一代思想史文艺史底宝贵文献，故广平以为有整理成册，公于大众的必要。现已开始负责收集，凡保有先生亲笔信者，望挂号寄下，由广平依原信拍照后，负责寄还，如肯把原信和先生的遗稿遗物永存纪念，愿不收回，当更为感谢。此为完成先生的文学遗产的工作之一，受惠者不特一人，想定为诸位所热心赞助。寄件请交'上海商务印书馆编译所周建人转交'为祷。"经过许广平同志的努力，先后征集到鲁迅书信 800 余封，计通信者 70 余位。

1937 年 6 月，许广平以上海三闲书屋的名义初次出版了《鲁迅书简》（影印本），内收有代表性的书信 69 封，计收信者约 50 人。影印本分甲、乙、丙三种装帧，印制十分精美。为了实现影印全部鲁迅书信的愿望，许广平还不惜与商务印书馆签订了严酷的契约。但由于 1937 年 8 月 13 日上海战事发生，全部影印之议，遂付之东流。

抗日战争时期，在日寇铁蹄践踏的上海，许广平为保存鲁迅书信手稿付出了极大的代价。1944 年秋和 1945 年春，许广平跟友人一道，用数月的时间将鲁迅书信复写抄录三份，拟将一份留上海，一份存北京，另一份托人带往解放区。为了不使书信抄件被损，许广平将其藏在煤堆底下，有时甚至一日数迁。正如她自己所说："此中甘苦，诚不堪道。"（《鲁迅书简·编后记》）抗战胜利后，许广平将征集的全部鲁迅书信认真考订编排，编成《鲁迅书简》（铅印本），于 1946 年 10 月用鲁迅全集出版社的名义出版。《鲁迅书简》（铅印本）将存有原件的书信列入正编，将据出版物抄录的书信收入附编，共收书信 850 余封和断片三则。《正编》受信人 77 人，《附编》受信人 5 人。这部《鲁迅书简》，为我们今天编订较为完备的鲁迅书信集奠定了坚实的基础。

在“文化大革命”中，为了妥善保存鲁迅书信手稿，有关方面曾一度将其转移到文化部。然而当时“中央文革”小组成员戚本禹秉承江青的旨意，利用职权，竟从文化部的保险柜里将 1000 多封鲁迅书信手稿全部调走。许广平获悉这一情况，立即向中共中央打报告，以抢救这批重要文献，但因深受刺激，心脏病突发，不幸于 1968 年 3 月 3 日逝世。今天，鲁迅书信手稿已全部追回并铅印出版，鲁迅书信的影印本也已由文物出版社出版，原信手稿交由中央档案馆、鲁迅博物馆等单位妥善保存。这些，对于跟鲁迅“十年携手共艰危”的许广平无疑是一种“欣慰的纪念”。

许广平在《鲁迅书简·编后记》中，曾再次呼吁保存鲁迅书信的朋友继续不断地陆续惠借书信，使鲁迅书信的再版本不断充实完备。据曹靖华估计，鲁迅书信约有 5600 封左右，散佚在国内外的遗简肯定还有一些。今后鲁迅佚文的新发现恐怕是一件十分艰难的事情，但鲁迅书信的征集和发现还存在相当大的可能性。我们希望这种期盼能通过各方面的努力成为现实，使这部鲁迅书信集在再版时能更臻完备。这次校订时将信中之误字用［］号标出，漏字用〔〕号标出，衍字用〖〗号标出，附带在此说明。

1998 年 10 月

9. 不平则鸣

——房向东著《鲁迅：最受诬蔑的人》序

不知是哪位外国哲人在信中写道："我咀嚼一下自己的滋味，尝到的只是忍耐，纯净的、平淡的、没有一点拌料的忍耐。"据说，这叫做"新时代的忍耐"。其实，忍耐也是我们这个古老国家的古训。至今不少人的房内不是还悬挂着斗大的"忍"字，在一些人的案头不是还放置着《忍经》么？

不过，忍的情况也各有不同。有的"忍"是无原则的消极退避，即忍气吞声。有的"忍"是为了顾全大局，因为"小不忍则乱大谋"。有的"忍"是为了自我克制。《荀子·儒效》曰："志忍私，然后能公；行忍性情，然后能修。"不过，儒家也并非单纯提倡"动心忍性"，一旦有人乱了儒家的礼法，他们也会感到"是可忍，孰不可忍"，于是发动群众，"鸣鼓而攻之"。

房向东先生的新作《鲁迅：最受诬蔑的人》，在我看来是一部不平则鸣之作。面对鲁迅去世之后一些人对他的种种非议，房先生忍无可忍，才奋笔写出了这一篇篇批驳的文字，以张正义而正视听。

当前我们是处在一个异质文化多元并存、文化人以宽容大度为美德的时代。相对那种胡批乱斗、唯我独"左"的岁月，这无疑是一种历史的进步。然而，在升平景象之下，异质的文化观念难道就不会发生碰撞么？不同甚至对立的观念各自在平行的轨道上相安无事地运转，恐怕只是一种乌托邦的幻景。因为数学家告诉我们，平行线如果无限延长，也终究会有相交的时刻。房先生这本旗帜鲜明、毫不吞吞吐吐的著作，同样有力地证明了这一点。

当前还有一种流行的说法：鲁迅是不需要任何人捍卫的。这种说法当然有其坚强的支撑点：鲁迅著作已经进入了经典文化的殿堂，这种崇高地位取决于鲁迅著作本身的文化含量，不是为友者所能抬高，也不是为仇者所能摇撼。不过，凡真心崇仰鲁迅的人们，又总难免在潜移默化中受到鲁迅的影响，有着明确的是非、热烈的好恶，所以面对那些诬蔑、曲解、攻击鲁迅的言论，他们往往难以保持缄默。因为这种言论虽然不能蛊惑那些坚实明白的读者，但在对鲁迅生平业绩并不熟悉的大多数读者当中则难免造成程度不同的混乱。如果有人能对诬蔑曲解鲁迅者以宽容，那么为什么就不能给辩诬者以更多的宽容呢？

“嘤其鸣矣，求其友声”。房先生请我为他的新著作序，大约是想在寂寞中寻找应援者吧。我与房先生未谋一面，既无深交，也无浅交，只是在近些年的报刊中不时看到他的名字，他的一些观点也常能引起我的共鸣，所以不揣浅陋，贸然答应了他的要求。但我要声明两点：一，离京远行的前夕，我无暇细读这部书稿，因此无法对他的每一篇文章、每一个论点发表赞同、反对或修正的意见。二，这部书稿中涉及的对象比较复杂，其中固然有既浅薄而又狂妄的论者，但也有一些为我尊敬的前辈或友人——他们只是某些时候在某些问题上出现了偏颇。房先生不过是就他们的某些具体看法发表意见，并非对他们的全部业绩做出盖棺论定。这种声明也许是废话，但在国情、社情和文坛现状都比较复杂的眼下，行文多加一些限制语，也许能够减少一些不必要的纠缠和误会。

是为序。

1999 年 8 月

10. 让人生充满“诚”与“爱”

——邱存平著《现代人的呐喊》序

人生是什么？这个问题近乎“斯芬克斯之谜”。因为每个人都有不同的人生体验，对人生的感悟自然各有不同。比如，有人认为人生是一个不断向上的轮子，是一个闪烁着刀光剑影的战场，或者是一个轮番上演着悲剧、喜剧、壮剧的舞台。而有人则认为，人生是一个赌场，是一条噪音不断的大街，或者是一口诱捕灵魂的陷阱。文学是人学。作家以“表现”或“再现”人生为职志，因此，作家对人生的观察必然会有其独特的视角，所得出的结论也必然会有发人深思之处。

列夫·托尔斯泰就是一位以反映波澜壮阔的人生画面而闻名于世的作家。他的作品被誉为俄国革命的一面镜子——它反映了1861年至1905年间停滞在半农奴制度下的俄国的历史生活，特别是反映了农民在俄国革命中所处的各种矛盾状况。尤为难能可贵的是，创作了世界文学中第一流作品的托尔斯泰，在58岁时还精心撰写了一部理论专著《人生论》，对“何谓人生”这样一个人类的终极命题给予了详尽的解答，产生了十分广泛的影响。

不过，对于19世纪80年代形成的“托尔斯泰主义”（Tolstoism），鲁迅一直持有保留态度。这种主义最重要的主张，是对于恶采取不抵抗主义和以自我完善作为信条，经由爱的精神，将自己奉献给全世界的福祉。然而，在鲁迅看来，托尔斯泰的设想未免过于天真——“他不主张以恶报恶的，他的意思是皇帝叫我们去当兵，我们不去当兵；叫警察去捉，他不去；叫刽子手去杀，他不去杀，大家都不听皇帝的命令，他也没有兴趣；那末做皇帝也无聊起来，天下也就太

平了。然而如果一部分的人偏听皇帝的话，那就不行。”（《集外集拾遗补编·关于知识阶级》）

鲁迅虽然没有创作出像《战争与和平》《复活》《安娜·卡列尼娜》这样的皇皇巨制，但他对人生却有许多精辟的看法，其中也不乏比托尔斯泰高明的见解。但遗憾的是，鲁迅并没有撰写一部类似于《人生论》的著作，将他对人生意义的思考进行系统的理论阐述。令人高兴的是，军内的鲁迅研究家邱存平在完成《智者的思考——鲁迅的思维方法》这部专著之后，又推出了他的新作《现代人的呐喊——鲁迅的人生探求》。这部30万字的著作，从15个方面介绍了鲁迅的生命观、幸福观、爱情观、儿童观、生死观……几乎是全方位地评介了鲁迅对人生诸方面的深刻见解，不仅显示出鲁迅的人生智慧，而且更展现了鲁迅的人格魅力。无论是熟悉鲁迅作品抑或是不熟悉鲁迅作品的读者，都可以从这部雅俗共赏的著作中受到教育和启迪。

我以为，鲁迅的人生智慧突出表现在他能够用唯物辩证法剖析人生历程中面临的种种错综复杂的问题。比如，幼儿丧母，无疑是人生的一大悲哀。然而1918年6月，鲁迅的挚友许寿裳丧妻，鲁迅在同年8月20日的信中却劝慰说：“人有恒言：‘妇人弱也，而为母则强。’仆为一转曰：‘孺子弱也，而失母则强。’”意思是：儿童们倘有慈母，或是幸福，然若幼而失母，却也并非完全的不幸，他们也许倒成为更加勇猛、更无挂碍的人。现代医学已经证明，鲁迅80年前的这种看法是有科学依据的。因为母亲对孩子过分关注、担忧和溺爱，必将导致天真活泼的孩子忧郁、懦弱、胆怯、任性，并对其母产生异乎寻常的依赖，从而丧失独立自主的生活能力。现代医学将这种现象称之为“母子心身综合征”，或称之为“母子脆弱症”。又比如，鲁迅指出，伟大的人物成为化石，人们都称他为伟人时，他已经变成傀儡了。又说，文人的遭殃，不在生前的被攻击和被冷落，一瞑之后，言行两亡，于是无聊之徒，谬托知己，是非蜂起，既以自炫，又以卖钱，连死尸也成了沽名获利之具，这倒是值得悲哀的。上述言论，看似明白易晓，实则包括了许多苦楚的人生经验。

至于鲁迅对“王道”和“霸道”、专制者与奴才、信教与吃教、登仕与归隐、天才与民众、敌人与蛀虫、革新与保古等问题的看法，都是高屋建瓴，一语破的，驱散了历史上的重重迷雾，使许多扑朔迷离的人生现象赤裸裸地袒露出它的本质特征。

至于鲁迅的人格魅力，我认为主要表现在他“损己利人”的道德追求。“人格”一词来自拉丁文的Persona，原意是“脸谱”或“面具”，指的是在舞台上进行表演的角色所显示给观众的脸面，代表着剧中人物的特定身份。后来在语义学上被引申为做人的格式和标准，即人的模式。理想人格就是人的理想模式。具备理想人格的人被视为道德上的完美典型。在鲁迅看来，人的道德水准可分为四个层次。最低层次是损人不利己，如强盗放火。第二层次是损人利己。这是从古至今一切剥削者、压迫者奉行的共同道德。第三层次是自他两利——这种设想自然不错，但在实践的过程中，道德砝码的人、我两端却很难做到绝对的均衡。最高层次则是损己利人。鲁迅笔下的青年作家柔石就是这一类人物：“无论从旧道德，从新道德，只要是损己利人的，他就挑选上，自己背起来。”（《南腔北调集·为了忘却的记念》）事实上，这同样是鲁迅的夫子自道，在人生的道路上，鲁迅甘当傻子，用“以血饲人”的精神做青年人的梯子、踏脚石，数十年来从不息肩，唯愿英俊出于中国。对于常人向往的名声、地位，他什么都不要，连夜里做梦也没想过要做“主将”和“权威”。当受惠者对鲁迅表示感激时，鲁迅却认为不必，因为感激之情能够束缚人——“凡有富于感激的人，即容易受别人的牵连，不能超然独往”（1925年4月11日致赵其文）。从现世观点来看，作为一种精神状态，至高智慧乃是愚拙。鲁迅这种拒绝与放弃的精神，这种对世俗诱惑说“不”的精神，不仅是他人格的光环，同时也是他人生智慧的最高体现。

在鲁迅看来，在中国人的人生中，最缺乏的是“诚”与“爱”。鲁迅呼唤“诚”，即希望人要活得真实，要做到言与行的统一，前台与后台的一致，内心与外表的和谐。如果既自欺又欺人，就会使人类的生存空间弥漫着虚伪的空气，以致彼此无法看清对方袒露的心迹，社会发展的车轮也会陷入瞒和骗的大泽而无法前行。鲁迅呼唤“爱”，主要是针对强权者对弱势者的摧残，是针对世俗社会对受苦人的凉薄。鲁迅式的“爱”是一种与国家、民族、民众血脉相连、休戚与共的“大爱”。它以摧毁“天有十日，人有十等”的宝塔形的等级制为前提，以强调爱与憎的有机统一为特色，与东方圣人提倡的“等差之爱”和西方哲人提倡的“人类之爱”有着明显的区分。鲁迅反伪求真，爱憎分明，不但体现了一种纯朴美好的人性，而且在外侮频仍的特定历史条件下，体现出一种高度自觉的救亡精神。

研究人生的目的是为了使人生变得更加美好。因此，研究鲁迅的人生探求，既具有毋庸置疑的学术意义，又具有不容低估的现实意义。不过，鲁迅对人生的看法不仅在他的杂文中有着直接的阐明，而且在他的小说、散文诗中有着含而不露、露而不彰的表述。所以，研究鲁迅的人生探求，既应该注意他作品中显露的一面，同时也应该注意他作品中比较隐晦的一面，还应该看到他在剧烈的灵魂搏斗中没有表露的一面。我想，作者如果进一步加强对鲁迅内心存在体验的研究，这部论著也许会更加全面、更为充实。当然，这只是一一种期盼，也许是一种苛求。区区愚见，仅供作者参考。

1999 年 12 月

11. 昔日的辉煌

——波兹德涅耶娃著《鲁迅评传》(中文译本)序

评论一部苏联知名汉学家的鲁迅研究专著中译本，于我是一件力不从心的事情，甚至可以说有几分僭妄。但几经推却而终于应命，是因为译者之一的颜雄教授是我的老友；准确一点说，是我的学长。他对我的帮助是多方面的，我很感谢他。感谢是一种心灵的债务，而债务无疑是应该偿还的。

然而，如果把这篇评论的写作动因单纯归之于“还债”，又的确有些以偏概全。因为凡是受过鲁迅文学遗产熏陶的人，对于有利于中俄文字之交的事情，总是会乐于尽力的。恰如加勒比地区多彩的大海、多色的人种、奇特的自然现象为魔幻文学作品提供了土壤一样，俄罗斯坚实而广袤的黑土，孕育了黑土一般坚实而博大的现实主义文艺。正是通过俄罗斯的文艺作品，我们听到了黎明前灌木林中夜莺的鸣啭，嗅到了暮色中农家矮墙前飘出的木樨草和菩提花的芳香，看到了波罗的海的汹涌波涛撞击着峭岩，发亮的泡沫顿时散成了万千颗闪着七色光的水珠……更为重要的是，我们通过俄罗斯的文学艺术结识了许多俄罗斯人：列宾笔下的伏尔加纤夫，普希金笔下在西伯利亚矿坑服苦役的十二月党人，屠格涅夫笔下那位即使付出一切牺牲也甘愿跨进监狱门槛的“神圣的姑娘”，以及肖斯塔可维奇音符中那些以血肉之躯保卫彼得格勒同时也在捍卫着人类尊严的反法西斯斗士！我们也像鲁迅一样，跟这些作品中人物一同悲哀，一同挣扎，一同呼号，一同战斗，一同在绝望中燃起希望的火光。

一部中俄文化交流史将越来越雄辩地证明：中俄两国的文化学术关系，决不止于创作经验和学术观点的交流，而总是联系着对中俄两国命运和前途的深沉的思索。因此，有关中俄文化学术交流史的研究，也就不仅仅是一种历史的研究，而且还有着不言而喻的现实意义。

正如同中国人民对俄罗斯的文艺怀着十分美好的感情一样，俄罗斯人对中国的文艺也投以热情关注的目光。早在 19 世纪沙皇时代，俄国就已开始汉学研究。从 20 世纪 20 年代中期开始，鲁迅的作品陆续被译成了俄文。40 年代至 50 年代，鲁迅作品的翻译、研究工作在苏联得到了广泛开展，出现了一批享有国际声誉的翻译家和研究家，初步形成了“苏维埃的鲁迅学”。据我所知，这一时期的研究专著，较有分量并在中国产生了一定影响的就是波兹德涅耶娃的这部《鲁迅评传》（亦可译为《鲁迅生平与创作》）。

波兹德涅耶娃（1908—1974）跟罗果夫、艾德林、费德林一样，是苏联第一代鲁迅研究家。她受业于汉学大师阿列克谢耶夫，1932 年毕业于列宁格勒（今圣彼得堡）大学，1956 年获莫斯科大学博士学位，对于中国古典文学和现代文学都相当熟悉。早在 20 世纪 40 年代，她就参与过罗果夫主编的《鲁迅选集》的翻译工作。1949 年她独立翻译了苏联出版的首部《鲁迅杂文选》，1950 年又为《鲁迅短篇小说》作序。1954 年出版的《苏联大百科全书》“鲁迅”词条也是她撰写的。此外，她还发表过《鲁迅——裴多菲诗歌的介绍者》《伟大的十月社会主义革命与中国作家鲁迅的创作道路》等重要论文。2000 年 4 月湖南教育出版社出版的《鲁迅评传》，是由吴兴勇和颜雄根据波兹德涅耶娃的原著《鲁迅生平与创作》翻译的。该书系由她 1957 年在莫斯科青年近卫军出版社印行的《鲁迅》一书扩写，1959 年由莫斯科大学出版社出版。

由于语言文字的障碍，阅读外国文学作品是一件相当困难的事情，进入研究则更非易事。比如鲁迅杂文集中最为锋利的《二心集》，译成俄文时书名一度被译为《两颗心》或《两面人》，杂文集《三闲集》被译为《三个游手好闲的人》；鲁迅小说集《彷徨》中所援引的《离骚》中的名句“吾将上下而求索”，俄国著名诗人安娜·阿赫马托娃就译为“我向上飞又向下降——朝向自己的命运”。上述译文与原文含义的不同，凡有一般阅读能力的中国读者都不难判断。而波兹德涅耶娃能将《二心集》译为《叛逆者》，将《三闲集》译为《有三倍闲暇的人》，将《两地书》译为《与许广平的通信》，将《摩罗诗力说》译为《论撒旦诗歌的力量》，可见她的中文水平较高，对鲁迅原文的理解比较准确。波兹德涅耶娃在撰写这部评传的时候，鲁迅的一些作品，尤其是书信、日记、回忆录这些立传必不可少的资料，大多还未被译成俄文，这就更增添了她研究的难度。然而在一些中国学者（如许广平、曹靖华、李霁野）和一些中国有关机构（如作协、鲁迅博物馆）的协助下，她经过 25 年的努力，终于完成了这部 3 编 9 章 50 节、长达 50 余万汉字的鸿篇巨制，实不可不谓之“厚重”。

我认为这部评传基本上是一部力图用马克思主义观点评价鲁迅的学术专著。我至今仍然认为，马克思主义虽然有待于发展，但其中包含的真理是颠扑不破的。因此，这部以分析作品见长的评传中不乏独特的见解，如指出鲁迅在早期文言论文中反对的不是物质本身，而是物质至上和对唯物主义的庸俗化理解。鲁迅也并不认为叔本华、尼采的观点全都正确，更不以此“为中国将来立则”。又如鲁迅对理论与创作不同特质的理解（“学说所以启人思，文学所以增人感”）来源于日本的二叶亭四迷，而二叶亭四迷的看法又得益于俄国的别林斯基。书中给我留下深刻印象的还有对鲁迅早期翻译取向的解释。波兹德涅耶娃认为，安德列夫、迦尔洵、契里诃夫乃至于阿尔志跋绥夫等作家反对非正义战争的立场，他们对人类痛苦的神奇的嗅觉（即所谓“有一种特殊的天才——人的天才”）是吸引鲁迅的重要原因；而俄国进步文人既是“革命者，也是艺术家、批评家”的通性也跟鲁迅本人在气质上相近。显然，这些看法，如果不是既谙熟俄罗斯文学而又理解鲁迅的研究者，是断然提不出来的。不过，在我看来，这些作家笔下的人物时时流露出的人性美，所表现的那种“与其三人不幸，不如一人——自己一不幸”的崇高牺牲精神，以及那种与民国以来改革者相类似的境遇，同样是深深吸引鲁迅的原因。这些作家运用的写实主义与浪漫主义、象征主义、印象主义相调和的创作方法，辛酸诙谐、神秘幽深的文风，灵肉一致的意境，也对鲁迅产生了不可忽视的影响。

该书同样表现出波兹德涅耶娃的实证功力。比如对鲁迅曾加入光复会的问题，她就从许寿裳、瞿秋白的回忆，鲁迅留日时期友人的回忆，鲁迅对革命的亲历般的描述等多方面提供论据，使结论立于颠扑不破之地。瞿秋白在《〈鲁迅杂感选集〉序言》中明确指出，鲁迅“也是早期的民权主义的革命党人”。这篇论文经过鲁迅过目，并予以肯定。波兹德涅耶娃以此为论据论证鲁迅曾经加入光复会，十分有力，但这个材料却长期被中国研究者所忽略。

当然，作为一部20世纪50年代的学术著作，不可能不打上那个特定历史阶段的时代烙印。作者把《狂人日记》的主人公说是病态的地主，把这篇小说中“吃人”一词的真正内涵概括为“不减租”，把《一件小事》中的人力车夫作为“工人阶级的象征”，把《呐喊·自序》提到的“那时的主将”等同于“筹建中国共产党的干部”，把鲁迅前后期的创作方法演变归结为由批判现实主义到社会主义现实主义，就都反映出对阶级分析方法的误用，以及“左”的教条主义在鲁迅研究领域导致的简单化和片面性。特别把《理水》中的大禹和《非攻》中的墨子说成是影射毛泽东和朱德，更是一种主观臆测的表现。作者在论述其他问题时有时又流露出另外一种错误倾向。比如作者对中国共产党的领导人调解后期创造社与鲁迅的关系，停止“革命文学论争”，促成左翼作家联盟的成立持否定态度，认为这样的事实不应该宣扬，因为这是中共以联共（布）为榜样，不得不介入作家间的论争。我认为，党对文艺工作的正确疏导与横加干涉决不能混为一谈。波兹德涅耶娃的这种看法，显然并非独创而是受制于那个特定历史时期的思潮，这跟“左”的教条主义同样不足取。

波兹德涅耶娃的论著跟苏联研究中国文学的其他论著一样，还常常在字里行间自觉或不自觉地流露出一种大国主义的傲慢情绪。比如，评传强调果戈理对鲁迅的众所周知的影响，但却回避鲁迅的《狂人日记》要比果戈理的同名作品“忧愤深广”。最有趣的是以《南腔北调集》中的《上海的儿童》一文为例，证明鲁迅“常常宣讲学习苏联经验的必要性”——“应该到孩子长得‘雄厚’的地方，也就是列宁的国家，苏维埃国家”去寻找范例。但只要略微翻阅这篇杂文，就知道鲁迅所讲的是外国儿童画的不同特色：“英国沉着，德国粗豪，俄国雄厚，法国漂亮，日本聪明，都没有一点中国似的衰惫的气象。”与评传作者强调的相反，鲁迅在这里“宣讲”的恰恰是广泛学习不同国家的不同长处，而不是照搬任何一国的单一模式。

综上所述，把这样一部瑕瑜互见、瑕不掩瑜的鲁迅研究专著译介到中国来，是一件有意义的事情。特别是在鲁迅学的科学体系已经初具规模的今天，译介这部厚重的学术著作，对于全面总结国内外鲁迅研究的历史经验，就显得更为必要。我不懂俄文，无法从纯翻译的角度对这部译本的得失进行评价。但我相信译者的态度是严谨的——他们所做的是一种费力而难讨好的工作；类似于“把很重的石头推向峻峭的岩壁”。单看译者对作者原注的补注和订正就令我十分感动。这些补注涉及面广，订正了原著中大大小小的错误。比如，译者将新民学会成立的时间订正为 1918 年 4 月（原作者误为 1919 年），将《一件小事》发表的时间订正为 1919 年 12 月 1 日（原作者误为 1920 年 7 月），将 1934 年 12 月 26 日鲁迅致萧军、萧红信中提到的“周女士”订正为周颖（原作者误认为是“左联”的隐语），将《译文》的创刊时间订正为 1934 年 9 月至 1937 年 6 月（原作者误为 1934 年 8 月至 1936 年 3 月），将翻译保加利亚作家埃林·彼林的人订正为鲁彦（原作者误为鲁迅），将鲁迅与本家长辈周淑生对话的地点订正为南京水师学堂（原作者误认为是在绍兴）……又对原文中一些费解的地方进行了补注，如鲁迅作品中提及的译经家鸠摩罗什、法国作家法朗士、戏曲《斩木诚》，以及鲁迅作品涉及的报刊《这样做》《做什么》《新民丛报》等，从而加深了读者对原著的理解。这已经不是译者的任务，而是一种十分深入的“研究之研究”了。

利用撰写这篇书评之机，我还想谈一个与这部评传无关但与鲁迅研究有关的问题，那就是如何正确评价鲁迅后期对苏联的态度。我想，如果仅仅因为今天苏联已经解体，我们就认为鲁迅当年对十月革命的颂扬、为新生苏维埃政权所作的辩护都是错误的，这只是一种浅层的看法。毫无疑义，由于环境限制和地域的阻隔，鲁迅的苏联观不可能没有历史局限性，但细心的读者都应该看到，鲁迅对苏联的肯定有两个基本出发点：一个是享受人权的广泛程度，另一个是生产力的增长速度。鲁迅赞扬的是千百万的农奴挣断了地狱的枷锁，开始成为支配自己命运的人。鲁迅赞扬的是小麦、煤油的产量以资本主义世界感到震惊的速度不断增加。我想，即使在今天，鲁迅选取的以上两个标准仍然是衡量一种社会制度优劣的重要标尺。20 世纪是人类历史上动荡起伏、风云际会、变幻多端、扑朔迷离的世纪。历史上长久的进步，总是难免伴随着一时的曲折。俄国诗人普希金的诗句道出的是普遍的真谛："阴郁的日子需要镇静；相信吧，那欢乐的时刻即将来临。"（《假如生活欺骗了你》）我坚信，一个产生了普希金、罗蒙诺索夫、托尔泰斯等群星灿烂般杰出人物的民族，一个拥有无数田野、森林和矿藏的民族，一个最早用卫星把人类送上太空的民族，一定能依靠自己的力量克服前进中的困难，赢得悠久而光明的未来。

1999 年 10 月

12. 刘运峰编《鲁迅佚文全集》序

大约是 1935 年秋的一天，鲁迅刚刚搁笔，许广平便跟他提及一件小事，无意中引起了鲁迅的烦恼，以致把眼前刚写过的一张稿纸揉成了纸团儿。事后，许广平乘鲁迅不注意，拣起了这个纸团儿，重新誊抄了一遍，准备投寄报刊发表。但征询鲁迅意见时，得到的答复却是“不要不要”。于是，这篇被废弃的文稿在抽屉里蛰居了 6 年，直到 1941 年 11 月 19 日才在《奔流新集之一·直入》刊出，题为《势所必至，理有固然》，现在收入《鲁迅全集》（人民文学出版社 1981 年版）第 8 卷《集外集拾遗补编》。

鲁迅当初为什么要废弃这篇文稿？由于当事人已经作古，对这个问题我们只能作一些推测，比如这篇文章不但流露出了鲁迅对废名先生（原名冯文炳）吹捧周作人的不满，而且文末提及的“弃文就武”看来就是直接针对 1935 年 1 月 6 日周作人在《独立评论》134 期发表的《弃文就武》一文。鲁迅也许不愿意把他跟周作人文学观的分歧公诸报端，所以许广平建议发表此文时便连说“不要不要”。然而，许广平出于对鲁迅片言只字的珍视，“不管怎的，发表出来就是了”（许广平：《鲁迅〈势所必至，理有固然〉附记》），结果使《鲁迅全集》又增收了一篇佚文。鲁迅在这篇文章中有许多精彩议论，例如：“写文章自以为对于社会毫无影响，正如称‘废名’而自以为真的废了名字一样。‘废名’就是名。要于社会毫无影响，必须连任何文字也不立，要真的废名，必须连‘废名’这笔名也不署。”试想，如果将这篇文章一直压在抽屉里，鲁迅的上述名言锦句就会被淹没。这种损失是难以追还的。

那么，是否每一位作家的佚文都有结集出版的必要呢？答案当然是否定的。一般来说，文章也应遵循宇宙万物的发展规律：新陈代谢，优胜劣汰。鲁迅在《老调子已经唱完》中说：“如果从有人类以来的人们都不死，地面上早已挤得密密的，现在的我们早已无地可容了。”与此相类，如果任何作家的文章不分良莠，都要殃及楮墨，同样会造成书籍爆满的灾难性后果！然而，也有例外，那就是文化巨人的文字。文化巨人是人类的精华，历史的瑰宝，文化史上前无古人、后无来者的人物。为了使后人全面评估他们的业绩，清晰了解他们的人生历程，他们留存的只言片语也会有人搜罗撮录。因为这些巨人的经典之作固然能显示其辉煌，就连他们的起步之作乃至败笔也能展现他们艰难的成长轨迹，从而使他们的形象更加清晰，更加真实可信。鲁迅就是这种吉光片羽皆足珍贵的文化巨人。

在鲁迅佚文的搜遗辑补方面，杨霁云、许广平、唐弢等前辈做了不少开拓性的工作，取得了令人钦颂的成绩。他们在长夜待旦的艰难岁月里，以忘我的精神，辑成了蔚为巨观的《集外集》《集外集拾遗》《译丛补》《鲁迅全集补遗》《鲁迅全集补遗续编》等。他们的辑佚工作是相当仔细的，几乎给人以“上穷碧落下黄泉”之感。但是，由于鲁迅笔名极多，作品又散见于国内外的很多报刊，还有大量未刊的书信手稿以及其他文稿，所以遗珠散玉，在所难免。新时期以来，经过全国各地专业和业余鲁迅研究者的共同努力，鲁迅佚文仍不断有所发现。刘运峰先生汇编的这部《鲁迅佚文全集》就集中反映了近20年来鲁迅著作辑佚方面所取得的可喜成果。纪念鲁迅百年诞辰期间，我曾在《关于近年来新发现的鲁迅佚文》一文中指出：“鲁迅五四运动以后直至逝世之前的作品，绝大部分已亲自编入文集。散佚部分又经多次辑录。尚可挖掘的余地显然十分有限。但是，有待钩沉的鲁迅佚简（特别是残简）看来还有不少。据粗略统计，鲁迅书信大约有5000余封，1981年新版《鲁迅全集》收录了1400余封，其他大部分已在新中国成立前毁于兵燹战祸，或受信人当时即未存留。不过也有在‘十年浩劫’中散失的。如果经有关方面配合，有可能多少找回一些。”在这部《鲁迅佚文全集》中，为1981年版《鲁迅全集》未收录的鲁迅书信就多达80余封——《鲁迅增田涉师弟答问集》尚不包括在内，可见挖掘散佚的鲁迅书信的确还有很大的潜力。

本书收录的《〈美术杂志〉第一期》和三篇《随感录》，我记得是北京大学孙玉石教授发现的，从内容、文风和笔名考证，可以确认为鲁迅作品，但由于未见手稿，编注 1981 年版《鲁迅全集》时，本着收录从严，宁缺失而不滥收的原则，没有编入。《中国矿产志》和《人生象教》是鲁迅早期的科学著作，因编撰年代久远，站在今天科学发展的新高度自然会发现其中有诸多缺失和错谬。1981 年版未编入这两部著作，估计正是基于上述理由。但《人生象教》这部教材毕竟反映了鲁迅一段无法割弃的人生经历，在当时取得了很好的教学效果。《中国矿产志》一书系鲁迅跟学友顾琅合纂，清政府农工商部曾给予很高评价，又被学部批准为“国民必读”书。所以，不论今天科技水平如何迅猛发展，此书在中国地质史上的前驱地位总是无法动摇的。至于全书字里行间洋溢的爱国激情，“用心至深，积虑至切”，“深有裨于祖国”（《中国矿产志·马良序》），更应该为当今的读者所继承发扬。

本书所收鲁迅致许广平书简，系取自《两地书》原信。《两地书》有三种版本：一、原信；二、铅印修订本；三、鲁迅手书本。这三种版本的文字均有差异，尤以公开出版的铅印本与原信差别最多。书信是作家直抒胸臆的文字，当然以真实反映历史原貌的原信最具文献价值。原信本来是单纯写给受信人看的，当初并未准备公开发表，因此行文措辞、评估人物都带有一定的随意性。今天阅读时，切不能把作者对某些人物一时的议论当作全面评价和盖棺定论，提醒这点也许并不是完全多余的。

本书收录的《履历书》和《拟购书目》等，并不是严格意义上的作品，但却能反映鲁迅的文化取向和生活道路，对于研究者不无意义。本书附录的鲁迅讲演，以及钩稽的书信片断，虽有一定的参考价值，但也不能跟著作等值齐观。尤其是讲演记录，由于鲁迅生前未加审订，有些甚至跟原意相反。这也是不能不提醒读者加以注意的。

我国辑佚工作本起于汉学家之治经。以此扬名于世的首推宋代的王应麟。他辑有《三家诗考》《周易郑氏注》各一卷，附刻在《玉海》中，至今流传。但辑佚成为专门之业当在清代。诸如编《玉函山房辑佚书》的马国翰，编《全上古三代秦汉三国六朝文》的严可均，编《汉魏遗书钞》的王漠，均堪称中国学术史上的辑佚大家。辑佚工作提倡的是“全”（收罗齐备）、“正”（正确无误）、“真”（符合原貌），反对的是“漏”“滥”“误”。刘运峰先生虽穷十年之力广搜博考，不但最大限度地利用了前人的辑佚成果，又亲自从鲁迅辑校的古籍和石刻手稿中钩稽出若干说明、考证文字，但限于目前的客观条件，“漏”“滥”“误”之处仍在所难免。鲁迅说：“倘要完全的书，天下可读的书怕要绝无，倘要完全的人，天下配活的人也就有限。”（《〈思想·山水·人物〉题记》）我援引这段名言，并非替本书的缺点曲意辩解，而只是希望博识者对本书多一点包容，对编者多一点切实的帮助。

我跟本书编者仅一面之缘，之所以应允为他撰写这篇代序，完全是因为他是一位年轻的业余鲁迅研究者。我虽然年近花甲，但仍愿意结交涉世未深的青年朋友，尤其敬重那些在完成繁重的本职工作之余仍然好学上进的人们。看到他们，我会自然而然想起我一边在中学执教一边开始研究鲁迅的那些艰难岁月。我深深感到，鲁迅研究的基础力量不在沙龙，也不在学院，而是在民间。有了一批批像本书编者这样痴迷于鲁迅著作的人，鲁迅的文化遗产就会永远薪火相传！这是完全可以预见的。

是为序——但必须声明，这不是为鲁迅著作写序，而是为一位在商品大潮涌动之下，仍默默无闻地献身于鲁迅研究事业的青年人写序。

2001 年 5 月

13. 学术的力量和道德的力量

——王锡荣著《鲁迅生平疑案》序

一叠厚重的书稿放在我的案头。作者是上海鲁迅纪念馆副馆长王锡荣，书名为《鲁迅生平疑案》，共分 17 章，分别考证了鲁迅生平史实研究中 17 个引发争议的问题，既有学术性又有可读性。作者希望我能写篇序言，且交稿时间紧迫。我刚从海外归来，忙得捉襟见肘，但仍不揣浅陋，欣然同意。因为：一，我结识锡荣 20 余年，亲眼看到他从一个钢铁厂的青工成长为硕士，成长为一名鲁迅研究家。他在繁忙的行政工作之余，还主编着学术刊物，不断有新的学术成果问世。对此，我是发自内心的高兴，愿意通过各种方式——包括写序对他表示祝贺。二，我在为中国鲁迅研究会服务期间，锡荣曾给予我鼎力支持。特别是举办纪念鲁迅逝世 60 周年大型学术研讨会，锡荣起了举足轻重的作用。我多次说过，学会不是名利场，而是学者以文会友的场合，需要有一批有服务意识的学者来尽义务。事实证明，锡荣就是具备上述条件的人之一。为他的新作写序，也是我投桃报李的一种方式。三，我已于今年 3 月因年龄原因卸去行政职务。这本是一种正常的人事任免，但有些人认为我已陷入穷途，便合力推倒颓垣，铆劲狠捶破鼓。当然，这期间也有见“败兆”而不逃散的人，锡荣就是其中的一个。我于是感到，所谓友谊，其实就是对方即将冻僵时能用自己的体温去温暖他那冰硬的身体。在商品大潮中，这种情谊比黄金还要贵重，比钻石还要坚硬，我非常珍惜，这也增添了我撰写这篇序言的勇气。

当然，锡荣决不会像我这样“厚于私而薄于公”。他之所以找我写序，也许是我亲自参与过书中涉及的若干次论争，有人还给我冠以“史料考订家”的华冕。说实话，我已搞不清时下这个称号是褒义，还是贬义，抑或褒贬两义兼而有之。总之，在有人强调理论要跟西方接轨的当今，搞史料考证显然并不合时宜，即使不被人鄙薄，也难免会给人以迂腐之感，认为这是缺乏理论思维和宏观视野的表现。

据我所知，在20世纪七八十年代，西方就出现过一种新历史主义。这种学说否认历史的客观性、已知性和透明性，认为被历史家陈述的历史无不被打上了阐释者的主观印记，无不包含着编撰者个人建构性的想象成分。我十分佩服新历史主义的理论家，因为他们敏锐地发现了潜隐于历史背后的权力、斗争和意识形态，看到了任何历史的再现都无法摆脱后人价值观念的支配，看到了以往的历史知识当中都渗透了史家的各种主观性的因素。过去有人说历史从来都是按统治阶级的意志写成的，也许就跟新历史主义的上述观点相吻合。不过，我认为历史事实跟对历史事实的再现毕竟不是一回事。历史事实是一种客观存在，它具有确定性和不可更易性。比如，我此刻在为王锡荣的新作写序，就决不能任人描述为替“李锡荣”的歌词谱曲或给“张锡荣”的产品设计包装。如果一定要将前者说成后者，那就是对事实的歪曲和重写。我这样说也许是将复杂的理论问题简单化了，但真理本身原本是朴素的。用朴素的语言表述真理，似乎应该成为学者共同追求的一种境界。

记得前年冬天，我在江苏鲁迅研究学会举办的一次学术讨论会上讲过：“历史总是由历史本体和认识历史的客体两方面构成。在这个意义上，也可以说有两种历史：一种是曾经实实在在发生过并作为独立存在的历史，另一种是保留在记忆之中经过后人思考和理解的历史。所谓鲁迅研究，就是作为认识主体的研究者跟作为客体的鲁迅之间进行的精神对话。”锡荣同志在这本书中所做的工作，就是对作为研究客体的鲁迅进行历史原生态显示和还原的工作的。这种工作应该成为鲁迅研究的出发点和基础，为一切严肃的鲁迅研究者所重视和尊重。

在我国悠久的学术史上，有着实事求是的优良传统；或者说，实事求是一直是我们民族的传统思维方式。据考证，“实事求是”这个成语最早出自《汉书·河间献王传》。河间献王是西汉景帝的儿子刘德，相传好儒学。《汉书》作者班固称赞他“修学好古，实事求是”。唐代史学家颜师古对这个成语的解释是：“务得事实，每求真是。”也就是根据实证、求真相之意。直到毛泽东同志发表《改造我们的学习》一文，才把“实事求是”的含义从求真务实的学风进一步提到世界观和方法论的高度。在鲁迅研究领域中张扬实事求是的学风，就是要重视史料的确凿性，反对改变鲁迅的历史“本相”。鲁迅说得好：“因为我的意思，是以为改变本相，不但对不起作者，也对不起读者的。”（《〈思想·山水·人物〉题记》）所以，我认为锡荣在鲁迅生平史实考订上所做的努力，不但承续了一种优良的学风，而且对于恢复鲁迅本相尤具现实意义。

坦率地说，锡荣考订的这17个问题，有的跟鲁迅研究有直接关系，例如鲁迅弃医从文、跟周作人决裂、跟许广平结合，以及后期参加的一系列政治活动，都对鲁迅的思想发展和创作活动产生了明显影响。有些则关系不太大，比如鲁迅跟周恩来的亲缘、苏雪林咒骂鲁迅的心理因素等。有些问题他通过考证已做出了明确的、正确的结论，如指出鲁迅从事文学活动的目的是救国救民、强国强种，而另外有些问题他的研究虽在前人基础上有了新进展，但限于客观条件，目前还有存疑之处，如鲁迅贺红军东征信的准确内容和传递途径。但在总体上说，锡荣的研究已经取得了突破性的成果，达到了鲁迅史料研究目前所能达到的新水平。像文中征引的日本《河北新报》1905年7月28日刊登的新闻报道《俄探四名被斩首》、陈立夫签发的《中国国民党中央执行委员会秘书处公函·15889号》等，就都是我此前没有接触到的资料。他对鲁迅经济收入的考证，也是我看到的有关文章中最翔实、最准确的一篇。

锡荣书中还涉及最近媒体频频议论的鲁迅死因问题。18年前，因为这个问题曾引发一场风波，导火线是有一篇文章把鲁迅之死跟武术大师霍元甲“被日本医生用毒药谋害”相联系、相类比，引起了日本报刊的关注。中央有关领导同志曾为此指示，要求今后发表比较敏感的涉外文章前必须送审。近半年来又旧话重提，有些地方为此召开了专题研讨会，有人强调为鲁迅治病的须藤五百三医师是日本“在乡军人”团体乌龙会的副会长，该团体的性质是侵略中国的。但据日本友好人士说，乌龙会只不过是日本退伍军人的一般性组织，须藤医生只不过是参加过日俄战争的一般退伍军医。所以，我认为在考察鲁迅死因的时候必须注意两点：一，应该将医疗上的是否失误跟政治性的蓄谋暗害严格区别开来。前者可以自由讨论，后者则须出示足够证据。二，应该充分考虑鲁迅本人的意见和态度。凡阅读过鲁迅书信的人都知道，鲁迅本人对须藤五百三大夫是非常信任的。比如，鲁迅1934年11月27日致友人许寿裳信中曾推荐须藤大夫，说：“他是六十多岁的老手，经验丰富，且与我极熟，决不敲竹杠的。”1936年6月25日，许广平致曹白信也说：“现在看他的病的是须藤医师，是他的老朋友，就年龄与资格而论，也是他的先辈，每天来寓给他注射，意思是在将正在活动的病灶包围，使其不能发展。”许广平在信后加注，说明“此信是由先生亲笔拟稿”，她本人只不过负的是抄寄之责。信中也谈到美国邓医生的诊断，说以鲁迅病状判断，得的是“必死之病”，治愈“已经办不到”。许广平《关于鲁迅先生的病中日记》一文中，也提到美国邓医生“先诊断说（鲁迅）已经无可设法”（1938年10月19日《申报·自由谈》）。可见，以当时的医学水平和医疗条件，无论换什么医生治疗，鲁迅能否再活十年也仍是一件没有十足把握的事情。

跟鲁迅死因相关的，还有一个“假如鲁迅还活着”的问题。有权威人士披露，1957年反右斗争期间，毛泽东在上海一次座谈会上说：“以我的估计，（鲁迅）要么是关在牢里还是要写，要么他识大体不做声。”我记得有些报刊曾用大字体将这句话印出，似乎要作为毛主席语录看待。但新近出版的《毛泽东文艺论集》中同样收录了一篇1957年毛泽东的内部谈话。当时中共中央宣传部印发了《有关思想工作的一些问题的汇集》，共汇集了33个问题。毛泽东因此谈道：“鲁迅不是共产党员，他是了解马克思主义世界观的。他用一番功夫研究，又能经过自己的实践，相信马克思主义是真理。特别是他后期的杂文，很有力量。他的杂文有力量，就在于有了马克思主义世界观。我看鲁迅在世还会写杂文，小说恐怕写不动了，大概是文联主席，开会的时候讲一讲。这三十三个题目，他一讲或者写出杂文来，就解决问题。他一定有话讲，他一定会讲的，而且是很勇敢的。”（《同文艺界代表的谈话》，中共中央文献研究室编《毛泽东文艺论集》，171-172 页，2002 年 4 月中央文献出版社出版）。很难设想，毛泽东在同一年谈同一个问题，会说出内容大相径庭的两种话。以上两种引文哪一种比较接近真实，尚待有识者进一步考证。

学术领域中的史料失真是一种并非罕见的现象。其产生原因有以下两种：一种是由于学风浮躁，知识欠缺；另一种是存心作伪，另有所图。本书谈到，鲁迅在《申报·自由谈》发表杂文的稿酬是千字 6 元左右，有人夸大为千字 30 元，又有人进一步夸大为千字 90 元；此外，鲁迅在上海大陆新村的住房是顶租的，有人却说成是购置。这类错误，显然是属于第一种情况，可以通过正常的学术争鸣解决。文中提到的毛泽东是否拜会过鲁迅之争则属于后一种情况。我之所以穷数年之力跟沈鹏年论争，并非认为这件事对于鲁迅研究有何重要意义，而是为了证实鲁迅研究领域的确有作伪和证伪之争，而通过证伪能使读者开阔眼界，增长见识，同时提供若干史实考订的方法，其作用显然超越了鲁迅研究本身。

前不久，有七家研究中国文化的权威报刊跟某高校联合召开了一次“新世纪中国文学研究现状与展望”研讨会。我高兴地注意到，这次会议在触及学术规范问题时，不仅提及了一般意义上的技术规范，而且更强调了学术规范中的道德和文化层面的含义。有学者明确提出，学术规范有技术、观念、道德这三个层次。我觉得，在史料学的范畴中，统一技术规范是极容易做到的。观念层面的问题也可以通过观念更新或求同存异来解决。至于道德问题则必须通过自律和他律的双重手段加以约束。史济行、沈鹏年式的“存心作伪”就是属于“道德层面”的问题。求真是一种道德观，作伪又是一种道德观。证伪辟谬的文章显示出的不止是一种学术力量，而且还有一种道德的力量。所以我最后的一句话是：锡荣的这本新著，就显示了学术和道德的双重力量。

2002 年 7 月

14. 王锡荣著《鲁迅生平疑案》再版附记

锡荣兄发来微信，说他的《鲁迅生平疑案》即将再版，问我那篇序言是否要做些修改增补。然而，拙文写于 14 年前，业已成历史陈迹，而历史陈迹的保护原则是“整旧如旧”，不宜在上面再施刀斧。鉴于锡荣对书中所收诸篇大多作了“补记”，我也东施效颦写篇“附记”，聊发一点感慨。

我撰写这篇序言之时，虽未退休，但已因年龄过限而免去了行政职务；而锡荣当时还是上海鲁迅纪念馆的副馆长，工作中累遭困厄，直到 9 年之后的 2011 年才被任命为该馆馆长兼法人。流光如矢，本书再版之时，锡荣兄也逾耳顺之年，光荣退休了。

锡荣生来属劳碌命，退休对于他而言只不过是改换了一种工作方式。这些年来，他在主持国家重大科研项目“鲁迅手稿研究”的同时，又澄清了“左联”研究领域多年存在的很多重要疑点。对于鲁迅研究中的一些错误倾向，乃至拍卖鲁迅手迹赝品的不端行为，他也敢于“亮旗”“亮剑”。这在貌似平静而暗潮伏涌的学术界，实在是难能可贵的事情。

锡荣说，他自踏进鲁迅研究界以来，就发现这是一个充满争议的领域。这不仅是因为在科学求真的过程中本来难免见仁见智，而且因为鲁迅研究跟其他作家研究相比，意识形态色彩更为鲜明。记得 1988 年，《文学评论》第 6 期以显赫地位发表了汪晖的《鲁迅研究的历史批判》一文，呼吁挣脱“政治意识形态”的桎梏。2008 年 5 月，汪先生又出版了一本专著，记得书名就叫《去政治化的政治》。这就表明他在鲁迅研究领域倡导“非意识形态化”，无非是在批判过去居指导地位的“权威的意识形态”，而是要以另一种意识形态取而代之。

那么，颠覆“权威的意识形态”之后，我们究竟应该以什么思想指导自己的学术研究呢？有一本名为《最近四十年中国社会思潮》的专著，把自1977年以来中国的社会思潮归纳为八种：“除了居于主导地位的中国特色社会主义思想即邓小平思想之外，还有左派思潮、新左派思潮、民主社会主义思潮、自由主义思潮、民族主义思潮、民粹主义思潮和新儒家思潮。”（东方出版社2015年版，第2页，马立诚著）又有人将中国当今社会各色人等分为“左”派、“毛左”、党内改良派、“汉奸”等等。十分明显，这些思潮和社会力量都极力从鲁迅的文化遗产中挖掘和争夺政治思想资源，令广大鲁迅读者常常感到眼花缭乱，莫衷一是。比如，不少搞启蒙的学者把鲁迅定位为中国最大的自由主义者，断言他如果活在当今必然反对现行体制，或被体制迫害。信奉新儒学的学者又把鲁迅定位于中国近现代的国学大师，认为他是在反传统外衣下维护传统的典范。而在一些民族主义者眼中，鲁迅又有民族虚无主义之嫌；他毕生致力的国民性批判，竟成了“按照西方殖民者对我们的污蔑性描述，来体验我们自己的精神生活”（摩罗：《中国站起来》第21页，长江文艺出版社2010年出版）。在意识形态领域几近撕裂的情况下，就上述问题进行论辩难度极大，而实际意义又十分有限。所以，在我看来，锡荣澄清鲁迅生平史实中一些存在争议的重要问题，倒不失为一种切切实实、行之有效的工作。他的《鲁迅生平疑案》一书得以再版，就证明他的工作收获了两个效益。

做研究工作，当然首先要收集、鉴别材料。这是一项基础性工作。史料缺乏，研究工作当然会受到限制，不过影响相对小一点。可虑的是史实考订错误，那就会从中引申出荒谬的结论，误人误己。史实是历史上的客观存在，它以不同的形态（如纸上之遗文、地下之实物）呈现，也以不同的形态互证。近些年鲁迅研究界的现状提醒我们，史实考订也不是一项纯技术性的工作，其中也会涉及立场、观点和方法问题。如果立场、观点、方法出了偏差，那就会一叶障目，以偏概全，用个别的事实取代全部事实的总和。胡适曾感叹，中国掌握史料的人多，有史识的人少，这不是没有道理的。

今年夏天，北京多雨，可谓“水深”；上海高温，可谓“火热”。在“水深火热”之中，锡荣在修订他的旧作，我在增补我的旧序。在行将结束这篇附记之时，我衷心祝愿他在史料与史识的结合上不断取得更新的成果。

2016年10月

15. 图文时代的鲁迅作品

——《编年体鲁迅著作全集》代序

现在展现在读者面前的是中国新文学奠基人鲁迅的主要作品，其中包括他的全部诗歌、小说、散文、杂文以及学术专著。

中国现代究竟有多少作家？我们不太清楚。但据《中国现代文学作者笔名录》收录，从1917年到1949年10月这段历史时期内，有一定创作实绩的作家多达6000余人。中国现代究竟有多少文学作品？我们也不太清楚。但仅据《中国现代文学总书目》（福建教育出版社1993年版）介绍，这一时期出版的文学书籍多达13500种。显然，任何人都无法走近上述全部作家，任何人都无法读完上述全部作品。这是个人的局限，也是我们的遗憾。但是，这一时期的文化精神、人格理想和思想艺术的原创性，通常集中体现在其中的几位至多十几位杰出的作家身上。这类作家往往被人们尊崇为大师，受到读者发自内心的崇仰。他们遗留的作品，蕴涵了这一时期全部创作中最本质、最核心的智慧。因此，这类作品被批评家尊崇为经典，它们长留在读者记忆中，并作为传统影响于后世。鲁迅就是中国现代文学史上顶尖的大师。他的作品具有经典性，人格具有楷范性：他的思想是一座经得起持续开发的宝藏。

鲁迅作品的经典意义，决定了它不仅是当时的文化财富，而且是后代的精神资源。鲁迅著作历版不衰的原因正在于此。在众多的鲁迅著作版本中，我们推出的这一版本的原创价值，一是首次以编年的方式，展示鲁迅创作历程和思想演变轨迹；二是从鲁迅作品的实际出发，选配了两千多张珍贵的历史图片，因而成为名副其实的插图本鲁迅著作全集。

众所周知，人类文明史上有着重视图像的悠久传统。早在人类文明的拂晓期，人类就做出了通过图像来感知世界的努力。比如在旧石器时代，中国山西朔县出土的兽骨片上就已经有了羚羊、飞鸟以及猎人的图像。同一时期，欧洲出现了洞窟壁画，非洲西部出现了岩画。进入新石器时代，绘画艺术更有长足的发展。陕西西安半坡和河南陕县的彩陶，甘肃秦安的地画、内蒙古阴山的岩画，就代表了这一时期绘画的辉煌成就。出版物中文图配合的传统也十分久远。比如，先秦时代的典籍《山海经》，大约从晋代开始就有了插图本。元代刊行的《全相平话五种》，就是上图下文。至于明清时代的绣像小说，虽然只有卷头画有书中人物，但也增加了阅读的兴趣与理解。在西方，不仅在1500年前就运用图像来传播宗教教义，而且图画还逐步迈出了宗教的圣土走向了更为广阔的独立空间。鲁迅在《“连环图画”辩护》一文中提到了法国的插图版画名家陀莱，并特意购置了他为世界文学名著《神曲》《堂·吉诃德》《失乐园》《十字军》创作的插图集。鲁迅认为这些插图能帮助读者领悟文字的内容，跟文字一分开，又成了独立的艺术品。

到了19世纪30年代末期，图像文化的发展进入了一个新的历史阶段。1839年8月19日，法国政府公布了达盖尔发明的银版摄影法。紧接着，在1840年，一本名为《达盖尔式的远足》(*Excursions Daguerriennes*)的风景书籍中就使用了以达盖尔式摄影法制作的照片。19世纪50年代到80年代，数百种以照片作插图的书籍在法国、德国、英国和美国出版。从此，摄影广泛运用于现代社会生活的各个领域，成为宣传报道、科技研究和艺术创作的重要手段，摄影艺术成为造型艺术中的一个独立门类。摄影的基本特征是它的纪实性，即它所表现的对象必须是客观存在的，所表现的人物事件和环境都必须是真实的，并只能拍摄现实对象。摄影与对象之间的这种依存关系，形成了它与客观事物的对应性。所以，在记录物象实态的逼真方面，任何其他艺术样式都无法跟摄影比美。尽管摄影器材和技术发生了急剧变革，摄影者的美学观念又空前活跃，以至出现了虚构摄影和现代构成摄影，但老照片唤起历史记忆的独特功能仍然是无法取代的。

特别引人注目的是20世纪后半叶以来，随着影视技术与电子复制技术的发展，愈来愈多的视觉形象吸引了人类的眼球，并导致人类的阅读习惯发生了巨大变化。人类对世界的认知形式由图码认知、语码认知发展而为全息认知阶段。作为后现代社会突出的文化表现之一，就是读图文化的兴盛。包括摄影、电视、电影在内的视像制品和人工绘制的卡通、漫画、电子游戏等图画制品，使现代人笼罩在目不暇接的视觉信息之中。不仅大众传媒的地位日益突出，而且文学也逐渐呈现出“图说”的趋势，以至在图书市场中出现了无书不图的亮丽景观。我们编纂这套插图本的鲁迅著作全集，自然跟读者追求视像消费的新潮的推动密不可分。

但是，我们编纂鲁迅著作更深层的动因并非单纯追求图片的商业效应，而是基于图片跟文本的互补性。我们清醒认识到，文字背后的丰厚内涵决不是平面化的图像所能呈现。文字——特别是文学语言特有的形象性、音乐性、精确性和多重情感色彩决不是图像所能充分表达的。但是，与文本相关的图片却能以直观的真实性丰富读者的阅读体验，提高读者的理性思维层次，帮助读者进一步探寻文本的深层意义，使语言文字的抽象性与历史图片的具像性相得益彰。可见，图片独特的认识功能和独特的艺术魅力，也是文字所不能取代的。这一点，从鲁迅本人的经历中就能得到有力证明。

鲁迅是视觉文化的受惠者。他从小就喜爱图文并茂的古典神话、小说、笔记。插图本的《毛诗品物图考》《秘传花镜》使他获得了关于花草虫鱼的最初知识。《山海经》中“以乳为目，以脐为口，操干戚以舞”的刑天图像，在他幼小的心田中播下了反抗欺凌的种子；而那本上图下文的《二十四孝图》，又以直观的图像使他更为强烈地感觉到了封建伦理道德的虚伪残酷。儒家的礼教在鲁迅手中成为反戈一击的武器，这的确是礼教卫道者所万料不及的。图像不仅给鲁迅以理性启迪，而且给他以情感激发。幼年鲁迅从弹词《白蛇传》上目睹了法海和尚的嘴脸，联想起他破坏白娘子跟许仙爱情的粗暴和残忍，便恨不得用指甲去掐掉图像上法海的眼睛。凡对鲁迅生平有粗浅了解的人都知道，改变鲁迅命运、促使他做出弃医从文人生抉择的也是一张幻灯片——日俄战争期间，有中国人给俄军做侦探，被日军捕获，要枪毙了，而围着欣赏同胞被杀盛举的，也是一群神情麻木的中国人。他对挚友许寿裳说："中国的呆子，坏呆子，岂是医学所能治疗的么？"从此，他深知革命要先革心的道理，决定以改造中国人的灵魂为己任。鲁迅的亲身感受有力地证明，对视觉文化的影响力与感染力决不能低估。

本书配置的2000余张插图，是从近万张历史图片中遴选或依据实物翻拍的，兼具直观性、注释性和史料性，不仅能够增强读者的阅读兴趣，而且能加深读者对原著和元典的心灵感悟。比如，本书插入的金华斗牛照片，虽然画面模糊，但却提供了鲁迅当年创作《观斗》一文的灵感源泉。鲁迅在作品中还生动描绘了"始终微笑着的刘和珍君"；"前额亮晶晶惊疑地圆睁了近视的眼睛"的柔石；须发花白，高而瘦的寿镜吾；"花布裹头，去助希腊独立"的拜伦，这些描绘也都能从本书所收图片中得到印证。鲁迅作品中出现的一些器物，如古代犯人戴的枷，防止狗咬鸡的"狗气杀"，当下的青少年读者已感到陌生，本书插图则提供了这些实物的图像，看后一目了然，扫除了阅读的障碍。鲁迅作品中评介了不少中外古今的书刊，我们为此配置了不少珍贵书影，比如《蜀碧》《大宋宣和遗事》《清代文字狱档》等一批珍贵古籍、近现代文史著作版本、海外出版的鲁迅著作版本以及民国期刊中刊载的史料文献及当时的新闻图片，与文字相得益彰。

2004年12月

16. 抹不掉的红色记忆

——序《鲁迅的红色相识》

阅报，得知新近有一种“去革命化”的鲁迅宣传理论。我对此并不感到意外。像我这个年龄段的人，从懂事的时候起就一直在特定时期、特定人物的特定宣传理论影响下成长；直至年近古稀之龄，仍然无法逃避各种“宣传理论”的观念渗透。需要说明的是，我这里借用的“宣传理论”一词是一个中性概念，并不包含个人的价值判断和情感倾向。

如实地，我在未从事鲁迅研究之前，就受过一本书的深刻影响，或曰接受过一本书的“宣传”，这就是“周氏家族”重要成员、鲁迅夫人许广平的《鲁迅回忆录》。在当时，这本书不仅对我，而且对无数鲁迅研究者和爱好者而言，无疑是一本重要的启蒙读物。虽然受当时写作环境和作者记忆的局限，书中不可避免地出现了一些错讹，然而这本书的基本价值恐怕还是不能完全否定。但我并不是从“宣传”的意义上阅读这本书的，而是从了解史实的角度接受这本书的。尽管许广平先生跟鲁迅没有最直接的血缘关系，但作为这位思想家和文学家的相濡以沫、甘苦相知的伴侣，她所提供的历史见证无疑是值得重视而为他人所无法取代的。书中有若干我至今难忘的章节，比如：《向往苏联》《瞿秋白与鲁迅》《“党的一名小兵”》《为革命文化事业而奋斗》。我想，如果许广平先生活到今天，她至多也只会修正文中的个别提法，仍然确认她当年在白纸黑字上提供的那些重要史实。由于写这篇序言，我把这本回忆录中的有关章节又重新翻阅了一遍。书中提到了苏联作家协会曾多次邀请鲁迅访苏而鲁迅也为此进行了准备，提到瞿秋白多次到鲁迅家避难并跟鲁迅在文化战线并肩战斗，提到鲁迅跟李大钊、陈延年的交往，跟陈赓的会晤，帮成仿吾接关系，以及参加党领导下的三个外围组织，等等。这些史实，业已为鲁研界公认并写进了鲁迅的年谱和传记。要抹掉或淡化对鲁迅的这些红色记忆，重塑另一个模样的鲁迅，至少对于像我这种不能“与时俱进”的人，是一件不容易轻易接受的事情。

这就迫使我进一步思考史实与阐释之间的关系。据我的粗浅理解，一部鲁迅研究史其实就是一部鲁迅的阐释史。由于鲁迅生活的时代具有历史的复杂性，鲁迅的文章具有语言的模糊性和意义的多重性，不同时期的不同阐释者基于价值准则、利益诉求、生活体验和知识素养的不同，对鲁迅自然会有不同的理解和阐释。我们尊重这些不尽相同的理解。但历史毕竟有它的客观性和“本相”，文本毕竟有其总体倾向和基本内核，所以阐释又必须得到文本和史实的支撑，必须与鲁迅的本体逼近或大体契合，而不能天马行空，不着边际。对鲁迅的历史理解和文本的理解固然不易，对鲁迅精神世界的把握更是一件十分复杂的事情。由于鲁迅的内心世界是一个极为丰富并且不断消长起伏着的精神复合体，因此无视不同精神侧面的交叉互补而仅仅为了某种需要而任意取舍，就很容易从一种独断而趋于另一种独断。比如，鲁迅既重视个体尊严，更重视民族尊严；既关注个体生命，又关注群体生命；既主张大胆择取，又主张挑选辨别；既强调独立思考，又勇于服膺真理；既反对邪恶的施暴，又认同正义的抗暴，如此等等，不一而足。如果我们顾此失彼，抑扬欠妥，就难于描绘一个真实的鲁迅形象。

现在摆在读者面前的这本《鲁迅的红色相识》介绍了鲁迅跟60余位共产党人的交往。这是鲁迅博物馆社教部几位同仁合作的学术成果。作者并非鲁研界的知名人士，而只是一群默默无闻将青春奉献给鲁迅宣传普及工作的中青年人。他们决定通力合作撰写这本读物绝不是为了趋时应景，而纯粹是为了回答观众的疑问，并借此提升自己的素质和工作水平。我完全没有参与这本书的策划和写作。当我知道此事时，全书已经定稿。作者们出于对一位老同事的尊重，要我在卷首写几句感言，而我两天后就要出差，实在无法细读全文，贡献意见，只是感到他们的态度是客观的，完全以如实介绍鲁迅跟共产党人的交往过程以及这些共产党人的生平史迹为写作目标。研究鲁迅跟共产党的关系是一个专门的学术课题，一定会有高明的研究者在这些史实的基础上得出能够经受历史检验的科学结论。

最后还想就“意识形态化”的问题谈一点感想。毋庸讳言，鲁迅作品和鲁迅研究都跟政治与时代紧密相连，具有鲜明的意识形态属性。我们既反对将意识形态泛化，也不苟同文艺非意识形态化的观点。记得鲁迅在《上海文艺之一瞥》中讲过：中国的革命文学者有一种病根，就是把“革命”与“文学”当成两只靠近的船，革命高扬的时候就在革命这一只船上踏得重一点，俨然是一个革命者；而当革命遇到暂时曲折的时候，又在文学的船上踏得重一点，猝然成为文学家了。我们在研究和宣传鲁迅的工作中，也应该尽量避免发生这种摇摆，真正以“还原历史中的鲁迅”为己任。从这个意义上说，在当前出版这本《鲁迅的红色相识》是很有现实意义的，因为它唤起了人们抹不掉的红色记忆。

2006 年 9 月

17. 鲁迅文本与鲁迅精神

——李志连著《现代中国文学大厦的基石》序

大同大学李志连先生寄来一叠鲁迅研究的书稿，嘱我写一篇序言。来信中说，他教了25年中国现当代文学，又开过几次鲁迅专题课，这本书就是他在这四分之一个世纪当中教学和科研的心血结晶。对此我深为感动，因为我也教过十几年书，深知教学科研双肩挑的艰辛。李先生又是我一位朋友的朋友，而且20年前还在天津师大听过我的讲座，于公于私，我都难以拒绝他的要求。我粗略翻阅了这部书稿，印象是几乎涉及鲁迅研究的方方面面——尤其是侧重于鲁迅文本的解读。对于鲁迅杂文的思想、艺术特征，李先生梳理得更为明晰。由于李先生在艺术鉴赏论上下了一番功夫，所以他对鲁迅作品的美学特征提出了一些比较深入的看法。我没有通篇细读全文，无法对全书做出准确的学术评价，只好借题发挥，谈谈最近我对解读鲁迅作品和阐释鲁迅精神的一些粗浅的看法，就教于李先生和这本书的读者。

我感到，重读细读鲁迅文本，首先应该回应现实生活中人们普遍关注的迫切问题，使其在时代发展和民族复兴过程中不断彰显出思想和艺术的魅力，只有这样做才能使鲁迅经典在走向大众的过程中保持恒久的生命力。文学研究的主要对象是作品。鲁迅之所以成为鲁迅有一个历史过程，对鲁迅作品的认识也有一个历史过程。鲁迅作品作为文化经典当然具有一些恒定的价值，但也有些深层的内涵必须随着历史的发展深入开掘，不断感悟。鲁迅研究可以粗略划分为史实考订和文本阐释两个层面。在史实层面应该追求还原，在文本阐释层面则应该追求意义和价值的不断生发，不断为现实生活提供意义需求，在绵延不绝的传播与接受过程中充分实现经典的价值。

比如，过去我们阅读《拿来主义》这篇杂文，主要着眼于鲁迅对文化遗产的态度和文化择取的眼光，这无疑是正确的，今后仍然应该这样解读。但文章中还有这样一段话："虽然有人说，掘起地下的煤来，就足够全世界几百年之用，但是，几百年之后呢？几百年之后，我们当然是化为灵魂，或上天堂，或落了地狱，但我们的子孙是在的。"这段原来并不引人注目的议论，在出现了对资源滥采滥挖、过度开发的当下，难道不正是对时弊的一种针砭么？又如，《故事新编》中的《奔月》，过去解读时一般都停留在对英雄后羿的称颂，对贪图安逸的嫦娥的批判，以及对高长虹的影射。今天重读，看到后羿把天下动物射杀得精光，害得嫦娥天天吃乌鸦炸酱面，只好吃长生不老之药逃往月球，自然就会联想到人类对生态环境的破坏必将受到大自然报复，从而确立建设生态文明、实现人与自然的和谐相处的观念。从这种意义上解读，不也是很有现实意义么？

再如，"嫦娥一号"探月成功，又使鲁迅一篇译文序跋拂去了历史尘埃，在现实生活中重放光辉。1865年，即142年前，法国小说家儒勒·凡尔纳创作了一部科学幻想小说《自地球至月球在九十七小时二十分间》，日本井上勤译为日文，将书名改为《月界旅行》。鲁迅又据日译本重印，于1903年10月由东京进化社出版。鲁迅在译本的序言中说：大自然对人类行为有种种限制，因为有地心引力，人类难越雷池一步，不能跟星球上的生命体相交往。屈从大自然，这其实是人类的羞耻。人类是一种有希望能进步的生物，所以永不自满，产生幻想，希望能克服地心引力，战胜空气阻挠，在宇宙中自由穿行，排除一切障碍。《月界旅行》的作者表达的就是这样一种征服自然的理想。凡事理想是导因，实行是结果，春天播种，秋天必有收获，今后征服星球，到月亮旅行，即使是小贩小孩子，也都会视为平常，丝毫不觉得诧异。作为黄帝的后裔，中国人也会有兴盛的那一天。今天"嫦娥一号"探月成功，正是实现了鲁迅的预言。鲁迅在九泉之下有知，一定会昂起头来，露出会心的微笑。

除了联系现实，还有另外一种重读法，我姑且称之为“剥离法”，也就是文本史实的真实性与价值的合理性相剥离。作为一篇科学论文，其论点必须建筑在坚实的论据或数据的基础之上，如果数据出现哪怕百分之一的差错，也往往会造成重大的失误，产生严重的后果。但文艺作品中某些史实的差错，虽然也有纠正的必要，但未必能够颠覆作品中所表达的价值观。比如《热风》中有一篇《望勿“纠正”》。这篇杂文写于1924年初，开篇第一句就是“汪原放君已经成了古人了”。事实上，当时标点古典白话小说的汪原放并没有死，一直到1980年才去世，总共活了83岁。但是，鲁迅认为随便标点校改古籍会糟蹋了传统文化，这个看法无论如何也不能算错。

同样是1924年底，鲁迅又写了一篇文章，叫《记“杨树达”君的袭来》，揭露有人冒充杨遇夫（名树达）教授之名，装疯卖傻，到他家进行骚扰讹诈。文章登出之后他才知道，这位来者原来叫杨鄂生，的确是因为失恋而发疯。鲁迅于是又发表文章进行辩正，自付版面费在《语丝》周刊澄清事实：“自己造出来的酸酒，由自己来喝干。”《记“杨树达”君的袭来》虽然失实，但毕竟反映出中国“学界或文界”的复杂，才使鲁迅产生了有人“用疯子来做武器”的疑心。其实，从那时到现在，比装疯更为险恶的手段又何尝没有？鲁迅的“辩正”更反映出他严于责己、有错必纠的高风亮节。史实的错误，并不能完全否定这篇文章的伦理价值。

再如，最近我在12月5日的《中华读书报》上看到一篇文章，题为《被鲁迅先生误解的一·二八空战》，批评了《伪自由书》中的《航空救国三愿》一文。鲁迅这篇杂文指责1932年一·二八空战中国民党空军的表现：一队苏州飞来的飞机中途“迷失”了，从广州飞来的一队也迟迟未到上海。事实上，广州空军有6架飞机不仅参了战，而且打得很英勇。被鲁迅称为“洋烈士”的美国飞行员罗伯特·肖特更是英勇作战，为援救挤满苏州火车站的难民而血洒中国长空。当时日本飞机超过300架，南京政府抽调的飞机仅25架，力量悬殊，而中国空军斗志高昂，顽强不屈。《被鲁迅先生误解的一·二八空战》一文的作者认为，鲁迅对当时空军的指责“似乎有些过分”。但尽管如此，鲁迅希望国民党政府积极抗战，莫杀人民，则完全是一种正当要求，表达了当时广大群众的共同呼声。

今年9月，河南文艺出版社出版了《1981～2005：多维视野中的鲁迅研究》一书，对近20年来鲁迅研究进行了分门别类的评述，很有参考价值。其中张永泉先生撰写的《思想家鲁迅的回归之旅——鲁迅思想研究二十年》更是很有分量的一篇。这篇论文结尾一节题目是《研究仍需不断拓展与深化》。作者以鲁迅有关杂文和译后记为证，指出鲁迅后期对苏联有误读，因而又误导了读者。的确，鲁迅晚年没有机会到苏联进行实地考察，不了解斯大林执政时期的种种社会弊端，想象不到在斯大林执政的25年之中，苏联全境遍布迫害政治犯的“古拉格群岛”，被镇压的大约有420万人。今天在重读鲁迅文本时恢复历史的本来面貌是完全必要的，但是，否定斯大林模式，并不意味着否定十月革命，更不意味着可以全盘否定鲁迅当年的政治价值观——我这句话，决不是针对张先生的文章，对此必须郑重声明。因为社会主义的旗帜，正是在阿芙乐尔号巡洋舰的炮声中升起的，一升空就放射出了史诗般的光辉，给当时处于资本主义深重危机中的人类带来了希望，鲁迅也因此抬起头来看到了新世纪的曙光。就在张先生引述的那些鲁迅杂文中，仍然表现出鲁迅一些重要而正确的价值选择，以及所提出的一些伟大而神圣的终极性目标。比如在“新的智识者”身上，应该逐步消除“智识劳动和筋肉劳动的界线”（《一天的工作·后记》）；工农应该“活得象人样”，广大民众应该“做支配自己命运的人”（《南腔北调集·林克多〈苏联见闻录〉序》）。这些观念虽然跟斯大林执政时期的现状并不完全相符，但至今仍然应该成为一种人类的价值追求。所以，即使在这些带有明显历史局限性的作品中，仍然有着鲁迅思想的闪光，仍然具有一种可以作为价值基础的普世性的价值。我提出这种“剥离说”，肯定在理论上有不够完备之处，但总的目的，是避免对鲁迅文本作简单化的价值判断。

在重读鲁迅经典时还应避免一种背离作者本意的现象。事实上，没有主体、没有主观性的语言的意义是不存在的。任何作家进行创作，都会自觉或不自觉地表达一种思想，流露一种情感；也就是说，鲁迅作品总会有它的传达意图，其主旨总会有其总体指向和其基本内核，其意义总是伴随着一定语言符号的出现而产生。如果进行阐释时背离了文本实际，就会成为研究者个人的一种随意发挥。比如研究者有权利把鲁迅视为中国思想文化界的另类，也可以不赞同称鲁迅为这个“家”或那个“家”，但不宜把鲁迅的杂文《谈蝙蝠》视为他的自况。因为《谈蝙蝠》是鲁迅跟梁实秋论战时的一篇文章，认为他虽然穿的是“橡皮鞋”，而不是穿“皮鞋”和“草鞋”，但他并不是“第三种人”，因为现代科学已经证明，蝙蝠属哺乳类动物，并不是非兽非鸟，无所归属。同样，研究者完全有理由对客观事物采取一种更为复杂的分析态度，但似乎不宜认为鲁迅本人就从根本上跳出了二元对立的思维模式，因为在面对一些重大的原则问题时，鲁迅并没有完全抛弃二元对立的思维模式。鲁迅认为，文人应该有分明的是非、热烈的好恶。似是之非其实就是非，似非之是其实就是是。黑暗中虽有总有 X 分之一的光，但地球上毕竟存在光明和黑暗的对立。这种观点见诸《且介亭杂文二集·三论“文人相轻”》，表达的是鲁迅思想成熟期的观点。我们可以对鲁迅的观点采取科学分析的态度，但首先应该面对鲁迅文本所表达的观点。

比解读鲁迅文本更加艰难的是阐释鲁迅精神，因为鲁迅精神是多重思想元素交融渗透而形成的复合体。作为一位经典作家、文化大师，鲁迅从中西文化中摄取的思想元素不但广博，而且庞杂。他经过咀嚼消化之后，化为了自己的血肉，形成了一个独特的体系。如果只看到鲁迅精神世界的某一侧面，而无视或割舍其他侧面，那就如同瞎子摸象，只触及局部而忽略了整体。此外，如果对鲁迅精神的把握只停留在他人生的某一阶段，而忽视了他精神境界的消长起伏，那同样会失之于片面。

有人将“鲁迅精神的灵魂”概括为“立人为本”，这当然能成为一家之言。不过，立人思想并非鲁迅的原创。据我所知，“立人”二字似乎见诸《论语·雍也篇》：“己欲立而立人，己欲达而达人。”中国古代思想家早就有“立人为本”的思想，比如《墨子·尚贤》：“尚贤者，政之本也。”《韩非子·难势》：“贤者用之，则天下治。”《管子·修权》：“终身之计，莫如树人。”这些都说明了“立国由来倚贤士，危难尤仗出群材”的道理。鲁迅的立人思想，不仅继承了古代“为政之要，惟在得人”的观念，而且还受到了严复“鼓民力”“开民智”“新民德”的思想和梁启超“新民说”的明显影响。我认为，鲁迅的独特贡献主要是将西方的个性主义融入了立人思想（有学者指出，鲁迅关于“人各有己”的提法，就出自英国哲学家约翰·穆勒的《群己权界论》），而且将“立人”的主张贯彻在他文化活动的全过程。这在中国现代文化史上堪称凤毛麟角。

又有论者将鲁迅“立人为本”思想的精髓概括为个体尊严和个体生命的自觉意识，这在我看来似乎有以偏概全之嫌。的确，个人尊严是人文精神的核心概念之一。俗话说：“人活一张脸，树活一张皮。”古人又说：“士可杀不可辱。”这都表明，对于一个真正意义上的人来说，尊严高于生命：一方面，在任何情况下都不能丧失尊严，自堕人格；另一方面，在任何场合又都不可以侮辱他人的人格，贬损他人的尊严。人是具有社会性的，所以个体的尊严又往往与群体的尊严相联系，所以鲁迅在《文化偏至论》中将“个性之价值”与“人类之尊严”相提并论。

在西方，人的个体尊严问题是在对抗宗教神学的过程中提出来的，其目的是反对以上帝的尊严贬损个人的尊严。但是，在不公正的社会制度之下，在民族存亡的危急关头，单方面捍卫个体尊严是一件难以实现的事情，所以，鲁迅那一代爱国志士从来就是把民族尊严跟个人尊严联系在一起的，甚至把民族尊严看得比个人尊严更为重要。鲁迅在《藤野先生》一文中谈到仙台医专的日本干事托词检查他的讲义，怀疑藤野先生泄漏了试题。文章写道：“中国是弱国，所以中国人当然是低能儿，分数在六十分以上，便不是自己的能力：也无怪他们疑惑。”可见在民族尊严得不到维护的情况下，个人尊严受辱就难以避免。

在这里还可以补充一个例证。1903 年 9 月 11 日，鲁迅带周作人从上海乘船到日本。当天路过一处公园，门口悬挂了一块写着“犬与华人不准入”七个大字的金牌。周作人将此事写进了他的日记，痛感围观民众的冷漠麻木。对于鲁迅来讲，这样的刺激跟后来的“幻灯事件”具有相似的意义，都成为他弃医从文的动因。

至于个体生命，更是一种最基本的人生价值，是人生其他一切价值的前提和基础。鲁迅在《我们现在怎样做父亲》一文中就明确提出：“一，要保存生命；二，要延续生命；三，要发展这生命（就是进化）。”在《忽然想到·六》中又说：“我们目下的当务之急，是：一要生存，一要温饱，三要发展。”这些论述，都体现了鲁迅对个体生命的高度尊重。

毫无疑义，鲁迅作品中充满了强烈的生命意识。他不仅关心人的个体生命，而且表达了对一切弱小生命（包括蝌蚪、小兔……）的珍爱（参阅《鸭的喜剧》《兔和猫》），并谴责造物主对生命造得太滥，毁得太滥。然而，鲁迅的生命意识还有以下两个特点，其一是他不仅想保全自己的生命，而同时更关注着群体的生命。《伪自由书》中有一篇《中国人的生命圈》，揭示中国处于内忧外患之中，边疆上是炸、炸、炸；腹地里也是炸、炸、炸，中国人的生命圈就会越来越小，最后变成了“生命〇”。这篇杂文，就很典型地表达了他对群体生命的关注。其二，鲁迅自青年时代始，就表达了“我以我血荐轩辕”的崇高志向，愿将个体生命融入大众的生命、民族的生命。鲁迅的人生哲学，就是“向来不为自己生活打算”，“在生活的路上，将血一滴一滴地滴过去，以饲别人，虽自觉渐渐瘦弱，以为快活”（《两地书·第二集》）。鲁迅的“人生计划”，就是“随时为大家想想，谋点利益就好”（1935 年 12 月 14 日致周剑英）。鲁迅后期，更明确表示他是“和革命共同着生命”。对于鲁迅思想的升华和质变，我们也不能熟视无睹。

有些西方学者认为，物欲主义在当今已经发展成为全球的最高意识形态。人与人、人与自然矛盾空前凸显。因此，当下人类的精神需求以及应该攀登的精神境界，从发展趋势上说，不应该再停留在文艺复兴时期，而应当是对欲望的节制、对精神生活的追求、对灵魂的关注。追求的应该是人的内外和谐、群己和谐和整体和谐。

我认为这种观点并非没有前瞻意义。

把鲁迅韧性战斗精神的内涵单纯概括为反权力和反暴力，也有相当的片面性。的确，鲁迅是讲战斗的，而且讲战术，如散兵战、壕堑战、持久战，但鲁迅首先明确了战斗的目标，并不是像李逵那样，抡起板斧逢人就砍。所谓权力，是任何社会和政治体制存在的必要条件。对待权力要问它从何而来，为谁服务，如何行使，从而采取不同的态度，不能抽象地反对一切权力。鲁迅本人曾担任过校长、教务长、教育部官员一类职务，充分利用他的正当权力做了不少有益于人民、有益于社会的事情。所谓暴力，也分为正义与非正义两种不同性质。鲁迅作品中猛烈抨击过中国封建社会的酷刑暴政，愤怒揭露过北洋军阀对民众的虐杀和国民党独裁政府对革命者的摧残迫害，但他又热烈赞颂十月革命的风暴，赞颂北伐战争的炮声，而且还曾试图创作反映工农红军武装斗争的鸿篇巨制。主张痛打落水狗的鲁迅，主张以斗争反抗压迫的鲁迅，还在杂文中批评过托尔斯泰的不抵抗主义，这些都是涂抹不了的历史事实。所以，问题的关键是要正确认识历史上暴力产生的根源，以及消除暴力的正确途径。

总而言之，不论怎样对鲁迅精神进行概括，以下两点是必须注意的：一，既不能神化、圣化鲁迅，又不应该弱化或抹杀鲁迅的革命精神。弘扬鲁迅精神，是为了使鲁迅精神融入时代精神，在现实生活中充分发挥其价值引导作用、思想教育作用和行为规范作用。这是对鲁迅先进思想的强化与坚守，而不能在去英雄化、去政治化、去意识形态化的口号下反其道而行之。二，无论怎样对鲁迅精神进行概括，都必须符合鲁迅的文本实际和思想发展历程。如果得不到相应的文本支持和史实支持，任何人对鲁迅精神的随意发挥都只能成为一种学术时尚和自说自话。

我的上述看法，肯定不会得到普遍的认同。这是一种正常的学术现象，因为有差异才会有争鸣，在争鸣中才会碰撞出真理的火花。历史运动总是取决于社会各种力量无数个平行四边形对角线的合力。一部学术发展史也取决于各种思潮流派、各种不同观点形成的合力。因此，在鲁迅研究领域，尊重差异不能只停留在自由主义者的口头，而应该落实在学术活动的全过程。我不仅希望读者能以这种宽容博大的胸怀对待我的一孔之见，更希望读者以同样的态度对待李先生这部浸透他几十年酸甜苦辣的呕心沥血之作。

2006 年 10 月

18. 民族的良知

——王宗凡著《鲁迅柏杨比较研究》序

我初见柏杨，是在 1990 年 12 月 13 日台北文化界的一次聚餐会上；他最后一次亲笔给我写信，是在 2005 年 8 月 26 日。在这十五年间，我跟他曾在台北和北京多次晤面；每年岁末，也常用写年终信的方式互致问候。其间柏杨先生对我帮助甚多，也宽宥过我出于善意的失误。柏杨夫人、诗人张香华女士同样对我多有帮助，特别是 2001 年 10 月，我率中国作家代表团参加第 38 届贝尔格莱德国际作家笔会，熟悉东欧诗坛并能说一口流利英语的张女士更对我多有关照。我是一个十分念旧并铭记他人滴水之恩的人，所以虽然卑之无甚高论，我仍愿意借这个场合做一个粗浅的发言。

可能因为我曾经以鲁迅研究为职业，所以我跟柏杨的交往，竟是从谈鲁迅始，至谈鲁迅终。

柏杨第一次跟我深谈时就涉及他跟鲁迅的比较问题。他对这次谈话十分重视，当场进行了录音，临别前特意将录音带赠我。我根据记录稿和录音带整理了《他在争议中保持自我》一文，得到了他的首肯。他当时说："有人一直质问我，你配跟鲁迅相比吗？我想，如果我崇拜的鲁迅还存在的话，他会责备这种说法。怎么不能比较呢？后人永远应该超过前人。我认为鲁迅是可以批评的。如果变得不能批评，鲁迅也就丧失了生命。鲁迅的价值如果用不许批评来维护，那就会变得没有价值。我们应该从批评中发掘出一个真正的鲁迅，有价值的鲁迅！"他又说："我要是说我不如鲁迅，你们会说我谦虚；我要是说我比鲁迅好，你们会说我自大。我有一个原则，我要不避讳地说：一个民族应该一代比一代强，这样我们的民族才会有希望。假如我们像武侠小说里的侠客，无论怎样拼命练功，武功都超不过他的祖师爷，那这个民族是蛮悲哀的。我们应该有这样的自我要求和期许：没有一个人是不可被超越的。不过，我还是要说，鲁迅是了不起的。我对鲁迅的文章和风骨是非常崇拜的。我只是不赞成把鲁迅政治化，不愿看到他占据耶稣和孔子的位置，变得神圣不可侵犯。神化鲁迅会使他变得僵化，失去应有的作用。思想的东西是不能政治化的，这才能够活泼，有生命力，才能够发出光芒。”柏杨在给我的最后一封信中，又回忆起这次重要的谈话，他补充说：“我怎么敢跟鲁迅先生相比，只是吹吹大话，表示我不同凡品罢啦！中国人好膨胀，此是一次而已。”柏杨的自嘲，也反映出他垂暮之年的平和与谦逊。我感到，只有将他谈话的观点和信中的观点相联系，才能比较全面地反映出他的鲁迅观。

其实，柏杨信中所说的“相比”就是比较的意思，并不是《水浒传》中的梁山泊英雄排座次。至于比较之后得出的结果是“大同小异”还是“大异小同”，是形神俱似还是形似神不似，这是一个见仁见智的问题，可以在学术领域进行争鸣，但不要将这种分歧引入政治斗争的轨道。

在我看来，柏杨跟鲁迅一样，都是“斗士型”的作家。我以为中国现当代作家至少可以分为三类：一类是学者型，如钱锺书、季羡林；一类是绅士型，大部分自由主义作家如徐志摩、林语堂等均可归入这一类型；另一类是斗士型。鲁迅 1908 年发表的《摩罗诗力说》就是一篇文学斗士的宣言。文中对“摩罗”诗人给予了高度评价，认为老子提倡的“无为”“不争”的思想是中国社会长期停滞以及文艺萎靡不振的重要的原因。鲁迅解释说，印度文中的“摩罗”一词本意指天上的魔鬼，欧洲人把它叫做撒旦。所谓“摩罗”诗人，就是那种立意在反抗、目的在行动而为世人所不大喜欢的诗人，就是那种反对天命、反抗世俗、争取个性解放的诗人。鲁迅文化活动的始终都贯穿了这种“摩罗”精神。他跟重于磐石的黑暗势力搏斗，跟人类灵魂深处的丑陋面搏斗，跟自身的弱点、局限乃至缺点、错误搏斗。在他看来，面对压迫要斗争，对敌宽容是纵恶。他的铮铮硬骨，是支撑中华民族精神大厦的擎天梁柱。

柏杨跟鲁迅一样，也经历了中国现代史上的大忧患、大动荡、大转折——柏杨称之为“民族的灾难，时代的灾难”。替柏杨整理回忆录的周碧瑟博士无限感慨地问他：“您的灾难，怎么没完没了？”然而，正是重重灾难帮助柏杨学会了认识中国社会，学会了认识中国人。他跟鲁迅一样，置身于风沙扑面的荒漠中，宁可被沙砾打得遍身粗糙，头破血流，自己悄悄去抚摩伤痕，舐干凝血，也仍然直面惨淡的人生，肉搏空虚的暗夜。林语堂在《鲁迅之死》一文中认为鲁迅是一位斗士。他写道：“德国诗人海涅语人曰，我死时，棺中放一剑，勿放笔。是足以语鲁迅。”

柏杨也把自己视为“孤独作战的游击战士”。在他看来，杂文是一把匕首或一条鞭子，能成为对抗暴政的利器。每当遇到不公正的事情，他就像听到号角的战马，忍不住奋蹄长嘶（《柏杨回忆录》，第 235 页，台北远流出版公司，1996 年 7 月出版）。柏杨的思想具有鲜明的否定性——这是作为斗士型作家的重要表征。面对传统文化，他惯于以反传统角度立论，从中挖掘奴才政治、畸形道德、个体人生观、势利眼主义的祖坟。面对中国人的国民性，他也惯于从文学审丑的角度进行剖析，凸显出其中的病态、荒诞、畸形等负面因素。

2005 年 8 月，同心出版社重版了柏杨的《中国人史纲》，并在中国现代文学馆召开了一次小型学术座谈会。我在会上作了一个即席发言，指出柏杨和鲁迅都是斗士型的作家。估计是柏杨夫人张香华女士将会上的音像资料带回到台北，多次动过手术的柏杨在病榻听到了与会者的发言录音，便在同年 8 月 26 日给我信的中说：“参加‘中国人学术研讨会’，所加‘斗士’封号，我马上就戴起来，千万人都摘不掉。不信，试试看。我已 85 岁了，谁怕谁？who 怕 who？”这番话虽含戏谑的成分，但也的确表现出他对这一“封号”的认同和喜爱。

柏杨跟鲁迅的另一共同之处，就是他们都是赤诚的爱国主义者。早在青年时代，鲁迅就发出过“我以我血荐轩辕”的战斗誓言。柏杨同样有一颗火热的中国心。他说:“我爱我的国家,象爱我的母亲。”他期望能有一天,“百年睡狮终开眼,巍然众志化长城”(柏杨:《感奋》)。即使他们的作品中有一些非学理性的表述和偏激的议论,也是出于一种矫枉必须过正的心态和用石头压驼背的苦心。柏杨援引过一句古语:“知耻近乎勇。”他明确表示,他抨击“酱缸”文化,批判“丑陋的中国人”,并不是妄自菲薄,而是希望同胞矍然醒悟,发奋图强。鲁迅生前关爱台湾同胞——特别是台湾学子,希望“中国全土必须沟通”(《三闲集·看司徒乔君的画》)。柏杨也明确反对“台独”,盼望祖国早日和平统一。

据我所知,柏杨对大陆的认识和态度有一个变化过程。1986 年底,他的《丑陋的中国人》一书由湖南文艺出版社出版,赞赏者有之,批评者亦有之,掀起了一场风波。1988 年 9 月,他跟夫人张香华重回大陆。他的故乡辉县没有征得他的同意,就请雕塑家李学为他塑了一尊高大的胸像。他当时有几分激动,有几分感伤,也有几分感激;但 1991 年,这尊塑像忽然被拆除了。这种情况,无疑使柏杨的家园之思受到了挫伤。1991 年 6 月,柏杨赴马来西亚的吉隆坡访问,有人向他询问他的塑像为什么忽建忽拆。同年 7 月 12 日,柏杨回台北后写信给我谈到这一情况,并附了一首小诗:《塑像》:“它什么时候竖起 / 我不知道 / 它什么时候消失 / 我也不知道 / 只是有那么多的人为它忙碌 / 使我站在桥头笑。”

1993 年和 1998 年,柏杨又两次重返大陆,目睹了改革开放带来的深刻变化。哪怕是宾馆、医院服务态度的改善,都能使柏杨备感宽慰和欣喜。他断言中国是会万马奔腾的;即使 21 世纪还不是中国的世纪,但 21 世纪肯定会是中国的世纪。1995 年冬,我到台北新店去探望他,发现他身体日衰,头发斑白,裹着护腰,但热情如旧。他忽然跟我谈到了两岸统一问题。他说,“台独”只能带来战争,而他崇尚的是和平和自由。他认为“一国两制”的构想也很好,关键是要有实现这种制度框架的可靠保障。他告诉我,他的“台独”朋友很多,写了很多书,说他不是中国人啦,他不是中华民族啦,这毫无意义,因为他明明是中国人,写再多书都没有用,这是血统问题。只要大陆改革开放成功，台湾人就不会有独立的想法。他希望大陆同胞多来台湾走走，增加对台湾的好印象；台湾同胞也多到大陆看看，增加对大陆的好印象。他还说，两岸同胞在一起，不要首先去触动那些极具敏感而又一时无法取得共识的问题，可以先谈体育，谈艺术，甚至于谈女人。行文至此，正值两岸经贸文化论坛在湖南长沙举行，包括民进党成员在内的两岸同胞聚集一堂，谈出版，谈教育，谈演出，谈电视，谈汉字，证明了柏杨预见的正确。就在这次谈话中，柏杨乐观地对我说：中国只有一个，中国人同文同种；统一不靠枪炮，说不定哪一天，唱着歌，摇着鲜花，两岸就实现统一了。我祈盼在不久的将来，柏杨构想的愿景能变成美好的现实。

柏杨和鲁迅的第三个共同之处，就是他们都坚持现代中国知识分子的立场。1927 年 10 月 25 日，鲁迅曾在上海劳动大学发表题为《关于知识阶级》的讲演。鲁迅认为真的知识阶级是不顾利害的，总是要站在平民立场发表倾向于民众的意见，“他们对于社会永不会满意的，所感受的永远是痛苦，所看到的永远是缺点，他们预备着将来的牺牲，社会也因为有了他们而热闹，不过他的本身——心身方面总是苦痛的”（收入《集外集拾遗补编》）。我感到，鲁迅所说的知识阶级跟 1987 年拉塞尔·雅各比在《最后的知识分子》（*The Last Intellectuals*）一书中提出的“公共知识分子”的概念十分吻合。如果说，所谓“公共知识分子”（public intellectual）是指那种面向公众发言，为公众利益而思考，就公共事务中的重大问题发表见解的知识分子，那么鲁迅和柏杨无疑都属于公共知识分子的范畴。他们虽然都有文史方面的专业知识，但并不以主要精力致力于学术自身的探求，而是以大众媒体为阵地，以发表文字和言论为手段，以文明批评与社会批评为切入点，力图通过国民性和传统文化的改造和重建来求得社会根本问题的解决。鲁迅的名言是“横眉冷对千夫指，俯首甘为孺子牛”，柏杨的名言是“不为君王唱赞歌，只为苍生说人话”，这正是他们作为公共知识分子的重要标识。

毋庸讳言，柏杨跟鲁迅之间当然存在着诸多方面的差异。学术研究要想深入，就必须进行差异化思考：不是求同去异，而是要把差异的一切还给差异。1984 年 11 月 27 日，柏杨跟美籍华裔作家聂华苓在爱荷华进行过一次“炉边漫谈”。聂华苓对柏杨说：“鲁迅的杂文是知识分子杂文，火药味很浓，而你的杂文是三教九流，表面嘻嘻哈哈开玩笑，其实眼泪往肚子里流，是什么人都可以看的杂文。”对于柏杨的小说，聂华苓的看法是“情节重于人物的刻划”。柏杨夫人张香华对此表示赞同。而鲁迅的小说则情节单纯，着意于人物性格塑造，从社会原因和性格原因两方面来叩问悲剧产生的根源。在政治倾向上，鲁迅跟柏杨的差异也无须回避。早在青年时代，鲁迅就对西方代议制政治进行过批判；他生平的最后十年，更对十月革命之后的苏俄进行过肯定并为之辩护。柏杨的民主观和人权观则更接近西方的主流意识形态。鲁迅在战斗中采用了“壕堑战”的战术，而柏杨却“不设防”；鲁迅的幽默比较雅致，而柏杨的幽默却比较野俗。鲁迅直到逝世之前仍然强调对“论敌一个都不宽恕”，而柏杨晚年却趋于包容平和。他说，“让步是一种能力”；又说，“我只有瞧不起的人，还有被我认为可怜的人，但我一直学习用朋友对我的态度，同样的原谅包容这些人”。

对于柏杨晚年的“温和的思想”和包容的性格，我有过切身的感受。我记得他说过：“要做一个自己有尊严，而且也尊重别人尊严的人；要做一个有诚信，和一个有能力包容别人的人。”这使我感到宽容不仅是一种处世智慧，而且是一种胸怀和品德。在构建和谐社会的过程中，宽容大度和睚眦必报所产生的社会效果是截然相反的。特别是由于自身的不足和一时的误会而给对方造成永久的伤害，更是一种应该自责的不良行为。不过，我感到探讨柏杨的“宽恕”思想时，不仅要联系古今中外的有关经典，而且还要联系出现在柏杨身边的一些鲜活人物。

据我所知，柏杨是一个不承认自己有师承的人，更反对宗教皈依性质的师承。他对我说：“一个人思想的形成，跟生理上的血缘一样，影响来自多方面的因素。亚里斯多德、孟德斯鸠都没有到过美国，但他们也有美国式的民主观念。”比如柏杨把中国的封建文化称之为混沌而侵蚀力极强的“酱缸”文化，就是受到孙观汉博士的影响，原以为发明权属于孙博士，根本不知道鲁迅曾在《热风·随感录四十三》《两地书》和《花边文学》中的《偶感》中曾多次把中国比喻为“黑色染缸”。孙观汉先生倡导的“爱心”，对柏杨的影响更大——特别是孙先生将爱心应用于社会、政治和友情方面的努力。1989年8月，柏杨在台湾《文讯》杂志发表过一篇文章，题为《赋给我们爱心的人——孙观汉先生，我深敬爱您》，明确承认他的爱心是孙先生赋予的。这位被称为“台湾原子科学之父”的孙先生，为搭救素不相识而无辜入狱的柏杨，付出了长达十年之久的眼泪、时间、金钱和尊严。我感到，孙先生的胸襟和见识对柏杨的影响，绝不会小于胡适。1990年10月下旬，孙先生来北京治疗腿疾，我曾负责接待，也切身感受到了他的宽容和爱心。在柏杨的友人中，当然还有不少深受胡适影响的人士，如《胡适杂忆》的作者唐德刚教授等。我这样说，并不是否认胡适对柏杨的具体影响。我的意思是：在分析柏杨思想的形成和演变时，不能忽略他生活中的良师益友。柏杨说，良师就是益友，益友就是良师。这些良师益友跟古今中外的经典著作一样，都是滋润他心田的甘霖雨露，为研究者所不能忽视。

记得鲁迅去世之后，上海民众代表在他的棺木上敬献了一面白底黑字的“民族魂”锦旗。“魂”，就是精神。在鲁迅身上正体现了这种“埋头苦干”“拼命硬干”“为民请命”“舍身求法”的民族精神。柏杨也是以泪为盐，以血为墨，以笔代言，力图“为天地立心，为生民立命”，将人生的苦难化为杂文、小说、诗歌、文史论著……在他身上，也体现了民族的良知。鲁迅和柏杨出现在中国现当代文坛，给广大读者带来了人生智慧和艺术陶冶，为中华民族的心灵史、性格史和文化史留下了华彩篇章。但他们的出现却是孕育于民族危机和阶级矛盾的母胎，他们作品的存在表明了他们所抨击的时弊尚未消亡。从这个意义上，我们又祈望有另一种文化性格和另一种艺术风格的大师和经典出现，为伟大时代谱写新篇章，让更多的中国文学优秀成果走向世界。

2012 年 4 月 29 日

19.“交谊至深，感情至洽”

——丁仕原著《鲁迅与郁达夫之间》序

新时期以来，每当出现无端贬损鲁迅的文化现象，或者让鲁迅作品在现行教材中“大撤退”，维护鲁迅的人们就习惯于援引一段名言：“没有伟大的人物出现的民族，是世界上最可怜的生物之群；有了伟大的人物，而不知拥护，爱戴，崇仰的国家，是没有希望的奴隶之邦。”这段文字出自郁达夫的《怀鲁迅》一文，原载 1936 年 11 月 1 日出版的《文学》杂志第 7 卷第 5 号。

曹丕《典论·论文》中有一句流传至今的话：“文人相轻，自古而然。”但这一极具普遍性的现象并不适合于鲁迅和郁达夫。1932 年，日本增田涉负责选编《世界幽默全集·中国篇》，原选收《今古奇观》《儒林外史》《笑林广记》及民间文学作品共八篇，近代作品只收了鲁迅的《阿 Q 正传》。鲁迅在同年 5 月 22 日致增田涉信中建议增补郁达夫的小说《二诗人》，以及张天翼的《轻松的恋爱故事》。为了帮助增田涉译好郁达夫作品，鲁迅不仅寄去了《郁达夫全集》第 6 卷，而且耐心为增田涉进行讲解。比如《二诗人》中有一些外国人难懂的专有名词，如“滴笃班”“亭子间”“中南小票”“角子”“细钿”“臭豆腐”“结拜兄弟”“油炸馄饨”“三鞭壮阳酒”，译者都感到难以理解；还有一些中文的日常用语，如“搁起了腿”“急得什么似的”“痴不像痴傻不像傻”，译者也不能准确把握其含义。鲁迅为了给增田涉释疑解惑，不但用中日两国文字耐心说明，而且还在有些词语旁边手绘了图示，以加强直观性。1934 年，美国伊罗生提议编译一本英文版的中国现代短篇小说集《草鞋脚》，委托鲁迅和茅盾提供选目并撰写简介。鲁迅认为这是一部显示中国“文学革命”

实绩的作品集，译介到西方很有意义，便又推荐了郁达夫的小说《迟桂花》——这篇诗意盎然、意境幽远的小说，是郁达夫小说中技巧最为圆熟之作。1936年四五月间，美国记者斯诺采访鲁迅，问到五四以来中国最优秀的小说作者是谁，鲁迅提供了八个人名，其中就有郁达夫。

对于鲁迅的作品，郁达夫更为推崇。早在1928年8月16日，郁达夫就在《北新半月刊》第2卷第19号发表了《对于社会的态度》一文。鉴于国民党刊物《青年战士》对鲁迅等革命作家进行攻击，郁达夫明确指出：“至于我对鲁迅哩，也是无恩无怨，不过对他的人格，我是素来知道，对他的作品，我也有一定的见解。我总以为作品的深刻老练而论，他总是中国作家中的第一人者，我从前是这样想，现在也这样想，将来总也不会变的。”1933年1月，针对有人（包括革命文艺阵营内部的人士）攻击、否定鲁迅的小说，郁达夫写了一首七绝《赠鲁迅先生》：“醉眼朦胧上酒楼，《彷徨》《呐喊》两悠悠。群盲竭尽蚍蜉力，不废江河万古流。”对于鲁迅、许广平的《两地书》，郁达夫认为是“味中有味，言外有情”；对于鲁迅的杂文，郁达夫的评价是“能以寸铁杀人，一刀见血”。对于鲁迅思想，郁达夫也有一番十分精辟的论述：“当我们见到局部时，他见到的却是全面。当我们热衷去掌握现实时，他已把握了古今与未来。”即使对鲁迅并未完成的历史小说《杨贵妃》，郁达夫也认为其构想“妙不可言”，如果写出，一定会在小说界辟一新生面。1936年12月郁达夫访问台湾，在跟文学青年的座谈会上指出“《阿Q正传》一定会流传后世”。1939年初，郁达夫赴南洋编辑《星洲日报》副刊，经常撰写和登载弘扬鲁迅业绩的文字。但是，他并不赞成仅仅在文体和文风上机械模仿鲁迅，而主张继承和发扬鲁迅的爱国热忱。

正是在这种相互尊重与理解的基础上，鲁迅与郁达夫在创作上有过成功的配合。1928年8月8日，《申报》刊登了《咖啡座·上海咖啡》一文，作者署名“慎之”，说上海有一家革命咖啡店，是文艺界名人理想的乐园，出入者有孟超、潘汉年、叶灵凤等，也有鲁迅和郁达夫，他们在那里或高谈，或沉思。郁达夫读后撰写了《革命广告》一文予以批驳。因为创造社、太阳社的批评家不但在文章中把鲁迅说成是“的确不行了”的“老头子”，并且滥用“阶级”“革命”“意识形态”等新名词，所以郁达夫用讽刺笔调写道，“因为‘老’，就是不革命，就是反革命”，所以“不革命的老人鲁迅”是不会迈进“革命咖啡店”的。郁达夫还援引了鲁迅挖苦这类肤浅的“革命文学家”的话：“你若要进去，你须先问一问，‘这是第几阶级的？’否则，阶级弄错了，恐怕不大好。”更值得注意的，是郁达夫说自己也是“一个不革命的小资产阶级”，“有”的只是“有闲”，“有闲”，失业的“有闲”，乃至第几千几万的“有闲”。凡熟悉“革命文学论争”的读者都会知道，“闲暇，闲暇，第三个闲暇”是成仿吾“以无产阶级之名”讽刺鲁迅的用词，鲁迅曾选编《三闲集》一书予以反击。成仿吾跟郁达夫同为创造社的发起人，早在1918年就结下了深厚的文字因缘。但在这场论争中，郁达夫却坚定地站在了鲁迅一边。鲁迅也写了一篇回击“慎之”的杂文《革命咖啡店》，跟郁达夫的《革命广告》一文堪称双璧。在跟梁实秋的论争过程中，鲁迅跟郁达夫的配合显得更为默契。梁实秋的《卢梭论女子教育》发表之后，鲁迅撰写了批驳文章《卢梭与胃口》《头》。郁达夫的批驳文章写得更多，如《卢梭传》《卢梭的思想和他的创作》《翻译说明就算答辩》《关于卢梭》，以致遭到了梁实秋的人身攻击。

鲁迅与郁达夫的成功合作，更突出表现于合编文学月刊《奔流》。该刊1928年6月20日创刊，1929年12月20日停刊，共出15期。这是一份侧重翻译介绍外国革命文艺作品和理论的刊物，编辑意图是想“把那些犯幼稚病的左倾青年，稍稍纠正一点过来”（郁达夫：《回忆鲁迅》）。郁达夫在该刊共发表译文及答读者问12篇（其中小说《幸福的摆》分上、下篇），几乎每期目录页都会出现他的名字，其中重要的译文有《伊勃生论》《托尔斯泰回忆杂记》等。鲁迅对郁达夫的观点和努力给予了充分肯定。如郁达夫认为德国作家鲁道夫·林道的《幸福的摆》有世界主义和厌世主义倾向，鲁迅在《〈奔流〉编校后记·二》中指出，“这是极确凿的”。郁达夫翻译的《托尔斯泰回忆杂记》刊登时，鲁迅在“编校后记”中更予以高度评价。

对于鲁迅为《奔流》付出的艰辛劳动，郁达夫也给予了充分肯定。他坦率承认：《奔流》名义上是他跟鲁迅合编的刊物，但约稿、校对、寄发稿酬这些琐事都是鲁迅一人出的力。

鲁迅和郁达夫在美术领域也有过合作的范例。1933 年秋，上海良友图书公司赵家璧先生约请鲁迅、郁达夫译介比利时木刻家麦绥莱勒的木刻。鲁迅译介了《一个人的受难》，郁达夫译介了《我的忏悔》。麦绥莱勒十分感动地说："这是全人类四分之一的人对我艺术的支持。"不过也有一些合作计划未能实现。比如，1924 年，鲁迅建议跟郁达夫合编一部小说选，专收各地定期刊物发表的新人新作。后来，郁达夫去武昌执教，鲁迅南下厦门，"大家走散了"，这项计划遂成泡影。又如，1930 年 4 月 20 日，鲁迅致函郁达夫，建议合译《高尔基全集》，每人翻译两本，但由于鲁迅"忙得几乎没有自己的工夫，达夫似乎也不宽裕"（参见 1929 年 11 月 8 日致章廷谦），这项计划又未实现。

在谈到鲁、郁之间的合作和友情时，读者自然还会想到跟郁达夫有关的那几首鲁迅旧体诗，如五绝《无题》（"烟水寻常事"）、七绝《无题》（"洞庭木落楚天高"）、七律《自嘲》、七绝《答客诮》等，其中关系最为直接的是鲁迅那首著名的七律《阻郁达夫移家杭州》。原作无题，高疆先生在 1934 年 7 月 20 日出版的《人间世》第 8 期发表《今人诗话》时添加了此题。杨霁云先生辑录《集外集》时又加以沿用。因为《集外集》出版之前鲁迅曾经过目并撰写"序言"，所以研究者据此认为这个题目是经过鲁迅审定的。记得我初读《今人诗话》时有一种直觉，感到署名"高疆"者是一位跟郁达夫和周氏兄弟交情都不浅的人，嗜好抽烟，文笔"幽默"，怀疑就是该刊主编林语堂的化名，但至今并无确证，不排除有妄测的可能。

这个诗题带来了一个疑问：鲁迅为郁达夫当时的妻子王映霞书写此诗是 1933 年 12 月 30 日，而郁、王二人移居杭州是在此前的八个月，即当年的 4 月 25 日。有研究者因此怀疑这个诗题的合理性：既成事实，再"阻"何用？我认为，这是对"阻"字的狭隘理解。通观全诗，鲁迅是认为杭州当时的生存环境跟吴越王钱镠的时代一样黑暗，根本不适合进步文化人居留。他对郁达夫既可劝阻于前，也可劝阻于后；更何况在1936年春“风雨茅庐”建成之前，郁达夫常奔波于沪杭两地。郁达夫回忆，他因不听鲁迅的忠告，终于搬到杭州去住了。由这句话推测，鲁迅有可能言谏于前，诗谏于后；也可能先有诗作，后书条幅。总之，这些都无妨于对本诗主旨的把握，似不必深究。

对诗中“何似举家游旷远”一句中“旷远”一词的理解，研究者也有分歧：张向天在《鲁迅旧诗笺注》中解释为“天高皇帝远的上海租界”，陈梦韶在一篇诠释文章中解释为“遥远的解放区”（《文史哲》1978年第3期），还有人解释为“广阔的革命斗争”；更有一位研究者说，这暗示鲁迅希望郁达夫“举家去苏联游历一次”（《试谈鲁迅赠郁达夫的两首诗》，载《语文教学研究》1979年第4期）。其实，“旷远”就是杭州之外的其他广阔遥远之地，意即逃脱了政治高压，郁达夫才能有所作为。但这个“旷远”究竟在哪里，鲁迅心中并没有实指。鲁迅曾说，他规劝老朋友林语堂不要一味玩幽默，但“并不主张他去革命，拼死”；“他能更急进，那当然很好，但我看是决不会的，我决不出难题给别人做”（1934年8月13日致曹聚仁）。同样，鲁迅也决不可能给郁达夫出难题，让他去苏联或解放区。

郁达夫对鲁迅的深情厚谊不仅表现在平时的合作，尤生动表现在动乱岁月或非常时期。1932年1月28日上海战争爆发，鲁迅一家突陷火线中，在日本友人内山完造先生的帮助下离寓避难，一时下落不明。郁达夫化名“冯式文”，以鲁迅亲戚的身份在1932年2月3日的《申报》刊登寻人启事，希望能尽快取得联系，表现出超越于亲情的友情。1936年10月19日，鲁迅溘然去世。当时郁达夫在福州担任福建省政府参议。那天晚上，郁达夫在福州仓山区南台岛一家餐馆吃饭，同席一位日本记者告知这一噩耗，他开始以为是谣传；席未终即至报社，从中央社电稿中才证实了这一消息。郁达夫立即通过《申报》给许广平拍发了唁电：“骤闻鲁迅噩耗，未敢置信，万请节哀，余事面谈。”他当晚打点行装，翌日凌晨就匆匆跳上三北公司的靖安号轮船返回上海。途中手书一条幅：“鲁迅虽死，精神当与我中华民族永在。"22 日上午 10 时船刚靠岸，他就跑到胶州路万国殡仪馆，将热泪抛洒在鲁迅灵前，又亲自送葬至万国公墓。郁达夫的上述表现，跟某些"鲁迅战友"当时的表现形成了强烈对照。

鲁迅去世之后，郁达夫撰写了一些纪念鲁迅、缅怀鲁迅的文字，其中最重要的是 1939 年 3 月至 8 月刊登于上海《宇宙风乙刊》的《回忆鲁迅》一文。这篇片断式的文章大约 15000 字，从鲁迅丧事写起，回忆了他在北京、广州、上海时期跟鲁迅交往的一些重要片断。文中偶有小误，比如他说跟鲁迅初见是在北京西城"砖塔胡同一间坐南朝北的小四合房子里"，而实际上是在 1923 年 2 月 17 日周作人做东的一次午宴上；有些看法也还可以榷商，如文中援引一位学生的话，说鲁迅"不穿棉裤，是抑制性欲的意思"。但总体而言，内容十分真实，其中回忆鲁迅在北洋政府教育部"做官"，以及对章士钊提起诉讼的心态，跟现代评论派和创造社的纠葛，与周作人绝交的原因，尤具参考价值。还有一些内容，对澄清目前鲁迅研究领域的一些问题也颇有裨益。比如有人说鲁迅临终前曾断然表示"日本我是不去的"；而郁达夫几次提到，鲁迅跟他约好于秋天同去日本看红叶。又有人说北洋政府和国民党党部行文通缉鲁迅纯属子虚乌有，而郁达夫则证实"南京的秘密通缉令，列名者共有六十几个，多半是与民权保障自由大同盟有关的文化人。而这通缉案的呈请者，却是在杭州的浙江省党部的诸先生"。这份通缉名单中，既有鲁迅，也有郁达夫。郁达夫还进一步谈到，"各地党部的对待鲁迅，自从浙江党部发动了那大弹劾案之后，似乎态度都是一致的"。由此可见，轻率否定国民党浙江省党部呈请通缉鲁迅是站不住的。

谈及鲁迅跟郁达夫的情谊，不少人都会感到奇怪，因为他们的性格、气质、文艺观点、创作风格的确存在很大的差异。在性格气质方面，鲁迅坚韧峻急，不惧惮生活的风沙和灵魂的粗糙。郁达夫虽然有时也呈现出个性刚毅的一面，但在外来攻击面前常常表现得神经纤细，异常脆弱。鲁迅生活态度十分严肃，宁自虐而不放纵，而郁达夫则作风浪漫，甚至伪装颓唐。在人际交往上，鲁迅跟郁达夫的爱憎好恶有时截然相反。比如，鲁迅十分憎恶现代评论派的正人君子，乃至扩大打击面，把丁西林、李四光、阳翰笙这样的进步学者都视为“论敌”，而郁达夫却跟现代评论派成员保持着良好关系，并一度希望创造社能跟《现代评论》合作，郭沫若在日本得知这一消息不禁伤心痛哭。鲁迅特别反感徐志摩的诗作，而郁达夫跟徐志摩在杭州府中学同班又同宿舍，两人感情甚笃。鲁迅文艺思想形成和发展的脉络比较清晰，后期尤自觉学习新兴文艺理论，而郁达夫的文艺思想则相当庞杂：法国法朗士的“作品是作家自叙传”的观念、卢梭的“反归自然”说、德国麦克斯·施蒂纳的个性主义和自我表现意识、18 世纪英国文坛的感伤主义，特别是自然主义影响下产生的日本“私小说”，都在郁达夫的作品中留下了斑驳的艺术投影。鲁迅坦率承认，“对于文学的意见”，他跟郁达夫“恐怕是不能一致的”（《伪自由书·前记》）。比如郁达夫认为杜甫律诗的创作成就超过了他的古体诗，而鲁迅则认为杜甫的律诗尚可模仿，而其古体风力高昂，无法企及。对于郁达夫的小说《迷羊》，鲁迅也公开表示过反感。就创作成就而论，鲁迅是杂文第一，小说第二，诗词散文影响第三。而郭沫若、刘海粟等认为，郁达夫是诗词第一（共 412 页，词 10 阕），散文第二，小说第三，评论第四。林语堂认为鲁迅首先是一位战士，他在《鲁迅之死》一文中写道：“德国诗人海涅语人曰，我死时，棺中放一剑，勿放笔。是足以语鲁迅。”而郁达夫却在民权保障同盟成员聚会时对美国记者史沫特莱说：“我是作家，不是战士。”（I am not a fighter, but only writer.）我相信这是肺腑之言。

既然有如此之大的差异，鲁迅为什么还能跟郁达夫保持十几年如一日的友情呢？对以上设问，鲁迅方面的解释是：郁达夫虽是创造社元老，但却稳健和平，无“创造气”——意即没有那种唯我独左、唯我独革，似乎连出汗打喷嚏也全是“创造”的神气。郁达夫谈到他之所以能跟鲁迅缔交，“一则因系同乡，二则因所处的时代，所看的书，和所与交游的友人，都是同一类属的缘故”（《回忆鲁迅》）。

我以为，除了以上原因，包容和宽厚是维系他们友情的一根强有力的纽带。包容并不是不辨是非，而是以平和的心态对待文化差异，在学术、文艺的范畴进行切磋，虚怀若谷，互相尊重，取长补短，相得益彰。1927 年 5 月 1 日，郁达夫在《洪水》第 3 卷第 32 期发表了《日记文学》一文。他认为作家用“第三人称”描写人物的心理状态，会让读者产生疑心——“何以这一个人的心理状态，会被作者晓得这样精细”，从而产生一种“幻灭之感”。相比之下，在散文类作品中，最真实、最具有自叙传性质的是日记体，其次是书简体。鲁迅读后，写出了《怎么写——夜记之一》，从另一角度提出了异议。他以清代郑板桥的《板桥家书》、李慈铭的《越缦堂日记》以及近人胡适的日记为例，说明日记体、书信体的文字一旦做作，或做假，则更容易令读者产生幻灭之感，“因为它起先模样装得真”。鲁迅认为作家不应该因体裁而削足适履，读者阅读文艺作品也不应“只执滞于体裁，只求没有破绽”。1935 年 7 月，郁达夫在上海北新书局出版了《郁达夫日记集》。在这本书的代序中，他一开头就肯定了鲁迅的上述观点：“文学作品的写实与读者的幻灭，不限于作品的体裁，即在读日记时，若记载虚伪，读者也同样可以感到幻灭，此论极是。”郁达夫做事有些疏懒，为了督促他克服这种积习，鲁迅有时“诱以甘言”，有时又予以鞭策。比如，郁达夫在《奔流》杂志第 7 期译载了高尔基的《回忆杂记》。该文以极简洁的笔触，生动再现了托尔斯泰的两面性。鲁迅在同期“编校后记”中热情推荐了此文。但“杂记”后面还附录了一封高尔基致托尔斯泰的书信，写得也非常好。鲁迅多次动员郁达夫一并译出，合成一本书出版；但拖了三个月，郁达夫迟迟没有动笔，于是鲁迅就将此事写在《奔流》第 10 期的“编校后记”，公之于众，作为“又一回猛烈的‘恶毒’的催逼”。在这些文字中，鲁迅对郁达夫的赞赏和期盼溢于言表。

郁达夫的文化性格似乎比鲁迅更有包容性。前文提及，郁达夫最初结识鲁迅是通过周作人，因而能够穿梭于“老虎尾巴”和“苦雨斋”之间。鲁迅跟周作人散文风格有同有异，后来异大于同，但郁达夫却能够以持平的态度对待。他对鲁迅与周作人的区别看得非常清楚：就思想观念而言，“鲁迅是一味急进，宁为玉碎的，周作人则酷爱和平，想以人类爱来推进社会，用不流血的革命来实现他的理想”；就艺术风格而言，“鲁迅是辛辣干脆，全近讽刺，周作人的是湛然和蔼，出诸反语”。1935 年 8 月，郁达夫选编的《中国新文学大系·散文二集》由上海良友图书印刷公司出版，其中收录了鲁迅的 24 篇，同时收录了周作人的 57 篇，这也反映出郁达夫文化择取眼光的广博。

鲁迅和郁达夫之间的友谊更有一个坚实的基础，那就是对专制暴政决不调和的政治立场。1927 年 4 月 8 日，郁达夫在《洪水》3 卷 29 期发表了《在方向转换的途中》一文，针对国民党右派制造“介石补天”一类对蒋介石个人崇拜的神话，郁达夫尖锐指出：“我们要知道，光凭一两个英雄，来指使民众，利用民众，是万万办不到的事情……若有一二位英雄，以为这是迂阔之谈，那么你们且看看，且看你们个人独裁的高压政策，能够持续几何时。”郁达夫还极有预言地指出，当时的“革命的军队”，“苟对于革命没有了解”，“反过来就可以继承旧日的军阀，而再来压迫民众”。郁达夫的这些论断，很快就被上海“四·一二”的枪声和广州“四·一五”的屠杀所一一证实；国民党 1928 年执政之后的所作所为，也证实了蒋介石的个人独裁使中国革命走向了“一条黑暗之路”。郁达夫的这些政论不仅受到了国民党御用文人如孔圣裔之流的恶毒攻击，而且也不被创造社的同人理解。郁达夫暴露广州政治阴暗面的文章《广州事情》就遭到了郭沫若的非议。跟郁达夫立场最为接近的是鲁迅。1927 年 4 月 10 日，也就是郁达夫写出了《在方向转换的途中》的两天之后，鲁迅撰写了《庆祝沪宁克服的那一边》，指出在“红中夹白”的广州，“反革命者的工作也正在默默地进行”；号称“革命的策源地”的广州，其实转瞬之间也可以成为反革命的策源地。当郁达夫的文章受到“国剿”之后，鲁迅在《而已集·扣丝杂感》和《三闲集·怎么写》等文中为他进行了辩护，指出他的文章并无恶意，决不会有害于国家。

在大革命失败后的腥风血雨中，郁达夫和鲁迅先后参加了中国共产党影响下的革命团体中国济难会（后改名为中国革命互济会）、中国自由运动大同盟、左翼作家联盟、中国民权保障同盟。1927 年

10 月 19 日，郁达夫跟鲁迅等共同出席了济难会举行的晚宴，并担任会刊《白华》的编辑。在《中国自由运动大同盟宣言》上，郁达夫名列第一，鲁迅名列第二，可见他们在该组织中的地位和影响。1933 年 1 月，鲁迅和郁达夫都参加了中国民权保障同盟，先后被选为同盟上海分会的执行委员。同年 2 月 14 日，郁达夫在《申报自由谈》发表了《非法与非非法》一文，为同盟北平分盟的合法性辩护。郁达夫虽然于 1930 年 11 月 16 日被“左联”作为“投机和反动分子”开除，但此后他仍利用其兄郁华担任江苏高等法院第二分院刑庭庭长的关系，积极营救被捕革命作家，他能忆起的“不只十件八件”。鲁迅对“左联”开除郁达夫的粗暴做法十分反感。他对冯雪峰说：“极左最容易变右，右的也可以变化。郁达夫不能写什么斗争文章，国民党对他也不会好的。”

鲁迅与郁达夫政治立场的一致性，还表现在他们联名签署的一些宣言与函电。据不完全统计，除已经提及的《中国自由运动大同盟宣言》外，还有《上海文化界告世界书》（1932.2）、《中国著作家为中苏复交致苏联电》（1932.12）、《为横死之小林遗族募捐启》（1933.5）、《为林惠元惨案呼冤宣言》（1933.6）、《中国著作家欢迎巴比塞代表团启事》（1933.8）……长期以来，人们多把郁达夫视为一位喜爱“自我暴露”的浪漫文人，而往往忽略了他反帝反封建的坚定立场。这种看法应该予以矫正。

从以上简述可知，研究鲁迅与郁达夫的关系，不仅是深入研究这两位重要作家的需要，而且也会牵动中国现代文学研究的全局。然而相对鲁迅研究而言，郁达夫研究尚有诸多不足，比如对郁达夫的文论和政论，就都研究得不够充分。有些读者根本不知道郁达夫是最早把阶级斗争观念引进文艺理论领域的人，有些读者更想不到在皖南事变发生之后，郁达夫曾领衔发表了《反对投降妥协坚持团结抗敌致侨胞书》，谴责国民党制造“轰动中外的解散新四军的惨痛血案”。研究郁达夫跟同时代人（包括鲁迅）的关系，也是一个薄弱环节。我好歹也算中国现代文学研究圈子里的一位老人，但我只接触过两篇专谈鲁、郁关系的文章：一篇是 30 年前《人民日报》文艺部姜德明先生在《新文学史料》发表的《鲁迅与郁达夫》；另一篇是20年前王映霞口述、丁言昭整理的《忆郁达夫与鲁迅的交往》。这两篇文章虽有筚路蓝缕之功，但并不能满足今天读者的相关知识需求。听说1984年3月浙江文艺出版社出版了许子东的《郁达夫新论》，其中有评介"郁达夫与鲁迅"的专章；又听说1993年广西师大出版社出过一本郑志文著《鲁迅与郁达夫比较探索》，但至今均未寓目。记得30年前，捷克汉学家普实克在他的论文集《抒情诗与史诗》中，就从题材、主题、情节、叙述等方面把鲁迅的《一件小事》和郁达夫的《薄奠》进行了比较，但在国内，从创作角度对鲁迅和郁达夫进行比较研究的优秀论文实属凤毛麟角。所以当中国文史出版社的友人将丁仕原先生的这叠书稿交给我征求意见，我未及翻阅，就断定这个课题极有学术意义。后来看到目录，更感到作者视野的开阔，设想的宏大。分上、下编着笔，不仅能比较详尽地介绍鲁、郁二人的直接交往，而且更有助于从文体创作上对这两位作家进行深入探讨。初读之后，觉得全书内容丰赡，说明作者的确下了一番不小的功夫。但仍有一些论断可以进一步斟酌，对于鲁、郁二人的交往史实也还有进一步开掘的必要。此外，书中平行性的表述较多，而对鲁、郁二人思想创作的交汇点未能紧紧抓住，充分加以阐发。但这是任何书稿都难以完全避免的局限，我相信作者不会把这本书的出版作为他对这一课题研究的终结。

2010年10月

20.“与君同调不同思”

——古大勇著《“解构”语境下的传承与对话》序

2010 年 10 月长假刚过，我飞往福建泉州出席“光复初期台湾的社会与文化”学术研讨会。会后有一天空闲，我到泉州师范学院举行了一场关于文化问题的讲座。受该院人文学院院长黄科安教授委托，具体接待我的就是本书作者古大勇博士。他在陪同我游览老君岩的途中说，他有一本书近期将要出版，希望我能写一篇序言。我素来不愿意辜负年轻人的厚爱，又值游兴正浓之时，就漫应道：“可以。”我返回北京不久，这部厚重的书稿就寄到了我原来的单位。书名是长长的一串：《“解构”语境下的传承与对话——鲁迅与 1990 年代后中国文学和文化思潮》。写作的目的，是想回答在这个价值标准失范、人文精神面临巨大危机的时代，应该如何正确对待鲁迅文化遗产的问题。这使我感到亲切，又感到恐惧。

“感到亲切”，因为从我发表第一篇有关鲁迅的文字至今，已有整整半个世纪；我以鲁迅研究为职业，也有整整 32 个年头。书中涉及的有些论争，如鲁迅与世纪之交的“国学热”，鲁迅国民性思想的形成与西方后殖民主义话语的关系，等等，我都或深或浅地参与过。用句时髦词语来夸张性表述，也可以说我不但是历史的“在场者”，而且还写过一些“在场评论”。从这个意义上说，我跟古博士有很多共同关注点，可以引他为“同调”——只不过在有些问题上我没有他思考得周全，没有他思考得深入。

“感到恐惧”，是因为这部专著不仅涉及鲁迅，而且要涉及中国当代众多的作家作品，还要面对众多的研究者和读者。研究鲁迅原本就是一个艰难的课题。我新近在《难以言说的鲁迅》一文中写道：

"鲁迅文本的内涵往往具有多重性和模糊性，提供了一个可以从不同角度进行探索的开放性空间；鲁迅精神世界是一个由多种因子构建的生命整体，其中有绝望和希望、阴暗与光明的交织，也有求索和彷徨、退避与抗争的撕扭。倘予取舍，即非全人；再加抑扬，更离真实。"因此，准确把握鲁迅文本的内涵和鲁迅精神的核心已非易事。至于评价书中涉及的那些当代作家和艺术家，分寸尺度也着实难于把握。因为这些文艺家不但本身就是一个复杂的存在，而且他们的创作活动还处在一个不断变化的过程之中。只消看看本书对张艺谋影片得失的评估，就能感受到作者下笔时的踌躇和艰难。至于鲁迅作品的研究者和广大读者，更是众口难调，对书中涉及的诸多问题恐怕全都难于取得共识。这是因为当前的中国社会正处于一个重大转折时期，不同的利益群体置身于复调多元的语境中，对同一个历史人物和历史事件必然有不同的视角和不同的评价。每一个读者心目中都可能有一个不尽相同、甚至不愿与他人共享的鲁迅形象。即使提一个看来简单的问题：在网络世界中，是"科学打假"的方舟子继承了鲁迅传统，还是不断爆料的"宋大嘴"和在汶川大地震中弃学生率先逃命的"范跑跑"继承了鲁迅传统，答案恐怕也不可能完全一致。鲁迅在《看书琐记（二）》中一针见血地指出："就在同时代，同国度里，说话也会彼此说不通的。"对于像我这种心理承受能力较差的人，面对这一重大而艰巨的课题，恐惧之心不禁油然而生。

然而古博士出于对学术的执著追求，排除杂念，知难而上。通过对前行研究成果的全面考察，他了解到新时期以来对鲁迅与外国文学关系的研究比较充分，而对鲁迅与中国当代文学的研究相对薄弱——在涉及后一方面的科研成果中，对20世纪90年代以后的"文学"和"思潮"的研究又是弱中之弱。于是他发扬"啃硬骨头"和填补学术空白的精神，重点研究鲁迅与中国90年代后中国文学与文化思潮的关系。他能够做出这种艰难的选择，不仅需要学术知识上的大智，而且更需要学术人格上的大勇，令我发自内心地敬重。我受他名字的启示，就将这种学术精神一语双关地概括为"大勇精神"。

作者在这部专著的前言部分自己指出了几个理论创新点，我认为都是实事求是的。但他对这个课题的主动选择与最终完成，本身就是一种重要的创新，更应予以鼓励。

阅读这部厚重的书稿时，我不仅感到自己跟作者有着共同关注点，而且对他的一些看法产生了强烈的共鸣——比如对“复兴儒学”的忧思。我虽然对中国传统文化缺乏精湛研究，但从 20 世纪 90 年代至今，我也在不同场合以不同方式多次对当前的“国学热”发表过意见，其中最主要的意见是反对夸大中国传统文化的现实功能，反对对五四时期批判孔教和复辟政治行为进行反攻倒算，同时也反对有些地方和部门在国学大纛下化“神奇”为“腐朽”的一些做法。我绝不是民族虚无主义者，从不认为五千年来的中国文化是一片只能扬尘的沙漠，而没有可供憩息的精神绿洲；更没有把古国的没落全盘归咎于儒家文化。我也没有感到外国的月亮比中国的月亮圆。即使对一些国人艳羡的西方民主，我也并不认为通通具有普适价值；特别是以美国为首的发达国家，在处理外部关系时就显得缺乏处理内部关系的那种相对完善的民主制度。但我十分反感那种认为儒教文明可以拯救 21 世纪人类危机的夸夸其谈，根本不相信所谓中西文化“十年河东，十年河西”的乐观预言。这其实并不是一个艰深的理论问题。人们只消回顾一下自鸦片战争以来的历史进程，就应该知道推动中国现代化进程的究竟是什么力量。我尊重新儒家对儒学进行创造性转化方面所做的努力，也多少能理解文化守成主义者的良苦用心和他们之所以能得到权力支撑的深层原因。但我仍想坦诚地提出：面对当今中国社会面临的矛盾和风险，企盼“百家讲坛”的学术明星进行“安贫乐道”的说教是于事无补的。我认同作者对鲁迅与新儒家某些契合点的分析：如对工业文明之弊的掊击，对保护人类生态环境的重视，以及在文化择取方面的辩证批判思维。但我更加激赏作者的以下观点：儒学和鲁学是有本质区别的——儒家的“等级观念”和鲁迅的现代意义上的人学思想就是最本质的区分之一。儒家学说的精华是经学，经学的精华是民本思想，而它宣扬的“等差之爱”则给这种民本思想带来了先天的无法克服的局限。

记得毛泽东说过，许多所谓圣人贤人喜欢提倡“人类之爱”，但自从人类分化成为阶级以后，无论谁都没有真正实行过。无论未来对这位认为“秦皇汉武，略输文采；唐宗宋祖，稍逊风骚”的历史人物如何评价，我认为他的这句话毕竟道出了一个颠扑不破的事实。

书中对鲁迅与残雪这两位作家的个案研究也是一个亮点。残雪是一位着力揭示人性中精神与欲望这一对基本矛盾的先锋作家。她主张用哲学和艺术来进行心灵的救赎，鄙薄对表层现实生活的描写，作品中的每个角色都有隐喻，有的甚至显得怪诞诡异。在中国现代作家群中，残雪唯一佩服的是鲁迅，并且以之为文学上的榜样。她不但对鲁迅的《野草》和《故事新编》发表过很多独特的领悟，而且在小说创作中着力对人物的灵魂进行深度开掘。1999 年我访问日本时，有一位著名的日本教授对我说：“我认为残雪是当代鲁迅。”我当时一怔，未置可否。残雪是我的老乡，鲁迅是我多年研究的对象，但我从来没有在这一老一少、一男一女之间画过等号。这部专著中，作者肯定了鲁迅与残雪之间的若干共同点，如都接受了西方现代主义的影响，有不少作品都是作家本人的精神自传，都揭示过主人公人格的分裂……但同时又明确指出了残雪“纯文学”价值观的偏至。我认为这一观点剀切中理。我尊重那些致力于“纯文学”实验的作家，但不认同他们对所谓世俗记忆的排斥和对潜意识写作的偏执，因为作家虽然可以挣脱事实逻辑的约束，但却摒弃不了事实本身。正如鲁迅所说，作家描神画鬼时，可以写出三只眼、长颈子的人物，那也不过是增加了一只眼睛，将颈子拉长了二三尺而已。鲁迅是一位执著于现实而不是执著于梦幻的作家，他直面惨淡的人生，正视淋漓的鲜血，勇于为现代中国人的生存、温饱和发展呐喊，所以他除开鄙弃毛毛虫、癞头疮、鼻涕、大便之外，对其他创作题材都十分包容。鲁迅创作杂文，也从不顾虑是否符合“纯文学”的要求。所以，在对待“纯文学”的问题上，鲁迅和残雪的态度可谓是泾渭分明。

毋庸讳言，我跟本书的作者也有若干不尽相同的看法。我丝毫不认为我的观点就比他正确；坦诚写出，只是希望能跟作者交流，取得互补。

比如，这本专著的一个关键词叫“解构”（deconstruction）。这个词是法国思想家雅克·德里达的一个创造。据考证，这个词是从德国哲学家马丁·海德格尔所用的 Destruktion 一词转译置换而来，主要含义是把一个完整的结构分解、拆卸得四分五裂；而海德格尔用的这个词又直接来源于德国现象学大师埃蒙德·胡塞尔使用的 Dedankliche Destruktion，意即“精神拆毁”。德里达的著作汗牛充栋，据不完全统计，其西文著作就多达 70 余种，加上文选、访谈录、讲演录，将近 90 种，而译成中文的只不过 10 余种。这也就是说，在中国，真正称得上研究解构主义的学者十分有限。再加上德里达文章的晦涩、论述的松散，真能把握其著作精髓的人更属凤毛麟角。根据一般性的说法，解构主义的矛头是直指西方哲学文化中的逻各斯（Logos）中心主义（一种言语和书写的形而上学）和语音中心主义（西方理性主义传统的别称），主要颠覆的是思维和创作方面的二元对立模式，如善与恶、意义与形式、肯定与否定、理智与情感、灵魂与肉体、所指与能指、模仿与被模仿、被动性与主动性，等等。由于解构主义在探索知识的过程中不断变换视角，使结构在拆解中还有扩展，意义在颠覆中也有增殖，所以它不仅具有破坏性，同时也有建设性，决不是一味的破坏。值得关注的是，在中国的当下，“解构”一词不但进入了学术领域，而且进入了日常生活；不仅在学术论文中频频出现，而且在文学创作中也不时出现。无论是“去作者”“去中心”“去历史”，还是 PK、批判、戏谑，有人都理解为“解构”，远远超出了文字学和具体文体的范畴。在普泛使用“解构”这一专有名词的过程中，常常给人以自说自话的印象。这就使我感到，这本专著中涉及的某些文化思潮和文化现象，以及在这些思潮激荡中鲁迅所面临的种种质疑和挑战，其实并不都是解构主义理论本身带来的。即使没有德里达和他的解构主义，中国在政治、经济的重大转型时期，同样会出现对传统观念和传统秩序的拨乱反正；在这一过程中又必然会产生种种光怪陆离的现象。所以，这部专著提到“大话文化”是西方解构主义在中国的具体实践，而鲁迅首当其冲成为“大话”的对象，我认为实际情况并非如此单纯。

不过，对于鲁迅“解构”也好，“颠覆”也好，“世俗化”也好，都只会使鲁迅经典在接受重新审视的过程中拂去历史的尘埃，焕发出更为耀眼的真理之光。正如古罗马帝国的庞贝古城，即使被维苏威火山的火山灰覆盖1800多年，其斑驳的廊柱仍将奇迹般出现，再现昔日的辉煌，这是因为鲁迅经典本身的永恒魅力，也是因为有一批像本书作者一样为鲁迅承传薪火的人们。

对鲁迅跟自由主义关系的理解，我跟作者的看法距离更大一些。我认为，要谈这个问题，首先必须厘清“自由”跟“自由主义”之间的联系和区别。无论在中国，还是在外国，“自由”思想的元素可以说都是古已有之，但作为一种在东西方都影响巨大的思潮，“自由主义”一词来源于西班牙语，而由17世纪英国著名的哲学家、政治思想家洛克（John Locke，1632—1704）最早提出。直至19世纪30、40年代才形成英文通行词汇——“liberal”或“liberalism”。作为一种现代政治理念，自由主义在政治上主张改良渐进，在经济上维护私有财产，在伦理上肯定个人主义，在行为方式上主张宗教式的宽容。所以，并不是所有崇尚自由的人们都可以称之为自由主义者。

在中国近代，严复、龚自珍、谭嗣同、梁启超等启蒙思想家都曾不同程度地传播过西方的自由主义理念。在五四新文化运动中，胡适成为中国现代自由主义思潮的领军人物。胡适对自由主义内涵的理解是：一、尊重自由，包括内在的思想自由和外在的政治自由。二、提倡民主，民主是自由的外在表现，必须用民主政治保障人民的基本自由。民主的基本体制就是西方的多党制。三、强调容忍，包括容忍反对党，保障少数人的权利。这是自由主义的一个重要原则。四、在社会改革方面反对暴力革命，即用立法的方式维系政权，用和平的手段转移政权。

自由主义思潮在中国近现代思想文化界的影响虽然不能低估，但由于它脱离民众，脱离权力和资本的支撑，因此在政治变革进程中却处于左右夹攻、腹背受敌的尴尬境地，产生的实际影响可以说是相对很小。从20世纪80年代开始，对人的主体性阐释重新得到了重视，西方个人主义思想、科学民主思想受到了知识界的推崇。特别是90年代以后，随着市场经济的确立，关于自由、民主、个性、个人权益等价值观日益凸显，其意义处于不断增殖状态；对于加快政治民主化进程的呼声也日渐高涨。正是在这种特定的政治背景和文化氛围中，出现了“鲁迅抑或胡适”的问题。有人扬胡抑鲁，认为20世纪是鲁迅的世纪，21世纪是胡适的世纪；而另一些维护鲁迅的人们似乎担心鲁迅的地位从此下降，努力在鲁迅身上挖掘自由、个性、个体生命、个人尊严等思想因子。我想，这就是作者绞尽脑汁思考鲁迅与自由主义关系的特定人文环境。

我认为，跟胡适相同，鲁迅也是毕生争取自由的斗士（包括私域中的创作自由和公域中的政治自由），跟任何形式的专制和独断不相妥协。正是在这个意义上，胡适认为鲁迅也是一个决不为外力所屈的自由主义者。但是，鲁迅从来就没有侈谈过民主问题，更没有独创或移植过任何被称为民主的政治模式，反而对西方代议制民主的局限性进行过尖锐批判。在行为方式上，鲁迅疾恶如仇，强调“打落水狗”“一个都不宽恕”。在社会变革上，鲁迅认同“火与剑”的暴力革命方式，并且在文章中歌颂过实地的革命战争。所以，在具有中国特色的自由主义范畴中来进行观照，鲁迅与胡适这两位大师不仅是同中有异，而且是异大于同。我们固然不能因为自由主义有某些流弊就反对自由，但也不宜给所有反对外力裁制、主张张扬个性的人都戴上自由主义的桂冠。正是因为“自由主义”概念化的模糊性，有的学者甚至不无片面性地主张：中国根本不存在什么自由主义，只宜采用“自由概念”或“自由思想”这样的概念。

本书作者受英国政治家约翰·格雷逻辑思维方式的影响，把中国文化语境中的自由主义区分为“原典自由主义”和“个性自由主义”两类，而将鲁迅划归为后一类型，并指出这种自由主义的内涵和原则中最重要的一端即“个性主义原则”，但跟原典自由主义的某些观念也有不谋而合之处。作者的这种分析无疑可以成为一家之言。但据我所知，自由主义究竟能否分类，在学术界也是一个各执己见、悬而未决的问题：有人以时间画线，区分为原典自由主义与新自由主义；有人以知行画线，区分为观念自由主义与行为自由主义；有人以畛域画线，区分为文化自由主义、经济自由主义和政治自由主义；有人以人物画线，把近代中国的新自由主义者又分为胡适、傅斯年派和张东荪、张君劢派；有人以跟现行政治的关系，区分为介入型自由主义、议政型自由主义、组党型自由主义、疏离型自由主义。本书中“个性自由主义”似乎是作者的原创，将其作为跟西方原典自由主义相对的具有中国特色的自由主义。我对作者的创新精神表示敬佩，但根据我固有的知识结构和思维模式，还是习惯于把鲁迅跟胡适这两种文化性格泾渭分明的文化人区分开来。在我看来，无论是自由主义，还是激进主义，其实都不仅是作为文化思潮和哲学思潮，而主要是作为社会和政治思潮而存在的。当今围绕“胡适还是鲁迅”的论争，也不能不跟不同论者的当代政治诉求有着或隐或显的关系。

把鲁迅跟自由主义区分开来可以从瞿秋白的《〈鲁迅杂感选集〉序言》中得到支持。这篇经典性的论文从四个方面概括了鲁迅精神，其中第三点就是“反自由主义”。这里所说的反自由主义，主要是指反中庸，包括了“中西人道主义的文学的影响，一切所谓法律精神和中庸之道的影响”。自由主义的一个重要原则是“容忍”，因为“容忍是一切自由的根本；没有容忍，就没有自由”（胡适：《容忍与自由》）；而在瞿秋白看来，这只不过是欧化绅士们的虚伪言词和在斗争中的缓兵之计。《〈鲁迅杂感选集〉序言》是在鲁迅生前发表的。对于瞿秋白的上述评价，鲁迅不仅认同，而且表示有知己之感。

鲁迅对《现代评论》作者群不共戴天的态度，也反映出鲁迅跟中国式自由主义者之间深刻的隔膜。1924 年 12 月创刊至 1928 年 12 月终刊的《现代评论》周刊跟后来出版的《新月》杂志一样，也是一份宣传自由主义的重要刊物：不仅宣扬了人身自由、思想自由，而且宣扬了包括言论、出版、集会、结社、游行示威在内的政治自由。鲁迅跟该刊主张的分歧、情感的对立，同样是广大读者有目共睹的。

这部专著对 20 世纪 90 年代以后中国小说和杂文进行评价，占了不小篇幅，下了很大功夫。但其中似乎也还有可斟酌之处。比如在评价90年代后中国小说中的“国民性”主题时作者谈道：“时代已经发展到20世纪90年代，中国农村的生产力较鲁迅的时代已发生巨大进展，但是存在于乡村中的权力机构仍然没有变化，所表现出来的‘国民性’仍然和鲁迅的时代如出一辙，有些竟有过之而无不及……”我丝毫不讳言当前农村的一些“权力机构”存在不同程度的腐败现象，如村民委员会换届时的贿选和暴力选举，一些村干部的贪污受贿和滥用职权，等等。但另一方面的事实是：我国农村从1988年就试行了《村民委员会组织法》，1998年正式实行了《村民委员会组织法》，1999年至今逐步实行了村民自治法律制度、村务公决制度，推行了村务公开、民主管理。这些举措取得的实效虽然不宜夸大，但毕竟是鲁迅生活的时代所未曾经历过的。至于对当今“乡村权力”之下被蹂躏与扭曲的“国民性”，应该如何实事求是、恰如其分地进行揭示，也是一个令我困惑的问题。且不从正面评说新一代农民精神面貌发生的不同程度的变化，仅从当前频繁出现的“民告官”事件，由直接利益冲突和非直接利益冲突引发的“群体性事件”，也可显示出跟“阿Q时代”的历史性区别。我这样说，并非建议作者修正自己的观点，或将现有表述方式变得更为晦涩曲折，因为作者的观点是从他阅读的相关作品中提升概括出来的，而且大体符合这些作品的实际。我只是想说，由于目前价值观的多元，评价当代小说很难取得共识，评价当代杂文尤是。所以前些年有一位企业家准备出资请我主持一次全国性杂文评奖活动，我无须思索就断然辞谢了。我预感到这类活动一旦成为事实，很可能立即就会在文坛引发一场“帽子战”或“棍子战”，至少也会引发一场类似于今年关于“羊羔体”获鲁迅文学奖的“口水仗”。我并不认为我是一位“世故老人”，但跟我相比，本书的作者显然更加憨厚，更加不谙世故，所以才会把有些难免牵涉到政治意识形态的问题都当成学问来认真做。我的确没有能力对本书二、三章的观点逐一进行评价，只能对他老老实实做学问的态度表示敬重，并且希望持不同意见者能对一位中年学者的艰苦探索表示最大的宽容。

在这篇序言行将煞尾的时候，还必须对序言标题略微加以解释。1917 年 7 月，21 岁的郁达夫在浙江富阳留下了一个断句：“夜雨空斋读楚辞，与君同调不同思。”（见《郁达夫文集》第 10 卷第 497 页，花城出版社 1985 年 4 月出版）我不知道这首诗的受赠者是何许人，但诗意是比较浅显的。郁达夫跟这位友人志同道合，所以引以为“同调”；但阅读《楚辞》一类经典时又各有不尽相同的理解，即所谓“不同思”。在学术研究过程中，这其实是十分正常的现象。为了推动学术研究的繁荣，我们应该提倡不同观点的争鸣，同时应该警惕以观点画线，防止把学术观点的分歧演化为人事纠葛。作家蒋子龙在一篇书评中，指出当今文坛流失了文人间正常自然的温暖和善意，这实在是切中时弊之言。

记不清是谁说过：“一个人多少有了一点名气之后，就有了胡说八道的权力。”我真的不认为我有什么名气，主观上更不想胡说八道，但由于时届岁末，琐事猬集，阅读书稿和撰写序言都十分仓促，所以很可能有不少有悖学理和误读原著之处，希望作者和读者指正并见谅。

2010 年平安夜

21. 看人要看全人全貌

——徐续红著《湖南现代作家与鲁迅》序

一眨眼30多年过去了。那时，张兆汪君在《湖南日报》文艺部主持笔政，因同乡关系，盛情约我为他负责的版面写稿。我17岁就离开了故乡，很难对湖南的现实状况发表什么议论，就选定了《鲁迅与湖南作家》这个大题目写点连载的小文章。由于精力不济，大约写了12篇就辍笔了。不料这组文章产生了一些始料未及的影响。比如有一篇叫《鲁迅与白薇》，完全是根据白薇本人的回忆文章拼凑的，不料晚年白薇把自己过去写的文章忘光了，误认为我是“神人”，居然能对她的经历如数家珍。这篇短文激起了她对往事的怀想，后来由她侄女何由执笔，完成了一部《白薇评传》。如今女性文学的研究者解读白薇，恐怕都要参考一下这部“评传”吧？“文化大革命”期间作为“三家村”骨干之一惨遭批斗的廖沫沙读到我的《鲁迅与廖沫沙》一文也很高兴，亲自在他的寓所约见我，谈了当年鲁迅误解他的真实原因，并主动为我书写了两首七绝，成为我保留至今的墨宝。在写这组文章的过程中，我还结识了萧三、丁玲，拜访了周扬、沈从文，也跟周立波通过信，这些都成为我珍贵的人生记忆。

后来，我把这组文章收进了《鲁迅史实新探》一书，为研究鲁迅与地域作家的关系做出了一些粗浅的尝试。今天重读这些鲁迅所说的“穿开裆裤”“衔手指头”的文章，不禁有些汗颜，因为这些文章史料既不齐备，又缺乏过细分析和应有的理论深度。好在如今有徐续红这部专著问世，在很大程度上弥补了我对读者的歉疚。

徐续红老师撰写这部专著不能说是完全受到我的影响，而是因为鲁迅跟湖南原本就有着密切的关系。据学者考证，鲁迅祖籍湖南道州（今道县），系周敦颐“秀”字辈32世孙。先人以务农为主，明代正德年间才迁徙居于绍兴竹园桥。这使鲁迅对湖南有一种亲切感。早在1906年，鲁迅在他的科学论著《中国矿产志》中就介绍过湖南富饶的矿产资源。鲁迅终生关注湖南政局，支持湖南的民主运动。留日期间，他与湖南革命志士黄兴、陈天华等时有过从。在创作过程中，鲁迅常对湖南投以关注的目光。鲁迅的杂文中，也有一些篇什（如《头》《铲共大观》《在现代中国的孔夫子》）揭露了湖南军阀镇压革命的倒行逆施和尊孔读经的复古活动。鲁迅的诗作中，涉及湖南的有七律《湘灵歌》、七绝《无题》、白话诗《公民科歌》等，抒发了他与湖南人民的生活、斗争息息相关的情怀。近世湖湘士人有深厚的“屈贾情结”，而屈原《离骚》中的诗句“路漫漫其修远兮，吾将上下而求索”，被鲁迅作为小说集《彷徨》的题记。鲁迅精神可以说是屈原精神在新的历史环境中的承传。现代湖南作家大都有着刻骨铭心的政治情结，表现出强烈的“入世”精神。鲁迅创作具有鲜明的政治性和强烈的现实性，这与湖南作家“心有灵犀一点通”。仅据鲁迅日记统计，他接触的湖南人士就有60多人，其中包括著名的语言学家黎锦熙，革命先烈毕磊、杨德群等。但比较起来，跟他接触最多的还是湖南籍的作家和文学青年。

鲁迅是20世纪中国文坛杰出的艺术大师，他的精神深刻影响着的中国现代作家和知识分子。其中，对湖南作家的影响特别明显。在20世纪二三十年代，湘籍作家群星璀璨，涌现了一批享誉我国现代文坛的著名作家、文学理论家，如丁玲、叶紫、张天翼、周立波、蒋牧良、黎烈文、黎锦明、彭家煌、白薇、徐诗荃、魏猛克等，他们都深受鲁迅的影响。在他们的心灵深处，鲁迅是他们的精神母体，给了他们创作灵感，也给了他们创作底气。他们以鲁迅传人而自豪。丁玲坦言：“我是吃鲁迅的奶长大的！”他们中的有些人与鲁迅交往甚密。例如，鲁迅日记中，涉及黎烈文的日记有195则，有关徐诗荃的记载达340余次。还有一些尽管来往不多，或者从未谋面的，他们也是受到鲁迅很深的影响。当然，其中也有一些湖南作家，包括同一营垒的战友，由于特殊的政治环境，或文学理念不同，或性格气质不同，同鲁迅发生过误会、论争，甚至激烈的冲突，如成仿吾、周扬、田汉、廖沫沙、沈从文、向培良等，这又构成另一道文坛风景。

研究湖南现代作家与鲁迅，是研究鲁迅与同时代人这个母题下的一个子课题。任何历史人物都不是孤立的、自在的客体，他必然跟周边世界发生千丝万缕的有机联系，有其独特的生存环境——包括政治环境、经济环境、人文环境、人际环境……从这个意义上可以说，人创造了环境，同样环境也创造人。鲁迅当然也有着自己的人际环境。仅根据鲁迅日记记载，跟鲁迅交往的各界人士近 2000 人；在实际生活中，他交往的同时代人当然决不止此数。鲁迅临终前曾经感叹："我这个人社会关系太复杂了。"正是鲁迅跟他同时代人的这种交往，形成了一个色彩纷呈的人际网络。忠实再现鲁迅与同时代人的关系，类似于写作西方的多传主传记（group biography），不仅能通过比较和鉴别充分显示鲁迅的文化个性，而且能呈现 19 世纪末期至 20 世纪 30 年代中期中国的文化生态，对当时的文化思潮和文坛状况进行一种独特观照和深度研究。

与鲁迅发生联系的同时代人大体可以分为四种类型：一，感情至笃，终生不渝，如鲁迅与许寿裳。二，冰炭不同炉，如陈西滢、梁实秋。鲁迅正是通过跟他们的论争，捍卫了真理，发展了真理。他们之间的交锋"实为公仇，绝非私怨"。三，始于相亲，终于疏离。如与周作人、钱玄同、林语堂、高长虹等人的交往。以鲁迅的性格，跟他友善过的人一旦交恶，那就几乎无法挽回了。四，始于彼此误解，终于尽释前嫌，鲁迅与魏建功、魏猛克等人的交往即如此。既表现出鲁迅的宽容大度，也反映出对方勇于修正自己的"君子之过"。一木不成森林，一枝独秀不成花丛。鲁迅与大多数同时代作家的关系属于互补型，如鲁迅与《新青年》同人和与"左联"盟友的关系。他们形成了一股合力，共同将中国新文化的巨舰推向前行。即使跟论敌之间的唇枪舌剑，也如同燧石的撞击，在交锋中不时迸发出智慧的火花。鲁迅那些虎虎生风的犀利文字，大多就产生于文坛论争的过程之中。但也有些人际纠葛不排除有意气用事的成分，比如鲁迅对顾颉刚生理缺陷进行的漫画式嘲讽。“金无足赤，人无完人”，这句话不仅适合于物质世界，也适合于像鲁迅这样伟大的历史人物。总之，在评论鲁迅与同时代人的关系时，不能脱离具体的历史情境，不能以一时一事的是非曲直代替对历史人物的总体评价，不能以鲁迅作品中对同时代人的个别提法作为对他们的全面评价和盖棺定论。

为了进一步阐述我的上述观点，试举几个例子。在五四新文化运动中，鲁迅对站在文化保守主义立场的《学衡》派进行过批判。但《学衡》派主将之一的胡先骕就是一位在世界上享有盛誉的植物学家，被称为“中国植物分类学之父”。他又是一位卓有成就的教育家和科学文化的杰出普及者，面对国民党政府的集权政治，胡先骕还敢于面刺蒋介石之过，体现了一位正直知识分子的良知与担当。在大革命时期，鲁迅在北京跟以留学欧美的知识分子为主体的《现代评论》派展开了过论争，但《现代评论》派并不是铁板一块，其“闲话”专栏的主笔陈西滢在女师大学生运动中偏袒北洋政府教育部和校方，这当然引人诟病，但同时受到鲁迅批评的李四光则是一位杰出的地质学家，陈翰笙是李大钊亲自发展的“第三国际”成员；至于鲁迅厌恶的徐志摩，在中国新诗史上自有他独特的贡献，不会因为鲁迅的一篇《“音乐”？》而斯文扫地。在厦门大学和中山大学任教期间，鲁迅跟顾颉刚发生了尖锐冲突，甚至发展到要对簿公堂，但作为“疑古学派”的代表人物，顾颉刚在史学史上的贡献也是有口皆碑的。鲁迅讨厌厦门大学的理科主任刘树杞，但刘树杞是一位优秀的化学家和教育家，对中国化学工程学会的创建做出过重大贡献。鲁迅厌恶的厦门大学文学院教授陈万里，不仅是一位昆曲研究专家，而且是一位摄影家，尤其是著名瓷器鉴定权威。厦门大学校长林文庆更是一位经历复杂的人物，他有过光荣的革命史，是新马地区一位著名的华人侨领，不是用一句“英国籍的中国人”、主张“尊孔读经”所能概括。鲁迅在上海时期经历了多次文坛论争，如跟“新月派”梁实秋的论争，跟“论语派”林语堂的论争，跟“自由人”“第三种人”胡秋原、杜衡的论争，特别是革命文学阵营内部发生的

“革命文学论争”和“两个口号”论争。对鲁迅的无论哪一位论敌都不能做简单化的判断而应作全面的评析。即使是鲁迅临终前痛斥过的“托派”陈仲山，最后也是以抗日烈士的身份盖棺定论。我举这些例子，绝非否认鲁迅在论争中的正确立场和深刻观点，而只是认为鲁迅经历的论争往往是围绕某些具体问题和事件而展开的，鲁迅即使在论争中处于绝对正确的地位，也不能代替对他的论敌的全面评价。

我欣慰地看到，《湖南现代作家与鲁迅》这本专著，以大量可信资料为依托，综合运用影响研究与平行研究方法，以及史料学中的“多重证据法”，以新的视角、新的材料解读湖南现代作家与鲁迅的关系。同时还注意吸收社会学、历史学、政治学、哲学等相关学科的最新研究成果。这是难能可贵的。尤其是对娄底本地作家成仿吾、谢冰莹、蒋牧良，作者花了更多精力。这也正是发挥了作者的地域优势。这对丰富湖南文学史，探索文学发展规律，挖掘和提炼湖南文学的优秀传统和良好人文精神，都具有重要的理论意义和实际应用价值。

这部专著行将付梓之际，作者盛情邀我作序，我一贯不愿意让青年朋友扫兴，便勉为其难地应承下来。眼下北京拉响了禽流感的警钟。我虽几乎与“禽”绝缘，却倒霉地染上了人流感，缠绵月余仍干咳连连，夜不能寐。又偏逢寒舍小装修和邻居大装修，耳畔不时响起刺耳的电锯声和沉重的大锤声。我一边咳着，一边听着，一边烦着，一边写着，草成了这篇短序，聊以塞责。行文仓促之处，尚祈作者和读者见谅。

2012 年 3 月

22. 他在啃硬骨头

——序林曼叔《鲁迅论稿》

记得是2010年夏天，我有一次惊心动魄的学术之旅，那就是从北京到广东海丰参加“左联”作家丘东平百年诞辰学术研讨会。飞机原本准备在白云机场降落，先在广州住宿一晚，第二天再乘专车去海丰。但快到广州时，突然雷电交加，飞机无法着陆，只好颠簸着迫降于深圳机场。东道主临时找了一位年轻的老板开车接机，当晚把我们直接送到会场。当时深圳也下着倾盆大雨。豆大的雨点密密匝匝敲打在汽车的玻璃挡板上，前方一片雾茫茫，虽然两只雨刷不停地摇摆，也看不清前方的路。那位老板是被临时抓差的，自身业务繁忙，所以一路上右手握着方向盘，左手不停地打手机，直到用完了三块电池才无奈地罢手。天好像裂开了一道口子把水直往地面泼，公路上仍然车水马龙，我担心那位小老板一旦失手，这辆车就会四轮朝天，我这条老命也就岌岌可危了。幸而上苍慈悲，尽管这两个多小时的车程我的心一直提到了嗓子眼，但毕竟毫发无损地到达了目的地。一顿热烘烘的夜宵，特别是那盆满满的红烧小鲍鱼，让我们把旅途的劳顿和惊恐都抛到了爪哇国。

由于年老健忘，我已经忘了自己在这次研讨会上究竟说了些什么，也实在记不清别人说了些什么。至今也未见有什么会议论文集出版。唯一深刻的印象，就是有一位潇洒伟岸的代表来到我的桌前，默默送给我一叠书刊和一张名片，名片上印着“林曼叔”这三个大字。书刊中有一种叫《文学评论》，而林曼叔就是这份刊物的总编辑。

在香港这种商业社会能有这样一种纯学术刊物出版，在我看来是一种文化奇迹。刊物上有一些名家和熟人的文章，不断诱惑我去拜读。为了答谢赠刊人，我偶尔也投一些小稿。从那时到现在，一眨眼又四年多了。林曼叔除了赠刊之外，还寄赠了他和一些香港作家的著作。我从中知道，他原来跟我同年；我 1962 年分配到北京工作，他同年旅居香港。差别大的是学问和才华。我在北京鲁迅博物馆供职 32 年，被人讥为“吃鲁迅饭的人”，知识面相当狭窄。曼叔兄则不然，他有留学法国的经历，既编书刊又笔耕不辍，研究范围从现代延伸到当代，地域从中国延伸到海外。让我更加难以望其项背的是，他还能创作小说和杂文。这其实是我青年时代的梦想，但如今如影如幻，已经完全破灭了。

曼叔兄的学术研究有一个重要领域，就是鲁迅研究；他尤其重视研究鲁迅的当代意义与香港的鲁迅研究状况。我认为作为一位使命感强的香港研究者，他研究重点的设置无疑是正确的。不过在我看来，这也是两块难啃的硬骨头；说得文雅一点，可称之为鲁迅研究领域中两场攻坚战。

曼叔兄感到，鲁迅至今还活在我们中间，指引着我们，引发着我们对当前现实问题的思考。因此，鲁迅研究决不能为研究而研究，应该以鲁迅经典作为我们时代的宝贵参照。在曼叔兄的心目中，鲁迅是一位崇高的人道主义者，而当今社会道德沦亡，物欲横流，更不知人道主义为何物。学习鲁迅经典，就是要建设一个“幸福的生活，合理地做人”的现代社会。

曼叔兄的上述理解，无疑具有鲜明的现实针砭性。我也十分重视研究鲁迅当代意义，并曾经亲自尝试过。虽然碰得头破血流，但痴心仍然不改。这种研究的困难在于，我们置身在一个多元的时代，所有制和既得利益的多元带来了价值观的多元，这就决定了对鲁迅文化经典进行当代阐释时必将发生观点的碰撞：有时不同意见双方剑拔弩张，相互上纲，势同水火；有时又在“平常心”“包容心”的遮掩下不辨是非，不分良莠，好像鲁迅笔下的庄子所言：“鸟有羽，兽有毛，然而王瓜茄子赤条条。此所谓‘彼亦一是非，此亦一是非’，你固然不能说没有衣服对，然而你又怎么能说有衣服对呢？”（《故事新编・起死》）

对于“人道主义”概念的理解及其历史评价，在西方学界似乎早有定论，而在中国大陆至今仍未能取得共识。记得在“革命文学”论争中，冯乃超曾攻击鲁迅“无聊赖地跟他弟弟说几句人道主义的美丽的说话”（《艺术与社会生活》，1928 年 1 月 15 日《文化批判》创刊号）。这就意味着后期创造社的革命作家当时是把“人道主义”作为伪善者和落伍者的象征。记得鲁迅多次跟友人谈过人道主义的问题，归纳起来大概有三点：一，人道主义的力量非常脆弱，要实行人道主义就不是采用人道主义者所主张的办法所能达到。二，在白色恐怖下用人道主义助善抗恶有益而无害，但用人道主义助恶抗善，反而向革命者要求人道主义，那性质和作用就变了。三，中国大概并没有真的人道主义者。可见对一个概念的理解也见仁见智，不大容易谈得拢。

对鲁迅在香港史实的考证也是一块硬骨头。鲁迅虽然只到过香港三次，第一次（1927 年 1 月 17 日）和第三次（同年 9 月 27 日）仅仅是路过，只有第二次（同年 2 月 18 日至 20 日）发表了两次讲演。然而这两次讲演十分重要，当年并没有留下详细的文字记载和鲁迅亲笔书写的讲稿，当事人又大多作古，考证起就显得相当困难。我在 27 年前结识了一位香港文学史料专家卢玮銮，笔名小思。她先后赠我三本著作:《香港文踪》，华汉文化事业公司 1987 年出版;《早期香港新文学资料选》，天地图书有限公司 1998 年出版;《香港文学散步》（增订版），商务印书馆（香港）2007 年出版，从中读到当年鲁迅到香港讲演的有关报道。1927 年 1 月 15 日鲁迅致厦门大学校长林文庆的辞职信就是从《早期香港新文学资料选》第 54 页发现的，现已增补进 2005 年版《鲁迅全集》。尽管卢玮銮等学者做了许多筚路蓝缕的开拓性工作，但鲁迅赴香港讲演的若干细节仍存在扞格矛盾的说法。

20 世纪 70 年代我参加《鲁迅年谱》（四卷本）的编撰工作时，采取的是“叶少泉邀请说”。叶少泉肯定是邀请鲁迅赴香港讲演的关键人物，他的名字在鲁迅当年日记中出现过 10 次。许广平在《回忆鲁迅在广州的时候》一文中回忆：“鲁迅初到广州时，曾有一位不相识的基督徒来中大再三邀请鲁迅去讲演……”（1976 年文物出版社出版的《鲁迅研究资料》第一辑）因为鲁迅在香港是下榻于香港中华基督教青年会，讲演又是在青年会礼堂，我们猜测叶少泉是广州基督教青年会的职员，故跟香港方面有密切联系。至于叶少泉邀鲁迅赴港还有什么其他背景，我们当时是一无所知。

1981 年 9 月 26 日，刘随在香港《文汇报》发表了《鲁迅赴港演讲琐记》，提出了邀请者是香港大学黄新彦博士的新说，而且强调这两次讲演都由黄新彦亲自主持。刘随又名刘前度，翻译家，是鲁迅在香港讲演稿的记录整理者之一。他是鲁迅赴港讲演的在场人，鲁迅日记中有为他修订记录稿的记载，还跟他通过信，因此他的回忆理应有相当的可信度。但他的文章只字未提叶少泉，而鲁迅作品中又根本没有提及他所说的黄新彦；对于鲁迅下榻的酒店，他的说法也跟鲁迅日记记载有抵触，因此使研究者产生了疑惑。

到了 20 世纪 90 年代，有一位赵今声（原名玉振）先生写了一篇《八十岁自述》，其中提到他曾以香港《大光报》的名义邀请鲁迅赴港讲演，费用由他自掏腰包，联系人是他的同乡友人叶少泉。据他介绍，叶当时是广州国民党总部青年部的交通员。曾经跟我在鲁迅研究室共过事的李伟江教授跟赵先生通过四次信证实此事，他在《鲁迅在广东日程纪要》中采用了赵今声的说法。

据李伟江介绍，赵今声是一位港口工程专家，新中国成立后历任河北工学院院长、天津大学副校长、全国人大代表、天津市政协副主席等职务。以他的资历和地位，似无伪造这种史料以自炫的必要。在 1991 年香港大学 80 周年校庆之前，赵先生从未提及此事；撰写《八十岁自述》之后，赵先生也没有借此事进行炒作。只有中国社科院近史所的刘蜀永先生采访了赵先生，写了一篇《赵今声教授谈鲁迅访港经过》，发表于《香港文学》第 106 期，我曾经主编的《鲁迅研究月刊》总第 139 期予以转载。

但曼叔兄秉承胡适“于无疑处有疑”的怀疑精神，对赵今声的回忆提出了多处质疑。我以为他文章中有两点特别应该引起我们的重视。

一、“黄新彦邀请说”并非孤证。除刘随的文章提到之外，跟刘同时笔录鲁迅讲演的黄之楝 1939 年 10 月 29 日在香港的《立报》副刊《言林》发表的《关于鲁迅在香港的演讲》一文也曾提及。赵今声否定黄新彦参与邀请工作并主持演讲会，说邀鲁迅赴港是他唱的一场独角戏，证据似不充分。

二、赵今声的回忆跟鲁迅的记载多有出入。如：他说 1927 年 2 月 19 日上午陪鲁迅等游览过香港市容，而鲁迅在《略谈香港》一文中说“因为跌伤的脚还未全好，不能到街上去闲走”。又，鲁迅在同一文中写道：“我去讲演的时候，主持其事的人大约很受了许多困难，但我都不大清楚。单知道先是颇遭干涉，中途又有反对者派人索取入场券，收藏起来，使别人不能去听；后来又不许将讲稿登报，经交涉的结果，是削去和改窜了许多。”然而赵今声的回忆是：他不知道有索取入场券后有意吞没起来，自己不听，又不让别人听报告之事。又说港英当局对报纸稿件并不进行审查，当然也就没有删节。凡此种种，都跟鲁迅“单知道”的情况相悖。鲁迅著作中，也找不到跟香港《大光报》有关的蛛丝马迹。赵今声 1995 年 11 月 7 日致李伟江信说，他回忆中的错误应以鲁迅日记所说为准。这也就是说，赵今声本人也并不认为他的回忆没有失真之处。

这些年来，我多次撰文强调：回忆录（包括口述史）能够补充文献史料的不足，因而不可不读；但又普遍存在“误”“伪”“隐”的情况，因而又不可尽信。在当事人大多作古因而缺乏人证的情况下，像曼叔兄这样进行理证也是可取的。我期待他的《鲁迅研究在香港》课题取得更大的突破。

借撰写这篇序言的机会，我还想就“科学地研究鲁迅”这一问题简单发表一些看法。前些时候，有学者发表鲁迅研究不是“科学”的新论，其主要理由是，鲁迅研究没有标准答案，没有统一答案，没有科学那种说一不二的缜密。但也有学者指出，西方的“科学”一词有一个历史演变过程，到 19 世纪初才获得现在的意义。实验科学中的定性分析与定量分析，只是科学认知的一种方法，并不是科学的全部。即使在自然科学当中，也有许多假定和理论模式有待验证。科学可以分为自然科学、社会科学、思维科学三个领域，能总结贯通这三个领域的是哲学和数学。难道我们能够因为“模糊数学”没有标准答案，就否定数学是“科学”吗？

我如实承认，我是一个“科盲”，也不愿意在“科学”的概念上兜圈子，做那种不知实际意义何在的文章。我认为当前需要强调的是“科学地研究鲁迅”：既反对神化，也不哗众取宠地搞什么颠覆解构，给文化史、文学史、思想史上的鲁迅以科学定位。以我的自身体验，鲁迅生平史实当然有客观可验证性，在研究中需要发扬科学的求真精神，运用科学的考证方法，遵循崇高的科学道德，即便是阐释鲁迅作品，虽无统一模式和标准答案，但同样应发扬科学的求真精神，运用科学理论，寻求科学结论。不错，鲁迅确实讲过，《红楼梦》的命意因读者的眼光不同而见解不同，“经学家看见《易》，道学家看见淫，才子看见缠绵，革命家看见排满，流言家看见宫闱秘事……”（《集外集拾遗补编·〈绛洞花主〉小引》）。但这只是反映出经典作品解读中的一种多解和歧解现象，本身就应该作为接受美学中的一种现象进行科学研究，谁又会把这些“歧解”视为正解呢？如果“革命家”“道学家”“流言家”的那些话都能当真，我们还要“红学家”做甚呢？我以为，曼叔兄的鲁迅研究虽然不能说是“臻于至境”，但他所表现出的科学求索精神是值得读者敬重的。

是为序。

乙未年立夏日于首善之区

23. 血性文章

——房向东著《鲁迅研究文集》(六卷本)总序

偶阅“澎湃网”转载的微信，知近10年来全球人文学科陷入又一轮衰退，表现在欧美国家公立大学人文学科被裁撤，人文学科科研经费和录取人数减少，“就业”和“运用”成了高校改革的导向。自2016年起，日本也调整和废除了一些“不符合社会需求”的文科专业。真是“无边落木萧萧下”，令我这个早已退休的“社会闲杂老人”也不禁产生杞人之忧。

相形之下，作为发展中国家的中国却似乎“风景这边独好”。据我所知，国家逐年加大了对自然科学和社会科学领域的经费投入。中国社会科学院搞“创新工程”，给每位学术带头人每年划拨20万元，直接打入其工资卡，另外还有8万元科研活动费。凡立为国家重大项目的课题有60万元至100多万元的科研经费。高等院校还评选各种称号的学者，那奖金至少也有数十万元或数百万元。在按本国标准存在数千万贫困人口、按国际标准存在一两亿贫困人口的中国，国家能有如此大的投入不能不说是下了血本。

然而，近些年中国重大的社会科学研究成果究竟有哪些呢？隔行如隔山，对其他专业我不敢妄评，单就鲁迅研究领域而言，除开2005年出版了一部更为严谨但仍有不足之处的新版《鲁迅全集》而外，其他既能引人注目又能站得住脚的重大成果还真是不多。只知道中国社科院文学研究所有一位研究人员孙乃修先生到美国哈佛大学访学之后，又到加拿大定居，在大学开设鲁迅研究课程。其专著《思想的毁灭——鲁迅传》的封面赫然写着两句广告词：“推倒一尊谎言垒砌的巨像，剖析一个阴暗偏狭的灵魂。”这就是他的鲁迅观。

他原单位又有一位现任领导，连篇累牍地发表解构鲁迅的文章，显得“自信而又无知”。令人讶异的事情还有一件，发生在2015年年初，有一学者根据他60年的研究体会发表了一个新论：“鲁迅研究不是科学。”理由是鲁迅研究“没有标准答案，没有统一答案”。

难道凡没有标准答案就不能称之为“科学”吗？据我所知，西方的“科学”（science）一词有一个历史演变过程，到19世纪初才获得现在的意义。所谓科学其实就是人类认识和解释世界的不同方法和途径，不能用有无标准答案作为科学与伪科学的分水岭。相反，科学体系的特征是兼容并蓄而且不断接受质疑和批判。比如有一种额叶前部的脑白质切除术，曾用于治疗精神分裂症，因而荣获1949年诺贝尔生理学或医学奖，但后来发现这种手术并无疗效，反而损害患者的其他认知功能，因而又被医疗禁用。但这种失败的研究也有其价值，往往能成为科学成果的前导。所以，能够证伪的固然是科学，在求真过程中的失误也属于科学研究范畴。

其实，即使在自然科学当中，也有许多假定和理论模式有待验证，并没有标准答案。科学可以分为自然科学、社会科学、思维科学三个领域，能总结贯通这三个领域的是哲学和数学。数学中的一个学科分支“模糊数学”就没有标准答案，但从来没有人因此认为模糊数学不能称之为科学。最近还发生一件产生了轰动效应的事情：重庆女作家杜虹因胰腺癌去世，其女张思遥联系到美国阿尔科（Alcor）生命延续基金会，花费75万元人民币为其母做了大脑冷冻手术，希望50年后母亲能够苏醒过来，母女重聚。有记者采访张思遥，问她这种手术的前景，回答是：“医生说，科学的正确答案是不知道，他们没有办法去回答未知的事情。这个50年的期限其实是他们最乐观的估计。我认为他们还是比较严谨的。”张思遥还透露，有个头部移植手术，筹备在2017年进行。难道因为这些实验性手术没有一个标准的成功时间，就否认这些医学家从事的不是科学研究？

不错，鲁迅在《〈绛洞花主〉小引》中的确说过，不同的读者读了《红楼梦》有不同的领悟：“经学家看见《易》，道学家看见淫，才子看见缠绵，革命家看见排满，流言家看见宫闱秘事……”但这并不意味着“经学家”“道学家”“才子”“革命家”“流言家”的看法就都正确，而只是反映出经典作品解读中有一种多解和歧解现象，属于接受美学的研究范畴。其实，这种一文多解的现象并非鲁迅首先发现。早在1500年前，刘勰在《文心雕龙·辨骚第五》中就谈到不同读者阅读《楚辞》有不同的关注点：“故才高者菀其鸿裁，中巧者猎其艳辞，吟讽者衔其山川，童蒙者拾其香草。”意思是：才能高的人读《离骚》能博采它的宏伟体制，一般人只是援引其中的一些漂亮词句，吟诵的人接受其中对山川的描写，而刚启蒙的小孩子只能拾取其中那些香草美人的句子。鲁迅本人的看法是，凡客观事物均有其“本色”和“本相”，曹雪芹写《红楼梦》也终究有他的“作者本意”。经过版本考证和参阅新、旧红学的各种观点，鲁迅倾向于《红楼梦》中的描写“大部分为作者自叙”的看法，“知曹雪芹实生于荣华，终于苓落，半生经历，绝似‘石头’”（《中国小说史略·清之人情小说》）。这就是鲁迅的研究结论。

由此可见，无论是自然科学抑或社会科学，其最高追求无非是“求真”二字，而要达到“求真”的目的，就需要坚持科学的立场，运用科学的观点，掌握科学的方法，发扬科学的精神，遵循科学的道德。可以明确地说，鲁迅研究不仅是一门学科或学科的分支，本身就属于科学研究范畴，否则岂不会成为吹牛和扯淡吗！

鲁迅研究既然是科学，其中自然就会有是非曲直之分。当然，无论是研究了60年，还是只研究了6年、6个月、6天乃至6个小时，谁也不能自认为穷尽了真理，把不同观点都视为异端邪说。在“求真”的长途中，的确需要有“海纳百川”和“自以为非”的精神。不过在目前的鲁迅研究界，我认为更缺乏的是是非之心和敢于直言的勇气。

可能是为了矫正“以阶级斗争为纲”的岁月中那种“扣帽子”“打棍子”的恶行恶习，新时期的有些学者似乎习惯于表白自己有一颗包容一切的“平常心”，直言好辩往往被视为“左”的流毒。在这种文化氛围中，房向东以“鲁门走狗”自豪，向一切贬损鲁迅的妄人妄语开战，自然就成了另类。

何谓“平常心”？据说佛教禅宗认为平常心就是无分别心。但我以为，真正的“平常心”是一种对世事的洞察，能够处变不惊，即使在“山重水复疑无路”的绝境中也能持有“柳暗花明又一村”的乐观信念。如果把“平常心”当成庄子的“彼亦一是非，此亦一是非”，如果把“平常心”等同于杨坤演唱的《无所谓》，则是对“平常心”的曲解。房向东有一段话给我的印象极深。他说，他有时是“因为愤怒而写作”。他之所以写《被诬蔑被损害的鲁迅——鲁迅去世后对他的种种非议》这部书，纯粹是因为越读类似某“文坛刀客”的文章越生气，生气到不提笔批驳就吃不饱睡不香的程度，“如果不批驳他，我的气郁积于心中，那会生病”。我理解房向东的心情，认为这是得鲁迅真传之人的肺腑之言。鲁迅在《再论“文人相轻”》一文中说得明明白白：“文人不应该随和；而且文人也不会随和，会随和的，只有和事老。”又说：“文学的修养，决不能使人变成木石，所以文人还是人，既然还是人，他心里就仍然有是非，有爱憎；但又因为是文人，他的是非就愈分明，爱憎也愈热烈。”曹丕《典论·论文》中强调“文以气为主”，这种“气”就是沛然充塞于天地之间的“正气”。洋溢正气的文章就是血性文章，而血性源自明确的是非、热烈的好恶，而且为了表达这种情感能够不计功利，不计利害！读者诸君，你们想看血性文章吗？如想看，那就请读读房向东的这套鲁迅研究文集吧。

那么，有是非之心就必然显得不包容么？我认为，真正的包容精神应该是鲁迅倡导的“拿来主义”精神，也就是蜜蜂广采百花酿制蜂蜜的精神，这种精神跟辨析、批判、扬弃乃至毁灭并不矛盾。佛教教义应该是很讲包容的了，但讲的也多是同质包容。记得作为净土宗总纲的《无量寿经》就讲不同门中的“一多相容”，比如“一室之千灯，光光相涉”（一间房中有多盏灯，那灯光是相容的，难分彼此）。又比如“以水喻一，以波喻多，波即是水，水即是波”。然而，波能容水，却不能容火；光能容灯，却不能容阻挡光线的物品。所以自古又有“冰炭不相容”的成语。真理与谬误也是相克而不能兼容。在中国现代文学史上，胡适也许是最讲包容的了。1926 年 5

月 24 日，他给周氏兄弟和陈源写了一封信，引用尼采的话，劝他们学大海，能容下石子、秽水，能容下大侮蔑。但据胡适研究专家耿云志主编的《胡适论争集》，他一生也被卷进了 25 次论争。可见胡适也不是对什么观点都包容。

跟“平常心”“包容心”相关的，鲁迅研究界还有一种说法，叫“鲁迅无须保卫”。这种说法似是而非。作为一位久经时间和读者检验的经典作家，鲁迅当然无须他人刻意保卫。恰如杜甫《戏为六绝句》中所言：“尔曹身与名俱灭，不废江河万古流。”这句诗不仅适合于初唐四杰（王勃、杨炯、卢照邻、骆宾王），而且适合于不断遭到颠覆解构的一切经典作家。然而，面对无端曲解、诬蔑、攻击鲁迅的言论，一切珍视民族优秀文化传统的人，难道应该三缄其口吗？那些对鲁迅著作比较熟悉或专门从事鲁迅研究和教学工作的人，难道就没有义务予以澄清以免误导其他读者吗？须知，中国还有一句成语，就叫“众口铄金，积毁销骨”。

房向东说得好，面对那种恶意贬损鲁迅的言论而保持缄默，就会有碍青年人的正确判断。比如，最近网上流传一篇文章：《鲁迅承认内山完造是日本间谍》。谁都知道，内山完造是鲁迅的日本友人，如果鲁迅“承认”他是日本间谍而仍与其亲密交往，不就等于承认他是“投靠日本间谍”的汉奸吗？这篇文章作者立论的根据是 1933 年《文艺座谈》第 1 期刊登的《内山书店小坐记》一文。但这是一篇在以国民党特务机构为背景的杂志刊登的造谣文章。鲁迅《伪自由书·后记》中全文照引，是为了将其钉在历史的耻辱柱上，并非认同内山完造是“日本间谍”的说法。这位网络写手为了颠覆鲁迅而有意颠倒黑白，对这种恶劣行径难道也应该“止语”，以“平常心”予以“包容”吗？如果予以批驳，难道就是多此一举，做了“保卫鲁迅”的蠢事吗？

我最初接触房向东的大名，并不是读了他的论文和专著，而是因为读了他那些才华横溢、独具个性的随笔和杂文。我手头没有权威的《文学概论》，一时查不到“随笔”和“杂文”的准确定义。但根据我的感悟和体验，既然叫“随笔”，就应该信马由缰，在纸上纵情驰骋，不拘题材，娓娓道来。既然叫“杂文”，就应该旗帜鲜明，尖锐中蕴含激情，讥刺中不失幽默。总的说来，优秀的随笔或杂文，都应该是率性文章，真情文章，血性文章！房向东的随笔和杂文就具有以上特点。他知识广博，文笔犀利，无论是对市井牛二，还是对学界泰斗，只要是他们身上有应该疗治之处，他都敢于挥起手术刀为之排毒。“实为公仇，决非私怨。”这在欺软怕硬、趋炎附势之风并未止息的当下，就更加显得难能可贵。房向东的学术文章有一个明显特征，就是具有随笔和杂文的风格，不尽符合“西式论文”的规范。我毫不否定“西式论文”的优长之处，如提炼关键词、尊重前人研究、注释详尽准确……对于那些朝气蓬勃、潜心进行学理性研究的中青年学者，我也发自内心地表示敬重，并将鲁迅研究的未来寄托在他们身上。但也应该看到，当下“学院派”人士撰写的“西式论文”，有不少是故作高深，以生吞活剥西方观点为能事，结果把一个原本明白易懂的道理说得云山雾罩，莫测高深。我多次讲过，学术有规范，文章无模式。像鲁迅的演讲词《魏晋风度及文章与药及酒之关系》、随谈《门外文谈》和序跋《〈中国新文学大系〉小说二集序》，其学术含量胜过多少峨冠博带的学术专著！所以，我爱读房向东的鲁迅研究文章，而对当下不知道通过什么途径在“核心期刊”发表的那种“洋八股”，避之唯恐不远。

房向东在要我为他的文集写序的时候特意叮嘱，要我多谈些学习鲁迅的当代意义，对此我深表理解。早在1984年，我就跟人合编过两本《当代作家谈鲁迅》，由西北大学出版社出版，目的就是为研究鲁迅遗产对当代文学的影响提供第一手资料，因此跟一些当代作家结缘，成了朋友。我又主持了一个课题：《论鲁迅的当代意义》，作为成果的就是2006年由福建教育出版社出版的《颠覆与传承》。2009年我还在上海东方出版中心出版了一本《假如鲁迅活到今天——陈漱渝讲鲁迅》，书中有篇《鲁迅的多重意义》，就是全面论述鲁迅作品的认识意义、当代意义、普适意义和审美意义。我感到谈这个问题已经唇焦舌蔽，再无新意。我切身感受到，在论述鲁迅当代意义的过程中有一个最大的难点，就是在价值观多元，需要重建精神秩序的当下，谈任何问题都难于取得共识。比如，有人特别看重鲁迅的反专制精神，想以此推动中国社会的民主化进程；有人特别欣赏鲁迅为中国人的生存、温饱和发展而呐喊的平民立场，想以此矫正当下贫富分化、分配不公等社会弊端；有人认为鲁迅改造国民性的主张并未完全实现，在国际风云变幻的当下，强国的根本仍然是提高国民素质；有人认为鲁迅杂文揭露的那些负面现象至今并未消除，有些甚至变本加厉，恶性发展，因此仍然需要发扬鲁迅韧的批判精神……当然也有人认为鲁迅活到新中国成立之后必然身陷囹圄，鲁迅作品应该在中小学语文教材中淘汰出局，在创作道路上应该搬开鲁迅这块“老石头”，20 世纪属于鲁迅，21 世纪属于胡适，等等。评论家阎纲有一句话糙理端的名言：现在根本尿不到一个夜壶里。我想，最终回答上述问题的应该还是时间。经典作品之所以能成为经典，就是越经过岁月的打磨越能闪耀出奇光异彩，成为人类永恒的精神遗产。

我忙里偷闲赶写这篇序言的时候，正值北京的金秋时节，不禁想起宋代邵雍的一首五律《川上怀旧》：“去秋游洛源，今秋游洛川。川水虽无情，人心则悄然。目乱千万山，一山一重烟。山尽烟不尽，烟与天相连。”在我的心目中，鲁迅研究是一座永远攀缘不到巅峰的高山，可横看，可侧看，可平视，可仰视，但这座山是永远无法摇撼的。我们看不清或看不全它的“本相”，那是因为有云遮雾罩，或者我们自己的视力有所局限，因而产生了“目乱”。待到风起烟散，那座高山将显得更加峻峭巍峨，不仅与天相连，而且“欲与天公试比高”！

2015 年 10 月

24. 他在巴黎讲鲁迅

——序阎纯德《鲁迅及其作品》

鲁迅与法国文学有着极深的渊源。早在1903年，23岁的鲁迅就翻译了雨果的《随见录》中的一篇：《哀尘》，从此揭开了他翻译活动的序幕；接着翻译的是儒勒·凡尔纳的科学幻想小说《地底旅行》与《月界旅行》。也就是在这一年，鲁迅还撰写了科学论文《说钼》（钼即镭），介绍了巴黎工艺化学学校教授居里夫人的研究成果，表明鲁迅不仅关注法国的人文科学，而且关注法国的自然科学。据统计，鲁迅作品中评介过的法国作家至少有20人。鲁迅欣赏拉封丹的寓言，推崇巴尔扎克小说中的对话技巧，肯定福楼拜作品的现实意义，赞扬左拉仗义执言的精神，提醒中国读者注意法朗士作品的精博锋利，还跟巴比塞共同参与过反帝反法西斯的斗争。在外国作家中，最早给《阿Q正传》以高度评价的是法国文豪罗曼·罗兰。临终前，鲁迅有一件憾事，就是未能将法布尔的《昆虫记》完整地译成中文。法国读者对鲁迅也是十分喜爱的。2004年，我随中国作家代表团参加第24届法国图书沙龙活动，并发表以《鲁迅与伏尔泰》为题的论文。有一位法国老人远道来听我的讲演，还特意用拖车拖来一大摞伏尔泰著作的珍稀版本，令我内心至今仍然感到温热。

在推动中法文化交流方面，北京语言大学的教授阎纯德做出了独特贡献。纯德兄是饱学之士，脚踏中国现代文化和传统汉学这两条船，不时转换角色，都能做到游刃有余。纯德兄的人格魅力，还表现在极为谦和。谦和而无知，难免流为谦卑；博学而孤傲，又难免让人敬而生畏，乃至于畏而失敬。在“博学”和“谦和”的两条船上，纯德兄也找准了平衡点。这使他做学问和做人都获得了成功。

最近，纯德兄找出了20世纪70年代他在法国巴黎第三大学东方语言文化学院中文系开设鲁迅专题课程的讲稿——《鲁迅及其作品》。在这部法文教材中，纯德兄对鲁迅的生平进行了简明的介绍，也对鲁迅的小说、杂文、散文诗进行了过细的分析。我不懂法文，但据推测，这部讲稿不可能不打上那个岁月的时代印记，但唯其有这种时代印记，这部讲稿才具有了历史文献价值。法国巴黎大学米歇尔·露阿（Michelle Loi）教授曾说："阎纯德是第一个在法国系统讲授鲁迅的人。"所以，这份讲稿也就成了鲁迅著作传播史上的一份珍稀资料。

提起这位米歇尔·露阿教授，她也给我留下了极为深刻的印象。那是在1986年10月，为纪念鲁迅逝世50周年，北京举办了一次"鲁迅与中外文化"国际学术讨论会，与会代表有来自日本、美国、英国、法国等地的学者。其中有一位矮矮胖胖、目光炯炯的法国女教授，她就是米歇尔·露阿夫人。记得会上有一位中国学者的论文是将波德莱尔的《巴黎的忧郁》与鲁迅的《野草》进行比较，露阿夫人当面问道："你懂法文吗？"那位学者的回答是："不懂。"露阿夫人追问："你不懂法文，怎么能够比较这两部中法文学经典呢？"那位学者一时语塞。会后，露阿夫人带着她的学生来到我任职的鲁迅博物馆，先参观鲁迅生平展览，后举行座谈。露阿夫人批评说："你们介绍鲁迅后期的生平，没有突出鲁迅跟'四条汉子'的斗争，这很不妥当。"我们也一时语塞，不知如何跟这位国际友人沟通。这两次接触给我的印象是：露阿夫人是一位通体透明的人，她的看法可能有某种片面性，也不很了解中国的国情，但她的发言都是基于纯学术立场，丝毫不含个人利害的考虑。这就是法兰西人的文化个性。

后来看了一些资料，才知道同样是20世纪70年代初，露阿夫人就翻译了鲁迅的《野草》、部分杂文和旧体诗，以及论述中国语言文字的作品，合编为《这样的战士》《论战和讽刺》《鲁迅论中国的语言与文字》出版。她还主持了一个"鲁迅翻译小组"，计划把《鲁迅全集》全部译成法文。在这个过程中，露阿夫人独立翻译了鲁迅全部诗作、小说《阿 Q 正传》和杂文集《坟》。可知在中法文化交流史上，露阿夫人也是译介鲁迅的一位重要人物。

鲁迅在《〈呐喊〉捷克译本序言》中指出："自然，人类最好是彼此不隔膜，相关心。然而最平正的道路，却只有用文艺来沟通……"我希望在鲁迅指明的这条道路上，能有更多的阎纯德和米歇尔·露阿。

2016 年 12 月

附　录

1. 中国副刊的革新者孙伏园

——《孙伏园怀思录》代序

只要谈到马克思、恩格斯的生平业绩，人们都不会忘记《德法年鉴》，因为在这份巴黎出版的德文刊物上，发表了马克思的《〈黑格尔法哲学批判〉导言》和《论犹太人问题》以及恩格斯的《政治经济学批判大纲》和《英国状况——评托马斯·卡莱尔的〈过去和现在〉》。正是这些著作，标志着马克思、恩格斯从革命民主主义最终地转到了唯物主义和共产主义。只要提及普希金的《上尉的女儿》《青铜骑士》，果戈理的《鼻子》，莱蒙托夫的《波罗金诺》，人们也都会想起刊登这些经典之作的俄国《现代人》杂志。

在近现代风云变幻、纵横捭阖的政治斗争中，报刊充分发挥了“鼓风机”和“喉舌”的作用。在近现代色彩纷呈、英俊辈出的文化史上，报刊又为培植文化界的奇花异卉提供了土壤和园丁。因此，研究近现代的报刊史，以及那些呕心沥血、默默耕耘的编辑、报人，就成了研究整个近现代史不可或缺的组成部分。

在中国现代报刊史上，有这样一位报人：他有着宽阔的前额，炯炯有神的眼睛，略微矮胖的身躯；上唇蓄一排短髭，下巴留一撮山羊胡。他担任《国民公报》副刊编辑时，发表了鲁迅的《自言自语》——这七篇散文，成为《野草》和《故事新编》中一些不朽之作的雏形。他编辑《晨报副刊》时，对冰心女士予以启示和鼓励，帮助这位当时还充满稚气的女性消除了创作新诗的畏怯心理，催促了中国新诗史上的佳作《繁星》《春水》的诞生。同样是由于他笑嘻嘻的催促，《晨报副刊》刊出了轰动中外文坛的《阿Q正传》，为世界文学宝库增添了一颗璀璨的明珠。他编辑武汉《中央日报》副刊时，全文发表了毛泽东的《湖南农民运动考察报告》；正是这篇文献，对中国现当代的历史进程产生了众所周知的影响。抗战期间，他主编的重庆《中央日报》副刊又刊登了郭沫若的五幕历史剧《屈原》。周恩来说："这个题材好，因为屈原受迫害，感到谗谄之蔽明也，邪曲之害公也，才忧愤而作《离骚》。'皖南事变'后，我们也受迫害，写这个戏很有意义。"蒋介石则气炸了肺，斥责下属说："怎么搞的，我们的报纸公然登起骂我们的东西了，这不行嘛！"结果，他被赶出了《中央日报》。

我提到的这位报人就是中国新闻史上的前驱者之一——孙伏园先生。他是浙江绍兴人，1894 年生，1966 年去世，今年是他诞生一百周年。

五四运动前后，想在古城北京办一张像样的报纸，并非易事。据孙先生回忆，当时北京的大人物有三个条件：一要办大学，二要办报馆，三要多娶姨太太；而报馆实在比姨太太尤滥。据不完全统计，当时北京共有 200 多家报馆、100 多家通讯社。由于北洋军阀对言论的钳制（既具封建专制色彩，又有法西斯主义色彩），连报纸也宣言"莫谈国事"。一般民众阅读的是《群强报》《实事白话报》一类毫无新闻价值可言的消闲小报。各报内容也往往雷同，只有一个报头和一篇社论有所差异，所以一家印刷局有时承印一二十种报纸：把甲报报头、社论撤去，换上乙报的报头、社论，就成了乙报。如法炮制，又成了丙报、丁报。加之当时北京商人不懂广告效应，他们推销商品的主要手段是巴结高门大宅的账房先生，所以报纸缺少广告收入，经费难以为继，致使报纸发行量锐减，最少的每天仅发行八份——因为报馆的东家每天仅去七八处茶楼酒肆，所到之处都能看到他办的报纸，也就有一种他的报纸遍天下之感了。

孙先生办报，最大的贡献并不在于增辟副刊，而是改变了副刊的单纯消闲性质。的确，是孙先生将《晨报》第七版改为四开四版单张出版之后，"副刊"二字才首见报端，但副刊性质的印刷品却有着较长的历史。早在 1872 年，《申报》在新闻之后就附载了诗词。1900 年，日本人办的《同文沪报》每天都加印了一张小报——《同文消闲录》，但自从孙先生接编了《晨报》第七版后，才横扫了充斥副刊的低级趣味。

必须指出，孙先生是重视报刊可读性的。他要求副刊消除那种教科书或讲义式的艰深沉闷的弊病。但他同时强调，增强副刊娱乐性的主要手段是使文艺作品成为副刊的主要部分。为此，他大力提倡短篇创作，竭诚提携新进作家。他不以作者名字的生疏作为择稿的标准，尤其不把作者观点与编者本人的异同放在心上。所以，凡是他办的副刊都显得虎虎有生气。他编辑的《晨报副刊》不但刊登了鲁迅及其他新文学作家的大量作品，而且译介了很多近代世界文学名著。该刊还出版了“马克思纪念专号”“俄国革命纪念专号”，发表了一些宣传社会主义的文章。他编辑的《京报副刊》，不仅常刊登鲁迅、刘半农、王森然、徐志摩、俞平伯等名家的佳作，而且出现了蹇先艾、鲁彦、尚钺等新人的名字。在这个副刊上，吴稚晖谈国学，周作人谈思想，林语堂、魏建功谈音韵，马叔平谈考古，毛子震谈医学，张竞生谈“美的人生观”，洋溢着活跃的学术气氛。孙先生还在该刊征求《青年爱读书》和《青年必读书》。鲁迅的《呐喊》和《红楼》《水浒》《西厢》等古典名著被广大青年公举为爱读书目。《语丝》创刊之初，16 名主要撰稿人全都是由孙先生独立邀来的。他“自跑印刷局，自去校对，自叠报纸，还自己拿到大众聚集之处去兜售”（鲁迅：《我和〈语丝〉的始终》，见《三闲集》）。他在《语丝》第 12 期发表的《亲送〈语丝〉记》，就反映了该刊创始之初的艰辛以及受下层民众欢迎的情况。

1926 年 11 月底，在北伐战争的高潮中，国民政府做出了迁都武汉的决定。翌年 2 月，孙先生应邀赴汉，出任武汉《中央日报》副刊总编，从 1927 年 3 月 22 日至同年 9 月 1 日，共出版 159 期。这一时期，在武汉政府执政的国民党中央常委汪精卫经历了一条由“联共反蒋”到“反共反蒋”再到“联蒋反共”的道路。在 1927 年 7 月汪精卫公开反共之前，孙先生坚持了“批评的，进取的，为民众的，为少年的”编辑方针，除刊登了《湖南农民运动考察报告》之外，还发表了周谷城的《农民运动的新策略》、沈雁冰的《最近苏联的工业与农业》、郭沫若的《我离开蒋介石以后》、周开庆的《北京党案述惨》、腾波的《悼萧楚女同志》等重要文章。该刊还发表了一组苏联的美术作品，总题为《红色的艺术》，其中有一幅取义于《共产党宣言》：“工人所失去的只是锁链，而所得到的则为世界。”当革命前驱李大钊和进步报人邵飘萍被奉系军阀张作霖杀害之后，《中央副刊》陆续刊登了一批悼念文章。孙先生本人也撰写了《京报及邵飘萍先生》《五一纪念与李守常先生》等文。他不但赞扬大钊同志是一位蓄着鱼尾须、有着一副永远微笑的仁慈颜面的“绝顶好人”，而且肯定了大钊同志的远见卓识——在欧战结束之后，有些知识平庸的人认为这是协约国的胜利，有些言辞巧妙的人说这是公理战胜，唯独大钊同志率先指出这是 Bolshevism 的胜利！孙先生“从心底里发出真的声音：‘为李守常报仇去！’”（《中央副刊》第 39 号）。著名国民党左派领袖、中国共产党的亲密朋友邓演达对《中央副刊》给予了充分肯定，说他在船上、在车上、在五分钟十分钟短期的行程中间，都要找《中央副刊》来看看。他还特意为该刊撰写了一篇论文：《新艺术的诞生》。蒋汪合流之后，《中央副刊》的版面上一次也未出现孙先生的文章。

孙先生不仅是一位著名报人，同时也是一位独具风格的作家。他除以本名发表作品外，还采用了柏生、柏、孙柏、伏庐、伏、松年等笔名。1921 年，他与周作人共同尝试小杂感创作，为杂文园圃增添了一个新的品类。1927 年 10 月，北新书局出版了蔡元培题签的《伏园游记》，内收《南行杂记》《从北京到北京》《长安道上》《朝山记琐》。这四篇游记既描写了沿途风光，也记叙了社会习俗，为现代游记提供了一种新的视角。1929 年 3 月至 1931 年 5 月，孙先生赴法勤工俭学，在远行期间撰写了一批域外游记，其中尤以洋洋四万言的《丽芒湖》最为读者称道。这篇作品构思精巧，文笔绮丽，风格沉着，被誉为“游记体文章的范本”。《自巴黎西行》生动而详尽地记叙了法国西部城市勃勒搭尼（Bretagne）的风土人情，行文时还鞭笞了国民党反动派对革命人民的摧残镇压（“我们中国是，共产党例须杀头，现在大概连上庙烧香也快要杀头了！”）。在清党后的中国公开发表上述文字，没有一定的勇气恐怕也是不行的。

孙先生从法国归来后，应中华平民教育促进会（简称“平教会”）领导人晏阳初之邀，先后出任定县平教会文学部主任和衡山县县长。平教会的宗旨是铲除“愚贫弱私”四大劣根，其途径是以文艺教育救愚，以生计教育救贫，以卫生教育救弱，以公民教育救私。尽管平民教育实践只不过是一种改变旧中国农村面貌的方法研究，只能治标，不能治本，还有明显的改良性质，但平教会成员所做的努力毕竟具有一定的历史进步性。就连毛泽东也曾应聘为长沙平民学校的教师。陶行知、张伯苓、黄炎培等知名人士也是平民教育的支持者。目前闻名全国的定县猪、定县苹果、定县小白杨，都是用当年平教会引进的优良品种栽种、繁殖而成。定县今天能成为无文盲县，也跟平教会“除文盲，做新民”的工作不无关联。

孙先生担任平教会文学部主任期间，组织力量搜集整理了定县大鼓词，指导编写了历史演义，主持编辑了内容包罗万象的平民读物。他还主编了采用注音符号和词类连书方法的《农民报》，深受农民大众欢迎。抗战全面爆发后，孙先生随平教会从河北撤迁湖南，出任平教会的实验县——衡山县县长，他关心民众疾苦，热情宣传抗战，成了闻名遐迩的“模范县长”。他手写石印的《衡山四讲》，留下了这一历史时期的工作记录。抗战时期，孙先生还在贵州、四川担负过平教会的联络工作，出任过重庆政治部文化工作委员会和设计委员会委员，跟共产党人陈翰伯、刘尊棋等共同编辑过进步报刊。

抗战胜利后，孙先生先后在齐鲁大学、华西大学、重庆平教会乡建学院等校执教，担任过成都《新民报》主笔兼副刊编辑。新中国成立后，他跟老舍亲属联袂赴京，应胡愈之之请担任出版总署版本图书馆馆长。1966年病逝。生病期间，元帅诗人陈毅曾前往探视，共同回忆20年代北京文坛的往事。

论及孙先生的生平业绩，还不能不旁及鲁迅，因为孙先生跟鲁迅既有师生关系、作家与编辑的关系，又有在厦门大学、中山大学的同事关系。仅在《鲁迅日记》中，跟孙先生交往的记载就有 470

余处；其中尤以1919年至1927年交往最密。1929年以后，孙先生的名字从《鲁迅日记》中消失。看来，跟思想的隔阂和地域的隔阂都有关系。

据《两地书》透露，鲁迅在厦门时期对孙伏园就颇有微词，如1926年10月23日致许广平信中，说孙伏园“似认真非认真，似油滑非油滑，模模糊糊的走来走去，永远不会遇到所谓‘为难’。然而行旌所过，却往往会留一点长远的小麻烦来给别人打扫”。1927年1月11日致许广平信，又说包括孙伏园在内的一批人传播他跟许广平的流言。所谓“留一点长远的小麻烦”，指的是孙先生把鲁迅的厨师介绍给“陈源之徒”做饭，反遭埋怨。所谓传播“流言”，无非是孙先生说过，鲁迅在北京时，家中不但常来男学生，也常来女学生；其中有两人最熟（指许广平和许羡苏），但鲁迅是爱高的那一个。鲁迅是爱才的，而许广平最有才气。显然，这些话中并不包含丝毫恶意。所以，我们不能把鲁迅的上述文字视为对孙先生的原则性批评，更不能视为对孙先生大节的定评。

当然，我们不应掩饰鲁迅1927年12月9日致章廷谦信中对孙先生的另一批评：“伏园则在办一种周刊，曰《贡献》（实在客气之至）。又听说要印书，但不知其详，因为极少见。”次年5月4日致同一人信中又说：“对于《贡献》，渺视者多。”藐视《贡献》，因为它是国民党改组派的刊物。笔者手头无此刊，故求教于鲁研界前辈林辰先生。林老说：“孙先生编辑《贡献》，与他的友人曾仲鸣有关。曾仲鸣后来跟孙氏兄弟合出过《三湖游记》，他的舅父即汪精卫。《贡献》除连载过陈公博的文章外，并无其他改组派的文章。孙先生编辑《贡献》的时间不长，而且一直不愿在蒋汪政府中办官报。”我想，无论如何，这总是孙先生生命乐章中的一声噪音吧。

就孙先生这一面而言，对鲁迅一直执弟子礼，始终保持了尊崇的态度，至少未见有任何公开批评。即使在鲁迅不满孙先生传播流言的这封信中，同时也谈到孙先生为许广平出力，谋取中山大学助教之职。孙先生主编《中央副刊》时，连续刊登了鲁迅的讲词《无声的中国》《老调子已经唱完》。他称颂鲁迅是“思想文艺界的彗星”、焚烧积污的“火老鸦”，并敦请鲁迅来武汉引导青年做铲除旧势力的工作。孙先生办《贡献》期间，同时编辑了嚶嚶书屋出版的《当代》杂志。该刊第一期就译载了美国巴特勒特（P. M. Bartlett）撰写的《新中国的思想界领袖鲁迅》，对鲁迅给予了高度评价。

1980 年 5 月，湖南人民出版社出版了孙先生的《鲁迅先生二三事》一书。该书以 1942 年重庆作家书屋出版的同名著作为底本，又增收了作者新中国成立后撰写的四篇文章。编者在《后记》中一方面肯定孙先生的回忆文章“不失为有价值的参考资料”，同时也指出孙先生对鲁迅的思想、作品“理解是并不深刻，也并不准确的”，希望读者以鲁迅倡导的“剜烂苹果”的精神来读这本书。这篇《后记》引起了孙先生亲属的强烈反感，几乎引发一场公开论争。

我想，由于读者立场、水准、爱好各有不同，对同一作品褒贬不一是很正常的事情，无法强求一致。如果从不应求全责备的角度立论，把孙先生这本著作比喻为苹果似无不可。因为这本书跟普天下任何书籍（除开坏书，相当于穿心烂的苹果）一样，有可取之处（好比苹果完好的地方），也有难以完全避免的缺点和局限（跟苹果上的某几处烂疤一样）。但是，如果以“剜烂苹果”为喻，是要说明孙先生的书比其他同类著作缺点更多一些，那也未必。

窃以为，孙先生有关鲁迅的文章确有欠准确之处。比如 1956 年 10 月 17 日发表于《北京日报》的《鲁迅和当年北京的几个副刊》一文，说《晨报》代理总编辑刘勉己利用职权抽下了鲁迅的散文诗《我的失恋》，孙先生愤而抽了刘勉己一记耳光，断然辞去了《晨报副刊》编辑的职务。但孙先生 1925 年 12 月 5 日在《京报副刊》发表的《京副一周年》说的是，孙先生因刘勉己的独断专行气得想扇他耳光，但刘勉己不知怎样一躲闪，便抽身走了。显然，事隔一年后的文章比事隔 32 年的文章在细节上更逼近真实；而且，刊登于《北京日报》的这篇文章文末注明“子禾记”，失误的责任也许跟这位记录者不无关系。同样，孙先生的文章也必然会有并不深刻的地方——事实上，是否深刻，从来就没有一定的标尺。

不过，所有的鲁迅研究者都应承认一个基本事实：由于孙先生跟鲁迅的特殊关系，他文章中提供的一些观点和史料也因之具有独特的价值，为其他文章所无法取代。他撰写的《药》《孔乙己》《腊叶》《杨贵妃》等文，都提供了鲁迅本人对创作动机背景、艺术特点的说明。尽管作家本人的主观思想不能代替作品的客观思想，但这些意见毕竟为我们提供了一把打开这些作品思想艺术宝库的钥匙。1948 年，孙先生还写作了一篇鲁迅小说综论——《鲁迅先生的小说》，《星岛日报》1951 年 12 月 27 日刊登此文时特加编者按，认为此文“见解深邃，分析精辟，实为近年研究鲁迅作品最具权威性的作品”。关于鲁迅任绍兴初级师范学堂校长、赴西安讲学、赴香港讲演，孙先生都提供了第一手资料，弥足珍贵。鲁迅在广州中山大学医科讲演，讲题及内容均逸，唯独在孙先生的回忆中方能窥见一些蛛丝马迹。毫无疑义，只要鲁迅长存、鲁迅研究长存，孙先生关于鲁迅的文字也会长存的。

孙先生在《读〈热风〉》(《京报副刊》332 号）一文中，曾引用罗素评论福楼拜的话：现在的法国人并不觉得福楼拜的思想怎样新奇，这可以证明现在的法国人几乎已经人人分得福楼拜思想的一部分了。现在，阅读报纸副刊成为中国人生活中的有机组成部分，无人感到新奇。这也可以证明孙伏园等中国报业前驱者的劳绩已经被人人分享了。古语云：“尺之木必有节目，寸之玉必有瑕疵。”又云：“小疵不足以损大器。”在孙先生一百周年诞辰之际，我勉力写了以上这些文字，聊以表达我对这位“中国副刊之父”的崇敬缅怀之情。

1993 年 9 月

2. 因王锡荣新著而引起的话旧

——《周作人生平疑案》序

继《鲁迅生平疑案》之后，王锡荣先生又将推出他的新著《周作人生平疑案》。因为我在前一本书的卷首写过几句借题发挥的话，所以他仍将厚厚一叠新打印的原稿邮给了我，并希望我一仍其旧，在送“猴”迎“鸡”之际再写一篇读后感寄给他。我是一个性急之人，从不愿意事情耽误在自己手中。然而“天有不测风云”，不仅王先生不会想到，连我自己也未曾料到，偏偏这时我的胆道出了麻烦，成天与吊瓶与稀粥为伴，无力翻检资料。只能谈谈初读的印象，和因为这本书而引起的话旧。

绝非故作谦虚，我对周作人的确缺乏研究，实在无力对20余年来周作人研究的现状做出中肯的评价。只是在印象中，除了《周作人年谱》之外，其他史料性的研究著作并不多见。仅仅从这个意义上说，王著的出版就成了周作人史料研究中的一个新成果。作者无疑吸收了有关前行研究的滋养，但他不仅重新进行了取舍梳理，而且还有许多新的增补和发现。作者治学的缜密历来是我所佩服的，在大量确凿史料的基础上，他又能言简意赅地发表自己的见解，并没有在容易发生观点碰撞的问题面前吞吞吐吐、模棱两可。王著涉猎的史实虽然贯穿了周作人生平的各个时期，但重点选取的却是一些曾经引发争议或较能引起读者兴味的问题，选取的结果，沦陷时期的史料占据了相当的比重。其中《周作人担任了什么汉奸职务？》《周作人当汉奸是积极还是消极？》《周作人当汉奸是共产党授意的吗？》《周作人与片冈铁兵的冲突是怎么回事？》《共产党邀请周作人去延安？》……都是读者十分关注的问题。当下有一种流行观点，应该把学术问题跟政治问题加以区分，即所谓“学术归学术，政治归政治”。但在阶级矛盾与民族矛盾空前剧烈的旧中国，真正能够闭门著书，专谈风月、讲趣味的文人是难以出现的。“要做这样的人，恰如用自己的手拔着头发，要离开地球一样，他离不开……”[①]特别是对于周作人这种无论在其生平早期、前期和后期都以不同形式表现出自己鲜明政治色彩的作家，研究其思想和创作都不可能彻底撇开对他的政治评价。周作人沦陷时期的立场和表现虽然并不能掩没他五四时期的光芒，不能抹杀其30年代散文创作的成就，也不能抹杀他晚期翻译日本、希腊文学和提供鲁迅史料之功，但这一段经历却是他人生链条上不可或缺的一环。这相当于人体发育过程中一个无法割裂的阶段，前有因，后有果。必须指出，因为种种原因，周作人沦陷时期的史料尚未充分提供和挖掘，因此王著的出版及时而准确地填补了这一重要空白。

记得20世纪80年代中期，中央文献研究室对《毛泽东著作选读》的部分注释进行了修订。此时上海的沈鹏年自以为得风气之先，他曲解修订毛选注释的精神，公然散布流言：“中央对周作人的评价改变了，要为他平反了。”[②]有些报刊（如上海《文汇读书周报》）也信以为真，公然断章取义，宣布毛选注释不再提及周作人曾在抗战时期出任伪职之事。影响更为恶劣的是沈鹏年在南京师范大学《文教资料》1986年第4期上发表的《关于周作人的一些史料》，公然说周作人不是汉奸，他站到前台出任伪职是共产党方面的意见。这样一来，曾经身着日本军装威风凛凛公开亮相的周作人摇身一变，俨然以共产党的地下尖兵现身了。这组所谓“周作人史料”不仅蒙骗了大陆的不少读者，而且在海外也造成了十分恶劣的影响。极少数别有用心的人在香港发表文章，矛头直指当时主持平反冤假错案的中央负责同志，并借机讽刺新时期的改革开放政策，说什么“为周作人同志平反是为了取悦于‘日本友人’”，是让历史为党的现行政策服务；甚至挖苦我们成立了“汉奸平反小组”，继周作人之后还要为秦桧、吴三桂、洪承畴、李鸿章、汪精卫陆续平反。杂文家牧惠在谈到当时的文化背景时指出：“十一届三中全会以后，文艺界、历史界眼界开阔了，思想活跃了，提出了好些新问题、新评价，与此同时，也不可避免地带来一点混乱，一些未必正确、未必可以接受的观点。把鲁迅的成就和作用贬得低而又低，蔑称为‘鲁货’，甚至替周作人的汉奸罪名翻案，就是其中之一。”③

实事求是地说，我任职的北京鲁迅博物馆、我的同人以及我个人，对于周作人研究历来都是积极支持的。我们单位有一些特藏资料，如果没有我们的支持，最初的周作人年谱和周作人传记都是不可能问世的。日本学者尾崎文昭、中国学者李景彬等人当年在我的办公室查阅周作人资料的情景，至今历历如在眼前。但是，我同时感到，如果任凭“共产党让周作人当汉奸”“共产党邀周作人去延安”之类的说法在海内外泛滥，就不可能真正使方兴未艾的周作人研究步入健康的学术轨道。于是，我所在的鲁迅研究室在同年 11 月 12 日召开了一次“敌伪时期周作人思想、创作研讨会”。与会者除专家学者之外，还有敌伪时期跟周作人有过接触、交往的人士，共 40 余人。筹备这次会议过程中，对我帮助最大的是姚锡佩师姐，很多重要的学者都是她请来的。中央有关领导部门对于这方面的研究动向十分关注。胡耀邦同志十分谦虚地表示，他读书不多，对周作人不甚了解，特派当时在中央统战部任职的陶斯亮同志来馆了解情况。中央有关部门的负责同志对这次会议所取得的成果也给予了积极评价。现将我在这次会议开幕式上的讲话原文照录，“立此存照”，让今后的读者了解周作人研究史上有过这样一次特殊的经历。我的发言是：

各位专家、学者：

今天，我们北京鲁迅博物馆鲁迅研究室在这里召开一次学术讨论会，中心议题是“北平沦陷时期，周作人的政治立场、思想倾向和文学创作”。众所周知，周作人在中国新文学史上是一位一度与鲁迅齐名并产生了国际影响的作家、思想家——他被人誉为“五四以来的五大散文作家之一”，又被誉为“小品文之王”，但他同时又是一位思想倾向十分复杂、经历过一段曲折的政治道路的作家。对于复杂的人物和事物，我们必须用复杂的眼光来分析、看待，力求避免任何一种形式的简单化和片面性。多年以来，我们单位对周作人研究一直给予了积极的支持。我们整理发表了一部分周作人的日记和书信，并准备将全部周作人日记交湖南岳麓书社正式出版（按：后由河南大象出版社出版了一部分）。我们还热情接待了国内外的周作人研究者，尽力在资料上为他们的研究工作提供方便。今后，我们仍愿为推动周作人研究的深入开展做出努力。

对于周作人从清末到五四时期的文学活动，学术界目前的评价大体上是一致的；对于周作人30年代以及解放后的文学活动，看法也尚未出现原则性的分歧。但是，对于40年代的周作人，目前却产生了截然相反的看法。长期以来公认的看法是，周作人在北平沦陷之后附逆投敌，成为民族的罪人。他这一时期的作品，是汉奸文学的标本。毛泽东同志《在延安文艺座谈会上的讲话》一文中也早已明确指出了这一点。但是，今年四月份，上海的沈鹏年在南京师范大学编辑出版的《文教资料》上抛出了一组回忆录、访问记，提出了以下一些“新奇”的观点和材料：

一、周作人不是汉奸。

二、周作人本不愿站到前台来出任伪职，因为听到这是共产党方面的意思，才改变了态度。就职以后，他基本上执行了党规定的“积极中消极，消极中积极”的方针。

三、周作人沦陷时期的作品事理明顺，人情通达；既不虚妄，亦不造作，已进入化境。他的《药堂语录》以古喻今，借古讽今，受到读者的欢迎。

《文教资料》是内部刊物，发行量很小；沈鹏年其人又历来擅长于编造史料，很多同志对他早有戒心。但是，一些文摘报刊很快转发了这组资料的摘要，甚至加上耸人听闻的标题：《周作人不是汉奸》。这就在相当大的范围内产生了影响，造成了认识上的混乱。特别需要引起我们注意的是，海外一些报刊抓住这件事大做文章，对于我们党中央的开放政策进行了十分恶毒的攻击。基于上述情况，我们认为有必要召开今天这样一个座谈会，以期达到交流观点、澄清事实的目的。

从总体上看，周作人研究是一个学术问题，凡属学术观点，见仁见智，无需强求一律。大家可以各抒己见，百无禁忌。至于史实，这是客观存在，也是我们研究历史人物的出发点和依据，不容歪曲、夸大、篡改，也要反对以偏概全。列宁在《统计学和社会学》一文中指出："为了真正弄清楚常常被人故意混淆起来的复杂而困难的问题，事实却正是十分必要的。……在社会现象方面，没有比胡乱抽出一些个别事实和玩弄实例更普遍更站不住脚的方法了。罗列一般例子是毫不费劲的，但这是没有任何意义的或者完全起相反的作用，因为在具体的历史情况下，一切事情都有它个别的情况。如果从事实的全部总和、从事实的联系去掌握事实，那么，事实不仅是胜于雄辩的东西，而且是证据确凿的东西。如果不是从全部总和，不是从联系中去掌握事实，而是片断的和随便挑出来的，那么事实就只能是一种儿戏，或者甚至连儿戏也不如。"在《进一步，退两步》中，列宁又说："真正的辩证法并不辩护个人错误，而是研究不可避免的转变，根据十分详细研究发展过程的全部具体情形来证明这种转变的不可避免性。"在研究周作人沦陷时期的表现时，我们要全面了解情况，尤其需要把握"事实的全部总和"，理清他思想转变的轨迹。

希望今天的会议能开得紧凑，活跃，都能有所获益。

由于时间关系，这次会议不可能对问题进行深入细致的研究，但在两个主要问题上基本达成了共识。

一、周作人出任伪职绝非共产党派遣

1938 年至 1942 年，也就是周作人正式附逆的这一段时间，中共北平特委书记是王定南。面对谣言，他发表了以下严正声明："我党抗日政策是反对任何人去任伪职。就周作人来说，他是已经任伪职的人，再活动当教育督办是从已任的伪职再向上爬，而不是破题儿第一遭任伪职。即以何其巩、张东荪二人向我谈出任伪教育督办的话，周作人、缪斌二人，无论谁出任教育督办，都对中华民族有危害。"[④]这就断然否定了周作人当汉奸"是共产党的意思"的奇谈怪论。1987年3月王定南同志利用来京参加全国政协会议的间隙亲自来鲁迅博物馆跟我面谈，还特意为《鲁迅研究动态》撰写了《〈周作人出任伪职的原因〉发表前后》一文。至于沈鹏年在《文教资料》抛出的《袁殊同志谈周作人》也完全是编造之作。沈所在单位的党委派专人找袁殊核实，袁把“所谓访谈录上不是他讲的话都划了出来，什么‘周作人不是汉奸’，恽逸群、邹鲁风‘公开支持周作人’，‘潘汉年表示支持他们的意见’，‘声援周作人的斗争，实际上是我们党领导的’，统统都是沈鹏年捏造出来的。”袁殊说：“恽逸群、邹鲁风和周作人没有任何关系。潘汉年搞秘密工作，从不和其他人见面，完全没有提到周作人的事。”

沈鹏年提供的“史料”说潘汉年同志曾指示地下党对周作人的《中国的思想问题》一文进行声援。实际上潘汉年是如何看待周作人的呢？在《身在曹营心在汉》[5]一文中，他反驳了周作人的抗辩内容，明确指出片冈铁兵宣布他为“老反动作家”不能成为他不成其为汉奸的反证。在《周作人的思想根据》[6]中，潘汉年又通过周作人的《岳飞与秦桧》《关于英雄崇拜》两篇文章，说明他堕落为汉奸绝非偶然。周作人在1935年就“完全否定了岳飞的主战为忠，同时也否定了秦桧的主和为奸”，就已经埋下了他成为汉奸的伏笔。潘汉年讽刺道：“可惜的是他在此次公审的时候，没有引用这两篇文章来为自己辩白，拉扯什么营救地下工作者和保存文化，毕竟还是缺乏勇气做秦桧吧。”由此可证，潘汉年对于周作人附逆的态度是声讨，而不是声援。

比较复杂的是许宝骙的谈话。根据沈鹏年提供的“纪要”，许游说周作人是王定南跟何其巩、张东荪“等人共同研究之后由许去执行的”。许表示：“只要肯出来，其他不用担心。周作人听说这是共产党方面的意思，便不再坚持了。”[7]但许宝骙发明确否定了这份“纪要”。他说：“事实上，并没有什么人对我采访，只是好几年前我在上海沈鹏年家里闲谈，偶然草草提到这件事，被鹏年同志录下。这篇所谓访问纪要并未经我阅看签字，我也未见过杨克林同志其人，发表时我也没听说……”[8]

许宝骙又说当时他跟王定南、张东荪每半月有一次“三人碰头会”，聚会时谈道：“反正周作人已经当上了伪北大文学院院长，用我们当时的话说就是他一条腿已经下了水，那么我们就无妨顺水推舟，让他进一步出任伪督办，以抵制为祸最烈的缪斌。权衡利害，按‘两害相权取其轻’的道理，这事是可以做应当做的。这就是我们三人主要是我（按：着重点为笔者所加）个人分析考虑这事的经过。”由此可见，利用周作人抵制缪斌原是许宝骙或其他人的意思，并不是共产党的意思。

然而许宝骙却在文中布下了一个疑阵：“这件事和中共党的关系又该怎样说呢？王定南同志当时作为北方特委的一名负责人是参与了研讨并决定我方这一行动的。若没有他的同意，我是不会进行这项活动的。这算不算党组织的决定？我不清楚。王定南同志事后曾否向党组织汇报？报告到哪一级的领导？我那时不知道，后来至今也没有向定南同志询问过，至于我这方面，我向周作人游说时，并未说出党的关系。”⑨

对于许宝骙的问题，王定南作了否定性的回答。他在《〈周作人出任伪职的原因〉发表前后》一文中一连用了四个“没有”肯定地说：“当时北平地下党组织并没有专门讨论过周作人的问题，没有分析过他的政治状况，没有利用周作人为我党工作的意思，也没有指示谁去跟他接触。”王定南进一步指出：“许宝骙在《团结报》上的文章，说他接触周作人是经过我的同意的，但他并没有叙述我派他去的经过，而是推理说，如果我不同意的话他就不会去。这种推理不能成立。许当时是党外人士，并不是他每做一件事都必须通过党组织。”⑩

许宝骙当时究竟是什么身份？他是如何结识周作人的？他的游说对周作人出任伪职能起多大作用？据了解，许是浙江杭州人，1909年生，别名介君，燕京大学毕业生，周作人“得意门生”俞平伯的妻舅。当时他是北平私立中国大学总务长和哲学教育系副教授，既非共产党，也非国民党。他最初结交周作人是为了谋职。通过周的关系，在伪北大文学系兼课，任教务科主任，讲授先秦思想。他说，

“一九四〇年十一月初，伪华北政务委员会教育总署督办汤尔和病死，这个职位出了缺。我当时在伪组织的高层政治圈中活动，消息比较灵通，得知一些情况”，便“去找周作人进行游说”。[11]据查证，汤尔和病死是1940年11月8日。此后许宝骙在周作人日记中出现的最早时间是12月17日，距汤尔和死已有一个月。在“介君来谈”之前，周作人日记中已经出现了“王逸塘来访”（11月24日），“兑之来，以王逸塘之命来劝进”（11月26日），“王逸塘来访”（12月10日）的三次记载。

王逸塘，即王揖唐，时任伪华北政务委员会委员长兼内务总署督办，是华北地区的汉奸总头目。他亲自访问周作人，又特派瞿兑之劝进，显然是促使周作人彻底下水的重要因素。这件事在1940年12月10日已成定局。许宝骙12月17日再以个人身份对周作人进行游说，显然不能成为周作人跨入黑暗之门的关键。更何况许宝骙承认，他向周作人游说时“并未说出党的关系”，因此周作人更不会把他的话当成共产党的指示去执行。

其实，周作人附逆的原因，他本人表述得清清楚楚：“关于督办事，既非胁迫，亦非自动（后来确有费力气去自己运动的人），当然是由日方发动，经过考虑就答应了。”[12]如果他附逆确系中国共产党推动，新中国成立后他岂有不表白之理？至于他附逆的主观动机和客观因素，已有许多专文论述，有人说是基于对人生和民族的双重悲观，有人说是基于在“自利利他主义”掩盖下的极端个人主义，还有人说是生活无着和家庭拖累……见仁见智，纯属学术探讨问题。但此次会议之后，把周作人附逆说成是共产党鼓动的观点，在学术界可以说是没有市场了。

二、周作人黑暗生涯中的若干亮点

历史人物和历史事件往往具有复杂性，不能作简单化判断和表述。同样是汉奸，其劣迹的性质和程度各有不同。在周作人出任伪职的黑暗生涯中，也的确存在若干“亮点”，主要是：

1. 保管北大校产，增建北大校舍，保管北图图书。

七七事变之后，北大南迁。当时的北大校长蒋梦麟曾委托周作人、孟森、冯祖荀、马裕藻等四教授保管校产，月酬 50 元。但周作人堕落为汉奸后北大即停止与之合作，津贴也随之取消。经调查核实，沦陷时期的北大增添了 74051 册图书，包括购置清代藏书家李木斋存书，比原藏书多了四分之一。与此同时，北大还增建了一些教学楼。周作人出任伪华北教育督办期间，还代理北京图书馆馆长一年。在此期间，北图所藏报刊均称完好。承认这些事实，是当年国民党法庭为周作人减刑的主要依据，但这一“亮点”并不能改变周作人“汉奸”的性质。同受蒋梦麟委托，孟森、冯祖荀、马裕藻均未出任伪职，可见保管校产不能成为附逆投敌的理由。

2．帮助李大钊烈士遗属，营救抗日地下工作人员。

李大钊是周作人《新青年》时代的故交，就义后其遗族生活窘迫。周作人“感念存殁”，不仅多次为其出售藏书，而且帮助李大钊的女儿李星华、李光华就职、就读。李星华 1940 年带李光华和一个孩子去延安，周作人为他们代办了“良民证”，并预支了两个月薪水，使她们得以成行。对于李大钊的另一女儿李炎华及其丈夫侯辅庭，周作人也予关照。《庸报》记者郭健夫（后改名高炎），系中共地下党员，周作人虽不知道他的真实身份，但他 1942 年 6 月被日寇逮捕之后，周作人曾出面营救，使他提前两年零两个月假释出狱。周作人还提出，他营救过的国民党地下工作者共六人：张怀、董洗凡、英千里、杨永芳、沈兼士、刘书琴。但国民党法院调查取证，最后落实的只有张怀、董洗凡二人。英千里没有承认受过周作人的营救。杨永芳是周作人的女婿，他的证言未被法庭采信。而且营救张怀、董洗凡并非周作人一人之功。那是在 1944 年 3 月，日寇在华北发动大检举，被捕者多达 80 余人。1945 年 4 月，曹汝霖等平津士绅 30 余人联名向日军驻华北司令部保释，周作人是联名者之一。虽然周作人这样做并非出自共产主义的信仰和抗日的信念，而主要是念旧怀友或某些尚未泯灭的正义感，但无论如何这些事情毕竟还是应予肯定的。

1943 年 1 月刊登于《中和月刊》一卷四期的《中国的思想问题》一文算不算周作人沦陷时期的一大“亮点”呢？周作人本人当然认

为要算，他说撰写此文是为了抵制日本侵略者控制的兴亚院、新民会要为中国建立一种中心思想的行动，因而才受到日本作家片冈铁兵的“扫荡”，影射他是“反动老作家”。当年为他辩护的一些教授、文化人也认为这是周作人“消极抵抗之实绩”。这篇文章的主旨，是想把中国的儒家思想作为大东亚文化的中心。他认为，“儒家的根本思想是‘仁’”，“所谓‘仁’直捷地说即是做人，‘仁’即是把他人当作人看待”；又说，人跟一般生物的区别，就在于一般生物单纯求生，甚至为自己的生存而危害他人。人则不然，他不仅要求生存，而且“须与别人联络，互相扶助”。这种“共济”，“即是现在说的烂熟了的共存共荣为目的”。

在这次研讨会上，大部分研究者认为周作人将儒家关于“仁”的思想说成符合日本侵略者的“共存共荣”说，实际上是为日本军国主义寻找理论根据。其中最有代表性的是老专家林辰的观点，他说：“在日本侵略者的屠刀下谈‘仁’，这是什么意思呢？如果赤裸裸地谈日本人建设大东亚共荣圈，有民族气节的中国人是不能接受的，而周作人把日本侵略的东西拿来涂上儒家的色彩，让人一看，这不是人家的东西，我们历来就有的。这种做法欺骗性更大，危害性更大。”[13]周作人研究专家钱理群后来也指出：“周作人野心勃勃地想以儒家思想为代表的中国封建传统文化作为大东亚文化的‘中心’，说不定还做着‘同化’日本文化的美梦。但他的主观愿望却必然要在历史客观法则的铁的逻辑面前碰壁，在殖民地的沦陷区中国，封建文化只能充当帝国主义文化的附庸。”[14]至于片冈铁兵对周作人的攻击，实际上是对《中国的思想问题》的误读。他完全站在主子的立场，反对被占领者发出哪怕是十分微弱的求生的呻吟。他认为只要谈中国人的生存欲望，实即对“大东亚解放战争”的消极抵拒。在进行“大东亚圣战”时，中国人应该承担任何痛苦，主动做出牺牲，而不能站在旁观者的地位提出任何求生的要求。所以这场冲突，是飞扬跋扈的侵略者跟部分伪政权官员之间的文化冲突，不可能改写周作人沦陷时期的历史。

承认周作人在沦陷时期有若干“亮点”，还牵涉一个对这些“亮点”如何恰如其分进行估计的问题。王锡荣的新著告诉我们，从 1939 年 1 月至 1945 年 8 月，在这短短的六年中，周作人担任的各种伪职名目竟达 30 种之多。在《周作人当汉奸是积极还是消极？》一章中，他还依据史实证明：周作人曾撰文鼓吹“大东亚主义”，制造汉奸舆论；参与改编教科书，推行奴化教育；直至日本无条件投降后，还出席伪华北政务委员会的宴会。这充分说明，周作人并不是什么“文化抗日者”，并没有全面抵制奴化教育，反而在文化领域内有着斑斑劣迹。有人认为从“道德论”的角度周作人虽有污点，而从“效果论”的角度则应对周作人予以肯定。这是对周作人沦陷时期的“亮点”作了不恰当的夸大。正因为周作人曾经是一位在中国文化界独树一帜并在国际上有一定影响的作家，所以从苦雨斋的屋顶悬起太阳旗的那一天开始，他给中国文化界带来的羞辱就是不可计量的，其负面效应也是难以估量的。还有人以德国思想家马丁·海德格尔为例，说明不能把个人道德节操看作衡量一个人价值的绝对标准。这种看法当然不能算错。正如同没有人否定海德格尔作为思想家和学者的存在，也没有人否定周作人五四前后对新文学的贡献和《语丝》时代的积极态度。但海德格尔在纳粹德国时期当过弗赖堡大学十个月的“短命校长”毕竟是他的不幸和迷误，跟周作人的不幸和迷误比较起来，海德格尔真可谓是“小巫见大巫”了，所以不能以此为例说明中西方的“道德论”有什么不同。

行将结束这篇序文的时候，友人忽然寄来了 2000 年《文教资料》第 3 期刊登的一篇文章：《关于“周作人史料”的争议问题》，作者葛鑫。此文的发表时间跟当年的研讨会相隔 14 年，由于我十分闭塞，读到此文又隔了四五年。可见在信息社会有些信息也不大灵通。最近，关于此事在上海《文汇读书周报》和北京《中华读书报》上再起争议，表明要彻底澄清一件史实是多么繁难的事情！文章争议的对象主要是我，还有一位“并不了解当年历史情况的年轻朋友”——据判断应指如今已不太年轻的陈福康教授。“编者说明”表示：“当人们对于作为文学家和鲁迅二弟的周作人有了更多认识的今天，我们又一次整理刊布周作人的资料，是希望能为研究者和读者提供多种视角的、有参考价值的研究资料，以推进对周作人思想和创作研究的深入。”应该说，这种“初衷和出发点”是值得嘉许的。遗憾的是，刊登的资料如果失实，那就必然失去了“参考价值”，其结果将与“初衷和出发点”背道而驰。

这篇文章一开始就抬出了中共中央文献研究的负责同志，说他们当年修订《毛泽东著作选读》中有关周作人的注释是为了纠偏。特别是在涉及周作人的历史问题时，将“投降日寇”改为“依附侵略中国的日本占领者”，“纠正正文中某些缺乏事实根据的不正确断语”。所以，沈鹏年当时发表《关于周作人的一些史料》正是对“党的文献编辑工作”的一种“帮助”，是为“后来的文献编辑”做了一项有益的工作。

这种说法是对“党的文献编辑工作”的正确理解，还是有意歪曲？为了澄清这一问题，我于今年1月18日上午10时电话采访了原中央文献研究室副主任龚育之同志。他明确告诉我，葛鑫摘引的《〈毛泽东著作选读〉新编本的特色和意义》，文是由他执笔的，跟逄先知同志联名发表于1986年9月9日《人民日报》。他说：

我的回答是：《毛泽东著作选读》新编本的编辑工作当时是在联系文献研究室的中央领导同志即胡乔木同志指导下进行的。关于注释修订的方针，胡乔木有过原则性的意见。重要的注释稿，送胡乔木看过。他对“王实味”那条注释提出过修改意见。对“周作人”这条，没有说过什么具体的意见。我们从来没有听见胡乔木或中央其他领导同志说过要为周作人当汉奸平反。我们修订的注释，明明说了周作人后来在北平依附侵略中国的日本占领者。把那条注释说成是为周作人当汉奸平反，完全是无中生有。我作这个负责的声明，是根据我明确的记忆；我和同我合作写那篇文章的逄先知、吴正裕，还有曾宪新、陈铭康联系过，他们都是当事人，都肯定我的记忆。当时中央文献研究室没有派人到提供“周作人当汉奸是共产党要他去的”采访记录的单位去调查过。

当时中央负责同志只是对修订毛选注释有一些原则性的指示，

根本没有具体涉及周作人的历史问题，更没有任何领导人说过周作人跟共产党有联系。我们只是感到过去的注释承担了过多的任务，所以当时在修订工作中只突出跟原文有关的内容而不作全面评价，注文也力求全面地客观地反映人物的主要情况和经历，避免下过多的政治断语。后来有人对周作人注释条目断章取义，只引前一部分，说他是散文家，而有意抹杀后一部分揭露周作人附逆的内容。这不符合我们的原意。有人说中央某领导要给周作人平反，这是毫无根据的。

这篇文章第二部分又指出了“中央有关部门”，说沈鹏年的调查成果受到了中央有关部门“几位高级干部”的赞扬，“还说《新文学史料》在 1983 年透露‘周作人在敌伪统治时期与我地下组织有联系，是中央负责同志批准的’”。对这句话有一条注文：“参见《新文学史料》1983 年第 4 期贾芝《关于周作人的一点史料》。”细查贾芝原文，根本没有“是中央负责同志批准的”这十个字。相反，1987 年 4 月，《新文学史料》第二期刊登了该社编辑丛培香、徐广琴的《王定南访问记》，明确否定了地下党负责人让人劝周作人当更大汉奸的政治谣言。

文章的第三部分是指责我在《敌伪时期周作人思想、创作研讨会资料汇编》中拒收高炎先生的发言，是压抑高先生的不同意见。事实上这组“汇编”刊登的文章意见并不一致，甚至大相径庭，充分体现了学术争鸣的精神。未登高先生的文章当时在“编者按”中就曾声明：“高炎同志的发言可参见南京《文教资料》一九八六年第四期，发言内容与已刊文一致。”不重刊已经发表的文章，这是一般报刊的通常做法，这怎么能上纲到“剥夺‘高炎同志发言的刊登权利’”呢？更何况我们还特意注明了查找高炎文章的线索，而且所收文章还指出了高炎的文章“丰富了周作人的研究资料”。所以，据此指责那次研讨会缺乏民主气氛是理由不充分的。

文章的第四部分涉及“最有争议的关于许宝骙同志的访谈纪要”。对于这份纪要前文已作评析。值得肯定的是，作者不得不承认

“沈、杨二位把许说的我方理解为‘共产党方面’，不免有些简单化”。当时讨论的关键，正是许宝骙能不能代表共产党？许游说的内容是不是共产党的指示？周作人是不是把许的游说当作共产党的指示予以执行？葛鑫对沈、杨二位的批评虽然肤浅，但不能不说是一种艰难的进步，无论如何是值得肯定的。

文章的第五部分介绍了范纪曼同志的平反经过——他长期被目为“大汉奸”和“大特务”，被错骂了40年，1985年彻底平反，宣布他政治历史清楚，没有问题。我对范纪曼的生平毫无研究，无力对此置评。我不明白的是：葛鑫在文章结尾部分把范纪曼的彻底平反跟周作人联系起来，究竟是什么意思呢？是不是要埋下什么伏笔呢？看来，关于研讨周作人在敌伪时期的政治立场和文学创作并非“无聊的笔战”，而的确是关系到中国现代史和中国现代文学史的大是大非问题。

今年是抗日战争胜利60周年，也是世界人民反法西斯战争胜利60周年。我们高兴地看到，新时期以来，中日两国人民的传统友谊与日俱增，中日两国在多方面的交流合作日益加强。正如鲁迅的预言：“度尽劫波兄弟在，相逢一笑泯恩仇。”另一方面，日本也有极少数人四处散布“中国军事威胁论”，在实行“积极的和平主义”的旗号下要求将“防卫厅”升格为“防务省”，并制定所谓“保卫九州和冲绳西南的岛屿免遭入侵的方针”。[15]日本某些高级官员还表示，今年仍会参拜靖国神社。[16]在这样的国际背景下，我们既不应盲目地煽动民族主义情绪，但又不能丢掉“宁为玉碎，不为瓦全”的伟大的民族精神。我们研究沦陷时期周作人的思想和创作，绝非通过对这位著名作家的道德审判来显示自己的崇高，而只是希望能从一个中国近现代知识分子坎坷曲折的人生经历中吸取一些必要的经验和教训。“前事不忘，后事之师”，所以，从这个意义上，我觉得王锡荣这部著作的出版在当下更加切合时宜。

注释：

① 鲁迅：《南腔北调集·论“第三种”人》，收《鲁迅全集》第4卷，人

民文学出版社 1981 年版。

② 王定南：《〈周作人出任伪职的原因〉发表前后》，载《鲁迅研究动态》1987 年第 6 期。

③ 牧惠：《周作人的末路》，载《人民日报》1987 年 4 月 13 日。

④ 王定南：《我对周作人任伪职一事的声明》，载《山西政协报》1987 年 2 月 20 日。

⑤ 见 1946 年 9 月 21 日上海《联合日报晚刊》，笔名“荆溪”。

⑥ 见 1946 年 11 月 18 日上海《联合日报晚刊》，笔名同上。

⑦ 沈鹏年、杨克林：《访许宝骙同志纪要》，载《文教资料》1986 年 8 月。

⑧《周作人出任华北教育督办伪职的经过》，载《团结报》1986 年 11 月 29 日。

⑨ 同上。

⑩ 见《鲁迅研究动态》1987 年第 6 期。

⑪《周作人出任华北教育督办伪职的经过》，载《团结报》1986 年 11 月 29 日。

⑫ 见周作人于 1964 年 7 月 18 日致鲍耀明信。

⑬ 林辰：《沦陷期周作人的政治立场》，在北京博物馆座谈会上的发言，载《鲁迅研究动态》1987 年第 1 期。

⑭ 钱理群：《周作人论》，上海人民出版社 1991 年版，第 103 页。

⑮ 据 2005 年共同社东京 1 月 16 日电。

⑯ 据 2005 年时事社东京 1 月 16 日电。

2005 年 2 月 4 日

陈漱渝鲁迅研究序跋书目

（以出版时间为序）

《鲁迅与女师大学生运动》，陈漱渝著，北京人民出版社 1978 年出版

《鲁迅在北京》，陈漱渝著，天津人民出版社 1978 年出版

《鲁迅史实新探》，陈漱渝著，湖南人民出版社 1980 年初版，1982 年再版

《许广平的一生》，陈漱渝著，天津人民出版社 1981 年出版

《民族魂》，陈漱渝著，浙江文艺出版社 1983 年初版，漓江出版社 2012 年再版

《鲁迅序跋》，陈漱渝编，百花文艺出版社 1984 年出版

《当代作家谈鲁迅》，陈漱渝、李允经、张杰编，西北大学出版社 1984 年出版

《鲁迅史实求真录》，陈漱渝著，湖南人民出版社 1987 年出版

《中学鲁迅作品助读》，郑智等编，文化艺术出版社 1990 年出版

《鲁迅语录》，陈漱渝、耿之涛编，湖南师范大学出版社 1992 年出版

《鲁迅诗作鉴赏》，陈漱渝编，河北人民出版社 1994 年出版

《鲁迅的风月闲谈》，陈漱渝编，湖南文艺出版社 1994 年出版

《鲁迅藏书研究》，陈漱渝编，湖南文艺出版社 1995 年出版

《智者的思考——鲁迅的思维方法》，邱存平著，解放军出版社 1995 年出版

《漫画鲁迅小说》，陈漱渝编，河北人民出版社 1996 年出版

《一个都不宽恕》，陈漱渝编，中国文联出版公司 1996 年初版，人民日报出版社 2010 年再版

《鲁迅生活中的女性》，马蹄疾著，知识出版社 1996 年出版

《鲁迅钱锺书平行论》，刘玉凯著，河北大学出版社 1998 年出版

《鲁迅杂文读赏导引》，徐钜著，江苏教育出版社 1999 年出版

《鲁迅评传》，曹聚仁著，东方出版中心 1999 年出版

《鲁迅写照》，郝永勃著，中国文联出版社 1999 年出版

《鲁迅著作全编·书信》，林非主编，中国社会科学出版社 1999 年出版

《鲁迅年谱（1-4）》（修订本），北京鲁迅博物馆鲁迅研究室编，人民文学出版社 2000 年出版

《鲁迅：最受诬蔑的人》，房向东著，上海书店出版社 2000 年出版

《现代人的呐喊》，邱存平著，解放军出版社 2000 年出版

《鲁迅评传》，（苏联）波兹德涅耶娃著，颜雄等译，湖南教育出版社 2000 年出版

《鲁迅佚文全集》，刘运峰编，群言出版社 2001 年出版

《谁挑战鲁迅——新时期关于鲁迅的论争》，陈漱渝、刘玉凯、田建民编，四川文艺出版社 2002 年出版

《鲁迅生平疑案》，王锡荣著，上海辞书出版社 2002 年初版，2016 年增补再版

《胡适与周氏兄弟》，陈漱渝、宋娜著，湖北人民出版社 2004 年出版

《鲁迅评传》，陈漱渝著，中国社会出版社 2006 年出版

《论鲁迅的当代意义》，陈漱渝编，福建教育出版社 2006 年出版

《编年体鲁迅著作全集》，陈漱渝、肖振鸣编，福建教育出版社 2006 年出版

《鲁迅的红色相识》，郑智、马会芹主编，文物出版社 2006 年出版

《现代中国文学大厦的基石》，李志连著，辽宁大学出版社 2007 年出版

《假如鲁迅活到今天》，陈漱渝著，上海东方出版中心 2008 年出

版

《鲁迅柏杨比较研究》，王宗凡著，大众文艺出版社 2009 年出版

《许广平传》，陈漱渝著，人民日报出版社 2011 年出版

《鲁迅与郁达夫之间》，丁仕原著，中国文史出版社 2011 年出版

《“解构”语境下的传承与对话》，古大勇著，中国社会科学出版社 2011 年出版

《湖南现代作家与鲁迅》，徐续红著，西南交通大学出版社 2013 年出版

《教材中的鲁迅》，陈漱渝、王涧、李斌编，福建教育出版社 2013 年出版

《鲁迅科学论著集》，陈漱渝编，人民文学出版社 2014 年出版

《鲁迅研究新前沿丛书》，陈漱渝编，漓江出版社 2014 年至 2015 年出版，共 8 种

《本色鲁迅》，陈漱渝著，漓江出版社 2015 年出版

《搏击暗夜——鲁迅传》，陈漱渝著，作家出版社 2016 年出版

《鲁迅论稿》，林曼叔著，香港文学评论出版社 2016 年出版

《鲁迅研究文集》（六卷本），房向东著，上海交通大学出版社 2016 年出版

《鲁迅及其作品》，阎纯德著，待出版

（宋立君编）

后　记

今年7月，我应邀参加《天津文学》创刊60周年座谈会，刘运峰兄特意到开会的天津迎宾馆来看我，聊的当然都是跟鲁迅研究相关的事情。我对他说，从1978年开始，我就开始出版鲁迅研究著作，基本上都有序和跋；同人同好出书，有时也会来请我作序。现在我想出一本《陈漱渝鲁迅研究序跋集》，作为对自己学术生涯的一个纪念，也可以给近40年来的鲁迅研究留下一点历史的记录。虽然当下多出一本书和少出一本书对图书市场毫无影响，就如同菜市场多一根葱和少一根葱一样，但对于个人而言，这些序跋在我的文字之中确是敝帚自珍的一部分；或者更直白地说，我的文章当中序跋要比别的文章写得更好。运峰低调地说："正巧，我刚从南开大学文学院调到出版社任职，虽然这类书多半不赚钱，反而可能赔钱，我也帮您在选题会上争取一下。"这就成为这本书编辑的缘由。

在中国传统文化中早有撰写序跋的传统。所谓序就是一种评论、介绍作品内容的文字，可以自己写，叫"自序"；也可以请名人、友人写，叫"他序"。熟为人知的有《毛诗序》《史记·太史公自序》，王逸的《楚辞章句序》，钟嵘的《诗品序》，钟嗣成的《录鬼簿序》，黄遵宪的《人境庐诗草自序》，等等。"序"这个字多半放在书名的后面，但也可以置于前面，如冯梦龙的《序〈山歌〉》。"跋"就是写在书籍或文章后面的一种文体，亦称"后序"，如李清照《金石录后序》。据我的理解，序与跋的区分有两点，一，对于著作庄重性的评价大多写在序言里面，起到提纲挈领、纲举目张的作用；后记则多谈一些编务琐事。但也有特别看重跋的例证。有人说，鲁迅出版《伪自由书》和《准风月谈》，就是为了书后那两篇超长的后记。我写的有些跋就是仿照鲁迅的后记。二，一般情况下，跋语都由作者撰写，不会去求人写跋；但也有后人把自己的读后感缀于前人或友人的书文之后，如苏轼的《书黄子思诗集后》、龚自珍的《书汤海秋诗集后》；也有编辑人员在书后介绍编辑过程。对于序和跋的区分，以上理解未知妥否？

我之所以特别看重序跋，是因为在我的心目中，它是一种十分自由的文体。有了文体的自由，就有了书写的自由，写起来兴之所至，随心所欲，不必去考虑学术规范，更不必去考虑什么平平仄仄、起承转合。“吟咏之间，吐纳珠玉之声：眉睫之前，卷舒风云之色”（刘勰：《文心雕龙·神思》）。简而言之，我是把序跋作为一种学术散文来写。所以，凡读了这些序跋的读者都会感到，它既有史料价值，又有文采；既明确表露了学术观点和学术立场，又比那种峨冠博带的学术论文可读。有人称我为“鲁迅研究界的史料专家”，但不同人的潜台词又有所不同：有人是因为我写的文章多半带有考证性质，是真在夸我；有人则可能认为我思想浅薄，只会从故纸堆中钩稽一点逸闻旧事作为惊人之具。但公正的读者读完这些序跋就可以证明，我虽然不会炫耀新潮理论，不会说那些一般人听不明白的话，但我对于鲁迅研究领域的很多重要问题都通过序跋发表了自己的看法，即使是一家之言、一孔之见。我的序跋还有一个特点，就是为他人作序时，往往不是对其著作进行全面评价，而是借题发挥，发表自己的见解。这是要提示读者诸君的。

今年是我的学术大年，立秋之前，已经出版了三本著作、六本选编的书。按合同，年内还应该出版其他三四本著作。如果此书能够趁鲁迅诞生135年之机问世，那我今年付梓的书就可多达十三四本。记得俄国诗人普希金的创作丰收之年被称为“波罗金诺的秋天”，那今年也可以自不量力地自称为我的“丙申之秋”。遗憾的是时年七十有五，已没有可持续发展的后劲，只能为此前的耕耘留下一些纪念，聊以慰藉自己和关爱我的亲人、友人。

本书名为《血性文章》，取自我为房向东兄《鲁迅研究文集》所写的总序。我所说的“血性”就是有分明的是非、热烈的爱憎。这既是房向东文章的特色之一，也是我毕生做学问和做人的执著追求。

丙申（2016 年）立秋日